Ruth Gogoll

Tizianrot

Ruth Gogoll

Tizianrot

Erotischer Liebesroman

édition el!es

Internet: www.elles.de

E-Mail: info@elles.de

Umschlaggestaltung und Satz: graphik.text Antje Küchler, Ferrette

Druck: Nørhaven Paperback A/S, Dänemark

ISBN 3-932499-50-6

Die neue Mathematiklehrerin war nicht ohne. Als sie das erste Mal über den Gang der Schule lief, in einem leichten Sommerkleid, mit wehenden tizianroten Haaren und sehr energischen Schritten ihrer langen Beine, prägte das Bild sich sofort in Tanitas Gedächtnis ein.

Leider war sie keine Leuchte in Mathe und hatte den Leistungskurs, den die neue Lehrerin gab, nicht gewählt. Sie war froh, wenn sie den Grundkurs einigermaßen gut bis zum Abi überstand, das war schon schwierig genug, wenn man lieber träumte und las wie sie, statt jeden Nachmittag Rechenaufgaben zu lösen, von denen sie sowieso nicht wußte, wozu sie gut sein sollten. *Später im Leben,* hieß es immer. Später im Leben ... wann sollte das sein? Konnte man sich das überhaupt vorstellen – mit siebzehn?

Ein paar Tage später lief Tanita zufällig während der Pause am Klassenzimmer des Mathe-Leistungskurses vorbei und sah durch die offene Tür die neue Lehrerin, Gropius hieß sie, mit einigen Schülerinnen um das Lehrerpult herumstehen – es gab ausschließlich Schülerinnen, dieses Gymnasium war eine reine Mädchenschule – und mit ihnen lachen.

Lachen. Eine Lehrerin. In Mathe.

Tanita fand das so ungewöhnlich, daß sie stehenblieb und die Szene noch einen Augenblick länger beobachtete. Es waren erstaunlich viele Schülerinnen, die um das Pult herumstanden. Hatten die denn so viele Fragen? In ihrem eigenen Kurs waren immer alle froh, wenn sie das Klassenzimmer während der Pause endlich verlassen konnten. Aber die Leistungstussis waren da vielleicht anders. Die *mochten* Mathe ja.

Noch einen Augenblick blieb Tanita stehen und sah sich diesen Ausschnitt im Rahmen des Klassenzimmers an, den sie vom Gang aus erkennen konnte. Die neue Lehrerin lachte schon wieder und lächelte dann sehr – ja, wie sollte man das nennen? Sehr *intensiv* vielleicht? – eine der Schülerinnen an, dabei hob sie die Hand und strich leicht mit ihrem Handrücken, nein: nur zwei Fingern, über die Wange des Mädchens, fast zärtlich. Dann lächelte sie auch noch einmal den anderen zu, nahm ihre Bücher und verließ das Klassenzimmer.

Sie kam genau auf Tanita zu, die schnell in eine andere Richtung blickte, denn sie hatte Frau Gropius angestarrt – zu unwirklich war ihr die Szene erschienen – und dann, als Frau Gropius vorbeigezischt war – sie hatte wirklich eine ganz schöne Geschwindigkeit drauf mit ihren langen Beinen, aber Tanita kam es dennoch fast so vor, als ob sie schwebte, ganz schön merkwürdig – blickte sie ihr immer noch irritiert hinterher, bis sie am anderen Ende des Ganges im Lehrerzimmer verschwunden war.

Ohne daß sie es richtig merkte, schlich Tanita in den folgenden Tagen immer wieder am Mathe-Kursraum vorbei, legte sich ihre Wege so, daß sie an diesem Zimmer vorbeikommen *mußte*. Und jedesmal schlug ihr Herz höher, wenn die Tür in Sicht kam. Meistens war sie verschlossen, oder wenn sie es nicht war, erblickte sie nur ein leeres Zimmer oder ein paar ihrer Kameradinnen aus dem Jahrgang, niemals aber Frau Gropius. Anscheinend hielt sie sich während der Pausen nicht mehr in ihrer Klasse auf. Das erste Mal war wohl eine Ausnahme gewesen.

Als sie wieder einmal enttäuscht in das leere Zimmer hineinblickte, hörte sie plötzlich eine Stimme hinter sich.

»Wollen Sie in meinen Kurs?« fragte sie.

Tanita fuhr herum. Frau Gropius betrachtete sie mit gerunzelter Stirn.

Tanita zitterte am ganzen Körper und versuchte sich zu beruhigen. »Ich bin nicht so gut in Mathe«, erwiderte sie mühsam, während ihr der Anblick fast den Atem raubte. »Mein Lieblingsfach ist Deutsch.«

»Wie schade.« Frau Gropius lächelte leicht. »Dann werden wir uns wohl kaum im Unterricht sehen.«

»Ja ... nein ...« Tanita stammelte herum. Sie wußte nicht, was sie sagen geschweige denn tun sollte. Ihre Haut kribbelte, als ob sie sich gleich ablösen wollte. Die roten Haare so dicht vor ihr, wie eine Korona, und dazwischen dieses Gesicht, dieses wunderschöne, lächelnde Gesicht –

Tanita fühlte, wie sie rot wurde. Sie schluckte krampfhaft. Eine Lehrerin! Das konnte nicht sein! Das *dürfte* einfach nicht sein!

Frau Gropius' Lächeln verstärkte sich. »Wenn *Sie* schon nicht in meine Klasse möchten, darf *ich* vielleicht hinein?« Sie schmunzelte heftig.

»Ja. Ja, natürlich ... entschuldigen Sie.« Tanita trat zur Seite, nein, sie stolperte fast, weil der Blick ihrer Augen getrübt war und sich ihre Muskeln kaum mehr unter ihrer Kontrolle befanden. Steif wie eine Marionette machte sie ein paar Schritte.

Frau Gropius schwebte kraftvoll und dennoch sanft wie ein Engel an ihr vorbei, und dabei schien sie aus dem Augenwinkel noch einen verschmitzten Blick auf Tanita zu werfen. Aber vielleicht war das auch nur Einbildung. Tanita erholte sich nur schwer von der kurzen Begegnung. Frau Gropius' durchdringende Augen schienen sie durchschaut zu haben, wenn Tanita auch nicht genau wußte, was sie gesehen haben konnten, denn was da wohl Interessantes in ihr sein könnte, war ihr selbst nicht klar.

»**W**ie alt ist sie?«

Eine logischere Frage konnte niemand stellen. Nein, das war eindeutig eine Spezialität von Tanitas Sandkastenfreundin Andrea.

»Ich ... ich weiß nicht. Darüber habe ich noch nie nachgedacht. Sie ist neu an der Schule, möglicherweise frisch von der Uni, also wahrscheinlich Ende Zwanzig, Anfang Dreißig«, vermutete Tanita vage.

»Dreißig?« Andreas Stimme klang, als hätte Tanita *hundert* gesagt.

»Na ja, vielleicht auch noch nicht. Ich kann das nicht so beurteilen«, erwiderte Tanita unglücklich.

»Auf jeden Fall ist sie erheblich älter als du – und sie ist *Lehrerin!*« Das letzte Wort klang aus Andreas Mund fast wie eine Beschimpfung.

»Mathe-Lehrerin«, fügte Tanita noch unglücklicher hinzu.

»Ausgerechnet!« Andrea lachte spöttisch. »Wo das schon immer dein Lieblingsfach war!«

»Ja, ausgerechnet. Und sie gibt nur Leistungskurse. Ich werde nie einen Kurs bei ihr belegen können.« Tanita litt unsäglich.

»Na, Gott sei Dank!« Andrea hingegen schien erleichtert. »Dann hat der Horror ja bald ein Ende! Wenn du sie nicht siehst ...«

»Ich sehe sie ja.« Tanita klammerte sich an den letzten Strohhalm. »Auf dem Gang, in der Pause, auf dem Hof, wenn sie Aufsicht hat ... morgens, wenn sie zur Schule kommt und manchmal nachmittags, wenn sie geht.«

»Du scheinst ununterbrochen am Fenster zu stehen«, vermutete Andrea ironisch.

»Andrea, ich –« Tanita richtete ihre Augen mit einem verwundeten Blick auf ihre alte Freundin, »ich kann an nichts anderes mehr denken, seit sie da ist, seit sie mit mir gesprochen hat ...«

»Sie hat so was gesagt wie ›Geh mir aus der Sonne‹. Das würde ich nicht gerade ein Gespräch nennen«, stellte Andrea nüchtern fest.

»Sie hat mich angeschaut.« Tanitas Augäpfel verwandelten sich in glitzernde Sterne. Sie strahlten von innen heraus.

»Du bist verrückt.« Andrea seufzte. »Verliebt in eine Lehrerin! Was soll das werden? Du hast keine Chance, und sie kriegt den größten Ärger, wenn sie sich mit dir einläßt. Falls sie das möchte ...«

»Oh, sie – du hast sie nicht gesehen, Andrea.« Tanita schwärmte mit immer leuchtenderen Augen. »Sie ist ... sie ist unvergleichlich. Und sie hat mich angesehen, als ob –«

»Als ob was?« Andrea gab ein abschätziges Geräusch von sich. »Als ob sie mit dir ins Bett gehen wollte? Eine Lehrerin? Sie hat bestimmt einen Freund. Wenn sie so berauschend ist, wie du sagst, wird sie ja wohl kaum allein sein – in ihrem Alter.«

Tanita mußte lachen. »Du sprichst von ihr, als wäre sie senil!«

»Ist sie ja auch. Dreißig! Pft!« Andrea blickte uninteressiert in die Gegend.

»Eventuell noch nicht«, wiederholte Tanita. »Und außerdem ist es mir egal. Sie ist einfach umwerfend. Ich denke nur noch an sie. Ich träume von ihr. Jeden Tag.«

»Dann träum von ihr, aber laß mich damit in Ruhe. Ich bin froh, daß ich die Schule hinter mir habe!« fauchte Andrea wütend.

»Sei mir nicht böse.« Tanita strich Andrea um Verzeihung bittend über den Arm. »Ich weiß, du haßt das Thema Schule. Aber du bist doch froh, daß du abgegangen bist, oder? Du hast jetzt schon fast einen Beruf – im Gegensatz zu mir.«

»Ja, stimmt schon.« Andrea grummelte noch ein wenig vor sich hin, schien jedoch besänftigt. »Aber ich werde nie vergessen, wie ich die Schule gehaßt habe und die Lehrer – und Lehrer*innen*«, fügte sie mit Betonung hinzu, »die besonders. Alles verklemmte Zicken.« Sie zog die Mundwinkel herunter.

»Ach, Andrea . . .« Tanita lächelte verständnisvoll. »Sie konnten halt mit deinem Outfit nichts anfangen. Du mußt zugeben, daß das zum Teil auch ein wenig . . .«, sie zögerte, »gewagt war. Sie wollten dich vielleicht nur beschützen.«

»Beschützen? Wovor?« Andrea schüttelte den Kopf. »Die haben nichts verstanden. Gar nichts. Sollte ich etwa bis in alle Ewigkeit Jungfrau bleiben?«

»Ich bin's noch«, sagte Tanita leise, »und weißt du, was ich mir wünschen würde? Daß *sie* es tut . . . daß *sie* mich zur Frau macht.«

»Du bist doch total übergeschnappt!« schimpfte Andrea, nun jedoch bei weitem nicht mehr so wütend wie zuvor. »Du weißt genau, daß sie das niemals tun würde. Warum sollte sie?«

»Ja, warum sollte sie?« Tanita seufzte. Auf einmal wurde ihr klar, daß ihre ganzen Träumereien auf tönernen Füßen standen. Sie hatten keinerlei Grundlage. Nur einen – vielleicht – zufälligen Blick.

»Tanita, wirklich . . . eine Lehrerin . . . das ist doch Schwachsinn.« Andreas Stimme klang nun liebevoll, beinahe mitleidig.

»Ja, Schwachsinn«, stimmte Tanita wieder müde zu. »Totaler Schwachsinn.«

»Eben«, bekräftigte Andrea heftig. »Hör auf, daran zu denken. Such dir eine nette Freundin in deinem Alter.«

Tanita sah sie mit etwas gequält verzogenem Gesicht an. »Wozu denn? Ich habe doch dich.«

»Das ist wohl kaum dasselbe«, sagte Andrea. »Wir sind wie Schwestern.«

»Weißt du noch?« fragte Tanita etwas nachdenklich. »Unsere Englischlehrerin damals? Die Amerikanerin?«

»Wen meinst du?« Andrea runzelte die Stirn. »Lily?«

»Ja, Lily. Ich war verliebt in sie. Ich habe schon immer für Lehrerinnen geschwärmt, schon seit der ersten Klasse.«

»Grundschule?« fragte Andrea entgeistert.

Tanita lachte ein wenig. »Ja, genau. Grundschule. Schon in meine Grundschullehrerin war ich verliebt.«

»Du hast ja früh angefangen«, meinte Andrea beinahe bewundernd.

»Ich wußte es nicht«, bemerkte Tanita leise. »Ich dachte, alle Mädchen empfinden so.«

»Na ja, das hast du ja wohl mittlerweile mitgekriegt, daß das nicht so ist«, sagte Andrea. »Aber das ändert nichts an deinem akuten Problem. Laß sie in Ruhe. Verlieb dich in jemand anders.«

Tanita stieß ein resigniertes Lachen aus. »Als ob das so einfach wäre!«

In den nächsten Tagen versuchte Tanita, den Anblick von Frau Gropius zu vermeiden. So, wie sie zuerst ihre Nähe gesucht hatte, ging sie nun auf Abstand. Das Lehrerzimmer, der Mathe-Kursraum, selbst der Gang, der zu dem Zimmer führte, war für sie tabu. Auf dem Hof zog sie sich in eine Ecke zurück, in die sich nie ein Lehrer verirrte. Ihre Freundinnen schüttelten nur noch den Kopf über sie. Auch von ihnen zog sie sich zurück.

Wenn sie irgendwo rotes Haar sah, ging sie in die andere Richtung. Es hätte ja Frau Gropius sein können. Trotzdem zog es sie eigentlich zu ihr hin. Es wurde immer schlimmer. Je weniger sie sie sah, um so mehr träumte sie von ihr. Die Situationen, die sie sich mit ihr vorstellte, wurden immer haariger. Sie hatte das Gefühl, keine Nacht mehr allein zu schlafen.

Und dabei kenne ich noch nicht einmal ihren Vornamen, dachte sie. *Immer wenn ich mir vorstelle, daß sie neben mir im Bett liegt, nenne ich sie ›Frau Gropius‹.*

Sie mußte über sich selbst lachen. Sie schloß die Augen. Sofort erschien das bekannte Gesicht vor ihr. Die Lippen öffneten sich. Ein Kuß – ein Kuß – ein Kuß . . .

Sie schluckte. Nie würde es das geben. Niemals.

Dritte Stunde. Mathe. Tanita seufzte schon im voraus. Im Leben würde sie das nicht begreifen. Funktionen, Logarithmen, Integralrechnung – all das war ein Buch mit sieben Siegeln für sie. Sie schleppte sich mühsam von Klausur zu Klausur, immer in der Angst, einmal endgültig abzustürzen und deshalb nicht zum Abitur zugelassen zu werden. Ihr Mathematiklehrer war eine alte Trantüte, der den einen oder anderen Fehler übersah – wahrscheinlich weil er zu faul zum Arbeiten war; nur deshalb befand sie sich noch in den Gefilden der Seligen, sprich auf dem Gymnasium. Eigentlich hätte es ihr zwar gereicht, wenn es hier nur Deutschunterricht gegeben hätte, aber man mußte sich eben mit den Realitäten abfinden – dreizehn Fächer, nicht nur eins. Dreizehn . . . das war wirklich eine Unglückszahl, denn – davon war Tanita überzeugt – das dreizehnte Fach war Mathe.

Sie starrte auf ihre Hausaufgaben, die sie zwar gemacht, aber nicht verstanden hatte; das würde jedoch wahrscheinlich gar nicht auffallen, denn ihr Mathematiklehrer pflegte statt zu unterrichten lieber Geschichten aus seiner Zeit als Soldat in Rußland zu erzählen. Geschichten, die die Mädchen nicht im geringsten interessierten, die sie aber dennoch über sich ergehen ließen, weil das einfacher war als einem geregelten Mathematikunterricht folgen zu müssen. Keine in Tanitas Kurs wollte das; es war der sogenannte »Doppel-D-Kurs«, ein Synonym für »doppelt dämlich«, wie manche an der Schule behaupteten. Tanita scherte das wenig und die anderen Mädchen im Kurs auch nicht.

Sie blätterte in ihrer letzten Mathematikarbeit und versuchte die vielen roten Stellen zu übersehen. Seufzend blickte sie zur Tür. Wo blieb der Alte denn? Bislang war er doch immer pünktlich gewesen. Sonst konnte er ja nicht viel, aber daran hatte es noch nie gemangelt. Das wäre ja mal etwas ganz Neues. Nicht daß ihn jemand vermissen würde, aber es störte doch die allgemeine Routine, die eher darin bestand, sich in der Mathematikstunde auszuruhen. Nun mußte man erst noch konzentriert warten, bis dieser Zustand endlich eintrat.

Plötzlich zeigte sich eine Bewegung in der Tür. Aha, der Alte war da. Tanita wollte sich gleich wieder von der Tür ab- und dem Buch unter ihrer Bank zuwenden, als statt eines grauen ein roter Schopf erschien. Auch das Tempo, mit dem sich dieser Rotschopf bewegte, war reichlich forsch und hatte nichts mit dem des alten grauen Raunzers gemein, das die Mädchen gewöhnt waren. Ein Ruck ging durch die Klasse. Alles Raunen verstummte, was normalerweise nie der Fall war, wenn der Alte den Raum betrat. Dann änderte sich der Geräuschpegel aus der Pause kaum.

Tanita saß wie betäubt in der Bank und starrte mit gebanntem Blick nach vorn.

»Herr Murnau ist krank«, verkündete Frau Gropius fröhlich. »Ich vertrete ihn. Ich hoffe, Sie helfen mir dabei.« Sie schaute mit strahlendem Blick um sich und schien jedes Mädchen einzeln um Zustimmung zu bitten, indes schon wissend, daß sie sie ihr erteilen würden.

Tanita starrte immer noch ohne sich zu rühren.

Frau Gropius ließ ihren Blick auch zu ihr schweifen. »Wir kennen uns doch schon, nicht wahr?« fragte sie.

Tanita schüttelte sich leicht, wie wenn sie einen Geist loswerden müßte. »Ich ... ich glaube nicht«, sagte sie mit etwas krächzender Stimme.

»Doch, doch«, widersprach Frau Gropius, während sie schon ihre Tasche auspackte und Bücher auf das Lehrerpult stapelte. »Sie standen einmal vor meiner Klasse.« Dann schien sie das Thema jedoch nicht mehr zu interessieren. Sie blickte an die Tafel und dann auf die Mädchen. »Wollen wir ein bißchen Integralrechnung üben?« Sie strahlte, als hätte sie den Mädchen ein wundervolles Angebot gemacht. Die Mädchen stöhnten automatisch auf. Frau Gropius lachte. »Na, so schlimm ist es ja auch nicht! Sie werden sehen, das kann ganz lustig sein.« Den Zweifel in den Gesichtern ihrer Schülerinnen ignorierte sie einfach.

In Tanitas Gesicht stand nicht nur Zweifel, sondern beinahe schon Entsetzen. Sie würde sich blamieren, entsetzlich blamieren – und das vor der Frau ihrer Träume, der einzigen Frau, an deren Wertschätzung ihr etwas lag.

»Im Klassenbuch stand, daß Sie Hausaufgaben für heute hatten«, fuhr Frau Gropius gutgelaunt fort. »Ich werde sie einsammeln, um mir ein Bild von Ihrem Leistungsstand zu machen. In der nächsten Stunde weiß ich dann besser, wo wir ansetzen müssen«, verkündete sie zuversichtlich.

Wie betäubt gab Tanita ihre Aufgaben an den Rand des Tisches durch, wo eine der beflissensten Schülerinnen aufstand und sie nach vorn trug. Das würde eine Katastrophe geben! Ab morgen würde Frau Gropius kein Wort mehr mit ihr sprechen!

Die ganze Nacht lag Tanita wach und wälzte sich herum. Sie sah Frau Gropius' fröhlich blitzende Augen vor sich und fürchtete sich davor, sie wütend blitzen zu sehen, wenn sie erst einmal Tanitas Unfähigkeit in Sachen Zahlen erkannt hatte. Sie wollte auf keinen Fall ihren Ärger heraufbeschwören. Lieber hätte sie das Gegenteil heraufbeschworen ...

Ein Lächeln schlich sich in ihr Gesicht. Das Gegenteil ... Liebe ... es war ein zu gewagter Traum. Solange sie ihn noch aus der Ferne träumen konnte, war er ihr wenigstens noch erfüllbar erschienen – erfüllbar auf eine merkwürdig schemenhafte Art, die sich keiner Schuld und keiner Realität bewußt war, die ihn verdrängen konnte. Aber nun – fast jeden Tag in der Klasse – *sie* sehen zu müssen, ihre Verachtung ertragen zu müssen, die Tanitas schlechte Noten garantiert in ihr hervorrufen würden. Tanita sah sie erneut vor sich, in ihrer Erinnerung, damals, als sie dem einen Mädchen aus ihrem Leistungskurs so zärtlich über die Wange gestrichen hatte ... das würde sie niemals mit Tanitas Wange tun. Nur die besten erfuhren diese Vorzugsbehandlung, davon war Tanita überzeugt.

Endlich gegen Morgen schlief sie ein und wankte nur wenige Stunden später mit verklebten Augen in die Schule. Es nützte ja nichts. Damit war ihr Abitur wahrscheinlich gelaufen. Bisher hatte sie sich in dem Kurs vom alten Murnau noch durchmogeln können, aber nun war es vorbei. Frau Gropius würde mehr verlangen – und wenn sie es nicht bekam, nun ... dann würde es schlechte Noten hageln, die Tanitas Punktezahl in tiefsten Abgründen verschwinden lassen würden; da konnte auch eine brillante Benotung in Deutsch nichts mehr helfen. Und das alles ausgerechnet von *ihr* – der heimlichen Königin ihres Herzens. Was *sie* natürlich nie erfahren würde ... erfahren dürfte. Die nächste Zeit hielt hartes Brot für Tanita bereit. Hoffentlich konnte sie es verkraften.

Heute mußte Tanita länger warten, erst die fünfte Stunde brachte Erlösung in Form einer durchaus annehmbar lächelnden Frau Gropius, die ins Zimmer schwebte, ihre Tasche auf den Tisch stellte und die gestern eingesammelten Hausarbeiten herausnahm. »Sie sind nicht gerade eine Zierde ihres – unseres – Geschlechtes, meine Damen«, sagte sie etwas spöttisch. »Oder manche würden wahrscheinlich sagen, Sie sind es. Jedenfalls sind Ihre Arbeiten eines Mathematikkurses der zwölften Klasse kaum würdig. Sie scheinen die letzten Jahre geschlafen zu haben.«

Eine Schülerin, immer bereit, der Gerechtigkeit zum Sieg zu verhelfen, meldete sich. »Es ist sehr viel Unterricht ausgefallen«, stellte sie richtig. »In Mathe hatten wir zwei Jahre lang fast überhaupt keinen.«

»Ich weiß«, sagte Frau Gropius, »und das ist sehr bedauerlich. Da werden wir wohl einiges nachholen müssen. Und – meine Damen«, sie schaute mit einem bezaubernden Lächeln um sich, das jedes Mannes Herz sicherlich sofort erweicht hätte, an diese Mädchen jedoch verschwendet war – bis auf eine –, »wenn ich Hausaufgaben aufgebe, erwarte ich, daß sie auch gemacht werden. Auf meiner Liste fehlen etliche, die mir gestern nichts abgegeben haben. Diesmal lasse ich das noch durchgehen, weil sie es wahrscheinlich nicht ...«, sie räusperte sich diskret, »gewöhnt sind, kontrolliert zu werden, aber das nächste Mal – geben Sie sie besser ab.«

Die Mädchen schauten genauso entsetzt, wie sich Tanita gestern schon gefühlt hatte. Jetzt fühlte sie sich nicht mehr so, sondern einfach grauenhaft. Keine Chance, gar keine Chance. Frau Gropius würde nicht den leisesten Fehler übersehen. Sie würde erwarten, daß man einfach keine machte. Und das war Tanita unmöglich.

Sie schaute Frau Gropius an, und sofort entstand trotz allen Entsetzens wieder dieses Gefühl der Zärtlichkeit in ihr, das jeder Gedanke an Frau Gropius hervorrief. Sie sah die Augen und den

Mund, in die sie sich sofort verliebt hatte, sie spürte die Ausstrahlung, die sie um den Verstand brachte und den Wunsch in ihr entstehen ließ, aufzustehen und diese Frau, ihre Lehrerin, zu streicheln und zu küssen, ihr zu sagen, wie sehr sie –

»Tanita, kann ich Sie nach dem Unterricht noch sprechen?« fragte Frau Gropius' Stimme neben ihr. Sie legte ihr die Hausaufgaben von gestern auf den Tisch.

Vor Tanitas Augen verschwamm alles. War das ein einziges Rot? Nein, sie sah nichts, weder rot noch sonst irgendeine Farbe. Wahrscheinlich hatte Frau Gropius sich gar nicht die Mühe gemacht – bei den vielen Fehlern ...

»Natürlich«, flüsterte Tanita. Ihre eigene Stimme klang fremd in ihren Ohren, kaum menschlich.

Der Unterricht rauschte an ihr vorbei; sie bekam nicht das geringste mit. Es hatte ja auch gar keinen Sinn mehr. Nachdem der Unterricht beendet und alle gegangen waren, blieb Tanita einfach sitzen. Sie wartete auf ihre Verurteilung, die endgültige.

Frau Gropius schloß die Tür und kam zu ihr. »Was lesen Sie gerade?«

Tanita war so überrascht, daß sie zuerst nichts sagen konnte.

»Sie sagten doch, Ihr Lieblingsfach sei Deutsch«, fuhr Frau Gropius lächelnd fort, »deshalb nahm ich an, daß Sie gern lesen.«

»Ja.« Tanita räusperte sich, um ihren Hals freizubekommen. »Ja, das tue ich.«

»Und was?« Frau Gropius lächelte immer noch freundlich.

»*Die ... Die Leiden des jungen Werther* ...«, stammelte Tanita.

»Ach du meine Güte!« Frau Gropius lachte. »Im Unterricht?«

»Nein. Ja – ja, auch, aber da sind wir eigentlich schon beim *Faust*«, erklärte Tanita, nun etwas ruhiger, da sie sich über Dinge unterhielten, die sie interessierten und von denen sie etwas verstand.

»*Das ewig Weibliche zieht uns hinan*«, zitierte Frau Gropius merkwürdig lächelnd. »Goethe, Goethe und kein Ende. Ist das alles, was im Lehrplan steht?«

»Ich weiß nicht«, sagte Tanita unsicher, »ich lese Goethe eigentlich ganz gern.«

»Ihr Glück«, entgegnete Frau Gropius, »sonst wäre die Schule wohl ziemlich langweilig für Sie.«

Tanita antwortete nicht. Sie fühlte sich wie auf einer Folterbank. Wann kam Frau Gropius denn endlich zum Punkt? Was sollte dieses Gerede über Goethe und Lesen? In Wirklichkeit wollte sie sie doch mit ihrem vernichtenden Urteil über Tanitas Mathematikkenntnisse konfrontieren. Warum tat sie das nicht einfach und beendete die Qual?

»Sie machen sich Sorgen, nicht wahr?« fragte Frau Gropius mitfühlend. »Über Ihre Mathematiknote.«

Tanita nickte. Zum Sprechen war sie momentan nicht fähig; ein Kloß so groß wie ein Findling saß in ihrem Hals.

Frau Gropius seufzte leicht. Sie setzte sich halb auf Tanitas Pult. »Sie haben auch allen Grund dazu. Ich bin ehrlich zu Ihnen«, bemerkte sie mit betrübt gerunzelter Stirn.

»Ich weiß«, sagte Tanita. »Zahlen sind nicht mein Ding. Sie drehen sich vor mir im Kreis, wenn ich sie ansehe, bilden merkwürdige Formen und haben sogar Gesichter – nur ein Ergebnis sehe ich leider so gut wie nie.«

Frau Gropius stand auf und sah auf Tanita hinunter. »Das habe ich gemerkt. Ihre Hausaufgaben sprechen eine deutliche Sprache. Die Logik fällt Ihnen schwer.«

»Ja, die Logik ...«, stimmte Tanita müde zu. »Es erscheint mir alles so ... unlogisch.« Sie konnte es nicht besser ausdrücken.

»Und Goethe nicht?« fragte Frau Gropius.

»Nein, Goethe nicht. Da ist alles klar.«

»Sie wissen, daß Goethe ein großer Naturwissenschaftler war?«

»Ja. Das habe ich gelesen.« Tanita wagte es endlich wieder zu Frau Gropius aufzublicken. »Aber das war wohl eine Ausnahme, daß er beides konnte. Ich kann es jedenfalls nicht. Ich weiß gar nichts.«

»Das halte ich für eine Übertreibung.« Frau Gropius lächelte und wandte sich ab, um zum Fenster zu gehen. Dort drehte sie sich um. »Es ist sehr viel Unterricht ausgefallen, und zum Schluß hatten Sie einen ungeheuer schlechten. Glauben Sie mir«, sie lachte kurz auf, »auch wenn ich noch nicht so lange hier bin, aber ich kenne Lehrer wie Herrn Murnau – nur zu gut.«

»Es liegt nicht an Herrn Murnau.« Tanita widersprach überzeugt. »Es liegt an mir. Ich kann es eben nicht. Ich kann nicht rechnen, ich konnte noch nie gut mit Zahlen umgehen. Es interessiert mich einfach nicht.« Etwas trotzig hob sie den Kopf und schaute Frau Gropius ins Gesicht.

Frau Gropius nickte anerkennend. »Sie sind kein Feigling, Tanita, das imponiert mir. Ich hasse Leute, die nicht die Verantwortung für ihre eigenen Taten übernehmen.« Sie kam wieder auf Tanita zu. »Aber lesen interessiert Sie, nicht wahr? Und nicht nur Goethe.« Sie blickte erneut freundlich auf Tanita hinunter.

Tanita nickte. »Nicht nur Goethe, ja. Ich lese vieles. Fast alles, was mir unter die Finger kommt. Schon als kleines Kind habe ich gern gelesen.«

»Das ist doch sehr schön«, sagte Frau Gropius leise, und ihre Stimme klang auf einmal unsagbar weich. Ihre Augen schienen Tanita wie mit sanften Armen zu umfangen, während sie sich vorbeugte. Unvermittelt richtete sie sich wieder auf und räusperte sich heftig. »Ich könnte Ihnen helfen«, sagte sie, »ich meine, in Mathe. Ich könnte Ihnen Nachhilfestunden geben.«

Tanita spürte ein warmes Gefühl ihren Körper durchrieseln. Frau Gropius' Augen hatten sie mit magnetischer Kraft angezogen, und sie hätte gern mehr davon gehabt. Wie schön wäre es gewesen, Nachhilfestunden ...

»Vielen Dank«, sagte sie, »aber das geht leider nicht. Bei mir ist doch sowieso Hopfen und Malz verloren. Ich begreife es nie. Und außerdem – ich hätte gar nicht das Geld ... ich meine, wir haben nicht genug Geld bei uns in der Familie, um Nachhilfestunden bezahlen zu können.«

»Das macht nichts«, entgegnete Frau Gropius sofort. »Ich verlange kein Geld dafür. Ich möchte nur, daß Sie das Abitur bestehen.«

Tanita starrte sie eine Weile an. »Warum?« fragte sie dann. »Sie kennen mich doch gar nicht.«

»Vielleicht kenne ich Sie besser, als Sie glauben«, erwiderte Frau Gropius nachdenklich. »Also – was denken Sie? Wollen Sie sich verbessern? Wollen Sie arbeiten? Rechnen, bis Ihnen der Kopf raucht?«

Tanita mußte über Frau Gropius' Enthusiasmus schmunzeln. Der Lehrerin schien viel mehr an Tanitas Erfolg zu liegen als ihr selbst. »Nein, das möchte ich eigentlich nicht. Das ist eine Horrorvorstellung für mich«, antwortete sie etwas gequält und verlegen.

Frau Gropius warf laut lachend den Kopf in den Nacken. Ihre Haare tanzten wild um ihren Kopf wie ein hüpfender Sonnenaufgang. »Sie sind wenigstens ehrlich!« stieß sie hervor. »Das gefällt mir.«

Tanita sah sie an, und wieder spürte sie dieses warme Gefühl, das sie zu Frau Gropius hinzog. Aber da hatte sich nun wohl auch die letzte Hoffnung zerschlagen. »Es tut mir leid«, sagte sie. »Ich bin einfach ... unbegabt. Damit muß ich mich wohl abfinden.«

»Sie sind nicht unbegabt!« Frau Gropius protestierte heftiger als erwartet. »Sie sind einfach nur ungeübt. Übung macht den Meister – in jeder Beziehung.« Sie lachte noch einmal. »Und auch die Meister*in*, sogar in Mathematik.«

»Schwer zu glauben«, erwiderte Tanita. Ihre Stimme klang so skeptisch, daß Frau Gropius nähertrat und ihr über die Wange strich, genauso wie sie es damals bei dem anderen Mädchen getan hatte, als Tanita es beobachtete. Ein Schlag durchfuhr Tanita, aber da war es auch schon wieder vorbei. Frau Gropius hatte ihre Hand zurückgezogen.

»Versuchen Sie es doch wenigstens«, sagte Frau Gropius in weichem Tonfall. »Es lohnt sich – bestimmt.« Sie hob die Hände gefaltet vors Gesicht und ließ sie dann wieder sinken. »Ich mache Ihnen einen Vorschlag. Wir versuchen es eine Weile zusammen, und wenn es nichts bringt, hören wir wieder auf.«

Tanita spürte noch immer die warme Berührung an ihrer Wange und war so verwirrt wie selten in ihrem Leben. Was Frau Gropius zum Schluß gesagt hatte, hatte sie kaum gehört. Ihre Gefühle beherrschten ihr Denken. Nachhilfestunden bei Frau Gropius bedeuteten Frau Gropius' Nähe, Frau Gropius' Zuwendung, Frau Gropius' ausschließliche Konzentration auf sie, Tanita. Konnte sie sich das entgehen lassen?

»Was denken Sie? Machen wir's so?«

»Wie? Oh – ja. Wie Sie wollen«, sagte Tanita überrumpelt. Da sie nicht richtig zugehört hatte, wußte sie kaum, wovon die Rede war.

»Schön.« Frau Gropius lächelte zufrieden. »Ich glaube, Sie werden es nicht bereuen.«

Tanita rang sich ein gequältes Lächeln ab. »Vielleicht werden *Sie's*«, entgegnete sie. »Ihr Einsatz ist größer – und der Erfolg unbestimmt.«

»Das wird sich noch herausstellen, wessen Einsatz größer ist«, sagte Frau Gropius rätselhaft lächelnd.

Sie trafen sich noch in dieser Woche zu einer ersten Stunde nach dem Unterricht. Noch nie hatte Tanita sich so aufgeregt gefühlt. Den ganzen Tag über fieberte sie der Begegnung in der achten Stunde entgegen, ihre Knie zitterten, und ihr Magen knurrte, weil sie nichts aß und es nicht bemerkte. Sie konnte sich auf nichts konzentrieren und träumte selbst im Deutschunterricht nur vor sich hin. Die merkwürdig irritierten Blicke, die ihre Deutschlehrerin ihr zuwarf, weil sie an Tanitas rege Beteiligung im Unterricht gewöhnt war, nahm sie gar nicht wahr.

Es ist kein Rendezvous, versuchte Tanita sich einzureden, *es ist alles andere als ein Rendezvous. Sie ist meine Lehrerin und sie gibt mir Nachhilfestunden, das ist alles. Sie denkt nur an Mathe – und das sollte ich auch tun.*

Aber sie konnte es nicht. Sie wartete und wartete, ohne zu wissen, was da kommen sollte. Wieder und wieder sah sie Frau Gropius' Mund vor sich, der sich ihr näherte, der ihr etwas zu sagen schien, was sie nicht hören konnte – oder wollte, wenn es sich um Mathematik handelte. Sie sah nur ihre Lippen, die sich bewegten und die sie gern berührt hätte, geküßt ...

Es klingelte und Tanita schreckte hoch, während sie sich noch einen letzten, etwas beleidigten Blick ihrer Deutschlehrerin einfing. Obwohl ihr sonst sehr viel an deren Wertschätzung lag, war sie ihr heute vollkommen egal. Sie dachte nur an eines.

»Haben Sie schön geübt?« Frau Gropius trat durch die Tür in den Klassenraum, in dem Tanita bereits allein saß.

»Ich ...« Tanita stammelte vor sich hin. »Ich ... nein ... eigentlich nicht ... ich wußte nicht ...«

»Es war nur ein Scherz.« Frau Gropius lächelte freundlich wie immer. »Ich hatte das nicht von Ihnen erwartet. Wir werden es zusammen tun.«

Es – zusammen – tun? Was: *es*? Tanita starrte zu Frau Gropius hoch. Sie dachte nicht an Rechnen, an Übungsaufgaben – oder wenn, dann sicherlich keine in Mathematik.

Frau Gropius setzte sich neben Tanita auf den zweiten Stuhl an ihrem Tisch. »Was macht Ihnen denn so viele Schwierigkeiten?« fragte sie.

»Ich ... ich habe die Hausaufgaben noch nicht gemacht«, stotterte Tanita. Noch nie war ihr Frau Gropius so nah gewesen. Sie spürte sie, sie roch sie, sie empfand die Wärme ihres Körpers, als ob sie neben einem Heizgerät säße, das auf höchste Stufe gestellt war. Sie fühlte Röte in ihr Gesicht steigen.

»Das meinte ich eigentlich nicht«, sagte Frau Gropius, »aber wenn Sie wollen, können wir uns gern damit beschäftigen.« Sie stand auf und ging zur Tafel.

Tanita atmete auf. Der Abstand gab ihr die Möglichkeit, sich wieder zu beruhigen. Sie hörte das Blut in ihren Adern rauschen. Rote Wirbel tanzten vor ihren Augen. Aber langsam wurde es besser, während sie nach vorn starrte, wo Frau Gropius etwas an die Tafel schrieb.

Tanita schüttelte sich leicht. Das war ja noch schlimmer als in ihren Träumen! Frau Gropius' körperliche Gegenwart bedeutete einen ganz entscheidenden Unterschied.

»Können Sie mir die Lösung sagen?« Frau Gropius hatte ihre Aufgabenstellung an der Tafel beendet und sich wieder zu Tanita umgedreht.

Tanita blickte weiterhin nach vorn, aber sie sah so gut wie nichts – außer Frau Gropius. Ihre Haare tanzten noch ein wenig auf ihren Schultern und führten die Bewegung fort, ihre Augen leuchteten warm und verständnisvoll, und das Lächeln auf ihren Lippen öffnete sie leicht, wie zum Kuß. Tanita spürte, wie ihr ganzer Körper erneut in Aufruhr geriet, noch schlimmer als zuvor. Der Abstand allein genügte nicht. Die Situation – sie allein hier mit Frau Gropius im Klassenzimmer – reichte völlig aus, um ihr jegliche Kontrolle zu rauben.

»Das haben wir in der letzten Stunde besprochen«, sagte Frau Gropius ruhig, vielleicht auch ein wenig enttäuscht. »Erinnern Sie sich nicht mehr daran?«

Was sollte Tanita darauf antworten? Ihrer Lehrerin sagen, daß sie ihrem Unterricht nicht gefolgt war, daß sie sie lieber angestarrt und von ihr geträumt hatte, als auf ihre Ausführungen zu achten? Das nahm sie sicherlich nicht für ihre Schülerin ein.

»Ich ... doch ...«, erwiderte Tanita. Sie rang unter der Bank die Hände. »Ich habe es nur nicht verstanden. Ich sagte ja, ich kann mit Zahlen nichts anfangen.«

»Ja, ich erinnere mich«, entgegnete Frau Gropius leicht schmunzelnd. »Wir machen das jetzt einfach zusammen, dann wird schon etwas dabei herauskommen.« Sie ging zum zweiten Mal auf Tanita zu und blieb neben ihrem Tisch stehen. »Verstehen Sie denn die Aufgabenstellung?« fragte sie.

»Eigentlich ... ja ... nein, nicht so richtig«, gab Tanita zu.

»Na dann ...« Frau Gropius setzte sich erneut neben sie.

Tanita zuckte zusammen. Am liebsten wäre sie abgerückt, aber das konnte sie ja wohl schlecht tun. Frau Gropius beugte sich zu ihr. Tanita stockte der Atem. Dieser Duft – keine Rose konnte süßer duften. Tanita schloß kurz die Augen, während Frau Gropius vor ihr auf dem Tisch das Ringbuch aufschlug, das immer noch geschlossen vor ihr gelegen hatte.

»Am besten, Sie schreiben es erst einmal ab, dann wird Ihnen vielleicht einiges klarer«, forderte Frau Gropius sie auf. Sie sah Tanita kurz an und blickte dann nach vorn auf die Tafel.

Tanita nahm gehorsam ihren Stift. Sie hatte diese Aufgabe schon einmal abgeschrieben und nichts dabei verstanden; was sollte sich da beim zweiten Mal ändern? Dennoch wußte sie eine Stunde später, daß sich etwas geändert hatte, denn sie hatte die Aufgabe mit Frau Gropius' Hilfe gelöst und endlich einmal wenigstens ansatzweise begriffen, um was es dabei ging.

»Allein hätte ich das aber nie geschafft«, schränkte Tanita stirnrunzelnd ein, »und würde es auch kein zweites Mal.«

»Das ist mir klar«, sagte Frau Gropius gutmütig, »deshalb sitzen wir ja hier. Aber beim dritten, vierten oder zehnten Mal wird es bestimmt klappen. Dessen bin ich mir sicher.«

»Ich nicht«, sagte Tanita unglücklich.

Frau Gropius legte einen Arm um ihre Schultern. »Ich schon«, sagte sie zuversichtlich. »Glauben Sie mir. Glauben Sie einfach an sich selbst.«

Tanita versuchte das Zittern zu unterdrücken, das von ihr Besitz ergriff. Frau Gropius' Berührung gab ihr den letzten Rest. Sie hatte nun eine geschlagene Stunde neben ihr gesessen, und das war schwierig genug gewesen, obwohl die mühsame Aufgabe sie abgelenkt hatte, doch nun, diese direkte Berührung –

Frau Gropius schien ihren Zustand zu bemerken und stand auf.

»Ich ... ich kann nicht«, sagte Tanita leise.

»Wir sehen uns morgen«, entgegnete Frau Gropius plötzlich kurzangebunden und ging zu ihrem Pult. »Machen Sie sich keine Sorgen. Wir schaffen das schon.« Sie nahm ihre Tasche und war gleich darauf verschwunden.

Tanita blickte auf den leeren Türrahmen, in dem sie immer noch die roten Haare wehen sah wie ein nur langsam verblassendes Bild auf einem Monitor. Sie atmete tief durch. Die erste Stunde war überstanden, und sie hatte die Hausaufgaben für die nächste Mathestunde erledigt.

Wie sie allerdings die nächste Nachhilfestunde überstehen sollte, war ihr ein Rätsel.

Glücklicherweise schien auch Frau Gropius in den nächsten Stunden auf mehr Distanz zu achten. Sie kam Tanita nie mehr so nahe wie beim ersten Mal. Langsam verbesserten sich Tanitas Mathematikkenntnisse, auch wenn Frau Gropius einsehen mußte, daß Mathe nie Tanitas Lieblingsfach werden würde. Eines Tages, ein halbes Jahr später, kündigte Frau Gropius an, daß die Nachhilfestunden nun wohl nicht mehr nötig seien.

»Sie haben eine stabile Drei erreicht, mehr zu erwarten wäre wohl vermessen«, lachte sie.

»Vor einiger Zeit wäre auch eine Drei zu erwarten vermessen gewesen«, erwiderte Tanita lächelnd. Dann erstarb ihr Lächeln. »Allein werde ich das nicht halten können«, sagte sie traurig.

»Bei Herrn Murnau?« Frau Gropius lachte wieder.

Schon seit einiger Zeit hatte Herr Murnau den Unterricht wieder aufgenommen, aber die Nachhilfestunden bei Frau Gropius waren davon unberührt geblieben.

Auf einmal wurde Tanita bewußt, daß damit der Kontakt zu Frau Gropius endgültig abbrach. Es würde wieder so sein wie vorher, einsame Nachmittage und ab und zu ein erhaschter Blick auf dem Flur.

Sie wurde noch trauriger.

Es verging ein weiteres halbes Jahr, und tatsächlich schloß Tanita ihr Abitur mit einer Drei in Mathe ab, was sie nie für möglich gehalten hatte. Der letzte Tag auf der Schule, die Ausgabe der Abiturzeugnisse, bedeutete Tanita kaum mehr etwas, da sie ihre Noten ja alle schon kannten. Das einzige, was sie noch interessierte, war Frau Gropius. Von ihr wollte sie sich verabschieden, doch sie war nirgends zu finden. Im Sekretariat erfuhr sie, daß Frau Gropius auf einem Lehrgang und deshalb diese Woche nicht im Hause war. Sie war enttäuscht. Nicht einmal mehr sehen konnte sie sie. Wenn sie die Schule endgültig verlassen hatte, gab es keine weitere Chance mehr dazu.

Tanita trampte nach dem Abitur drei Monate durch Südamerika und kam braungebrannt zurück. Sie hatte noch einen Monat, bevor das Studium begann. In der Zeit wollte sie sich eine eigene Wohnung suchen. Mit der Zeitung bewaffnet saß sie in einem Café und studierte die Anzeigen.

»Tanita?«

Sie blickte auf und sah in Frau Gropius' erstauntes Gesicht.

Tanita lächelte überrascht. Ihr Herz schlug plötzlich eine Etage höher. »Frau Gropius«, sagte sie. »Guten Tag.« *Bumm, bumm, bumm.* Nur mit Mühe konnte sie eine distanzierte Miene bewahren.

»Wie schade, daß wir uns nicht mehr gesehen haben«, sagte Frau Gropius. Sie schien ganz entspannt. »Aber bei den Lehrerkonferenzen habe ich erfahren, daß sie die Drei bis zum Abitur gehalten haben. Glückwunsch.« Sie musterte Tanita kurz. »Sie sehen gut aus. So braungebrannt.« Sie lächelte.

»Ich war drei Monate in Südamerika, zwischen Abi und Studium«, erklärte Tanita. Sie wies auf die Zeitung vor sich. »Und jetzt suche ich eine Wohnung.«

Frau Gropius' Lächeln wurde breiter. »Vermute ich richtig, daß Sie nicht Mathematik studieren werden?«

Tanita mußte lachen. »Ja, da vermuten Sie richtig. Ich werde Germanistik studieren.«

»Ich gebe zu, daß das auch besser zu Ihnen paßt«, sagte Frau

Gropius. »Leider ist es mir selten gelungen, in Mädchen die Begeisterung für Mathematik zu wecken, wie ich sie empfinde.« Sie wies mit einer Hand auf den Stuhl neben Tanita. »Darf ich mich zu Ihnen setzen?«

»Natürlich.« Tanita rückte ein wenig zur Seite und faltete ihre Zeitung zusammen. Kurz erinnerte sie sich an die Situation in den Nachhilfestunden, wenn Frau Gropius neben ihr gesessen hatte. Nun war es wieder so, und Tanitas Gefühle waren dieselben. Sie wollte am liebsten weglaufen, weil sie Frau Gropius' Nähe kaum ertrug. *Warum tust du mir das an?* dachte sie. *Warum kommst du mir so nahe? Merkst du denn nicht, was mit mir los ist?* In Gedanken siezte sie Frau Gropius natürlich nicht. »In Jungs haben Sie die Begeisterung für Mathematik wecken können?« nahm sie das Thema, das Frau Gropius angeschnitten hatte, wieder auf.

»Manchmal«, sagte Frau Gropius. Sie winkte und bestellte bei der Bedienung einen Cappuccino.

»Ist Ihr Mann auch Mathematiker?« Nie hatte Tanita sich getraut, diese Frage zu stellen, doch jetzt drängte es sie –, aber die Antwort lag wohl auf der Hand.

»Nein, ich bin nicht verheiratet«, erwiderte Frau Gropius mit einem merkwürdigen Blick.

»Verzeihung«, sagte Tanita. »Ich wollte nicht indiskret sein. Ich dachte, Sie wären es. Ich kann mir nicht vorstellen, daß Ihr Lebensgefährte so gar nichts mit Mathematik zu tun haben sollte.«

»Ich habe auch keinen ... Lebensgefährten«, entgegnete Frau Gropius. Ihre Mundwinkel zuckten verdächtig. »Warum fragst du nicht direkt?« sagte sie plötzlich.

»Ich ... was ...?« Tanita war verwirrt. Der so unvermittelte Wechsel ins Du brachte sie aus der Fassung. »Was meinen Sie mit ›direkt‹?«

»Ich glaube, du weißt ganz genau, was ich meine.« Frau Gropius Stimme klang leise, und sie beugte sich zu Tanita vor. In diesem Augenblick kam der Cappuccino. Damit die Bedienung ihn vor sie hinstellen konnte, mußte Frau Gropius sich zurücklehnen.

»Ich ... Sie –« Tanita stotterte herum und kam sich wieder vor wie ein kleines Schulmädchen. Ein sehr kleines.

»Ich habe dich vermißt, nachdem unsere Nachhilfestunden vorbei waren«, sagte Frau Gropius.

»Oh, ich ... ich habe Sie auch ... vermißt«, entgegnete Tanita nervös. Was sollte das alles? Wieso duzte Frau Gropius sie plötzlich, und warum stellte sie solch merkwürdige Fragen? »Ich muß gleich zu einer Wohnungsbesichtigung«, fuhr sie noch nervöser fort.

Frau Gropius nippte an ihrem Cappuccino und stellte ihn wieder hin. »Hm-hm«, machte sie vieldeutig. »Habe ich mich getäuscht?«

Tanita wußte nicht mehr, wo sie hinschauen sollte. Frau Gropius' Augen bohrten sich in ihre und ließen sie nicht mehr los. »Getäuscht?« Sie versuchte ihrer Stimme einen harmlosen Klang zu geben.

Frau Gropius musterte sie erneut, diesmal länger. »Vielleicht habe ich das wirklich«, sagte sie dann ruhig. Sie stand auf. »Bezahlen Sie für mich mit?« Sie legte einen Schein auf den Tisch.

Auf einmal wieder ›Sie‹? Was war denn los? Tanita wunderte sich. Getäuscht? Was meinte sie mit ›getäuscht‹? Hatte sie erwartet, daß Tanita Mathematik studieren würde? Nein, das konnte sie nicht erwartet haben, das war zu abwegig.

Frau Gropius war schon ein paar Schritte gegangen, bevor Tanita aufsprang. »Frau Gropius!«

Frau Gropius drehte sich um. Sie blickte fragend in Tanitas Richtung. Tanita legte schnell einen zweiten Schein auf den Tisch für ihre eigene Rechnung – die Bedienung würde sich über das unangemessen hohe Trinkgeld freuen – und lief Frau Gropius hinterher.

»Es tut mir leid, wenn ich da etwas nicht verstanden habe – oder falsch. Das ist sowieso meine Spezialität«, sagte Tanita entschuldigend lächelnd. »Das wissen Sie ja.«

»Nein, ich glaube, *ich* habe da etwas falsch verstanden«, sagte Frau Gropius. »Ich muß mich bei *Ihnen* entschuldigen.«

Tanita lachte. »Sicherlich nicht! Das kann ich mir nicht vorstellen! Erklären Sie mir doch einfach, worum es geht, dann ist das Mißverständnis bestimmt schnell aus der Welt geschafft. Sie können so wahnsinnig gut erklären. Selbst mir haben Sie etwas über Mathematik beigebracht, und das will was heißen!«

»Es geht nicht um Mathematik«, sagte Frau Gropius zurückhaltend. Dann lächelte sie bezaubernd. »Vielleicht trinken wir ja wieder einmal einen Kaffee zusammen, wenn wir uns zufällig treffen.

Würde mich freuen.« Sie wollte gehen.

Von Frau Gropius' hinreißendem Lächeln für einen Moment wie erschlagen, stand Tanita da und sah ihren Rücken entschwinden. Erneut mußte sie ihr hinterherlaufen. »Frau Gropius, bitte ...« In ihrem Gehirn überschlugen sich die Möglichkeiten. Wie konnte sie Frau Gropius aufhalten? »Gehen Sie doch mit mir zu der Wohnungsbesichtigung. Hätten Sie nicht Lust? Ich bin so unerfahren in diesen Dingen. Sie können das sicherlich besser beurteilen, ob eine Wohnung geeignet ist oder nicht.« Tanitas Stimme klang beinahe flehend, obwohl sie das gar nicht beabsichtigt hatte.

Frau Gropius schaute auf ihre Armbanduhr. »Ich habe eigentlich –« Dann ließ sie den Arm wieder sinken. »Ach, warum nicht? So wichtig ist die andere Sache nicht.« Ihr Lächeln kehrte zurück.

»Prima. Es ist nur ein paar Straßen von hier. Wir können zu Fuß hingehen.« Tanita war erleichtert. Eine kleine Galgenfrist. Noch ein paar Minuten mit Frau Gropius, eine Viertel- oder halbe Stunde vielleicht, aber alles war besser, als sie jetzt gleich wieder zu verlieren. Tanita spürte, daß ihr Herz ihr nun ständig bis zum Hals klopfte; es beruhigte sich gar nicht mehr. Sie war einfach nur glücklich, daß sie Frau Gropius getroffen hatte, solch ein unverhofftes Wiedersehen.

Sie besichtigten die Wohnung gemeinsam mit mehreren anderen Interessenten, und Frau Gropius sprach sich dafür aus.

Tanita seufzte. »Leider ist sie viel zu teuer für mich. Wir können gleich wieder gehen.«

»Ach, warum denn?« Frau Gropius hakte sich bei ihr ein, als wären sie Schwestern oder Freundinnen. »Wir können doch wenigstens so tun, als ob. Das macht Spaß.« Ein schelmisches Grinsen überzog ihr Gesicht, fast wie bei einem Kobold.

Tanita sah sie erstaunt an. So hatte sie sie noch nie erlebt, so verspielt. Im Unterricht war sie wenn auch freundlich, so doch immer ernsthaft gewesen – wie es sich für eine Lehrerin gehört.

»So tun, als ob ich genügend Geld hätte, diese Wohnung zu mieten?« flüsterte Tanita entgeistert. Für einen Augenblick vergaß sie, daß der enge Körperkontakt sie eigentlich einer Ohnmacht nahebringen sollte.

»Ja, warum nicht?« Frau Gropius' schelmisches Grinsen verschwand und machte einem ernsthaften Ausdruck Platz, als der

Makler zu ihnen trat.

»Meine Damen«, sagte er etwas schleimig, »Sie interessieren sich für das Objekt?«

Frau Gropius verwandelte sich in eine Diva. Ihre flammendroten Haare mit dem Löwenmähnenschnitt erweckten diesen Eindruck ohnehin schon, aber nun unterstützte sie das noch durch eine gezierte Sprechweise und manierierte Mimik. »Unter Umständen«, sagte sie.

Offenbar war der Makler beeindruckt. Als die anderen Interessenten einer nach dem anderen gingen – es schien, auch ihnen war die Wohnung zu teuer –, versuchte er immer wieder, seine beiden Favoritinnen zu überzeugen.

»Ich muß länger in einer Wohnung sein, die Atmosphäre atmen, Sie verstehen?« sagte Frau Gropius. Sie klang wie ein Star, der sich herabläßt, mit dem einfachen Volk zu verkehren.

»Bleiben Sie doch noch eine Weile hier«, bot der Makler beflissen an. In dieser Preisklasse war das wohl üblich. »Ziehen Sie einfach die Tür hinter sich zu, wenn Sie gehen.« Er machte sich davon und überließ die beiden Frauen sich selbst.

»Die Atmosphäre atmen?« Tanita prustete los.

»Na ja, ich habe während meines Studiums mal in einer Theatergruppe mitgespielt«, erklärte Frau Gropius ebenfalls lachend.

»Ich werde das in Erwägung ziehen, wenn ich demnächst studiere«, sagte Tanita grinsend. »Das ist ein Gewinn fürs Leben.«

»Durchaus.« Frau Gropius wurde schlagartig still.

Auch Tanita merkte, daß ihnen plötzlich der Gesprächsstoff ausgegangen war. Es war vielleicht keine so gute Idee gewesen, allein hierzubleiben. Sie schlug resignierend die Hände zusammen. »Nun ja, es war ein schöner Traum, eine solche Wohnung zu besitzen, aber nichts anderes als das: ein Traum. Wachen wir auf.« Sie ging zur Tür.

In ihrem Rücken spürte sie weiterhin Frau Gropius' Gegenwart, und sie wollte ihr möglichst bald entkommen. Hier mit ihr allein zu sein – das war noch anders als in der Schule. Hier waren sie *wirklich* allein, und in ihrem Kopf entwickelten sich die wildesten Phantasien. Einige, die sie sich bereits mehrmals allein zu Hause in ihrem Bett vorgestellt hatte, und auch einige neue.

Obwohl sie sie nicht sah, erschien plötzlich Frau Gropius' Bild vor ihrem inneren Auge; aber nicht so, wie sie hinter ihr stand, sondern ganz, ganz anders. Sie war nackt, und zwischen ihren Beinen glitzerte es rötlich. Tanita hatte das mal in einem Film gesehen und dieses Bild auf Frau Gropius übertragen. Jetzt schämte sie sich dafür, denn es war das erste Mal, daß es in Frau Gropius' Gegenwart in ihrem Kopf auftauchte. Bisher war sie noch nie so weit gegangen.

»Sie sind unglaublich erwachsen, Tanita«, sagte Frau Gropius hinter ihr. »Es tut mir leid, daß ich –«

Nur weil sie abbrach und das Tanita irritierte ... weil sie gern gewußt hätte, wie der Satz weitergehen sollte, drehte sie sich um. Frau Gropius stand etwas unentschlossen da – auch eine neue Erfahrung für Tanita. Sie hatte Frau Gropius bisher nur souverän und überlegen erlebt; eine Frau, die immer wußte, was zu tun war.

In diesem Augenblick jedoch offensichtlich nicht. »Es tut mir leid«, wiederholte sie, »*alles* tut mir leid.« Sie kam auf Tanita zu und wollte an ihr vorbei auf die Wohnungstür zugehen.

Tanita runzelte die Stirn. Automatisch streckte sie die Hand aus. »Was sollte Ihnen leid tun? Es gibt doch nichts –«

Diesmal unterbrach Frau Gropius sie durch eine schnelle Bewegung. Sie drehte sich noch einmal um. »Sie wissen nicht, wovon ich rede«, bemerkte sie barsch. »Sie wissen überhaupt nicht, wovon ich rede.«

Tanita senkte den Blick. »Wenn überhaupt, dann ... dann müßte ich mich entschuldigen«, sagte sie leise.

»Sie?« Frau Gropius hob die Augenbrauen. »Wofür? Für Ihre schlechte Mathematiknote?« Sie lachte ein wenig.

»Nein, dafür nicht.« Tanita wand sich unbehaglich. Warum hatte sie bloß davon angefangen? Frau Gropius hatte ja keine Ahnung ...

»Lassen Sie's gut sein, Tanita.« Frau Gropius hob die Hand und lächelte wieder. »Es war schön, daß wir uns wiedergesehen haben.« Sie streckte Tanita die Hand entgegen.

Tanita starrte auf die Hand, aber sie ergriff sie nicht. »Frau Gropius, ich ...« Sie mußte etwas sagen. Vielleicht war dies ihre letzte Chance. Trotzig hob sie den Blick. »Ich ... ich liebe Sie, Frau Gropius.« Nun war es heraus.

Frau Gropius starrte sie an, als wäre sie ein Geist. Ihre Hand blieb ausgestreckt in der Luft stehen. »Was?«

»Ich erwarte nicht, daß Sie das verstehen. Ich habe es lange Zeit auch nicht verstanden. Aber als ich in Südamerika war, da ... nun ja, da habe ich eine Frau getroffen, und seitdem ... seitdem weiß ich es ganz genau. Ich meine, ich wußte es vorher schon, aber ... aber man kann nie ganz sicher sein, bevor man es nicht ausprobiert hat, nicht wahr?« Sie errötete leicht, während sie endete.

Frau Gropius ließ ihre Hand langsam sinken.

»Bitte, seien Sie mir nicht böse«, bat Tanita, »ich wollte Sie nicht beleidigen oder Ihnen zu nahe treten. Ich hätte es Ihnen vielleicht nicht sagen sollen. Ich weiß, Sie stehen auf Männer –«

Frau Gropius warf plötzlich den Kopf zurück und lachte. Ihre Haare tanzten auf ihren Schultern wie damals, als sie beide in der Schulklasse allein gewesen waren.

Mit allem hatte Tanita gerechnet, damit daß Frau Gropius ihr Geständnis entsetzt aufnehmen würde oder verständnislos, aber daß sie es lächerlich finden würde, daß sie Tanitas Gefühle auslachen würde, das verletzte sie tief. Sie schluckte. »Ja, wenn Sie das so lustig finden ...«, sagte sie mühsam beherrscht. Die Tränen stiegen ihr bereits heiß und erstickend in die Augen, »dann gehe ich wohl besser. Entschuldigen Sie, daß ich Sie belästigt habe.«

Frau Gropius hörte augenblicklich auf zu lachen. »Nicht, Tanita, nein, so war es nicht gemeint. Ganz und gar nicht. Du hast mich nur so ... überrascht.«

Tanita nahm mit Erstaunen zur Kenntnis, daß aus dem Sie wieder ein Du geworden war. Aber sie wußte nicht, warum. »Sie ... Sie konnten es ja auch nicht wissen.« Das war die einzige Erklärung.

»Nein, da hast du recht. Ich konnte es nicht wissen.« Frau Gropius schüttelte den Kopf. »Ich konnte es nicht wissen«, wiederholte sie, während sie geistesabwesend ein paar Schritte zurück in die Wohnung ging.

Tanita sah ihr verwirrt nach. »Sie ... es ist ja nicht Ihre Schuld«, versuchte sie sich in einen Rest Logik zu retten. Sie hatte zwar nicht viel dafür übrig, aber bei so viel Verwirrung half es vielleicht doch etwas. »Es ist allein meine –« Weiter kam sie nicht.

»Eben nicht!« Frau Gropius lief erregt hin und her. »Eben nicht, Tanita, verstehst du denn nicht?« Sie sah Tanita an. Es war ein wilder Blick, der Tanita erschreckte.

»Ich weiß nicht. Was meinen Sie?« Tanita versuchte sich mit einem Scherz zu helfen. »Ich habe Schwierigkeiten mit dem Verständnis, das wissen Sie doch.«

»Ich bin nicht mehr deine Lehrerin. Du brauchst mich nicht mehr zu siezen«, bemerkte Frau Gropius zusammenhanglos.

Tanita sah sie an. Sie zögerte. »Ich kenne nicht einmal Ihren Vornamen, da wäre das schwierig«, sagte sie nervös lachend.

Frau Gropius betrachtete sie eine Weile, ohne zu sprechen. Tanita fühlte sich unbehaglich unter ihrem Blick, und dennoch wagte sie nicht, ihm auszuweichen. Ein Kribbeln bemächtigte sich ihres ganzen Körpers, denn Frau Gropius' Augen waren nicht nur durchdringend, sondern auch warm, jedenfalls schien es ihr so. Merkwürdige Gefühle erfüllten ihr Inneres, bekannte wie unbekannte. Einige davon kannte sie aus Südamerika – und hatte sie auch vorher schon, weniger intensiv, mit sich selbst erlebt –, aber ein paar waren ganz neu. Frau Gropius' Augen lösten etwas in ihr aus, das weit über alles hinausging, was sie bisher erfahren hatte.

»Also habe ich mich doch nicht getäuscht«, bemerkte Frau Gropius plötzlich, als ob sie aus einem langen Schlaf erwachte. Ihre Stimme klang erleichtert. Von weitem blickte sie Tanita an. »Es war schwierig für mich, als du noch meine Schülerin warst«, fügte sie hinzu.

»Ich weiß.« Tanita seufzte. »Ich war nicht gut in Mathe.«

»Herrgott noch mal!« Erneut tanzten Frau Gropius' Haare von einer plötzlichen Bewegung auf ihren Schultern, aber diesmal ärgerlich. »Denkst du denn an gar nichts anderes als an Mathe?«

»Ungern«, sagte Tanita, »aber ich weiß ja, wieviel Schwierigkeiten ich Ihnen verursacht habe damals, trotz der Nachhilfestunden.«

»Die Nachhilfestunden . . .«, erwiderte Frau Gropius nachdenklich. »Während der Nachhilfestunden dachte ich manchmal –« Sie kam auf Tanita zu. »Ist dir denn nie etwas aufgefallen?« fragte sie leise, als sie vor ihr stand. Mit einem Finger strich sie sanft über Tanitas Wange.

Tanita schloß kurz die Augen, weil es so schön war. Es war ein Reflex, aber schnell riß sie sie wieder auf, als sie merkte, daß der Reflex tiefer ging. Frau Gropius wußte vielleicht gar nicht, was sie anrichtete, wollte nur nett sein.

»Was denn . . . aufgefallen?« fragte sie mühsam mit krächzender Stimme.

»Du bist doch kein Kind mehr«, erwiderte Frau Gropius, immer noch leise und deshalb um so eindringlicher. »Du weißt genau, was ich meine.« Ihr Finger strich weiter über Tanitas Wange, bewegte sich hin zu ihrem Mund, ihren Lippen, verharrte.

»Sie . . . ich . . .«, stammelte Tanita. Ihr wurde abwechselnd heiß und kalt unter den sanften Berührungen.

»Ja, genau. Du und ich«, bestätigte Frau Gropius. Sie flüsterte nur noch. »Anscheinend wollten wir dasselbe.« Ihre Lippen senkten sich auf Tanitas und berührten sie leicht.

»Sie . . . Sie auch?« fragte Tanita verwundert, als sie sich wieder zurückzog.

»Hör doch auf mit dem dummen Sie«, wisperte Frau Gropius ganz dicht vor ihr. »Das ist vorbei.« Ihre Augen glühten. »Wir sind zwei erwachsene Frauen und können nun endlich das tun, was wir uns schon die ganze Zeit gewünscht haben.« Wieder senkten sich ihre Lippen auf Tanitas, und diesmal berührte sie sie fester.

Tanita war für einen Moment wie zur Salzsäule erstarrt und reagierte nicht. In ihren Träumen hatte sie mit Frau Gropius geschlafen, wieder und wieder, aber in der Realität war das alles doch etwas anderes. Sie erinnerte sich an Südamerika, an ihr erstes Mal mit Inéz. Selbst dabei hatte sie an Frau Gropius gedacht. In Inéz war sie nicht verliebt gewesen; sie hatte Tanita einfach verführt, und Tanita hatte sich nicht gewehrt, hatte es genossen, aber an Liebe hatte sie dabei nicht gedacht. Sie waren ein paar Wochen miteinander herumgezogen, hatten miteinander geschlafen, so oft sie konnten, und dann war Inéz eines Morgens verschwunden gewesen. Tanita hatte sie eine Weile vermißt, aber die Gedanken an Frau Gropius hatten sich wieder in den Vordergrund gedrängt, und Inéz' Bild war verblaßt.

Und nun stand das Abbild ihrer Träume leibhaftig vor ihr und verlangte eine Entscheidung.

»Willst du nicht?« fragte sie leise, als Tanita sich nicht rührte.

Tanita blieb stumm, aber ihre Arme legten sich um Frau Gropius' Nacken und zogen sie zu sich heran. Sie öffnete ihre Lippen und ließ sie ein, begann sie zu streicheln.

Frau Gropius seufzte leise.

»Frau ... –« Tanita schob sie leicht von sich und lachte ein wenig. »Bitte sag mir deinen Namen. Ich kann dich wirklich nicht ›Frau Gropius‹ nennen, während wir ...«

Frau Gropius lachte leicht. »Nein, das stimmt. Daran soll es nicht scheitern.« Ihre Augen blickten liebevoll auf Tanita. Liebevoll und ... erregt. Sie blitzten.

Tanita fuhren heiße Schauer durch den Körper.

»Diana«, sagte Frau Gropius. »Ich heiße Diana.«

»Diana, die Göttin der Jagd«, bemerkte Tanita. »Was für ein schöner Name.«

Diana Gropius lachte erneut. »Aber sie hat ihr Wild sicherlich schneller erlegt als ich meins!«

»Du willst mich erlegen?« fragte Tanita launig.

»Das wollte ich schon vom ersten Augenblick an«, flüsterte Diana. »Damals, als ich dich vor meinem Klassenraum stehen sah. Du gefielst mir so gut, und du sahst mich so an, als ob ... – aber du warst eine Schülerin und später dann sogar *meine* Schülerin. Es war undenkbar.«

»Deshalb die Nachhilfestunden«, vermutete Tanita.

Diana schüttelte den Kopf. »Nicht nur deshalb. Ich wollte dir wirklich helfen. Aber deine Nähe hat es mir manchmal fast unmöglich gemacht.«

»Mir auch!« Tanita lachte. »Warum hast du nichts gesagt? Ich dachte – ich meine, ich habe dich oft so angestarrt ...«

»Ich konnte nichts sagen. Ich war deine Lehrerin. Das ist verboten, illegal, kriminell. Es gab keinen Weg dahin. Ich habe deine Blicke bemerkt, aber manchmal dachte ich auch, es wäre nur Einbildung von mir, meine Wunschvorstellung, die ich in dich projizierte.«

Tanita zog die Stirn kraus. »Mein Gott, sind Lehrerinnen kompliziert«, sagte sie scherzend.

»Du hättest ja auch etwas sagen können«, verteidigte sich Diana. »Ich hätte dafür ins Gefängnis kommen können, wenn ich es getan hätte, du nicht.«

»Eine schreiende Ungerechtigkeit«, meinte Tanita halb lachend, halb im Ernst. »Ich hätte nie gedacht, daß du –« Sie strich mit einem Finger weich über Dianas Augenbrauen und musterte ihr Gesicht zärtlich. »Ich dachte, du bist verheiratet«, beendete sie ihren

Satz. »Ich hätte nie gewagt ... nicht einmal zu hoffen gewagt –«

»Sehe ich so männermordend aus?« fragte Diana schmunzelnd.

Tanita lehnte sich ein wenig zurück, als ob sie sich noch einmal überzeugen müßte. »Na ja, schon ...«, meinte sie dann. »Du bist sehr ... attraktiv.«

»Vielen Dank«, entgegnete Diana immer noch schmunzelnd.

»Oh, nichts zu danken. Ich meine, ich bin sicher nicht die erste, die ... die dir das sagt.« Tanita verstummte unbehaglich. Dianas Vergangenheit hatte sie bislang wenig interessiert, aber plötzlich stand sie im Raum. Tanita fühlte ein verlegenes Kribbeln in sich, eine Befangenheit wie zu Anfang ihrer Nachhilfestunden.

Diana beugte sich zu ihr vor und begann mit ihren Lippen an Tanitas Wange zu zupfen. »Hättest du lieber Nachhilfe in Liebe gehabt als in Mathe?« flüsterte sie.

»Vielleicht hätte ich da keine Nachhilfe gebraucht«, flüsterte Tanita zurück.

Dianas Hände streichelten sie, und die heißen Schauer in ihrem Inneren verstärkten sich. Es war wie in Südamerika, nur viel, viel schöner.

Als ob sie sich abgesprochen hätten, sanken sie gemeinsam zu Boden. Die Wohnung war mit weichem Flor ausgelegt, und sie wurden sanft empfangen. Diana schob sich über Tanita und küßte sie leidenschaftlich. »Das habe ich mir so lange gewünscht«, flüsterte sie, als sie heftig atmend eine Pause einlegte.

Tanita blickte zu ihr hoch. »Ich auch«, wisperte sie. Sie griff nach Dianas Nacken und zog sie zu sich herunter, drang in ihren Mund ein und hielt sie fest, so daß sie nicht entkommen konnte. Ihre Zunge fühlte sich weich, warm und geborgen, als sie Dianas heiße Mundhöhle erforschte. Erregende Blitze schossen in die Tiefe ihres Körpers, bei jeder Berührung ihrer Zungenspitze mit Dianas fühlte sie sich vom Boden abgehoben. Sie spürte, was sich zwischen ihren Beinen tat, und ihre Brüste schmerzten, weil sie liebkost werden wollten.

Diana keuchte in ihrem Mund. Tanita ließ Dianas Nacken los und fuhr hinab zu ihren weichen Rundungen, streichelte sie. Diana stöhnte, immer noch fest mit ihrem Mund verbunden, auf. Ihre Hand glitt an Tanitas Körper tiefer und suchte ihren Reißverschluß. Sie öffnete ihn schnell und fuhr in Tanitas Hose hinein, in ihren Slip.

»Hmm ...«, machte sie, als sie Tanitas Nässe spürte.

Tanita zuckte hoch. Die Hose war zu eng, als daß Diana in sie eindringen konnte, aber sie konnte ihre Perle berühren. Das tat sie auch. Heftig. Sie drückte dagegen und rieb, verteilte Tanitas Nässe mehr und mehr. Tanita spürte nichts mehr außer Feuer, Hitze, Lust. Sie wand sich unter Diana, drängte sich ihr entgegen, wartete auf den Absprung.

Endlich löste Diana sich von Tanitas Lippen. »Komm«, flüsterte sie, »komm, meine Süße, laß es mich spüren. Komm ...« Sie drang wieder in Tanitas Mund ein und erstickte sie fast; ihr Finger fuhr schneller und schneller, unterstützt von Tanitas Nässe, über ihre Perle.

Tanita hatte das Gefühl, sie wäre so sehr angeschwollen, daß sie gleich explodieren müßte. Sie klammerte sich an Diana und wand sich unter ihr, keuchte in ihrem Mund und rang nach Luft. Dianas Zunge nahm sie heftig, ließ ihr kaum Gelegenheit zu atmen. Die Hitze zwischen ihren Beinen wurde zu einem Feuerball, drängte sich nach oben in ihren Bauch, krampfte sich heiß zusammen, einmal, zweimal – dann entlud sich ein Feuersturm, der sie laut aufstöhnen ließ. Trotzdem klang es unterdrückt, denn Dianas Zunge in ihrem Mund ließ sie nicht schreien. Sie schob Diana in einer instinktiven Bewegung von sich, weil sie wirklich befürchtete zu ersticken. In ihrem Unterleib zuckte es; Diana gönnte ihr keine Pause. Sie reizte weiter ihre Perle, bis sie zum zweiten Mal kam und sich alles in ihr zusammenzog, noch heftiger als zuvor. Sie stöhnte und warf ihren Oberkörper hin und her.

Aber auch damit war Diana noch nicht zufrieden. Ihre Hand und ihre geübten Finger führten einen Teufelstanz zwischen Tanitas Beinen auf, bis sie sich anhob und erstarrte, bis eine weitere heiße Welle sie überschwemmte und sie schrie und schrie, so lange, bis sie nicht mehr schreien konnte, weil sie keine Kraft mehr dazu hatte.

»Bitte, Diana, bitte nicht ...« Tanita fuhr mit einer Hand erschöpft zwischen ihre Beine, um Dianas festzuhalten. »Einen Moment ... Ruhe ... bitte«, flüsterte sie schwach.

Diana lächelte auf sie hinab. »Ja, mein Liebling«, sagte sie zärtlich. Dann lachte sie leise. »Die Jugend von heute – kein Durchhaltevermögen mehr!«

Tanitas Widerspruchsgeist ließ sie schneller zu Kräften kommen, als sie gedacht hatte. Sie richtete sich mit einem Ruck auf, drehte sich um und begrub Diana unter sich. Wild und erregt starrte sie sie an. »Vielleicht waren uns unsere Lehrerinnen einfach kein gutes Vorbild«, schmunzelte sie herausfordernd. »Schauen wir doch mal, ob eine Lehrerin es besser kann ...« Ihre Hände fuhren zu Dianas Brüsten.

»Ich bin nicht mehr deine Lehrerin«, bemerkte Diana ein wenig erschrocken.

Tanita lächelte auf sie hinunter. »Deshalb will ich dich jetzt auch nackt sehen«, meinte sie schelmisch. »Von meiner Lehrerin hätte ich das nie verlangt.«

Dianas Mundwinkel verzogen sich belustigt, aber sie versuchte, ihrer Stimme einen tadelnden Klang zu geben. »Das wäre ja auch wirklich der Gipfel gewesen!«

»Vorhin meintest du noch, ich hätte etwas sagen sollen«, erinnerte Tanita sie. Sie richtete sich leicht auf und begann Dianas Bluse aufzuknöpfen. »Ich habe immer davon geträumt, wie du nackt aussiehst«, flüsterte sie erregt. »Immer und immer wieder.« Sie schob die beiden Teile der Bluse auseinander. Dianas BH hatte dieselbe Farbe und war mit Spitzen besetzt. Tanita fuhr mit einem Finger an den Rändern entlang und bewunderte ihn kurz. Sie beugte sich hinab und küßte Dianas Dekolleté.

Diana begann heftiger zu atmen. Tanita hob leicht den Kopf und suchte Dianas Augen. Sie waren verschleiert. Im nächsten Moment schloß Diana sie ganz. »Bitte ...«, flüsterte sie, »nimm sie ...«

Tanita öffnete den Verschluß zwischen den beiden wundervollen Hügeln und schob den BH langsam beiseite. Dianas Brustwarzen standen weit hervor und winkten ihr zu. Sie konnte dem nicht widerstehen. Vorsichtig beugte sie sich hinab und nahm eine davon in den Mund.

Diana stöhnte über ihr auf. »Ja ... bitte ...«

Mit erzwungener Ruhe fuhr Tanita sanft mit ihrer Zunge über die hart angeschwollene Knospe. Die weiche, etwas rauhe Haut der Brustwarze reizte ihre Zungenspitze.

Diana stöhnte wieder.

Tanita wechselte zur anderen Brust, leckte über die vorwitzige

Spitze und reizte gleichzeitig die erste mit ihrem Daumen weiter.

Diana hob ihre Hüften an, seufzte, stöhnte und wand sich.

Tanita fühlte ihre eigene Erregung ansteigen, je lauter Diana wurde. Sie streichelte ihre nackte Haut und genoß die samtige Empfindung; Stück für Stück zupfte sie mit ihren Lippen daran und erforschte jeden Zentimeter. Sie streichelte sanft ihre Brüste. »Du bist so schön, Diana«, flüsterte sie, »so wunderschön. Ich habe mir immer gewünscht, dich so streicheln zu können.«

Sie verhielt einen Moment, um Diana zu betrachten. Sie lag mit geschlossenen Augen da und atmete heftig. Ihr Brustkorb hob und senkte sich erregt.

Das hätte ich mir nie träumen lassen, dachte Tanita lächelnd, *daß meine Phantasien noch einmal Wirklichkeit werden. Es ist wie im Märchen.*

Beim nächsten Atemzug bewegten sich Dianas Brüste in so erregender Weise mit, daß Tanita sich wieder hinabbeugte und sie küßte. Diana zuckte leicht zusammen. Die Weichheit und Süße an Tanitas Lippen erschien ihr beinahe unglaublich. Sie verharrte wieder und schloß selbst die Augen.

»Bitte . . .«, flüsterte Diana, »bitte . . .«

Tanita fühlte Dianas Flehen wie einen Blitz in ihrem Bauch einschlagen. »Ich will dich so sehr, Diana, so sehr . . .«, wisperte sie. Sie glitt an Diana hinab und schob ihren Rock nach oben. Darunter kam ein süßer kleiner Slip zum Vorschein.

Tanita zögerte einen Augenblick. Dies war der letzte Schritt, der die Schülerin von der Lehrerin trennte. Sie konnte es tun und damit alle Barrieren niederreißen, oder sie konnte es lassen und sich weiterhin als Schülerin fühlen, in relativer Sicherheit, Diana die ganze Verantwortung zuweisen. Sie schob einen Daumen unter den Stoff und streichelte Dianas Leiste.

Diana seufzte und wand sich unter ihr. Tanita schob auch den anderen Daumen unter den Slip und streichelte beide Seiten. Diana stöhnte auf. Ihre Hüften hoben sich an, sie spreizte die Beine, und ihr Becken bewegte sich rhythmisch in Tanitas Richtung.

»O Gott, Tanita, warum läßt du mich so lange warten?« wisperte sie rauh.

Tanita zog den Slip herunter und schloß die Augen. Konnte sie den Anblick ertragen? War es wirklich rot, würde ihr Traum Realität werden, selbst in diesem Detail? Sie öffnete die Augen und wagte einen scheuen Blick. – Es *war* rot, und nicht nur die Haare. Zwischen Dianas weit geöffneten Schenkeln glühte ein flammendes Feuer. »O Diana . . .«, hauchte Tanita überwältigt.

»Komm . . . bitte . . .«, hauchte Diana. »O bitte . . . komm doch endlich . . . zu mir . . .«

Tanita legte ehrfürchtig ihre Hand über Dianas Venushügel und verhielt eine Sekunde, um sich zu fassen. In ihrer Brust spürte sie ihr Herz rasen. Ein Traum . . . es war sicher nur ein Traum.

Diana wand sich unter ihrer Hand, seufzte sehnsüchtig, bot ihr ihren Schoß flehend an, öffnete sich verlangend noch weiter.

Tanita beugte sich hinunter und hauchte einen Kuß auf die glänzende Perle.

Diana sprang ihr entgegen, ihre Hüften zuckten gepeinigt hoch.

Inéz war ebenso leidenschaftlich gewesen, und doch spürte Tanita bei Diana noch etwas anderes, als sie damals bei Inéz gespürt hatte. Sie wollte diese Frau nicht nur nehmen, sie nicht nur in die Höhen der Lust entführen – sie wollte sie lieben.

Langsam drückte sie Dianas Schenkel so weit auseinander, daß sie sich bequem dazwischenlegen konnte.

Diana hielt die Luft an, es war ein plötzlicher, schnappender Laut.

Tanita spürte die Anspannung, die Dianas Bauchdecke zittern ließ. »Ganz ruhig, mein Liebling«, flüsterte sie. »Ich bin gleich bei dir.«

Sie nahm mit ihren Lippen Dianas rotglühendes Zentrum in sich auf, leckte über die angeschwollenen Erhebungen rechts und links der zuckenden, halb geöffneten Spalte, drang leicht mit der Zungenspitze ein.

Diana stieß hektisch die Luft aus, die sie zurückgehalten hatte, atmete nun in abgerissenen Stößen, ihre Schenkel krampften sich um Tanitas Schultern, die sie mit Gewalt auseinanderhalten mußte.

»Ich war nicht . . . so gemein . . . zu dir . . .«, keuchte Diana mühsam.

Tanita grinste. »Ich bin ja noch in der Ausbildung«, erwiderte sie. »Du hast das schon hinter dir.«

»Ich bring' dich um!« grollte Diana nach Atem ringend.

»Aber nicht sofort!« Tanita lachte. »Ich glaube, vorher möchtest du noch etwas anderes.« Sie stülpte ihre Lippen um Dianas Perle, hielt sie mit den Zähnen fest und fuhr heftig mit ihrer Zunge darüber.

Diana entfuhr ein spitzer Schrei. Sie krallte ihre Finger in den langen Flor des Teppichs. »O Gott ...«, keuchte sie, »o Gott, du machst mich verrückt!«

»Hoffentlich«, flüsterte Tanita. Sie fuhr mit der Behandlung der kleinen Knospe fort, reizte sie mit der Zungenspitze und biß ganz sanft hinein.

Diana stöhnte laut auf. Sie warf sich hin und her – oder versuchte es zumindest, soweit Tanita es ihr erlaubte.

Tanitas Zunge wurde immer schneller, Dianas Atem setzte aus, kam wieder, ihre Brust hob sich hektisch in dem verzweifelten Versuch, Tanitas Rhythmus zu folgen. Plötzlich erstarrte Diana mit einem unterdrückten Schrei.

Noch während sie kam und Tanita Dianas Fleisch an ihren eigenen Lippen zucken spürte, drang sie schnell und tief mit zwei Fingern in sie ein.

Diana stöhnte auf wie ein Tier. »O Gott, nein!«

Doch, dachte Tanita, *endlich*. Sie ließ Dianas Perle, deren Größe sich verdoppelt zu haben schien, nicht los und spürte, wie Dianas Innerstes um ihre Finger herum anschwoll, sich zusammenzog, immer enger wurde, pochte und zuckte, während Tanita langsam und zärtlich immer wieder in sie hinein und aus ihr herausfuhr.

Dianas Stöhnen wurde lauter, regelmäßiger, rhythmischer im Einklang mit Tanitas Bewegungen tief in ihrem Schoß. »Ja ...«, flüsterte sie, »ja ...« Sie warf den Kopf auf dem Boden hin und her, ihre Haare verfingen sich im Flor und breiteten sich aus wie ein flammendes Kissen. Ihre Hüften stießen in die Luft, ihr Becken rotierte, daß Tanita sie kaum mehr festhalten konnte.

»O Gott ... o Gott ... o *Gott!*« Sie stöhnte ein letztes Mal, stieß noch schneller und atmete angestrengt, bis ihr Körper sich in einer unwirklich aussehenden Stellung verkrampfte und endlich niederfiel.

Tanita blieb in ihr und streichelte sie sanft außen und innen, ohne sie erregen zu wollen. Sie fühlte so viel Zärtlichkeit in sich, daß sie nicht wußte, wie sie sie ausdrücken sollte. Sie schaute auf Diana hinunter und lächelte. »Diana ...«, flüsterte sie. »Diana ...«

Diana lag auf dem Boden. Ihr Unterleib zuckte. Tanita spürte es um ihre Finger herum pochen. Sie beugte sich hinunter und küßte Diana leicht auf die geöffneten Lippen, mit denen sie immer noch um Luft rang. Diana seufzte selig auf.

Tanita fing langsam an, ihre Finger wieder in Diana zu bewegen. »Willst du noch mal?« flüsterte sie.

Diana zuckte, aber sie sagte nichts. Tanita machte einfach weiter. Auf einmal begann Diana sich unter ihren Fingern zu winden, seufzte erneut, doch diesmal erregt, die Entspannung, die noch ihren letzten Seufzer gekennzeichnet hatte, war bereits verflogen. Ihr Becken hob sich Tanita verlangend entgegen.

Tanita beugte sich hinunter und drang mit ihrer Zunge in Dianas Mund ein. Sie küßte sie wild und fordernd, bis Diana nur noch unter ihr keuchte, und während sie zwischen ihren Schenkeln immer wieder hinein und hinausfuhr, kam Diana mehrmals in ihrem Arm, so daß sie sie zärtlich umfaßt halten konnte, bis sie müde war und ganz weich wurde.

Erschöpft schlug Diana nach einer Weile die Augen auf und blickte in die von Tanita, die warm auf ihr ruhten. »Gut, daß ich das damals nicht wußte«, sagte sie.

»Wieso?« Tanita runzelte die Stirn.

»Ich hätte mich nicht zurückhalten können.« Diana lächelte spitzbübisch.

Tanita grinste. »Was kann ich dafür, wenn du so eine leidenschaftliche Frau bist?«

»Bin ich gar nicht . . . ich meine . . . schon, aber nicht so.«

»Nicht so?« Tanita strich mit einem Finger sanft über Dianas Gesicht und spürte sie unter der Haut erzittern.

Schlüsselklappern unterbrach ihren innigen Liebestraum.

Diana sprang auf. »Ach du liebe Güte! Kommt etwa dieser Maklertyp zurück?« flüsterte sie. Mit hektischen Bewegungen zog sie ihren Rock über die Schenkel hinunter und versuchte ihn glattzustreichen, hielt sich die Bluse zu und rannte ins Bad.

Tanita schloß so schnell sie konnte ihre Hose. Im letzten Moment, als sich die Tür schon öffnete, sah sie Dianas Slip auf dem Boden liegen, schnappte ihn sich und steckte ihn ein.

»Sie sind noch hier?« Der Makler hatte offensichtlich nicht erwartet, sie hier vorzufinden, war aber erfreut, weil er das für ein

Zeichen von Interesse für die Wohnung hielt.

Diana kam in einem Affenzahn aus dem Bad gestürzt, hechtete beinahe an dem Makler vorbei, rief »Die Wohnung ist doch nichts für uns!«, riß die Tür auf und war schon draußen im Flur, bevor Tanita und der Makler überhaupt erfassen konnten, was geschehen war.

Der Makler schüttelte den Kopf, als ob er erst wieder zu sich kommen müßte. »Eine Frau mit Temperament«, sagte er dann bemüht höflich.

»Ja . . . ja, das ist sie.« Tanita wußte vor Verlegenheit nicht, was sie tun sollte. Sie bewegte sich langsam auf die Tür zu. »Wir . . . wir hatten uns noch nicht entschieden, aber . . . aber jetzt . . . scheint sie . . . ich meine, wie sie schon sagte: Die Wohnung ist nichts für uns.« Ebenso wie Diana vor ihr rettete sie sich schnell in den Flur, bevor sie über das verdutzte Gesicht des Maklers in einen Lachanfall ausbrechen konnte.

Sie blickte sich im Flur um, aber von Diana war nichts mehr zu sehen. Da sie keine Ruhe hatte, auf den Fahrstuhl zu warten, lief sie mit großen Schritten, immer zwei Stufen auf einmal nehmend, die Treppe hinunter. Als sie vor die Tür trat, war auch dort nichts von Diana zu entdecken. Wo mochte sie sein? Sie war wie ein flammender Blitz an dem Makler vorbeigeschossen, anscheinend hatte sie ihre Geschwindigkeit auch danach nicht gedrosselt.

Tanita lief ein paarmal die Straße auf und ab, in der Hoffnung, Diana irgendwo zu sehen, aber sie war und blieb verschwunden. Tanita atmete tief durch. Sollte das schon alles gewesen sein? Nun hatte sich ihr Traum einmal erfüllt, und das war's? Warum hatte Diana nicht auf sie gewartet?

Aber sie wußte ja, wo sie sie finden konnte. Tanita grinste. Die Schule hatte doch auch ihr Gutes. Sie würde gleich morgen hingehen.

Am nächsten Tag mußte sie mit Entsetzen feststellen, daß die Schule noch nicht wieder begonnen hatte. Es waren immer noch

Ferien. Daran hatte sie gar nicht gedacht. Nun, da sie keine Schülerin mehr war, hatte sie die Daten nicht mehr im Kopf.

Sie traf nur die Schulsekretärin an. Sie war eine nette Frau, die Tanita schon seit ihren ersten Schultagen kannte, und lächelte sie an. »Na, schon Sehnsucht? So lange sind Sie doch noch gar nicht weg.«

»Nein ... nicht lange.« Tanita wußte nicht, was sie sagen sollte. Aber sie mußte ihre Anwesenheit hier ja irgendwie begründen. »Ich wollte nur ... Frau ... Frau Gropius ... ich habe noch ein Buch von ihr, und das wollte ich ihr zurückgeben, aber ich kenne ihre Adresse nicht. Könnten Sie mir die geben?«

Die Sekretärin streckte die Hand aus. »Geben Sie es ruhig mir. Ich lege es ihr ins Fach.«

Tanita starrte auf ihre leeren Hände. »Ich ... ich habe es nicht hier. Ich würde es ihr gern persönlich zurückgeben.«

»Kommen Sie doch einfach nächste Woche noch einmal vorbei, dann sind alle wieder hier«, schlug die Sekretärin freundlich vor.

Nächste Woche! Tanita brach fast zusammen. Schon die Nacht zwischen gestern und heute war ihr endlos erschienen, und nun sollte sie noch eine ganze Woche warten?

Die Sekretärin sah ihr wohl das Entsetzen an. »Ist es denn wirklich so dringend?« fragte sie.

»Nächste Woche ... nächste Woche bin ich nicht mehr da, ich ziehe in eine andere Stadt«, log Tanita. Ihr Mund wurde trocken, und sie schluckte. Sie war nicht sehr geübt im Lügen. »Aber ich kann ja ins Telefonbuch schauen, da werde ich sie wohl finden.«

»Da steht sie nicht drin.« Die Sekretärin zuckte die Schultern. »Wegen dieser Vollidioten, die immer Frauen anrufen«, erklärte sie weiter. »Wir haben uns mal darüber unterhalten. Ich stehe nämlich auch nicht drin deshalb.«

Tanitas Herz sank auf den tiefsten Grund des Meeres. Das hieß, sie mußte bis nächste Woche warten – eine Ewigkeit!

»Ach komm, ich geb' sie dir«, schmunzelte die Sekretärin, wieder in das vertraute Du fallend, das sie mit Tanita schon von klein auf gewöhnt war. »Wir sind zwar gehalten, das nicht zu tun, aber das ist nur wegen dieser Rowdies heutzutage. Du bist ja nicht so eine, du wirst ihr ja nichts tun!« Sie lachte und ging zum Aktenschrank.

Wenn du dich da mal nicht täuschst, dachte Tanita grinsend. *Genau das will ich.*

Die Sekretärin kehrte zurück, und Tanita versuchte wieder einen ernsten Gesichtsausdruck aufzusetzen. Sie war unsagbar erleichtert, daß die Sekretärin sie schon so lange kannte und ihr deshalb vertraute. »Vielen Dank«, sagte Tanita. »Sie sind ein Schatz.«

Die Sekretärin schmunzelte. »Ich liebe *Mon Chérie*«, sagte sie.

»Gebongt.« Tanita grinste. »Ich bringe Ihnen gleich morgen eine Schachtel vorbei.« Sie raste mit dem Zettel aus der Tür, als ob sie Dianas gestrigem Auftritt Konkurrenz machen wollte.

»Diana, Diana, Diana ...«, sang sie auf dem Schulflur vor sich hin und küßte wild den Zettel mit Dianas Adresse. Da gab's doch mal einen uralten Song – wie war das noch gleich?

I'm so young and you're so old
This, my darling, I've been told –

Tanita brach irritiert ab. Wollte sie das wirklich singen? Diana war nicht alt. Sie war ein bißchen älter als sie, Tanita, aber das fiel doch nicht ins Gewicht. Fast trotzig fuhr sie fort:

I don't care just what they say
'cause forever I will pray
You and I will be as free
As the birds up in the trees
Oh, please, stay by me, Diana
Thrills I get when you hold me close
Oh, my darling, you're the most

Ihr ging der Text aus. An die weiteren Worte konnte sie sich nicht erinnern. Aber das reichte ja auch. Sie rannte zu ihrem kleinen rostigen Auto und sprang hinein.

Auf der Fahrt wiederholte sie immer nur eine Zeile, pfiff und sang sie vor sich hin: »*Oh, please, stay by me, Diana ... Dia-a-a-na!*«

Zum Schluß blieb nur noch Dianas Name übrig, den sie in allen Variationen herauf und herunter sang.

Als sie bei Dianas Adresse ankam, begann ihr Herz auf einmal noch wilder zu klopfen als auf der Fahrt. Sie sah plötzlich Diana wieder vor sich, wie sie auf dem Boden gelegen hatte, wie sie – sie errötete bei der Erinnerung.

»Diana, Diana, Diana . . .«, sang sie noch einmal leiser vor sich hin und stieg aus.

Diana wohnte in einem Mehrfamilienhaus. Irgendwie erwartete Tanita immer, daß alle Lehrer in ihrem eigenen kleinen Häuschen mit Garten wohnten, aber das galt wohl mehr für verheiratete Lehrer, und das war – Tanita grinste – Diana ja Gott sei Dank nicht.

Sie suchte die Klingelschilder ab und fand Dianas Namen auf der rechten Seite im 2. Stock. Vermutlich raste sie diese zwei Stockwerke jeden Tag mehrmals hinauf und hinunter, deshalb war sie gestern so gut im Training gewesen und so schnell verschwunden.

Tanita schluckte. Sie mußte klingeln, die Tür war geschlossen. Tanita blickte auf die Sprechanlage. Warum hatte sie Angst davor, daß Diana sie nicht hereinlassen würde?

Sie überwand sich und klingelte. Es dauerte eine ganze Weile, in der Tanitas Herz Bocksprünge machte, bis Diana sich meldete.

»Ja?«

»Ich bin's.«

»Wer – ich?« Dianas Stimme klang müde und gereizt.

»Ich. Tanita.«

Einen Moment herrschte Stille. »Oh. Tanita. Du.«

Was war das für ein Klang, der da mitschwang? Die Sprechanlage verzerrte sicher nur. »Machst du auf?« Tanitas Herz klopfte laut.

Es summte. Tanita stemmte sich gegen die Tür, die nur unwillig nachgab. Sie schaute auf die Treppe. Einen Lift gab es hier tatsächlich nicht. Schnell nahm sie die Treppe in Angriff.

Als sie um die letzte Biegung im Hausflur schlüpfte, sah sie Diana oben an der Treppe stehen.

Sie hatte die Arme verschränkt und blickte auf sie hinab.

Tanita wollte mit Siebenmeilenstiefeln hochrasen, wollte sie in die Arme schließen, küssen und liebkosen, aber bei diesem Anblick blieb sie erst einmal stehen.

»Komm rauf«, sagte Diana ruhig. Sie drehte sich um und ging in die Wohnung.

Tanita hatte ein ungutes Gefühl. Was sollte das? Es war noch nicht einmal vierundzwanzig Stunden her, daß sie sich gesehen hatten, und da hatte Diana sich ganz anders verhalten. Sie folgte Diana in die Wohnung und schloß leise die Tür hinter sich.

Geradeaus ging es in ein großes Zimmer, rechts und links des kleinen Flurs zweigten ein paar Türen ab. Es war schwer einzuschätzen, wie groß die Wohnung sein mochte. Tanita betrat das große Zimmer, wo Diana durch eine vollverglaste Wand auf eine Terrasse hinaussah.

Tanita trat zu ihr. »Die ist groß«, sagte sie.

»Ja.« Diana blickte sie nicht an.

»Das ist sicher schön im Sommer – und auch jetzt noch, wenn die Tage warm sind.« Tanita fühlte sich zunehmend unsicher.

»Ja«, wiederholte Diana.

»Ich war in der Schule«, sagte Tanita. »Sie haben mir deine Adresse gegeben.«

»Das dürfen sie doch gar nicht«, sagte Diana.

Tanita lachte nervös. »Die Sekretärin kennt mich seit meinem ersten Schultag. Sie weiß, daß ich dir nichts Böses antue.«

»So, weiß sie das.« Diana stand noch immer da, als wollte sie einer Statue ihrer Namensvetterin Konkurrenz machen.

»Habe ich dich bei irgend etwas gestört?« Tanita fühlte sich äußerst unbehaglich. Ihr wurde heiß.

»Ich habe geschlafen.« Dianas Stimme klang wie die Stimme der Auskunft.

»Tut mir leid. Ich wollte dich nicht aufwecken.« Tanita hob eine Hand, wollte Diana berühren, aber da drehte sie sich weg.

»Ich war schon wach.« Diana ging zu einer Couch hinüber.

Tanita sah die zurückgeschlagene Decke. Sie deutete darauf. »Leg dich ruhig wieder hin. Ich will dich wirklich nicht stören. Ich war nur –« Sie brach ab.

Diana setzte sich auf die Couch und sah unsagbar erschöpft aus. Ein absoluter Gegensatz zu der energiegeladenen Diana von gestern.

Tanita setzte sich neben sie. »Was ist?« fragte sie leise. »Geht es dir nicht gut?«

»Ach nichts.« Diana atmete tief durch. »Ich hab' nur meine Tage.«

»Liebes.« Tanita strich über Dianas Haar und merkte, wie sie zusammenzuckte. »Kann ich irgend etwas für dich tun? Einen Tee vielleicht? Oder eine Wärmflasche? Hast du Schmerzen?«

»Jetzt nicht mehr«, sagte Diana. »Ist schon gut.«

»Aber du hattest welche?« Tanita strich erneut über Dianas Haar, und diesmal provozierte das keine Reaktion.

»Ja, wie immer.« Diana stand auf.

Tanita hatte entschieden das Gefühl, daß sie sich ihr entziehen wollte. Sie blickte zu Diana hoch. »Ein Tee kann doch sicher nicht schaden. Hast du irgend etwas da? Ich kann auch welchen holen.«

Diana schaute zu ihr hinunter und lächelte zum ersten Mal heute. Das Lächeln ging nicht sehr weit, aber immerhin, es war eins. Tanita atmete innerlich auf.

»Das ist lieb«, sagte Diana, »aber ich habe eine ganze Batterie von Tees. Ich trinke sie nur nie.«

»Wozu hast du sie dann?« Tanita stand auf und lachte. »Ist das nicht der Sinn der Sache: sie zu trinken?«

Diana zuckte die Schultern. »Ich kriege immer wieder welchen verschrieben, manchmal kaufe ich mir auch selber einen, aber helfen tut nichts. Und eigentlich mag ich Tee nicht besonders. Zumal medizinischen Tee.«

Tanita schüttelte sich. »Das kann ich nachfühlen«, sagte sie. »Die schmecken oft komisch.«

Diana lächelte ein wenig mehr. »Das kannst du laut sagen.«

»Und du willst wirklich nichts?« Tanita blickte besorgt in Dianas Gesicht. Sie hatte dunkle Ringe unter den Augen. So hatte Tanita sie noch nie gesehen.

»Morgen geht es mir besser«, sagte Diana. »Es ist nur eine Frage der Zeit.«

»Dann bestehe ich darauf, daß du dich heute noch hinlegst. Ruh dich aus. Sag mir, welcher der Tees am wenigsten widerlich schmeckt, dann mache ich dir den.«

»Oh, wie rücksichtsvoll von dir.« Dianas Gesicht verzog sich zu einem Grinsen. Doch dann wurde sie gleich wieder ernst. »Ich fühle mich nicht wohl«, sagte sie abweisend. »Da bin ich lieber allein.«

Tanita wußte, daß sie jetzt eigentlich hätte gehen sollen, aber sie wollte und sie konnte nicht. Sie konnte Diana nicht einfach so hier zurücklassen wie ein Häufchen Elend, auch wenn sie sagte, daß das vorbeigehen würde. »Bitte ...«, Tanita trat auf Diana zu, »laß mich dir helfen. Es würde mir Freude machen. Ich will nichts als ...«, ihre Stimme sank zu einem Flüstern herab, »bei dir sein.«

Diana blickte sie an, als ob sie ihr das nicht glauben würde. »Na gut«, gab sie dann nach. »Ich hasse es, mich in einem solchen Zustand sehen zu lassen, aber wenn du unbedingt willst ...«

»Ich will.« Tanita strahlte. Fürsorglich faßte sie Diana am Arm und führte sie zum Sofa.

»Ich bin doch keine Oma!« protestierte Diana.

»Heute bist du es. Außerdem bin ich viel jünger als du.« Tanita grinste.

Diana schaute sie an und schüttelte den Kopf, aber sie protestierte nicht mehr und ließ es zu, daß Tanita die Decke sorgfältig über sie breitete und um sie herum feststopfte. »Wenn ein Feuer ausbrechen sollte, werde ich nicht rechtzeitig aus dem Haus kommen«, bemerkte sie spöttisch.

»Es bricht kein Feuer aus«, widersprach Tanita zuversichtlich. »Nicht solange ich hier bin.«

»Da bin ich ja beruhigt.« Diana schien wieder innerlich den Kopf zu schütteln.

»Wo ist die Küche?« Tanita blickte fragend auf das eingewickelte Knäuel hinunter.

»Zweite Tür links.«

Tanita nickte und ging zurück in den Flur. Als sie die Tür öffnete, blieb sie überrascht stehen. Die Küche sah aus, als hätte eine Bombe eingeschlagen. Nicht daß schmutziges Geschirr herumgestanden hätte oder ähnliches, die Küche war nur einfach sehr spartanisch ausgestattet, fast als ob alle überflüssigen Geräte herausgerissen worden wären. Nicht einmal eine Mikrowelle gab es.

Aber einen Wasserkocher. Den entdeckte Tanita neben der Spüle und der Kaffeemaschine. Sie füllte den Tank des Wasserkochers auf und drückte auf den Knopf, um den Inhalt zu erhitzen. Zwischenzeitlich sah sie sich nach dem Tee um. Es gab keine Regale, nur geschlossene Schränke, also mußte sie alle durchsuchen. Viel fand sie nicht, aber – wie Diana gesagt hatte – eine ganze Batterie von Tees. Frauenmantel, spezielle Mischungen gegen Menstruationsschmerzen und auch ganz banalen Kamillentee.

Da sie selbst Kamillentee nicht mochte, wollte sie das Diana nicht antun. Frauenmantel war vielleicht nicht so schlimm. Sie hoffte es. Das Wasser begann zu dampfen, und der Kocher schaltete sich ab. In einem der Schränke hatte Tanita Porzellanbecher gefunden. Einen davon nahm sie nun für den Tee, goß ihn auf und trug ihn ins Zimmer zu Diana hinüber.

»Zehn Minuten ziehen lassen«, sagte sie. »Glaube ich jedenfalls.«

»Ja, meistens.« Diana seufzte. »Damit sich der Geschmack so richtig entfalten kann.«

»Es ist Frauenmantel. Schlimm?«

»Nein.« Diana schüttelte den Kopf. »Ist schon okay. Es gibt Schlimmeres.«

»Vermutlich.« Tanita hockte sich zu Diana auf die Couch. Sie war breit genug für zwei. »Wenn es dir das nächste Mal so dreckig geht, rufst du mich an, hörst du?«

»Das glaube ich kaum«, sagte Diana. »Wie ich schon sagte, bin ich dann lieber allein.«

»Hast du denn niemand, der sich um dich kümmert?« Tanita biß sich auf die Lippen, aber zu spät. O Gott, was würde Diana darauf antworten? Wollte Tanita das überhaupt wissen?

»Eine Freundin, meinst du?« Diana lächelte leicht. »Das mit den Männern haben wir ja schon ausgeschlossen.« Ihr Lächeln verschwand. »Nein, ich habe keine Freundin. Beruhigt dich das?«

Tanita rutschte unbehaglich auf der Sofakante hin und her. »Ich hatte eher an so etwas wie eine Mutter gedacht«, sagte sie.

»Stimmt, in deinem Alter«, Dianas Mund verzog sich zu einem spöttischen Lächeln, »denkt man zuerst an die Mutter, die eine versorgt.«

»Also jetzt hör aber auf!« Tanita protestierte heftig. »Als ob du zu alt wärst, um eine Mutter zu haben, die dich versorgen könnte.«

»Nein, zu alt dafür bin ich nicht, da hast du recht.« Diana schien einlenken zu wollen. »Ist der Tee fertig?« Sie blinzelte zu dem Becher hinüber.

»Dauert noch ein bißchen.« Tanita musterte Dianas Gesicht, viel mehr von ihr war auch nicht zu sehen. »Wie alt –?« Schon wieder biß sie sich auf die Lippen. Das war nicht ihr Tag heute.

»Wie alt ich bin?« Diana lachte leicht. »Ich bin einunddreißig. Vermutlich schockierend aus deiner Perspektive.« Sie blickte Tanita nachdenklich an.

»Nein, absolut nicht.« Tanita mußte lächeln. »Damals, in der Schule, als ich meiner Freundin Andrea von dir erzählte, da haben wir spekuliert, wie alt du bist. Ich wollte es nur wissen.«

»Wieso? Hast du gewettet?« Diana schmunzelte. »Gewonnen oder verloren?«

»Weder noch.« Tanita schmunzelte auch. »Andrea fand damals dreißig schon zu alt.«

»Vielleicht ist es das auch.«

Tanita schüttelte den Kopf. »Das fand ich damals nicht, und das finde ich heute nicht.« Sie nahm den Becher und hielt ihn Diana hin. »Trink deinen Tee, Oma.« Sie grinste.

»Also doch Oma.« Diana wickelte sich aus der Decke und nahm den Becher in beide Hände. Sie schnupperte vorsichtig daran. »Findest du, daß das vertrauenerweckend riecht?« fragte sie skeptisch.

»Kamillentee ist schlimmer. Von dem wird mir sofort schlecht, wenn ich ihn rieche.«

»Den nehme ich, wenn ich erkältet bin.« Diana nippte am Tee und verzog das Gesicht. »Mit Kamille habe ich keine Probleme, aber mit dem hier.« Sie gab Tanita den Becher zurück.

»Du mußt es ja nicht trinken«, sagte Tanita.

»O doch, ich werde. Du wirst meine heroische Ader kennenlernen«, erwiderte Diana entschlossen.

»Wenn du willst. Aber ich fand dich schon heroisch genug – gestern. Wie du den Typ hast stehen lassen . . .!« Tanita lachte laut auf. »Das war filmreif!«

»Es war die pure Verzweiflung. Ich sah aus wie – na, jedenfalls nicht gesellschaftsfähig.« Diana lächelte. »Ist mir schon lang nicht mehr passiert, so was.« Sie schüttelte den Kopf, als ob sie es immer noch nicht glauben könnte, und blickte Tanita dann merkwürdig an. »Und wann ich das letzte Mal ohne Höschen nach Hause gehen mußte, das weiß ich schon gar nicht mehr.«

Tanita fühlte heiße Röte in ihre Wangen steigen. »Ich hab's mitgenommen«, sagte sie. »Er hat nichts gesehen.« Sie griff in ihre Hosentasche. »Ach Mist, ich habe heute eine andere Hose angezogen. Die von gestern ist in der Wäsche.« Sie grinste. »Das war auch nötig.«

»Ich habe nichts dagegen, meine Wäsche gewaschen zu bekommen«, erwiderte Diana launig. »Nur nicht zu heiß, bitte.«

»Wenn meine Mutter heute schon gewaschen hat, kann ich dafür nicht garantieren.« Tanita runzelte die Stirn.

»Mami wird's schon richten«, sagte Diana mit einem merkwürdigen Tonfall. »Was ist, wenn sie das in deiner Hosentasche findet?«

»Oh.« Darüber hatte Tanita noch nicht nachgedacht. Ihre Mutter kannte all ihre Wäsche, sie würde merken, daß das Höschen nicht von ihr stammte. Zumal es auch gar nicht Tanitas Stil entsprach. Sie grinste schief. »Sie wird darüber hinwegkommen, denke ich.«

»Schön für dich.« Wieder klang ein merkwürdiger Tonfall in Dianas Stimme mit.

»Meine Mutter ist – ich habe dir doch von Südamerika erzählt, von Inéz.«

Diana runzelte die Stirn. »Südamerika, daran erinnere ich mich. Der Name, das ist neu.«

»Ist ja auch egal. Jedenfalls, ich habe das auch meiner Mutter erzählt, als ich zurückkam, und ihre einzige Reaktion war, daß sie fragte, was Inéz gern ißt, falls sie einmal zu Besuch kommen sollte. Oder ganz nach Deutschland. Meine Mutter ist eine begeisterte Köchin, und sie hätte Inéz dann gleich mit ihren Künsten überfallen.« Tanita lachte. »Dabei könnte ich kaum sagen, was Inéz gern ißt! Damit haben wir uns relativ wenig beschäftigt.«

»Ich kann mir schon vorstellen, womit ihr euch beschäftigt habt«, sagte Diana lächelnd. Ihre Augen fuhren über Tanitas Gesicht. »Inéz war deine erste Frau?«

»Ja.« Tanita wurde es mulmig zumute. Nervös lachte sie. »Ich glaube, ich war die letzte Jungfrau in meiner Klasse! Andrea hat mich schon immer damit aufgezogen. Sie hat – na ja, sie war nicht lange Jungfrau nach Einsetzen der Pubertät.«

»Zu früh ist niemals gut –« Diana brach ab.

»Ich hätte lieber –« Tanita befeuchtete sich die Lippen. »Ich hätte lieber jemand anderen als erste Frau gehabt«, sagte sie dann mühsam beherrscht.

»Oh? War Inéz so schlecht? Hat sie dir wehgetan?« Diana schaute besorgt. *Lehrerinnenhaft* besorgt.

»Nein, das nicht. Sie war ... eine gute Liebhaberin. Aber ich hatte mir gewünscht –« Sie blickte auf den Boden, weil ihr die Stimme versagte.

Diana starrte sie an. »Das ist nicht dein Ernst«, sagte sie dann erschüttert. »Mit solchen Gedanken hast du gespielt? In der Schule? Ich?«

»Ja.« Tanita flüsterte. »Ich hätte es mir so sehr gewünscht. Aber nun ist es halt anders gekommen.« Sie atmete tief durch, richtete sich auf und versuchte ein schiefes Grinsen. »Ist es sehr schwer für dich, nur die zweite zu sein?«

»Pff!« Diana stieß überrascht die Luft aus. »Du stellst Fragen!« Sie schüttelte den Kopf. »Wenn ich gewußt hätte, daß du über solche Dinge nachdenkst –«

»– wären unsere Nachhilfestunden vielleicht anders verlaufen?« setzte Tanita neckend fort.

»Nein. Nein, auf keinen Fall. Aber sie hätten vielleicht nie stattgefunden. So nah an einem strafrechtlichen Tatbestand bin ich ja wirklich noch nie vorbeigerutscht.« Diana schüttelte ungläubig den Kopf.

»Ist das das einzige, worüber du dir Sorgen machst?« Tanita war enttäuscht. Sie hatte gehofft, daß Liebe für Diana mehr bedeutete als eine eventuell kriminelle Handlung.

»Nein, so meinte ich es doch nicht.« Diana richtete sich auf. »Aber ich liebe meinen Beruf. Er ist das Zentrum meines Lebens. Ich könnte mir nicht vorstellen, ihn zu verlieren.«

»Aber mich schon?« Tanita fühlte sich verletzt. Was war sie für Diana? Was bedeutete sie ihr? Gestern hatte das alles noch ganz anders geklungen.

»Ich besitze dich nicht, Tanita«, sagte Diana. Ihre Stimme wirkte auf einmal kühl. »Ich fühle mich nicht gut heute. Leg bitte nicht alles, was ich sage, auf die Goldwaage.« Sie ließ sich zurück aufs Sofa sinken. »Gibst du mir den Tee, bitte?«

Tanita reichte ihr den Becher. »Hast du das damit gemeint, gestern, als du sagtest, daß du nicht so leidenschaftlich bist – normalerweise?« fragte sie ungewollt scharf.

»O Gott!« Diana stöhnte auf. »Bitte keine solchen Diskussionen. Das kann ich in meinem heutigen Zustand nicht ertragen. Geh lieber.«

»Ja.« Tanita stand auf. »Vielleicht ist das das beste.«

»Ich hab's dir doch gleich gesagt: Such dir eine Freundin in deinem Alter!«

Tanita saß bei Andrea auf der Couch und sah unglücklich aus. Daß Andrea auf sie schimpfte, machte es auch nicht gerade besser.

»Ich weiß ja . . .« Tanita rang die Hände. »Ich weiß, daß das alles von vornherein Quatsch war. Du hast es mir gesagt, ich habe es mir selbst gesagt, und wahrscheinlich hätte meine Mutter es mir auch gesagt, wenn ich es ihr erzählt hätte.« Sie seufzte.

Andrea blitzte koboldhaft zu ihr herüber. »Du hast es ihr nicht erzählt? Ausgerechnet das nicht? Aber von Inéz hast du ihr sofort erzählt?«

»Ja. Das war einfach . . . ich weiß nicht . . . selbstverständlich.«

»Das läßt tief blicken.« Andrea grinste.

»Was meinst du damit?« Tanita schaute sie verständnislos an.

»Na ja, daß du aus – wie heißt sie noch gleich?«

»Diana«, antwortete Tanita unglücklich.

»Also, daß du aus Frau Diana so ein Geheimnis machst, wohingegen du die Geschichte mit Inéz direkt an die Zeitung verkaufst.«

»Ich habe sie doch nicht an die Zeitung verkauft!« Tanita schüttelte irritiert den Kopf.

»Du weißt genau, was ich damit meine. Oder solltest es wissen. Schließlich hast du Abitur, ich nicht.«

»Was wieder einmal beweist, daß das Abi die Menschen nicht klüger macht. Mich jedenfalls offensichtlich nicht.« Tanita schwamm in Selbstmitleid.

»Mensch, jetzt hör doch endlich auf mit der Jammerei! Frau Diana ist Geschichte. Laß sie in Ruhe.«

»Ich will nicht, daß du sie immer ›Frau‹ Diana nennst.« Tanita wand sich unbehaglich.

»Das klingt alt, nicht?« Andrea grinste noch mehr.

»Ja. Und das ist sie nicht. Sie ist einunddreißig.« Tanita wurde trotzig.

»Sie ist einunddreißig«, wiederholte Andrea. »Ist dir noch nie aufgefallen, daß vor deiner Jahreszahl eine Eins steht und vor ihrer eine Drei? Findest du nicht, daß das ziemlich weit entfernt klingt?«

»Ja ... nein ... es ist mir egal, Andrea.« Tanitas Gesicht knautschte sich zusammen wie ein Luftballon, aus dem die Luft entweicht. »Außerdem wird aus meiner Eins bald eine Zwei, und dann ist es gar nicht mehr weit entfernt. Das ist genau nebeneinander.«

»Mit ein bißchen was dazwischen«, seufzte Andrea. »Du klingst wie ein Kind, das gerade seinen dritten Geburtstag feiert und allen Gästen erzählt, daß es bald vier wird. Du springst nicht gerade morgen in die Zwanziger. Das dauert noch ein bißchen. Und *sie* ...«, Andrea machte eine theatralische Pause, »geht dann auf die Vierzig zu.«

»Andrea!« Tanitas Aufschrei klang gequält.

»Mensch, Tanita ...« Andrea wirkte leicht verzweifelt, was normalerweise gar nicht zu ihr paßte. »Du bist meine beste Freundin, und ich will nicht, daß du unglücklich bist. Sieh der Wahrheit ins Auge: Sie ist nichts für dich. Sie ist Lehrerin. Ihr habt euch auf der Schule kennengelernt. Und sie ist einfach – zu alt.«

»Und sie will mich nicht.« Tanita setzte es bekümmert hinzu.

»Sie hatte ihre Tage!« sagte Andrea. »Du weißt, wie gereizt ich bin, wenn ich meine Tage habe. Du kennst das eben nicht, du Glückliche. Bei dir läuft das alles immer ohne Probleme ab. Aber ich kann dir sagen: Alle vier Wochen wünsche ich mir manchmal, keine Frau zu sein.« Sie grinste schon wieder. »Obwohl ich es sonst ausgesprochen gern bin.«

»Du meinst, es war vielleicht nicht so gemeint? Ich könnte noch einmal zu ihr gehen, und dann wäre alles wieder in Ordnung?« Sie blickte hoffnungsvoll in Andreas Gesicht.

»O Mann, warum sage ich nur immer das Falsche?« stöhnte Andrea auf. »Sind deine Ohren verstopft, oder was?«

»Sie war nicht sie selbst«, beharrte Tanita. »Sie war einfach schlecht drauf. Vorgestern war sie ganz anders.«

»Vorgestern hast du sie flachgelegt, und es hat ihr gefallen. Aber Sex ist keine Grundlage für eine Beziehung, Tanita.«

»Das sagst *du mir?*«

»Ja. Weil ich weiß, wovon ich rede. Glaub mir, das weiß ich.«

Ich weiß es ja eigentlich auch, dachte Tanita, aber sie wollte es nicht aussprechen, nicht vor Andreas scharf beobachtenden Blicken zugeben. Mit Inéz war es genauso gewesen. Sie hatte nie an eine Beziehung mit Inéz gedacht, die ganzen Wochen nicht, die sie zusammengewesen waren, jeden Tag, und jeden Tag, manchmal sogar mehrmals, miteinander geschlafen hatten. »Ich liebe sie, Andrea«, flüsterte sie. »Ich liebe sie so sehr. Es ist nicht nur Sex.«

»Und wie denkt sie darüber?« fragte Andrea spitz. »Ist dir klar, daß sie schon viel mehr Erfahrung hat als du? Weißt du, wie viele Frauen sie schon gehabt hat? Ob sie je eine Beziehung hatte oder vielleicht einfach von einer zur anderen gesprungen ist? Du weißt nichts über sie.«

»Sie ist Lehrerin«, sagte Tanita.

»Und das heißt, sie ist anständig, moralisch, monogam, eine Frau fürs Leben? Tanita, bist du so naiv oder tust du nur so?« Andrea seufzte tief auf. »Es kommt mir vor, als würde ich gegen eine Wand reden. Renn in dein Unglück, wenn du willst, ich kann dich nicht davon abhalten, aber bitte heul mir nicht die Ohren voll, wenn es schiefgeht.«

Sie blickte Tanita an, die zusammengesunken auf dem Sofa saß. »Na gut, heul mir die Ohren voll«, fügte sie gutmütig hinzu, »aber sei so gut und laß uns jetzt von etwas anderem reden. Lehrerinnen sind nun wahrlich nicht mein Lieblingsthema, noch nicht mal, wenn du sie flachlegst.«

»**S**chatz, ich habe dir deine Wäsche auf die Treppe gelegt!« Tanitas Mutter rief aus der Küche heraus, als sie Tanita die Wohnung betreten hörte.

Tanita hatte ein Zimmer unter dem Dach bei ihren Eltern, ganz für sich allein. Sie ging auf die Treppe zu, und da lag ihre gewaschene Wäsche, frisch gebügelt und zusammengelegt, wie immer auf der dritten Treppenstufe. Ganz obenauf, ordentlich gefaltet, sofern das bei diesem winzigen Stückchen Stoff möglich war, lag Dianas Slip.

Das war sicher kein Zufall.

Tanita drehte um und ging zu ihrer Mutter in die Küche. Ihre Mutter rührte in mehreren Töpfen gleichzeitig und hielt Tanita die

Wange zum Kuß hin. Tanita gab ihr den Begrüßungskuß und setzte sich an den Küchentisch.

Ihre Mutter drehte sich kurz um und blickte Tanita an. Dann wandte sie sich wieder ihren Töpfen zu.

»Du kannst ruhig fragen«, sagte Tanita ergeben.

»Ich? Ich frage nichts.« Ihre Mutter schüttelte den Kopf. »Nur wenn du es erzählen willst, Kind.«

»Willst du es denn gar nicht wissen?«

»O doch.« Ihre Mutter schaltete den Herd auf eine kleinere Stufe und kam zu Tanita herüber. »Ich platze vor Neugier.« Sie setzte sich Tanita gegenüber.

»Ich komme gerade von Andrea«, sagte Tanita.

»Andrea?« Ihre Mutter runzelte die Stirn. »Hatte die nicht immer mit Männern zu tun? Ist sie jetzt auf einmal –?«

»Nein, Andrea doch nicht!« Tanita mußte lachen. »Was für eine Idee!«

»Nun ja, man weiß nie. Die Menschen ändern sich«, sagte ihre Mutter.

»Aber nicht so. Nicht Andrea!« Tanita schmunzelte. Dann dachte sie wieder an den Wäschestapel auf der Treppe und wurde ernst. »Ich habe eine Frau kennengelernt . . . ich meine . . . eigentlich kannte ich sie schon, aber vorgestern –«

»Vorgestern hast du sie erheblich besser kennengelernt.« Ihre Mutter schmunzelte. »Gut, daß ich immer deine Hosentaschen durchsuche. Das Ding wäre nur noch zwei Zentimeter groß, wenn ich es genauso heiß gewaschen hätte wie die Jeans.« Sie schmunzelte noch mehr. »Viel größer als zwei Zentimeter ist es ja allerdings ohnehin nicht.«

»Diana sagte schon, daß man es nicht zu heiß waschen sollte«, bemerkte Tanita konfus.

»Diana?« Ihre Mutter zog fragend die Augenbrauen hoch. »Das ist das Mädchen –?«

Tanita schaute ihre Mutter unglücklich an. »Sie ist kein Mädchen.«

»O ja, Entschuldigung. Ihr sagt ja heutzutage zu allem Frau, was über zehn Jahre alt ist.« Ihre Mutter lachte.

»So auch wieder nicht, Mutsch.« Tanita schüttelte tadelnd den Kopf. »Sie ist erheblich älter als zehn.«

»Oh, ist sie schon zwanzig?« Ihre Mutter zog sie auf.

»Nein, sie ist – du weißt doch, damals in Mathe, als ich so schlecht war, hatte ich Nachhilfestunden in der Schule.« Tanita wußte nicht, wie sie es sagen sollte, und wand sich verlegen.

»Ja, das war sehr nett von dieser Lehrerin – wie hieß sie doch gleich? Ich habe es vergessen. Also ist es eine ehemalige Mitschülerin von dir? Dann lag ich mit Andrea ja gar nicht so falsch.« Ihre Mutter lächelte.

»Nein, sie war keine Mitschülerin, sie war – sie hieß Frau Gropius.«

»Ah ja, stimmt. Die Mathelehrerin.« Ihre Mutter begriff den Zusammenhang nicht.

»Ihr Vorname ist . . .« Tanita schluckte. »Diana.«

»Diana? Genauso wie – nein, das willst du doch damit nicht sagen, oder?« Ihre Mutter starrte sie ungläubig an.

»Doch.« Tanita flüsterte.

»Deine Lehrerin? Deine Mathelehrerin? Ihr gehört dieses –« Sie brach ab und drehte sich zur Tür um, als könnte sie den Wäschestapel mit dem *Corpus delicti* obenauf von hier aus sehen.

»Ja.« Tanita hauchte nur noch.

»Wie alt ist sie?« fragte ihre Mutter.

»Es gibt auch junge Lehrerinnen, Mutsch«, verteidigte Tanita Diana sofort.

Ihre Mutter sah gar nicht gut aus. Sie wirkte wie ein brodelnder Vulkan. »Hat sie dich schon damals in der Schule –?«

»Nein!« Tanita riß weit die Augen auf. »Nein, Mutsch, wirklich nicht. Sie hat nichts getan. Sie hat mir nur Nachhilfe in Mathe gegeben, sonst nichts. Wirklich, das mußt du mir glauben!«

Ihre Mutter blickte ihr skeptisch ins Gesicht. »Ich bin nicht sicher«, sagte sie. »Wenn du verliebt in sie bist, wirst du sie in jeder Hinsicht verteidigen.«

»Nein, Mutsch, bitte, das darfst du nicht glauben. Sie hat sich vollkommen korrekt verhalten. Ich hätte es mir anders gewünscht, auch damals schon – gerade damals –, aber sie hat nie etwas anderes mit mir gemacht als Mathe. Sonst hätte ich doch keine Drei bekommen am Schluß.« Tanita hatte nicht erwartet, daß ihre Mutter so hart reagieren würde. So kannte sie sie gar nicht.

Immer noch musterte ihre Mutter ihr Gesicht voller Zweifel.

»Du weißt, daß Lehrer so etwas nicht dürfen«, sagte sie. »Du könntest sie anzeigen, und sie käme ins Gefängnis.«

»Mutsch, nein!« Tanita schrie auf. »So war es nicht. Sie hat mich unterrichtet, sonst gar nichts. Es war nichts – wirklich nichts.«

»Erst jetzt?« Ihre Mutter schien sich zu beruhigen.

»Ja. Wir haben uns vorgestern zufällig auf der Straße getroffen. Als ich auf Wohnungssuche war. Wir haben zusammen Kaffee getrunken.«

»Und etwas mehr.« Ihre Mutter seufzte.

»Ja. Aber wirklich, Mutsch, es ging von uns beiden aus. Sie hat mich nicht verführt oder so etwas. Ich wollte es auch. Vielleicht sogar mehr als sie.«

»Du bist volljährig – *jetzt*«, wiederholte ihre Mutter betont. »Jetzt kannst du machen, was du willst. Und sie auch. Wenn damals wirklich nichts war . . .«

»Bitte, bitte, bitte!« Tanita hob die Hände und flehte ihre Mutter an. »Es war nichts. Wenn es nicht Diana wäre, wenn es eine andere wäre, dann würdest du dich jetzt auch für mich freuen. Warum bei ihr nicht?«

»Weil sie deine Lehrerin ist . . . war. So etwas hat immer einen falschen Geruch.«

»Ich bin mit der Schule fertig. Wir hätten uns genauso erst jetzt treffen können, ohne daß ich sie vorher gekannt hätte. Hättest du dann auch etwas gegen sie?«

»Vielleicht. Der Altersunterschied –«

»Der Altersunterschied ist unbedeutend«, erwiderte Tanita trotzig.

»Das sagst du jetzt«, widersprach ihre Mutter. »Das kann sich aber auch ändern.«

»Tut es nicht.« Tanita starrte stur vor sich hin. »Und außerdem –«, sie seufzte tief auf, »will sie mich sowieso nicht. Du hast dich also ganz umsonst aufgeregt.«

»Sie will dich nicht? Was soll das heißen? Vorgestern habt ihr doch –«

»Ja, vorgestern. Vorgestern war der einzige glückliche Tag in meinem Leben.« Tanita atmete tief durch und fixierte die Tischplatte.

»Also hör mal!« Ihre Mutter protestierte. »Als du in Südamerika

warst, warst du doch auch glücklich. Du hast so begeistert davon erzählt. Und eine unglückliche Kindheit hattest du ebenfalls nicht.
Also da widerspreche ich aber!« Ihre Mutter blickte empört.

»Oh, Mutsch!« Tanita legte den Kopf in die Hände, dann blickte sie ihre Mutter mit verschleierten Augen an. Tränen stiegen in ihr auf. »Ich wollte doch nicht sagen, daß ich eine schlechte Kindheit hatte oder daß du eine schlechte Mutter warst. Du bist die beste Mutter der Welt. Und ich weiß, daß ich oft glücklich war. Aber jetzt –«

»Aber jetzt bist du unglücklich verliebt, und das läßt dich alles andere vergessen, das verstehe ich.« Ihre Mutter strich Tanita ganz sanft über den Handrücken. »Das geht vorbei«, sagte sie leise. »Es geht immer vorbei. In deinem Alter –«

Tanita sprang auf. »Was habt ihr nur alle mit meinem Alter? Ich bin doch kein kleines Kind mehr! Ich bin erwachsen!« Sie fühlte, wie ihr die erste Träne die Wange herunterrollte, und stürzte aus der Küche, schnappte sich ihre Wäsche von der Treppe und raste in ihr Zimmer hoch. Dort warf sie sich aufs Bett und weinte.

Ein paar Tage später trieb Tanita sich außerhalb ihrer alten Schule herum. Der erste Schultag nach den Ferien, und die Kinder schrien und tobten um die Wette. Es war gerade große Pause. Tanita hatte sich nicht getraut, Diana anzurufen oder gar zu besuchen. Sie hatte die letzten Tage lieber still gelitten. Ihre Mutter hatte sie zwar mit besorgten Blicken gestreift, sie aber sonst in Ruhe gelassen. Sie nahm wohl an, daß sich die Sache von selbst wieder einrenken würde.

Tanita war vor Sehnsucht nach Diana beinahe gestorben, aber noch größere Angst hatte sie davor gehabt, daß Diana auch bei ihrem nächsten Zusammentreffen wieder so kühl sein könnte, wie sie es das letzte Mal gewesen war. Und dann hätte die Entschuldigung mit ihren Tagen nicht mehr gegolten, dann wäre es einfach der Ausdruck dessen gewesen, was sie für Tanita empfand – oder *nicht* empfand. Tanita fühlte jedes Mal ein innerliches Zittern, wenn sie an diese Möglichkeit dachte. Aber die Unsicherheit, es nicht zu wissen, war noch schlimmer. Also hatte sie sich heute aufgerafft, um Diana in der Schule abzupassen.

Wie würde Diana reagieren, wenn sie sie sah? In der Schule gab es keine Nähe, keine Liebe, das war sicher einfacher für sie. Sie mußte sich nicht bedroht fühlen. Aber vielleicht fühlte sie sich gedrängt, wenn Tanita sie ansprach. Was konnte sie nur tun?

Mußten die Lehrer nicht öfter mal ins Sekretariat in der Pause? Ja, das war so. Es gab immer etwas mit der Sekretärin zu besprechen. Aber vielleicht nicht jeden Tag. Tanita runzelte die Stirn. Heute war der erste Tag nach den Ferien, da gab es bestimmt etwas zu besprechen, irgend etwas Verwaltungstechnisches. Das Sekretariat war neutraler Boden. Und Diana konnte nicht einfach weglaufen, auch wenn ihr danach war. *Warum sollte ihr danach sein?* Tanita hatte große Angst. Ihr Herz klopfte bis zum Hals, und ihr Puls raste. Und das, obwohl ihr keine Begegnung der erotischen Art bevorstand, das konnte sie wohl ausschließen.

Tanita betrat das Schulgebäude und ging die lange Treppe in den ersten Stock hinauf, wo sich das Sekretariat befand. Ein paar rüpelhafte Jungs stießen sie an, so daß sie beinahe stolperte. Sie fühlte sich schwach. In ihrem Jahrgang hatte es noch keine Jungs gegeben, die waren erst seit ein paar Jahren auf der Schule zugelassen und deshalb nur in den unteren Klassen vorhanden.

Sie erreichte das Sekretariat und zögerte. Die Tür stand offen, und ein ständiger Strom von Schülern und Schülerinnen wälzte sich hinein und hinaus. Das Lehrerzimmer hatte verbunden durch das Zimmer des Direktors einen direkten Zugang zum Sekretariat, die Lehrer betraten es nicht durch dieselbe Tür wie die Schüler. Sie mußte also hineingehen, wenn sie die Chance haben wollte, Diana zu sehen. Die geringe Chance.

Sie überwand sich und stürzte sich in den verhaßten Strom von Leibern, der sie daran hinderte, das Sekretariat sofort zu betreten. Als sie drin war, scherte sie aus. Die Sekretärin sah sie trotzdem. »Bringen Sie mir mein *Mon Chérie?*« rief sie lachend zu Tanita herüber.

Das habe ich ja vollkommen vergessen, dachte Tanita schuldbewußt. Sie hatte sich so unglücklich gefühlt in den vergangenen Tagen, daß in ihrem Kopf kein Platz mehr gewesen war für andere Dinge. »Es tut mir leid«, rief sie zur Sekretärin hinüber. »Ich bringe es Ihnen bestimmt, aber ich hatte noch keine Zeit –«

Die Sekretärin winkte ab. »Lassen Sie nur.« Sie machte eine Handbewegung, daß Tanita zu ihr kommen sollte. »Wollen Sie das

Buch für Frau Dr. Gropius abgeben?«

»Frau *Dr.* Gropius? Ich wußte gar nicht, daß sie einen Doktortitel hat.«

»Das weiß niemand. Ist mir auch nur so rausgerutscht. Sie will nicht, daß man sie so nennt. Haben Sie ihr das Buch schon gebracht?«

»N- ... Ja, ja habe ich.« Tanita wollte weitere Nachfragen vermeiden, die garantiert gekommen wären, wenn sie die Wahrheit gesagt hätte. Was wäre das überhaupt gewesen: die Wahrheit? *Ich wollte eigentlich nur mit ihr schlafen, und deshalb habe ich Sie nach der Adresse gefragt?* Das konnte sie der Sekretärin wohl kaum auf die Nase binden.

»Dann ist ja alles in Ordnung.« Die Sekretärin wandte sich lächelnd dem nächsten Schüler zu.

»Ist ... ist Frau Gropius ... Frau Dr. Gropius da?«

Die Sekretärin wandte sich Tanita wieder zu. »Ja, natürlich, es ist der erste Schultag, da sind alle Lehrer da.«

Tanita biß sich auf die Lippen. Mehr konnte sie die Sekretärin nicht fragen, es war jetzt schon auffällig genug.

»Wollen Sie sie sprechen?« Die Sekretärin mochte sie so gern, daß sie von selbst fragte. Sie fuhr fort: »Ich glaube, sie hat Aufsicht, Sie werden sie wohl irgendwo auf dem Schulhof finden.« Sie lächelte Tanita freundlich an.

Tanita bedankte sich und verließ das Sekretariat. Sie dachte mit Schrecken daran, was passiert wäre, wenn Diana das Sekretariat plötzlich betreten hätte. Wahrscheinlich wäre Tanita in Ohnmacht gefallen bei all der Aufregung. Wie hatte sie nur auf ein Wiedersehen in diesem engen Raum hoffen können? Sie war froh, daß sie wieder im Flur stand.

Langsam, weil erneut die Angst in ihr aufstieg, daß Diana sie nicht sehen wollte, ging sie zur Tür des Flures hinaus und die Treppe zum Hof hinunter. Auf halber Höhe schaute sie aus dem großen Fenster. Einen Teil des Hofes konnte sie von hier überblicken. Sie suchte nach Diana. Es war schwierig bei all den wuselnden Kindern, und sie wollte schon weitergehen, als sie sie plötzlich entdeckte. Sie war umringt von einigen Mädchen – *vermutlich wieder die vom Mathe-Leistungskurs*, dachte Tanita ärgerlich – und lachte. Tanita starrte für einen Moment fasziniert in Dianas

Gesicht; sie hatte schon beinahe vergessen, wie sie aussah, wenn sie lachte – wenn sie so entspannt lachte wie hier mit ihren Schülerinnen. *Ich wünschte mir, sie würde mit mir so lachen,* dachte Tanita, und sie hoffte, daß sie sich diese Chance nicht verscherzt hatte.

Sie ging weiter und trat auf den Schulhof hinaus. Wie vertraut das alles war. Es war ja auch noch nicht allzulange her, daß sie hier jeden Tag ihre Zeit verbracht hatte. Wieder mußte sie einigen unerzogenen Jungs ausweichen, als sie den Schulhof überquerte. Nur mit Mädchen, das war wirklich ruhiger und angenehmer gewesen. Ihr Blick richtete sich starr auf Diana, die manchmal hinter den großen Mädchen verschwand, so daß Tanitas Herz beinahe stehenblieb, bis Dianas Gesicht wieder auftauchte und ihr die Richtung wies. Sie fühlte sich, als würde sie sich im Dschungel an Diana heranschleichen, um ihre Beute zu erlegen.

Endlich war sie angekommen, aber sie konnte sich nicht durch die Mädchen hindurchdrängeln, das wollte sie auch nicht. Sie beobachtete Diana eine Weile aus der dritten Reihe. Immer wieder sah sie ihr Gesicht, aber es war stets abgewandt, so daß Diana sie nicht entdeckte. Tanita genoß Dianas Anblick. Ihr Herz klopfte laut, aber es beruhigte sich, je länger sie in Dianas Nähe war. Sie lächelte, weil es so schön war, Diana zu sehen. Weil Diana so schön war . . .

Es klingelte. Die Pause war zu Ende.

»So, meine Damen!« Diana klatschte in die Hände. »Wir müssen wieder arbeiten, Sie und ich.«

Die Mädchen lachten, und alle begaben sich im Pulk auf den Hofeingang zu. Tanita folgte und wartete, bis Diana ein wenig zurückblieb. Sie wollte sich nicht mit den Schülern durch den Eingang drängen, nahm Tanita an.

»Frau Dr. Gropius«, sagte Tanita halblaut, als sie direkt hinter Diana war.

Diana drehte sich mit einem Ruck um. Sie starrte Tanita an. »Was machst . . . was machen Sie denn hier?« Sie faßte sich wieder. »Und wer hat da geplaudert, was meinen Titel betrifft?«

»Die Sekretärin.« Tanita lachte unsicher. »Tut mir leid. Sie mag mich eben.«

»Sie verbreitet entschieden zuviel«, sagte Diana. »Ich werde mal ein ernstes Wörtchen mit ihr reden müssen.«

Tanita hielt Diana die Tür auf, und sie betraten gemeinsam das Schulgebäude. Langsam flaute der Schülerstrom ab, die meisten waren schon die Treppe hinaufgelaufen.

»Tu ihr nichts«, bat Tanita. »Sie hat sich nur versprochen, sie wollte es nicht sagen. Außerdem, warum machst du so ein Geheimnis daraus, daß du einen Doktortitel hast? Das ist doch nichts Schlimmes. Im Gegenteil.«

»Ich mag es eben einfach nicht«, sagte Diana. Sie blieb stehen. »Ich habe jetzt Unterricht.«

»Ja.« Tanita wechselte nervös von einem Fuß auf den anderen. »Ich wollte nur ... ich meine ... ich wollte dich nicht noch einmal zu Hause stören –«

»Hier ist es aber auch nicht gerade günstig«, sagte Diana. »Ich komme zu spät.«

»Können wir uns –« Tanita fuhr sich verlegen über die Lippen. »Können wir uns vielleicht nach der Schule sehen?«

Diana blickte sie nachdenklich an. Plötzlich veränderte sich ihr Gesichtsausdruck. Sie streckte Tanita die Hand hin und sagte laut: »Ja, selbstverständlich. Sie können gern auf mich warten. Wir sehen uns dann.«

Tanita nahm ganz verdattert ihre Hand, Diana drückte sie leicht und ließ sie gleich wieder los. Dann ging sie schnell an Tanita vorbei zur Treppe. Tanita drehte sich um und erkannte, was Dianas Verhaltensänderung bewirkt hatte: Der Direktor stand auf halber Höhe und wartete auf Diana. Sie ging auf ihn zu, er fragte sie etwas, und sie antwortete. Sie gingen gemeinsam im Gespräch die Treppe hinauf.

Tanita spürte den leichten Druck von Dianas Hand immer noch an ihren Fingern, sie wünschte sich, es wäre mehr als das gewesen, aber sie wußte, daß hier keine Möglichkeit dazu bestanden hatte, selbst wenn Diana gewollt hätte. Und sie würden sich nach der Schule treffen! Tanita hätte am liebsten getanzt, aber sie verließ ganz ordentlich das Schulgebäude. Da sie nicht wußte, wann Diana Schluß hatte, und nicht schon wieder die Sekretärin fragen wollte, mußte sie sich wohl oder übel einen Aussichtspunkt in der Nähe suchen, um den Schulausgang beobachten zu können, damit sie Diana nicht verpaßte.

Es gab ein Café, das dafür gut geeignet war. Die älteren Schülerinnen hatten sich darin ab und zu einmal aufgehalten, auch wenn das eigentlich während des Unterrichts verboten war. Aber welcher Schüler hielt sich schon an Verbote? Tanita lachte. Sie kam sich auf einmal sehr erwachsen vor, weil sie zum ersten Mal ganz offiziell in diesem Café sitzen durfte, ohne daß sie ständig die Tür beobachten mußte, ob ein Lehrer hereinkam. Dafür mußte sie den Eingang der Schule beobachten, ob eine Lehrerin herauskam, nämlich Diana.

Tanita blickte eine Weile angespannt in Richtung Schule, aber das konnte sie nicht ewig tun. Diana konnte noch drei, vier, fünf Stunden geben, bevor ihre Unterrichtszeit für heute beendet war. Also schnappte Tanita sich die Tageszeitung, die im Café auslag, und suchte wieder nach Wohnungen, das war wenigstens eine sinnvollere Beschäftigung als die Schule anzustarren. Konzentrieren konnte sie sich zwar nicht, aber sie gab sich den Anschein, als ob sie es täte. In Wirklichkeit schwirrten in ihrem Kopf nur Bilder von Diana herum.

Die heutige Begegnung war so kurz gewesen und die letzte davor unbefriedigend, geradezu frustrierend. Die Bilder von Diana mischten sich. Es waren Bilder aus der Schule dabei, als Tanita sie beobachtet hatte, wie sie den Flur entlangschwebte, während sie selbst in ihre Klasse zurückmußte. Dann kamen auch Erinnerungen an die Wohnungsbesichtigung – na ja, weniger an die Besichtigung, mehr an das, was geschehen war, nachdem der Makler sie verlassen hatte.

Sie hörte Dianas Seufzen und schloß die Augen. Sie wünschte sich so sehr, Diana wieder in ihren Armen halten zu können, daß sie sie beinahe fühlte. Ein Kribbeln flog über ihre Haut. *O Gott!* Sie dachte daran, wie süß Diana ausgesehen hatte, unter ihr, als sie gekommen war, als die Entspannung ihr Gesicht verschönte, ihr ohnehin schönes Gesicht noch anziehender machte.

Dann plötzlich schob sich Dianas abweisender Gesichtsausdruck in ihr Blickfeld, als sie sie zu Hause besucht hatte. Sie versuchte diese Erinnerung zu vertreiben, die andere wieder hervorzurufen, es gelang ihr zum Teil, und sie lächelte vor sich hin.

»Träumst du von mir?«

Tanita riß die Augen auf. Diana stand vor ihr. Sie lächelte amüsiert auf Tanita hinunter.

»Ja.« Tanita stieß erleichtert die Luft aus. »Das tue ich in der Tat. Ich träume überhaupt nur noch von dir, Frau Doktor.«

Diana winkte ab und setzte sich an den kleinen Tisch. »Hör bitte damit auf. Ich mag diese Titelei nicht. Die Leute hängen sich Titel um wie Schmuckstücke, die man kaufen kann. Und eine ganze Menge Titel sind ja auch gekauft. Meiner ist echt. Ich habe schwer dafür gearbeitet und ich habe meinen Doktor gemacht, weil ich mit Leib und Seele Mathematikerin bin, weil ich mich für alles interessiere, was damit zu tun hat, und nicht, um damit anzugeben.«

»Mehr Sein als Schein«, sagte Tanita. »Vermutlich hätte Goethe dir zugestimmt. Schon wenn man die ersten Zeilen des *Faust* liest –«

Diana hob die Hand. »Bevor wir anfangen, geisteswissenschaftliche Diskussionen zu führen«, sie lächelte hinreißend, »denen ich nicht gewachsen bin als Mathematikerin – laß uns die Umgebung wechseln.« Sie schaute zur Schule hinüber. »Das ist mir zu nah hier.«

»Ich bin keine Schülerin mehr«, sagte Tanita.

»Trotzdem. Es ist mir lieber.« Diana stand auf. »Gehen wir zu mir. Da können wir auch Kaffee trinken. Oder Tee – wenn du mich festbindest.« Sie schmunzelte.

Zu ihr. Tanita starrte Diana einen Moment an, bevor sie fassen konnte, was sie gehört hatte. Dianas bezauberndes, alles überstrahlendes Lächeln hatte sich in ihre Hornhaut eingebrannt. Sie wollte dieses Lächeln küssen, diesen Mund – »Ich freue mich, daß es dir besser geht«, sagte sie mit leicht krächzender Stimme. »Mit Tee oder ohne.«

»Mit Tee – entschieden *mit*. Das hatte ich dir ja versprochen.« Diana lächelte wieder. »Ich halte immer, was ich verspreche.«

Tanita legte ein paar Münzen auf den Cafétisch und stand auf. Sie konnte keinen Laut mehr hervorbringen. Dianas Gegenwart machte sie stumm. Sie folgte ihr willenlos aus dem Café. Dann aber, als Diana zur Straßenbahn gehen wollte, sagte sie doch etwas. »Ich bin mit dem Auto da.«

Diana drehte sich um. Ihr Lächeln war noch inniger geworden. Tanita unterdrückte das Zittern, das sie dazu zwingen wollte, Diana zu berühren, sie in ihre Arme zu reißen, gleich hier auf der Straße.

»Ich lasse mich gern kutschieren«, sagte Diana.

Tanita ging mit ihr zu ihrem kleinen Auto hinüber.

Diana lachte und stieg ein. »Das versetzt mich in ganz andere Zeiten! Dein erstes Auto?«

»Ja.« Tanita fühlte sich etwas unwohl. »Ich hatte nicht viel Geld, nur das, was ich mir so nebenbei verdient habe.«

»Du hast es dir selbst verdient?« Diana blickte sie erstaunt an. »Respekt. Die meisten lassen sich so etwas von ihren Eltern zum Abitur schenken.«

»Das konnten sich meine Eltern leider nicht leisten«, sagte Tanita. Sie startete den Wagen und fuhr los. »Auch in Südamerika habe ich immer wieder gearbeitet, um mir das Nötigste zu verdienen. Sonst wäre es nicht möglich gewesen. Aber ich wollte unbedingt hin.«

»Du bist eine zielgerichtete junge Dame«, sagte Diana mit einem merkwürdigen Zucken um die Mundwinkel.

»Manchmal«, sagte Tanita. »Manchmal auch nicht.«

Diana verschwand in der Küche, sobald sie in der Wohnung angekommen waren, und kehrte nicht lange danach mit einer Kaffeekanne und zwei Tassen zurück, auf einem Tablett mit Sahne und Zucker. »Gleichberechtigung«, sagte sie lächelnd. »Diesmal bediene ich dich.«

»Ich bin aber gar nicht krank«, sagte Tanita, erleichtert über Dianas Lockerheit.

»Das war ich auch nicht«, sagte Diana, »es war nur –«

»– verständlich«, unterbrach Tanita sie. »Ich war ein bißchen schwer von Begriff.«

»Wie immer«, erwiderte Diana mit einem spöttischen Grinsen, während sie eine Tasse vom Tablett nahm. »Sahne? Zucker?«

»Beides«, sagte Tanita konsterniert.

»Das hätte ich mir denken können. Du bist eine ganz Süße«, bemerkte Diana. Ihr Lächeln wurde tiefer. Sie schob Tanita die Tasse zu, nahm sich selbst ebenfalls eine und setzte sich neben Tanita aufs Sofa. »Du bist eine ganz Süße«, wiederholte sie betont in die Luft hinein, wandte sich dann Tanita zu und durchbohrte sie mit einem intensiven Blick.

Tanitas Hals trocknete innerhalb von Zehntelsekunden aus. Sie schluckte. »Diana . . .«

Diana stellte ihre Tasse ab. »Ja?« Ihr Blick war immer noch starr auf Tanita gerichtet. »Kann ich etwas für dich tun?« Ihr Mund verzog sich zu einem Schmunzeln. »Ich bin überzeugt, ich kann.« Sie beugte sich zu Tanita hinüber und küßte sie leicht auf den Mund.

Tanita fühlte das bekannte Kribbeln durch ihre starren Glieder fließen. Diana verwirrte sie maßlos. Einmal heiß, einmal kalt, einmal distanziert und dann wieder die Verführung selbst. Es gab Gründe dafür, sicherlich, aber Tanita hätte sich gewünscht, sie hätte sich auf Dianas Gefühle verlassen können.

Im Moment schienen Dianas Gefühle absolut eindeutig zu sein. Tanita las das Begehren in ihren Augen. Diana drückte Tanita auf das Sofa hinunter und schob sich halb über sie. »Du hast mir ein paar lange Tage Einsamkeit beschert«, sagte sie leise.

»Ich dachte –« Tanita räusperte sich. »Ich dachte, du wolltest mich vielleicht nicht sehen.«

»Du denkst entschieden zuviel«, flüsterte Diana. Sie lachte. »Immer diese Geisteswissenschaftlerinnen!«

Tanita mußte auch lachen. »Ich habe noch nicht einmal mit dem Studium angefangen. Meine wissenschaftliche Karriere dürfte wohl noch eine Weile auf sich warten lassen.«

»Dann nutz deine Talente zwischenzeitlich doch für andere Dinge.« Diana fuhr mit weichen Lippen über Tanitas Wange und kitzelte ihren Hals. »Dinge, die nicht so viel mit Denken zu tun haben.«

Tanita lächelte zärtlich. Sie fühlte die Liebe, die sie für Diana empfand und die die Verzweiflung vertrieben hatte. Mißverständnisse, alles nur Mißverständnisse. Wie dumm von ihr, Tanita, das alles so aufzubauschen.

Dianas Lippen fuhren weiter hinab, und ihre Hände knöpften Tanitas Hemd auf.

Tanita schloß die Augen, während sie spürte, wie Dianas Finger liebkosend über ihre Haut strichen, sich zu ihren Brüsten vorarbeiteten.

»Du hast wundervolle Brüste«, flüsterte Diana, »wundervoll.«

Sie nahm eine Brustwarze in den Mund, und Tanita schrie leise auf. Das Rauschen in ihren Adern wurde immer gewaltiger, übertönte ihren Herzschlag, bevor er dann um so lauter wieder hervorbrach. Sie hielt den Atem an, als Diana zärtlich in ihre Brustwarze biß, sie hin und her rollte und mit ihrer Zunge sanft dagegenstieß.

»O Gott!« Tanita biß sich auf die Lippen. Sie wollte nicht laut schreien. Wer wußte, wie dick – oder dünn – die Wände in diesem Haus waren. Vielleicht hätte sie Diana vorher fragen sollen. Sie war sicher nicht die erste, die hier mit ihr –

»Himmel, was tust du?«

»Nichts. Dreh dich um.« Diana schob ihr schnell die Hosen vom Po.

Tanita fühlte die kühle Luft, die ihre Haut streifte, als sie mit nacktem Hintern auf dem Bauch dalag, dann drang Diana mit ihrer Hand von hinten zwischen Tanitas Beine. Tanita stöhnte laut auf.

»Ja, komm ...«, flüsterte Diana erregt. »Laß dich gehen.«

Tanita fühlte, wie Diana von hinten in sie eindrang und ihren Finger in Tanita kreisen ließ. Sie biß ins Kissen. Dadurch bekam sie keine Luft und riß japsend den Kopf hoch. »Das ... das ... o Gott!«

Diana stieß in sie hinein und legte sich auf sie. Mit gleichmäßigen Bewegungen ihrer Hüften unterstützte sie ihre Hand und nahm Tanita ausdauernd und ohne Unterbrechung. Tanita krallte ihre Finger ins Sofa, keuchte und fühlte, wie sie in die Sitzkissen gedrückt und dadurch ein zusätzlicher Reiz auf ihre Perle ausgeübt wurde. Sie versuchte sich Diana entgegenzuheben, aber Dianas Gewicht hinderte sie daran, und Tanita genoß es sehr, ihr so ausgeliefert zu sein. Sie atmete immer heftiger, ihr Unterleib wollte sich mit Diana vereinigen und drängte sich ihr entgegen, Dianas Bauch rieb sich an Tanitas Po. »Diana ...«, flüsterte Tanita atemlos, »Diana ... Liebling ... Liebling ... ja, nimm mich ...«

Dianas Stöße wurden härter, sie fuhr mit ihrer zweiten Hand unter Tanita und löste mit einer einzigen schnellen Bewegung auf ihrer Perle Tanitas Orgasmus aus. Tanita stöhnte und wand sich, fühlte Nässe Dianas Hand benetzen und das immer tiefere Eindringen erleichtern. Ihr Stöhnen wurde lauter, verwandelte sich in ein verzweifeltes Keuchen, als Diana nicht aufhörte und Tanitas Orgasmen einer den anderen abzulösen schienen.

Der Gipfel war noch nicht erreicht, ihre Beine zitterten vor Anstrengung unter Diana und verkrampften sich immer mehr, bis Tanita laut und anhaltend schrie und angetrieben von der Gewalt der sie überrollenden Explosion Diana auf sich weit hochhob.

Als sie es endlich überstanden hatte – wie sie dachte, nach Stunden – ließ sie sich erschöpft mit einem lauten Seufzer fallen.

Diana blieb auf ihr liegen und blies ihr warme Luft ins Ohr. »So ein wildes Fohlen habe ich selten geritten«, sagte sie leise lachend.

Tanita starrte auf das Kissen vor sich und fühlte Dianas Körper so herrlich weich und warm ihren ganzen Rücken bedecken, ihren Po, ihre Beine. Es war, als wären sie eins. »Wie viele –« Sie räusperte sich. »Wie viele Frauen hast du denn schon –?«

Diana lachte wieder. »Ich bin keine achtzehn mehr«, sagte sie lässig. Sie streichelte Tanita und küßte ihren Nacken. »Was vergangen ist, ist vergangen. Darüber muß man nicht nachdenken.« Ihre Hüften drängten sich gegen Tanitas nackte Pobacken. »Ich denke jetzt an etwas anderes.« Heftiges Atmen begleitete den erregten Klang ihrer Stimme. Sie richtete sich auf Tanita auf, und Tanita hörte, wie sie ihre Bluse und ihren BH auszog. »Verdammt«, murmelte sie.

Anscheinend bezog sich das darauf, daß sie aufstehen mußte, um ihre Hose auszuziehen. Sie tat es so schnell, daß Tanita sich nicht umdrehen konnte, bevor Diana sich wieder auf sie legte und Tanitas Bein zwischen ihre nackten Schenkel preßte. Tanita spürte die Nässe, die Diana hinten auf ihrem Oberschenkel verteilte, während sie sich heftig an ihr rieb, bis sie kam. Sie fiel nieder und keuchte in Tanitas Ohr. »Sorry«, sagte sie, »das mußte sein.«

Eine Weile blieben sie noch so liegen, und Tanita lächelte selig mit geschlossenen Augen vor sich hin, während sie gemeinsam im gleichen Rhythmus atmeten. Es war wundervoll, bis Diana aufstand und ins Bad ging. Tanita hörte, wie sie die Dusche anstellte, und drehte sich irritiert um. Sie wartete, bis Diana in einen flauschigen Bademantel gehüllt und mit einem Handtuch um den Kopf wieder herauskam.

Sie blickte ebenfalls ein wenig irritiert auf Tanita. »Willst du dich nicht anziehen?« Sie wies hinter sich auf das Bad, das sie gerade verlassen hatte. »Du kannst auch duschen.«

»Ja ... ja, vielleicht sollte ich das«, sagte Tanita, aber sie blieb liegen. Sie fühlte sich verwirrt und überfordert.

Diana zuckte die Schultern. »Du kannst es auch lassen. Du gehst ja gleich nach Hause.«

Tanita starrte Diana an, die sich einen Kaffee nahm und in einen entfernten Sessel setzte, direkt vor der Glaswand, die auf die Terrasse hinauswies. Es schien, als wäre für sie nun alles erledigt. Sex, Duschen, Kaffee. Keine weiteren Wünsche.

Tanita wußte nicht, was sie tun sollte, aber da Diana sie nur kurz betrachtete und dann auf die Terrasse hinaussah, erhob sie sich vom Sofa und zog sich an. »Du willst, daß ich jetzt gehe?« fragte sie Diana.

Dianas Blick kehrte zu ihr zurück, relativ uninteressiert. »Du kannst auch bleiben. Der Kaffee ist noch warm. Nimm dir ruhig einen.« Sie lachte. »Diese Designer-Thermoskannen sind ein Segen!«

Tanitas Mund wurde trocken – trockener, als er es schon von der Anstrengung zuvor gewesen war.

Diana stellte ihre Kaffeetasse neben sich auf einem kleinen Tischchen ab. Es klang laut und ärgerlich. Sie stand auf, goß Tanita Kaffee ein, fügte Sahne und Zucker hinzu und hielt ihr die Tasse hin. »Trink«, sagte sie. »Du siehst furchtbar aus.«

Tanita griff automatisch nach der Tasse und starrte Diana entgeistert an.

»War es nicht gut?« fragte Diana. »Tut mir leid, ich dachte –«

»Diana!« Tanita stellte ihre Tasse auf den Tisch und ging auf Diana zu. »Was tust du da?«

Diana drehte sich weg und ging zum Bad. »Ich muß mir die Haare fönen, sonst sehe ich aus wie ein Mopp«, sagte sie und verschwand darin. Der Fön wurde angeschaltet.

Tanita folgte ihr und lehnte sich gegen den Türrahmen. »Diana, was ist los?«

»Nichts.« Diana zog ihre Haare über eine Bürste und fönte sie trocken.

»Ich habe vielleicht nicht so viel Erfahrung, aber ich merke doch, daß etwas los ist. Eben noch waren wir ... und jetzt –« Tanita brach ab.

»Eben noch wollte ich mit dir schlafen«, sagte Diana, während sie weiter ihre Aufmerksamkeit hauptsächlich dem Fönen widmete, »das ist jetzt vorbei.«

»Das ist jetzt vorbei?« Tanita blieb vor Staunen der Mund offenstehen.

Diana drehte sich um und blickte sie verärgert an. »Was, meinst du, wollte ich von dir? Ich wollte immer nur mit dir schlafen, von Anfang an. Ich weiß, du willst etwas anderes, aber das ist nicht mein Ding. Ich möchte mit dir schlafen. Ich möchte auch weiterhin mit dir schlafen. Aber nicht mehr.« Sie wickelte die nächste Strähne um die Bürste und wandte sich wieder dem Spiegel zu.

»Nicht mehr?« Es dröhnte in Tanitas Kopf. *Nicht mehr?* Das hieß, Diana empfand nicht mehr für sie, als Tanita für Inéz empfunden hatte. Sex, nichts weiter. Ein bißchen Sympathie, natürlich, ein wenig Gemeinsamkeit, aber ... aus den Augen, aus dem Sinn. War Tanita nicht mehr da, würde Diana sich der nächsten zuwenden – und erwarten, daß Tanita dasselbe tat.

Diana seufzte und schaltete den Fön ab. Sie drehte sich erneut zu Tanita um. »Schau, ich habe morgen einen anstrengenden Tag in der Schule, und ich muß noch einiges vorbereiten. Du kannst gern bleiben und mir zusehen, aber mehr ist nicht.«

Tanita fühlte die Enttäuschung wie einen dumpfen Schlag, der all ihr Denken ausschaltete.

»Ich habe einfach keine Zeit«, fuhr Diana fort. »Es hat nichts mit dir persönlich zu tun, aber ich habe einfach keine Zeit.«

»Du hast keine Zeit für ... Liebe?« flüsterte Tanita entsetzt. »Meinst du das?«

»Liebe.« Dianas Stimme klang abschätzig. »Du bist jung, und du glaubst daran, das ist völlig in Ordnung.« Sie lächelte. »Du bist so ein süßes Mädchen, es ist kein Wunder, daß du daran glaubst. Aber Liebe braucht Zeit, Einsatz, Engagement. Und das alles gebe ich meinem Beruf. Ich habe dir schon einmal gesagt, wie wichtig er für mich ist.«

Tanita konnte es nicht fassen. »Heißt das, er ist mein Nebenbuhler: dein Beruf? Kein Mensch, keine andere Frau, nur dein Beruf?«

Diana seufzte tief. »*Nur* mein Beruf. – Schon allein daran, wie du das sagst, merke ich, daß du mich nicht verstehst. Du weißt nicht, was das ist, ein Beruf. Ein Beruf, der zugleich eine Berufung ist.

Du hast noch nie einen gehabt. Vielleicht verstehst du mich in einigen Jahren besser.«

»Dann sollten wir uns vielleicht in einigen Jahren wiedertreffen!« sagte Tanita wütend.

»Das würde ich bedauern«, sagte Diana. »Ich dachte eigentlich, daß wir jetzt ... Aber wenn du es so willst, dann ja.«

»Du würdest es bedauern.« Tanita wiederholte Dianas Worte tonlos. Sie würde es bedauern, einfach nur bedauern, nicht mehr. Kein *Ich würde dich vermissen,* kein *Bitte, bleib bei mir,* kein *Ich liebe dich.* Einfach nur Bedauern. Die Wut, die Tanita bereits kurz gespürt hatte, füllte sie plötzlich aus. Sie trat auf Diana zu, umfaßte ihre Handgelenke und drückte sie gegen das Waschbecken. Diana starrte ihr ins Gesicht, und Tanita beugte sich über sie, um sie zu küssen.

Der Fön fiel zu Boden. Diana wich mit dem Oberkörper zurück. »Du brichst mir das Rückgrat!« stöhnte sie gepeinigt.

Tanita richtete sich auf, zog Diana in ihre Arme und küßte sie heftig.

Diana wehrte sich. »Nicht, Tanita, nicht ... laß das ...«

Tanita spürte, daß sie sie nicht lassen *konnte.* Sie war wütend, enttäuscht, frustriert, und sie wollte Diana überzeugen. Davon überzeugen, daß ihre Einstellung fatal war, daß die Entscheidung, die sie getroffen hatte, auf falschen Voraussetzungen beruhte. Sie preßte ihre Lippen weiterhin auf Dianas Mund, öffnete ihn gewaltsam mit ihrer Zunge und drang ein. Diana gab abwehrende Geräusche von sich, die Tanita ignorierte. Diana begann mit ihren Fäusten auf Tanitas Arme zu trommeln. Tanita spürte den Schmerz, aber er war nicht stark genug, um sie zu bewegen, Diana loszulassen.

Sie gab Dianas Mund frei und küßte ihren Hals. »Diana ... bitte ... Diana ...«, flüsterte sie. Ihre Lippen wanderten an Dianas Hals hinab auf ihre Schulter.

»Hör sofort auf!« Dianas Stimme klang scharf und befehlend.

Tanita hob den Kopf und sah Diana an. »Ich kann nicht, Diana«, sagte sie leise. Sie öffnete den Gürtel von Dianas Bademantel und schob ihn über ihre Schultern hinunter, bis Diana nackt vor ihr stand. »Diana ...«, flüsterte sie wieder.

Diana stand starr. Sie bewegte sich nicht. »Laß mich«, sagte sie, ohne Tanita anzusehen.

Tanita strich mit einem Finger sanft über Dianas nackte Schulter und hinunter, bis sie das Tal zwischen ihren Brüsten erreichte. Sie fuhr hindurch und streichelte zart die Rundung links davon, dann rechts. Diana schloß die Augen. Tanita fuhr weiter die Brust hinauf. Die Brustwarze in der Mitte der Rundung schwoll an, erhob sich aus dem sie umgebenden Hof, stand hart hervor. Tanita beugte sich hinab und küßte sie.

»Ich will nicht«, flüsterte Diana. Ihre Stimme zitterte.

Tanita wechselte zur anderen Brustwarze und merkte, wie sie in ihrem Mund größer wurde. Sie spürte Dianas Herz an ihren Lippen pochen. Sie umarmte Diana erneut, streichelte ihren nackten Rücken, fühlte kleine Erhebungen sich bilden. Sie suchte Dianas Mund und zupfte zärtlich an ihren Lippen, zwang sie nicht, sie zu öffnen. Diana stand immer noch steif und starr vor ihr, mit hängenden Schultern und Armen. Tanita fuhr zärtlich über ihre Wange, umschloß eine Brust mit ihrer Hand und massierte sie leicht. Mit der anderen Hand fuhr sie an Dianas Seite entlang bis zu ihrem Po hinunter, strich darüber und wieder hinauf.

Sie hörte, wie Diana plötzlich Luft holte, spürte, wie sie ihre Arme um Tanitas Nacken warf und sich eng an sie preßte. Ihre Lippen öffneten sich, und sie ließ Tanita ein, küßte sie mit einer Leidenschaft zurück, die Tanita beinahe umwarf.

Tanita erwachte zwei Stunden später aus einem Rausch, der auf dem Badezimmerteppich begonnen und im Schlafzimmer geendet hatte. Diana lag im Bett und schlief eng an ihre Decke gekuschelt süß und erschöpft. Tanita deckte sie mit der anderen Decke zu, nicht ohne noch einmal einen Blick auf Dianas nackten, verführerisch daliegenden Körper zu werfen. Leise verließ sie die Wohnung.

Auf halber Strecke nach Hause brach ihr plötzlich der Schweiß aus, und sie mußte anhalten. Sie fuhr sich mit beiden Händen durchs Haar. *Was habe ich nur getan?* Sie schüttelte den Kopf und legte ihn dann aufs Lenkrad. *Ich habe sie vergewaltigt. Sie wollte nicht, und ich habe einfach weitergemacht. Ich konnte nicht aufhören. Vielleicht hätte ich sie sogar festgehalten, wenn sie versucht hätte wegzulaufen. Sie ist nicht weggelaufen, weil sie das gespürt hat. Und dann hat sie plötzlich mitgemacht, vielleicht nur, weil sie wußte, daß ich nicht aufhören würde, daß ich sie nicht in Ruhe lassen würde. Bekommt man nicht solche Tips von der Polizei? Wenn es nichts mehr nützt, sich zu wehren, mach einfach mit?*

Tanita war entsetzt über sich selbst. Sie hatte wunderbare Stunden mit Diana verbracht – wunderbar bis auf das eine kleine Zwischentief –, und nun erschien ihr das alles schal und unwirklich. Sie hatte sich etwas erschlichen, was ihr nicht zustand. Sie hatte Diana gezwungen, etwas zu tun, was sie nicht wollte. *Aber sie hat mir auch etwas angetan. Es war nur meine Reaktion auf ihre Aussage, daß sie nur mit mir schlafen wollte, nicht mehr. Also hat sie doch gekriegt, was sie wollte.*

– Du weißt genau, daß das nicht stimmt. Sie wollte es freiwillig tun, nicht dazu gezwungen werden. –

Tanita wußte, daß sie dieser Wahrheit nicht entkommen konnte. Wenn eine Frau nein sagte, hieß das nein und nicht *Nimm mich*. Sie hatte sich selbst all das genommen, wonach sie sich so gesehnt hatte.

»**D**u weißt, daß du hier wohnen bleiben kannst, solange du willst, Kind.« Tanitas Mutter sprach ruhig, während sie den Salat zubereitete. »Dann mußt du dir auch keinen Job suchen, nur um die Miete zu bezahlen.«

»Ich weiß, Mutsch, daß du es lieber hättest, wenn ich hierbliebe«, erwiderte Tanita müde.

»Es wäre vernünftiger«, sagte ihre Mutter, »aber ich weiß auch, daß Kinder erwachsen werden wollen. Und dazu gehört, daß sie sich abnabeln müssen.«

»Du bist die vernünftigste aller Mütter«, sagte Tanita.

»Ich habe das mit deinem Vater besprochen. Er ist auch der Meinung, daß es uns nicht zusteht, dir Vorschriften zu machen, jetzt, wo du volljährig bist.« Sie stellte den Salat auf den Tisch. »Und so eine erfolgreiche Studentin.« Sie lächelte ihre Tochter stolz an.

»Ich habe gerade erst angefangen«, erwiderte Tanita unbehaglich.

»Und deine Anfänge sind beachtlich. Wie nicht anders zu erwarten war, nachdem dich nun die Mathematik und die Naturwissenschaften nicht mehr drücken. Das war ja nie deine starke Seite. Deutsch schon.«

»Ja, jetzt drückt mich die Mathematik nicht mehr. In keiner Weise«, sagte Tanita tonlos.

»Hast du auf der Uni eigentlich schon jemand kennengelernt, ein nettes Mädchen . . . ich meine, bring doch mal jemand mit.«

»Mutter!«

»Oje!« Ihre Mutter kehrte an den Herd zurück. »Wenn du mich schon Mutter nennst . . .«

»Tut mir leid, Mutsch.«

Ihre Mutter drehte sich um und sah für einen Moment besorgt aus, bevor sie ihrer Tochter das gewohnte lächelnde Gesicht zeigte. »Die Umstellung auf die Uni nimmt dich ziemlich mit. Du wirkst so müde seit einiger Zeit. Ich dachte, ein wenig Abwechslung unter jungen Leuten könnte dir nicht schaden. Ein paar Freunde, mit denen du in die Disco gehst, oder Studentenfeste.«

Tanita lachte auf, aber es klang nicht fröhlich. »Dann wäre ich noch müder!«

»Oder auch nicht. Es ist wichtig, sich zu entspannen, Tanita, nicht nur zu arbeiten.«

»Ich lese gern.« Tanitas Stimme klang abwehrend.

»Ja, das hast du schon immer getan. Aber nur noch? Früher hast du dich auch mal mit Schulfreundinnen getroffen, bist ins Kino gegangen, auf Feten. Wann hast du Andrea zum letzten Mal gesehen?«

»Andrea geht nicht auf die Uni. Sie hat ganz andere Interessen.« Tanita wurde das Gespräch immer unangenehmer.

»Trotzdem habt ihr euch auch vorher, als sie nicht mehr auf dem Gymnasium war, weiterhin gut verstanden.«

»Man entwickelt sich eben in verschiedene Richtungen.«

Es schien, als wollte ihre Mutter etwas sagen, aber dann unterließ sie es. »Du kannst jederzeit zu mir kommen, wenn du Kummer hast, das weißt du doch, oder?« sagte sie statt dessen.

»Ja, Mutsch, natürlich.« Tanita sah ihre Mutter dankbar, aber auch verzweifelt an. Was sollte sie ihr sagen? Deine Tochter ist eine Vergewaltigerin? Es schert sie nicht, was andere fühlen, wenn sie nur ihre Befriedigung bekommt? War das die Tochter, die ihre Eltern sich wünschten? Wohl kaum. Sie stand auf. »Ich muß noch etwas für die Uni schreiben.«

Sie ging in ihr Zimmer hinauf und legte sich halb aufs Bett. In ihrem Kopf summte es, wie fast jeden Tag, seit sie Dianas Wohnung vor ein paar Wochen verlassen hatte. Diana hatte sich nicht bei ihr gemeldet – *Wundert dich das?* –, und sie selbst hatte es auch nicht gewagt, in die Nähe von Dianas Wohnung oder der Schule zu kommen. Sie hatte sich auf den Weg zur Uni und zurück beschränkt.

Trotzdem war Diana in Gedanken ständig bei ihr. Sie sah sie vor sich, Tag und Nacht, und meistens sagte sie nur ein Wort: »Nein.«

»Ja, bitte?« Tanitas Mutter öffnete die Tür und sah die fremde Frau fragend an.

Die starrte etwas erstaunt auf sie, dann faßte sie sich. »Guten Tag. Ich würde gern Tanita sprechen. Ich bin ... ich war ihre Mathematiklehrerin, auf dem Gymnasium.«

Tanitas Mutter zuckte nicht einmal mit einer Augenbraue. »Ach, Sie sind das«, sagte sie.

»Gropius. Diana Gropius.« Dianas Gesicht wirkte angespannt.

»Ja, ich erinnere mich an den Namen. Tanita hat mir von Ihnen erzählt.«

Dianas Gesicht verzog sich noch angespannter. »Hat sie?«

»Ich habe Ihren Slip gewaschen, glaube ich.«

»O Gott!« Diana blickte nach oben und biß sich auf die Lippen. »Es tut mir leid. Ich gehe besser wieder.« Sie drehte sich um.

»Nein, kommen Sie herein.« Tanitas Mutter öffnete die Tür so weit, daß Diana eintreten konnte.

Diana zögerte.

»Kommen Sie nur. Ich fresse Sie nicht.« Tanitas Mutter lächelte ein wenig. »Ich gehe davon aus, daß meine Tochter mich nicht belügt. Und sie hat mir gesagt, daß Sie sich als Lehrerin immer korrekt verhalten haben.«

»Das ... das freut mich.« Diana atmete aus. Doch die Anspannung in ihrem Gesicht legte sich nicht.

»Nun kommen Sie schon.« Tanitas Mutter griff nach Dianas Arm und zog sie ins Haus. »Tanita sagte, daß Sie jung sind. Aber so jung hätte ich Sie mir nicht vorgestellt. Sie könnten ja fast selbst noch zur Schule gehen.«

Diana mußte lachen. »Das hat mein Doktorvater auch immer gesagt!«

»Einen Doktor haben Sie auch?« Tanitas Mutter war beeindruckt.

»Nicht weiter wichtig«, sagte Diana. »Ich wollte nur Tanita sprechen, und wenn sie nicht da ist –«

»Sie ist in der Uni. Sie kommt bald wieder.« Tanitas Mutter musterte Diana nachdenklich.

Diana atmete tief durch. »Bitte sagen Sie ihr, daß ich hier war. Vielleicht –« Sie brach ab. »Sagen Sie ihr besser nicht, daß ich hier war. Es war eine dumme Idee.«

»Tanita ist nicht glücklich in letzter Zeit«, sagte Tanitas Mutter ernst. »Sind Sie der Grund?«

Diana zog die Augenbrauen hoch.

»Ich verstehe. Sie wollen das mit mir nicht diskutieren«, sagte Tanitas Mutter.

»Nein, ich –« Diana schüttelte den Kopf. »Es ist nicht so einfach«, sagte sie dann.

»Das ist es nie, wenn es um Liebe geht«, sagte Tanitas Mutter lächelnd.

»Liebe. Ja, das könnte das Problem sein«, erwiderte Diana unschlüssig.

»Sie lieben Tanita nicht? Ich weiß, daß *sie* es tut, also kann es daran nicht liegen.« Tanitas Mutter beobachtete Diana sehr genau.

Diana fuhr sich erschöpft mit einer Hand übers Gesicht. »Wie ich schon sagte, so einfach ist es nicht.«

»Hm.« Tanitas Mutter dachte nach. »Wenn Sie meine Tochter wären, würde ich Sie jetzt zwingen, mit mir einen Kaffee zu trinken und mir alles zu erzählen. Aber leider sind wir nicht verwandt.«

Diana lächelte. »Ich glaube nicht, daß Sie irgend jemand zu irgend etwas zwingen, und schon gar nicht Ihre Tochter.«

Tanitas Mutter schmunzelte. »Bin ich so leicht zu durchschauen?«

Diana blickte mit großer Sympathie auf die ältere Frau. »Sagen wir mal, ich kenne Ihre Tochter, und Töchter und Mütter haben oft viel gemeinsam.«

»Das denke ich auch. Wir mögen dieselben Menschen.« Tanitas Mutter schmunzelte noch mehr.

Diana setzte zu einer Antwort an. Der Schlüssel drehte sich im Schloß.

»Mutsch, ich –« Tanita erstarrte auf der Schwelle, als sie Diana neben ihrer Mutter stehen sah.

»Frau Gropius möchte dich besuchen«, sagte Tanitas Mutter schnell. »Wir wollten gerade Kaffee trinken. Du auch?«

Tanita nickte überrumpelt. Ihre Mutter ging in die Küche, und Diana und Tanita blieben allein im Flur zurück.

Diana räusperte sich leicht. »Deine Mutter ist sehr nett«, sagte sie.

»Ja.« Tanita tat es ihr nach. Sie wußte nicht, was sie tun sollte. »Vielleicht sollten wir in die Küche ... der Kaffee.«

»O ja, der Kaffee.« Diana lächelte.

Tanitas Mutter hatte bereits den Tisch für drei Personen gedeckt. »Normalerweise bewirten wir Besuch nicht in der Küche«, sagte sie, »aber in diesem Fall –«

»– ist es vollkommen in Ordnung«, vollendete Diana. »Ich liebe gemütliche Küchen.«

»Was man kaum glauben sollte, wenn man deine sieht«, bemerkte Tanita trocken.

Diana schaute sie eine Sekunde zu lang an, bevor sie antwortete. »Deine Mutter ist zweifellos die bessere Hausfrau, verglichen mit mir, das bestreite ich nicht.«

»Wenn Sie als Lehrerin so engagiert sind und sogar nachmittags noch Nachhilfestunden geben, werden Sie auch nicht viel Zeit haben, sich in Ihrer Küche aufzuhalten«, sagte Tanitas Mutter.

»Oh – die Nachhilfestunden ... das war eine Ausnahme. Eigentlich mache ich das nicht.« Diana wirkte verlegen.

»Aha.« Tanitas Mutter ließ das eine Wort deutlich nachklingen. Sie legte je ein Stück selbstgebackenen Kuchen auf alle drei Teller und goß den Kaffee ein. Automatisch schob sie Tanita Sahne und

Zucker hin. »Oh Entschuldigung«, sagte sie dann zu Diana. »Ich trinke meinen Kaffee schwarz, und Tanita –«

»Ich weiß«, unterbrach Diana sie lächelnd.

»Ich vergaß.« Tanitas Mutter bemühte sich offensichtlich um einen neutralen Gesichtsausdruck. »Ihr habt ja schon zusammen ... Kaffee getrunken.«

»Ich hatte danach keine Sahne und keinen Zucker mehr«, sagte Diana, offenbar ebenfalls amüsiert.

Tanita sah sie an. Heiße Röte überzog ihr Gesicht. Sie sprang schnell auf. »Ich muß mal ... nach oben ... in mein Zimmer.« Schnell verließ sie die Küche.

»Sie sollten ihr nachgehen, Diana«, sagte Tanitas Mutter. »Ich denke, der Kaffee kann warten.«

Diana überlegte einen Moment. »Ich weiß nicht, ob das so eine gute Idee ist.«

»Ich weiß es.« Tanitas Mutter tätschelte Dianas Hand. »Gehen Sie nur. Einfach die Treppe rauf.«

Diana blickte auf ihre Hand, als ob dort etwas Erstaunliches zu sehen wäre, dann stand sie auf und ging zögernd zur Tür.

»Ganz oben. Bis es nicht mehr weitergeht«, sagte Tanitas Mutter.

Diana stieg die Treppe hinauf. Sie endete unter einer hölzernen Falltür. Diana stemmte einen Arm gegen das Gewicht. Im gleichen Moment wurde die Tür von oben angehoben.

Tanita sah Diana an, verankerte die Tür an der Seite und trat zurück.

Diana ging die letzten Stufen hinauf und betrat den ausgebauten Dachboden. »Niedlich«, sagte sie. »Die reine Bohème.«

»Mach dich nur lustig.« Tanita blickte sauer.

»Ich mache mich nicht lustig«, sagte Diana. »Ich meine das ganz ernst. So ein Mädchenzimmer hätte ich mir gewünscht.«

»Mädchenzimmer!« Tanita verschränkte die Arme und starrte Diana an. »Sag doch gleich, daß du mich für ein Baby hältst.«

»Ich halte dich nicht –« Diana seufzte. »Es hat ja doch keinen Sinn. Ich sage etwas, und du verstehst es falsch, und dann muß ich mich verteidigen. So kommen wir nicht weiter.«

»Am besten, du gehst wieder.«

»Ich hätte gar nicht erst herkommen sollen.«

»Ja, das wäre noch besser gewesen.«

Sie starrten sich an wie zwei Kampfhähne kurz vor dem Losgelassenwerden.

Bis Tanita den Blick senkte. Sie holte tief Luft. »Es tut mir leid, Diana. Alles, was ich dir angetan habe. Ich wollte das nicht. Ich habe –«, sie schluckte, »ich habe einfach den Kopf verloren. Ich weiß, daß du mir das nie verzeihen kannst. Daß du überhaupt gekommen bist –«

Diana trat auf sie zu. »Daß ich überhaupt gekommen bin, hat seinen Grund.« Sie strich mit einem Finger sanft über Tanitas Wange.

Tanita blickte erstaunt auf. »Wie kannst du –?«

»Ich kann, glaub mir.« Diana lächelte.

Tanita zitterte. Die Knie knickten ihr weg. Sie sank auf ihre Bettcouch hinunter. »Ich möchte, daß du jetzt gehst. Ich schäme mich zu Tode.« Sie blickte zu Diana auf. »Ich hätte dir so gern so viel gegeben, so viel Liebe, so viel Zärtlichkeit, und dann . . . dann habe ich *das* getan.«

Diana schluckte. »Du hast gar nichts getan«, sagte sie.

»Ich habe dich –« Tanita konnte es nicht aussprechen. »Du wolltest nicht. Du hast es sogar gesagt. Mehrmals. Und ich habe einfach –«

»Pscht.« Diana setzte sich neben sie und legte einen Finger über Tanitas Lippen. »Es war –« Sie beugte sich vor und hauchte einen sanften Kuß auf die Stelle, die eben noch ihr Finger bedeckt hatte.

Tanita war wie erstarrt, wagte sich nicht zu rühren.

Dianas Lippen zupften zart an ihren, dann entfernten sie sich wieder.

»Warum . . . warum tust du das?« flüsterte Tanita.

Diana streichelte erneut ihre Wange. »Vielleicht, weil ich auch etwas gutzumachen habe«, flüsterte sie zurück.

Tanita stand auf. »Egal was du getan hast, ich hätte nie das tun dürfen, was ich getan habe.«

»Stimmt.« Diana sah sie von unten herauf an. Sie stützte sich mit beiden Händen nach hinten ab. »Wenn es so gewesen wäre, wie du denkst, daß es war.«

Tanita runzelte die Stirn. »Du verwirrst mich.« *Und das in zweierlei Hinsicht,* dachte sie. Einerseits waren es Dianas Worte, die sie nicht verstand, und andererseits – nun, andererseits schoben sich Dianas Brüste unter der Bluse weit nach vorn, und der Anblick ließ glühende Ströme durch Tanitas Adern fließen. Sie drehte sich um, um das nicht mehr sehen zu müssen.

»Sieh mich an«, sagte Diana leise.

Tanita schüttelte mit zusammengepreßten Lippen den Kopf. »Ich kann nicht.«

»Sieh mich an«, wiederholte Diana. »Bitte«, fügte sie nach einer kleinen Pause hinzu.

Tanita wollte ihr so gern gehorchen, wollte mehr als sie nur ansehen, aber das genau war ja das Problem. Die Qual in ihrem Herzen ließ sie die Augen schließen. Sie atmete tief durch und sammelte sich. Dann öffnete sie die Augen wieder und drehte sich langsam wie unter Zwang herum.

»Das ist besser.« Diana lächelte. Sie saß immer noch genauso da, und Tanita schluckte. *Warum sieht sie nur so verdammt gut aus?*

»Komm zu mir«, sagte Diana.

Tanita schüttelte angestrengt den Kopf, ganz langsam von einer Seite zur anderen, als ob sie sich gegen einen inneren Widerstand wehren müßte. »Ich kann nicht«, murmelte sie. »Ich *darf* nicht. – Diana, bitte . . .«

Diana lachte leicht. »Ich glaube, du fühlst dich jetzt so wie ich damals in der Schule, als ich dich nicht anfassen durfte.«

»*So* schrecklich hast du dich gefühlt?« platzte es aus Tanita heraus.

»Noch schrecklicher«, sagte Diana. Sie blinzelte Tanita an. »Ich bleibe hier sitzen, bis du mich küßt. Ich werde mich nicht rühren.«

Tanita spürte, wie sie heiße Ohren bekam. Ihr war die ganze Zeit schon heiß, aber so heiß wie jetzt –

Wie an einem unsichtbaren Band gezogen ging sie auf Diana zu. Sie beugte sich zu ihr hinunter und küßte sie leicht auf den Mund. Diana griff nach ihr und zog sie mit sich auf die Couch. Der Kuß wurde inniger.

»Diana . . . nicht . . . meine Mutter!« keuchte Tanita und schob Diana von sich. »Die Falltür ist noch offen!«

»Was du nicht sagst«, bemerkte Diana, griff erneut nach ihr und küßte sie noch heftiger.

»Bitte . . . Diana . . .« Tanita verwehrte Diana den nächsten Kuß.

»Ich kann das nicht – hier.«

»Mach die Tür doch zu«, sagte Diana und wollte wieder nach ihr greifen.

Tanita sprang auf und entfernte sich von ihr. »Was meinst du, was meine Mutter *dann* denkt?« flüsterte sie unterdrückt. »Sie weiß doch, daß wir hier oben sind.«

»Sie hat meinen Slip gewaschen«, sagte Diana. »Glaubst du, sie denkt, wir hätten damit *Mensch ärgere dich nicht* gespielt?«

Tanita rang die Hände. »Das ist alles schon peinlich genug. Wenn ich eine eigene Wohnung hätte – aber hier, Diana, das geht wirklich nicht.«

»Na gut«, sagte Diana. Sie stand auf und strich ihre Kleidung glatt. »Dann gehen wir halt zu mir.«

»Jetzt? Sofort?« Tanita starrte sie an. »Das kommt ja aufs gleiche raus!«

»Deine Mutter ist keine Jungfrau mehr«, sagte Diana. »Was deine Existenz beweist. Sie wird das verstehen.«

»Ja klar, sie versteht alles.« Tanita wünschte sich so sehr, daß die Situation eine andere wäre, aber sie konnte nicht über ihren Schatten springen. Ihre Hände wollten Diana berühren, sie streicheln, ihre Lippen wollten sie küssen, ihre Arme sie umfassen und nie wieder loslassen, aber ihr Kopf konnte dem allen nicht zustimmen – nicht unter diesen Umständen.

Diana schien einzusehen, daß Tanita nicht nachgeben würde. »Ich gehe hinunter«, sagte sie.

Sie stieg die Treppe hinab, und Tanita blickte ihr hinterher. Kurz darauf hörte sie von unten die Stimmen ihrer Mutter und Dianas, wie sie sich unterhielten. Es dauerte eine ganze Weile, bis sie begriff, daß Diana tatsächlich mit ihrer Mutter bei Kaffee und Kuchen saß. Tanita hatte angenommen, daß Diana sich verabschieden würde, daß sie Interesse daran hatte, diese peinliche Situation so schnell wie möglich zu beenden. Aber anscheinend fand sie die Situation gar nicht so peinlich wie Tanita.

Tanita setzte sich auf ihre Couch und grübelte. Sie hätte die Falltür gern geschlossen, aber sie konnte nicht. Sie wollte den Klang von Dianas Stimme nicht verlieren. Diana lachte. Anscheinend verstand sie sich gut mit Tanitas Mutter. Irgendwann – Tanita erschien es wie die Ewigkeit der Hölle – hörte sie das Scharren von

Stühlen.

»Ich gehe jetzt«, rief Diana herauf. »Sehen wir uns morgen?«

Ja, klar, setz es doch gleich noch in die Zeitung! Wie konnte Diana so offen und frei durchs ganze Haus rufen, mit Tanitas Mutter, die danebenstand? Tanita faßte es nicht.

»Tanita?« Das war die Stimme von Tanitas Mutter. »Willst du dich nicht von Diana verabschieden?«

Tanita trat an die Falltür und blickte hinunter. Sie konnte niemand sehen, da die Treppe einen Knick machte. »Tschüß!« rief sie in die Luft hinein.

Erstaunte Stille antwortete ihr. »Bis dann«, hörte sie kurz darauf Dianas Stimme. »Du weißt ja, wo ich wohne.«

Das Zuschlagen der Haustür beendete den gesichtslosen Dialog.

Tanita schloß die Falltür ihres Refugiums und setzte sich erneut auf die Couch. Unfaßbar! Diana verbrachte einen netten Nachmittag bei ihrer Mutter in der Küche, als ob nichts gewesen wäre! Sie, Tanita, hatte sich Vorwürfe über Vorwürfe gemacht, was sie Diana angetan hatte, hatte sich in Grund und Boden geschämt und nicht gewußt, wie sie Diana je wieder in die Augen schauen sollte, und Diana – sie mußte plötzlich lächeln. Diana ... Sehnsucht füllte ihr Herz. Diana ...

Warum hatte sie sie gehen lassen? Warum hatte sie sich so dumm verhalten? Diana hatte ihr offensichtlich verziehen, sonst wäre sie nicht gekommen, und sie, Tanita, stellte sich an, als ob Diana ihr etwas getan hätte und nicht umgekehrt.

Sie riß die Falltür auf und sprang die Treppe hinab. In der Küche stand ihre Mutter und spülte die Teller und Kaffeetassen. Tanita riß ihre Jacke vom Haken. »Ich muß weg!« rief sie und raste aus der Tür.

Sie erinnerte sich daran, daß Diana meistens die öffentlichen Verkehrsmittel benutzte und lief zur Bushaltestelle. Der Bus war jedoch gerade abgefahren; sie sah nur noch seine Rücklichter. In Windeseile kehrte sie um und schwang sich in ihr Auto. Vielleicht konnte sie den Bus noch an der nächsten Haltestelle abpassen. Sie fuhr in dieselbe Richtung, doch leider war es dem Bus erlaubt, die Busspur zu benutzen – welche Gemeinheit! –, während sie im Berufsverkehr steckenblieb am Nachmittag um diese Zeit.

Sie seufzte und trommelte mit den Fingern aufs Lenkrad. *Steig doch aus, Diana! Sieh doch, daß ich hier bin!* Aber wie sollte Diana das vermuten? Tanita hatte sich noch nicht einmal hinunterbegeben, um sich zu verabschieden. So dauerte es eine ganze Weile, bis Tanita endlich bei Diana ankam. Sie klingelte, Diana meldete sich über die Sprechanlage.

»Ich bin's.« Diesmal fragte Diana nicht, wer. Sie drückte einfach auf.

Tanita raste die Treppe hoch, die Tür stand offen, sie ging hinein, und Diana blickte ihr lächelnd entgegen. Tanita riß sie in ihre Arme und küßte sie.

Als sie sie losließ, sagte Diana: »Du hast deine Meinung schnell geändert.«

»Ich ... ich war dumm.« Tanita keuchte – vom Laufen und vom Kuß.

Diana lächelte noch mehr. »So könnte man es auch ausdrücken.«

»Ich hatte solche Angst, Diana«, sagte Tanita. »Die ganze Zeit hatte ich Angst, daß du mich nie mehr wiedersehen wolltest – wozu du allen Grund gehabt hättest. Und plötzlich ... plötzlich warst du da, und ich –«

»Du warst überfordert.« Diana lächelte immer noch. »Das ist ganz normal. Wäre ich vielleicht auch gewesen an deiner Stelle.«

»Du hättest mir so etwas nie angetan. Du hättest nicht das getan, was ich getan habe.«

»Ich habe – na ja, lassen wir das.« Diana wandte sich ab und ging in das große Wohnzimmer mit der Glaswand.

Tanita folgte ihr. Sie stellte sich hinter Diana und umarmte sie zärtlich. »Es ist so schön, daß du gekommen bist. Es war furchtbar, als ich dich nicht sehen konnte. Ich habe dich schrecklich vermißt«, flüsterte sie in ihr Ohr.

Diana lehnte sich leicht zurück und schmiegte sich in Tanitas Arme. »Du hattest recht. Du solltest eine eigene Wohnung haben. Bei dir zu Hause – ich habe nicht daran gedacht, wie es für dich sein muß.«

»Wenn ich einen Job gefunden habe, der genügend einbringt, werde ich eine Wohnung mieten«, sagte Tanita. »Es ist nur schwierig, heutzutage genügend Geld zu verdienen, neben dem Studium. Ich habe ja nicht immer Zeit.«

»Ich kenne das. Ich kann mich noch gut daran erinnern«, sagte

Diana. Sie drehte sich um und sah Tanita an. »Du kannst heute hier übernachten, wenn du das möchtest.«

Wenn ich möchte? Tanita starrte Diana an. Dianas Augen warteten auf eine Antwort, aber Tanita konnte nicht sprechen. Der Kloß in ihrem Hals hinderte sie daran. Sie beugte sich vor und küßte Diana erneut.

Als ihre Lippen sich lösten, schmunzelte Diana. »Das ist ein Ja, nehme ich an«, sagte sie.

»**D**iana. Schatz ...« Tanita beugte sich über Dianas abgewandtes Gesicht und hauchte einen Kuß auf ihr Ohr.

Diana murmelte im Halbschlaf Unverständliches.

»Ich weiß.« Tanita lachte leicht. »Es ist noch viel zu früh, aber ich habe jetzt einen Job, ich muß aufstehen.«

»Mh-mh.« Diana schüttelte verschlafen den Kopf, drehte sich um und hielt Tanita mit einer Hand fest. »Hierbleiben.«

»Das würde ich ja gern.« Tanita beugte sich hinunter und küßte Dianas Nase. »Wie gern ...«, flüsterte sie zärtlich. »Aber ich muß gehen. Die haben das nicht so gern, wenn die Leute ihre Post zu spät bekommen.«

»Ach ja.« Diana schlug ein Auge auf, nur halb. »Du bist ja jetzt Briefträgerin.«

»Einer der besten Jobs, die man als Studentin kriegen kann.« Tanita riß sich seufzend von Dianas Anblick los und stand auf. »Wenn man einmal davon absieht, daß man um sechs Uhr morgens zum Dienst antreten muß, zweimal in der Woche sogar um halb sechs. Brr!« Tanita schüttelte sich, als sie vor dem Bett stand.

»Selbst schuld«, sagte Diana, immer noch nicht ganz wach.

»Ich muß Geld verdienen.« Tanita zuckte die Schultern. »Was bleibt mir da anderes übrig? Und so habe ich wenigstens Bewegung – Fitness ganz umsonst.« Sie lachte.

»Ich kann mich nicht erinnern, daß du da ein Defizit hättest«, sagte Diana. Sie blinzelte.

Tanita fühlte Röte in ihr Gesicht steigen. Auch wenn sie sich jetzt vor lauter Aufregung fit fühlte, aber viel geschlafen hatten sie und Diana heute nacht nicht. Sie räusperte sich. »Ich fahre viel Fahrrad«, sagte sie.

Diana blinzelte noch mehr. »Das wird es sein«, sagte sie. Sie richtete sich leicht auf. »Ich hatte dir ein Frühstück versprochen an deinem ersten Tag, oder?«

Tanita blickte sie zweifelnd an.

Diana zog schmunzelnd die Augenbrauen hoch. »Das traust du mir nicht zu? Du wirst dich wundern!« Sie erhob sich aus dem Bett, und Tanita mußte schlucken, als sie Dianas nackte Gestalt wie das Abbild einer griechischen Göttin vor sich stehen sah.

»Wie lange kennen wir uns jetzt schon?« fragte Diana. »Du schaust mich an, als sähst du mich zum ersten Mal.«

»So kommt es mir auch jedes Mal vor«, sagte Tanita leise.

»Mal schauen, wie lang sich das hält.« Diana wollte an Tanita vorbeigehen.

Tanita hielt sie fest und zog sie in ihre Arme. »Für immer«, flüsterte sie. »Für immer und ewig. Das wird sich nie ändern.« Sie küßte Diana süß und liebevoll.

Diana genoß den Kuß, machte sich dann aber entschieden los. »Willst du nun Frühstück oder nicht?«

»Unbedingt.« Tanita grinste. »Ich dusche rasch. Währenddessen kannst du ja –«

Diana strich leicht über ihr Gesicht und lächelte. »Mach schnell, sonst werden die Brötchen kalt.«

Tanitas erster Tag bei der Post verlief anstrengend, und dennoch lächelte sie fast die ganze Zeit. Sie dachte daran, was Diana alles zum Frühstück aufgefahren hatte. Es war ein Festmahl gewesen. Diana hatte offensichtlich am Tag zuvor die gesamte *Convenience*-Ecke des Supermarktes leergekauft. Dazu hatte sie Brötchen frisch aufgebacken, deren Duft die ganze Wohnung in eine Bäckerei zu verwandeln schien.

Auch wenn es viel zu viel gewesen war, um das alles zu dieser frühen Stunde des Tages zu verputzen, hatte Tanita die kurze Zeit, die sie noch mit Diana verbringen konnte, bevor sie zur Arbeit gehen mußte, sehr genossen.

Sie wohnte nun schon seit Wochen fast bei Diana, und doch erschien ihr alles wie ein Traum. Sie ging zur Uni – und träumte von Diana. Sie kam nach Hause – und träumte von Diana. Bis Diana endlich auch nach Hause kam, und der Traum Wirklichkeit wurde.

Diana wirkte entspannt und glücklich, und jedes Mal, wenn Tanita sie ansah, fühlte sie die Liebe und Zärtlichkeit in sich, die nur Diana in ihr hervorrufen konnte. Tanita konnte sich nicht vorstellen, daß es jemals anders werden würde.

»Hier müssen Sie die Post unter der Tür durchschieben.«

Tanita schreckte hoch. Sie blickte in das blaue Augenpaar des langgedienten Briefträgers, der sie in die Arbeit einweisen sollte. Heute morgen hatten sie gemeinsam Briefe sortiert, und nun waren sie bereits seit einer Stunde unterwegs auf der Straße, damit Tanita den Weg kennenlernte, den sie in den nächsten Wochen in dem ihr zugewiesenen Zustellbezirk zurückzulegen hatte. Solange, wie der Kollege, der sie jetzt einwies, in Urlaub gehen würde.

»Aber da ist doch ein Briefkasten«, erwiderte sie verwundert.

»Da stecken Sie nur die Post für die Familie des Sohnes rein«, erklärte der Kollege. »Die Briefe für die Mutter kommen hier unter die Tür. Schwiegertochter und Schwiegermutter sind sich spinnefeind. Die öffnen gegenseitig ihre Post oder lassen sie verschwinden. Jedenfalls sagt die Mutter das. Und da sie einen Riesenrabbatz macht, wenn ihre Post nicht unter Tür durchgeschoben wird, machen Sie das besser. Sonst haben Sie ständig Ärger.«

»In Ordnung.« Tanita nickte. Es gab viel, was sie sich heute merken mußte. Sie hoffte, daß sie sich noch daran erinnern würde, wenn der Kollege dann weg war und sie ihn nicht mehr fragen konnte.

Schon war der Kollege mit den Briefen in der Hand, die er beim Laufen bereits nach Empfängern sortierte, auf seinen langen Beinen eine Tür weiter. Tanita kam ihm kaum hinterher. Und dabei zog er sogar noch die mit Hunderten von Briefen, Zeitschriften und Päckchen vollgeladene Postkarre mit sich, als ob sie überhaupt kein Gewicht hätte. Das zweirädrige Wägelchen wirkte auf den ersten Blick wie ein Einkaufstrolly, an dem zwei vollbeladene Taschen hingen, aber es war wesentlich stabiler und leichtgängiger – zumindest in leerem Zustand. Da hatte Tanita es heute morgen im Postamt einmal versucht. Vollbeladen allerdings ... sie fragte sich, wie das gehen sollte. Der Kollege, den sie auf Zeit ersetzen sollte, war mindestens zwanzig Zentimeter größer als sie und als Mann natürlich auch wesentlich muskulöser.

Schon wieder mußte sie ihm hinterherrennen. Wo sie zwei Schritte machen mußte, machte er nur einen. Dennoch gefiel ihr der Job jetzt schon. Sie war an der frischen Luft, das Wetter war gar nicht einmal so schlecht, die Bewegung tat ihren Muskeln gut. Und geistig war sie nicht so beansprucht, daß sie nicht zwischendurch einmal an Diana denken konnte. Sie lächelte.

»So, die erste Fuhre haben wir«, sagte der Kollege in diesem Moment und drehte um. »Jetzt gehen wir zum Postamt zurück und holen die Ablage, das ist dann der Rest.«

In einem Affenzahn raste er mit dem nun leeren Postwägelchen hinter sich, das bei jedem Bordstein aufgrund der Geschwindigkeit hoch in die Luft sprang, durch die Fußgängerzone zum Postamt zurück, wo sie die zweite Hälfte der Briefe abholen würden, die sie heute morgen bereits sortiert, aber nicht mitgenommen hatten, da nicht alles auf einmal in die beiden Packtaschen der Postkarre paßte.

Als sie ins Postamt zurückkamen, wirkte der Raum, in dem morgens beim Briefesortieren reges Treiben geherrscht hatte, wie ausgestorben. Sie und ein weiterer Kollege, der ebenfalls einen Innenstadtbezirk zu versorgen hatte, waren die einzigen, die die sogenannte ›Ablage‹ direkt in der Post abholten, alle anderen Bezirke waren zu weit entfernt. Dorthin fuhr morgens, wenn alles gepackt war, der Eilzusteller verschlossene Postsäcke, die der Postbote dann an vorbestimmten Plätzen in Geschäften oder ähnlichem abholen und in seine vom ersten Austragen bereits leere Karre packen konnte.

»Ich krieg' dich noch, wart's nur ab!« Der zweite Innenstadt-Zusteller raste mit seiner Karre herein und stürzte sich sofort auf das Gestell, in dem die restlichen sortierten Briefe zum Abbinden auf ihn warteten.

Das ›Abbinden‹ der Briefe in kleine, handliche Päckchen, damit sie in der Karre nicht durcheinander gerieten, war eine Kunst für sich, wie Tanita heute morgen einer der Zusteller erklärt hatte. Es gab spezielle Bänder mit speziellen Verschlüssen dafür, die auf eine ganz bestimmte Art verwendet werden mußten, damit das Paket gleichzeitig fest und leicht zu öffnen war. So ähnlich mußte es wohl sein, wenn man das erste Mal einen Schifferknoten lernte, hatte Tanita gedacht. Ihr war das alles wie ein Buch mit sieben Siegeln erschienen, aber die beiden Männer banden nun ihre Briefe mit rasanten, geübten Bewegungen um die Wette ab, im Augenwinkel immer den anderen.

Es war ein Wettbewerb, den sie wohl jeden Tag veranstalteten. Da Tanita und der sie einweisende Kollege zuerst ins Postamt gekommen waren, schafften sie auch, zuerst wieder auf der Straße zu sein, was den konkurrierenden Kollegen zu einer Prophezeiung veranlaßte. »Die ersten werden die letzten sein!« rief er ihnen hinterher.

»Ist das immer so?« fragte Tanita, als sie neben ihrem Kollegen, der trotz des Gewichts der Karre schon wieder ein Wahnsinnstempo angeschlagen hatte, herkeuchte.

»Was?« fragte der Kollege, der bereits wieder in einer Hand ein Paket Briefe hielt. »Ach so, der Werner.« Er lachte. »Der freut sich jetzt schon, daß er Sie dann endlich mal schlagen kann, wenn Sie allein sind. Bei mir hat er das noch nie geschafft.«

»Dann werde ich wohl schneller laufen müssen«, grinste Tanita.

»Sie müssen sich nicht hetzen«, sagte der Kollege. »Lassen Sie sich von dem nicht kirre machen.« Sie waren beim ersten Hochhaus angekommen, und da der Zusteller die Briefkästen auswendig kannte, versenkte er einen Brief nach dem anderen in der genauso breiten wie hohen Phalanx, ohne groß einen Blick darauf zu werfen. »Hier müssen Sie aufpassen«, erklärte er Tanita nebenbei. »Drei Müllers, und die im dritten Stock ist die Geschiedene von dem im zweiten Stock. Die sind schon zweimal geschieden, immer voneinander, haben zweimal denselben geheiratet. Wahrscheinlich heiraten die auch noch zum dritten Mal, aber bis es soweit ist, halten Sie die Post tunlichst getrennt, sonst schlitzt Ihnen die Alte die Kehle auf.« Er schüttelte den Kopf, während er weiterhin einen um den anderen Brief in die Schlitze steckte. »Wenn die verheiratet sind, kloppen sie sich und brüllen sich an, wenn sie geschieden sind, machen sie dasselbe. Warum die heiraten und sich scheiden lassen, soll einer verstehen. Macht doch keinen Unterschied.«

Damit war die Unterrichtsstunde im Hochhaus beendet, und er stürmte hinaus, griff sich den nächsten Packen Briefe, band ihn mit einer kaum sichtbaren Bewegung auf und lief mit Riesenschritten zum nächsten Haus, wo dasselbe Spiel noch einmal stattfand. Die Innenstadtbezirke hatten den Vorteil, hatte er heute morgen Tanita erklärt, daß dort zwar morgens sehr viel Post zu sortieren war, man dann aber gleich Dutzende von Briefen im selben Haus losbekam. Am unbeliebtesten waren bei den Zustellern die Außenbezirke, wo ein Einfamilienhaus neben dem anderen stand und man für jeden einzelnen Brief kilometerweit laufen mußte, um ihn zuzustellen. Diese Zusteller hatten den längsten Arbeitstag und beneideten darum die Innenstadtzusteller um ihre Bezirke, wie Tanita morgens an einigen Sticheleien mitbekommen hatte.

Abgesehen davon waren die Zusteller und Zustellerinnen aber eine lustige Truppe, das hatte Tanita bereits in den ersten Stunden ihres ersten Arbeitstages festgestellt. Es wurde morgens bei der etwas öden Arbeit des Briefesortierens viel gelacht, es wurden Witze erzählt, zugegeben nicht immer stubenreine, und alle schienen sich gut zu verstehen. Tanita freute sich auf die sechs Wochen, die sie hier arbeiten würde.

Da Diana noch nicht zu Hause sein würde, ging Tanita nach der Arbeit zu ihrer Mutter.

»Na, wie war dein erster Tag?« fragte die lächelnd und stellte einen großen Teller Erbsensuppe auf den Tisch, mit Kassler und Würstchen darin, so wie Tanita es mochte. »Ich dachte, wenn du so früh aufstehen mußt, hast du sicher nicht gefrühstückt, und für die Arbeit brauchst du doch etwas Kräftiges.«

»Ganz richtig gedacht, Mutsch.« Tanita setzte sich und griff nach dem Löffel. »Ich habe Hunger wie ein Wolf, die Rennerei ständig macht ganz schön fertig. Sechs Stunden am Stück, fast ohne Pause.«

»Du liebe Güte! Das ist ja schlimmer als ein Marathonlauf!« bemerkte ihre Mutter.

»Die sind gut im Training, die Postboten.« Tanita lachte. »Ich werde nie wieder darüber meckern, daß die Post zu spät kommt.

Die arbeiten wirklich hart.«

»Hättest du lieber einen anderen Ferienjob?« Ihre Mutter nahm sich ebenfalls einen Teller Suppe und setzte sich Tanita gegenüber.

»Nein, auf keinen Fall.« Tanita sprach zwischen zwei Löffeln Suppe, die sie sich in den Mund schob. »Es gibt sicherlich weniger anstrengende Jobs, vor allem körperlich weniger anstrengend, aber ich fühle mich gut beim Laufen. Es macht mir Spaß. Und die Arbeit ist beendet, wenn man Feierabend hat. An der Uni habe ich das Gefühl, nie Feierabend zu haben. Ich sitze manchmal bis elf Uhr nachts in der Bibliothek, und wenn ich dann nach Hause komme, gehen mir schon wieder Sachen für den nächsten Tag durch den Kopf. Bei diesem Job ist das viel einfacher. Die Briefe sind verteilt, die Päckchen abgegeben, die Einschreiben und Wertschriften zugestellt, ich brauche keinen Gedanken mehr daran zu verschwenden, sobald ich das Postgebäude verlassen habe.«

»Na, du kennst dich ja schon gut aus«, sagte ihre Mutter.

»Ich habe einen guten Lehrer. Der Kollege, der mich einarbeitet, ist top.« Tanita versuchte gleichzeitig ein Stück Würstchen und eine halbe Scheibe Kassler in den Mund zu stecken.

»Langsam!« Ihre Mutter lachte. »Es ist genug da. Vergiß deine Tischmanieren nicht!«

»Sorry, Mutsch.« Tanita schnitt das Kassler klein und steckte sich ein kleines Stück ganz gesittet in den Mund. »Dabei habe ich sogar gefrühstückt, aber ich fühle mich, als hätte ich seit Tagen nichts gegessen.«

»Das Laufen verbraucht eben viel mehr Energie als das Sitzen in der Bibliothek«, sagte ihre Mutter. »Du hast gefrühstückt? Aber du warst doch bei –«

»Diana hat alles mögliche gekauft, extra für heute morgen, weil ich meinen ersten Arbeitstag hatte.« Tanita stand auf und holte sich einen zweiten Teller Suppe vom Herd.

»Nett von ihr«, sagte Tanitas Mutter. »Ich dachte, sie kocht nicht.«

»Tut sie auch nicht.« Tanita machte sich über den frisch gefüllten Teller Eintopf her, als hätte sie den ersten gar nicht gehabt. »Sie hat alles fertig gekauft.«

»Aha«, sagte Tanitas Mutter.

»Mutsch, sie hat keine Zeit«, verteidigte Tanita Diana sofort.

»Ich hätte mir das Frühstück ja auch selbst machen können. Aber sie ist extra für mich aufgestanden, ganz früh, um mit mir zu frühstücken, und gestern hatte sie das alles extra für mich eingekauft.«

»Ich sagte ja: nett von ihr«, wiederholte Tanitas Mutter.

Tanita seufzte und legte den Löffel hin. Auch der zweite Teller Suppe war beinah leer. »Du magst sie immer noch nicht«, sagte sie.

»Doch.« Tanitas Mutter blickte aus dem Fenster, dann wieder zu Tanita zurück. »Ich mag sie. Sie ist mir sogar sehr sympathisch. Wenn sie eine Nachbarin wäre oder eine Arbeitskollegin von dir, würde ich mich sehr darüber freuen.«

»Aber du freust dich nicht darüber, daß wir befreundet sind«, sagte Tanita.

Tanitas Mutter atmete tief durch. »Du weißt, warum«, sagte sie. »Sie ist –«

»Sie ist nicht zu alt!« protestierte Tanita.

»Sie ist eine junge Frau, aus meiner Position«, sagte Tanitas Mutter versöhnlich, »aber aus deiner ist sie nun einmal ... um etliches älter.«

»Ein paar Jahre«, grummelte Tanita. »Das verläuft sich, je älter ich werde.«

»Nicht ganz.« Ihre Mutter lächelte. »Aber der Abstand wird in gewisser Weise geringer, da hast du recht.« Sie stand auf und nahm Tanitas Teller. »Noch etwas?«

Tanita lehnte sich zurück und rieb sich den Bauch. »Eigentlich hätte ich gern noch etwas. Es war wieder soooo lecker. Aber ich glaube, mein Magen braucht eine Pause.«

»Du kannst ja später noch etwas essen«, sagte ihre Mutter und stellte Tanitas Teller zusammen mit ihrem eigenen auf die Spüle.

»Später ... ich ...« Tanita stotterte.

»Wann kommt Diana nach Hause?« fragte ihre Mutter mit einem wissenden Lächeln.

Tanita blickte auf ihre Armbanduhr. »Gleich«, sagte sie. »In einer halben Stunde.«

Ihre Mutter schmunzelte. »Dann gebe ich dir die Suppe mit. Ihr könnt sie ja später zusammen essen.«

»Du bist so gut zu mir, Mutsch«, sagte Tanita grinsend.

»Was soll ich machen, wenn du Hummeln im Hintern hast?« Ihre Mutter seufzte. »Du bist ja kaum noch einmal hier. Da freue ich mich über jede Stunde, die du kommst. Aber denk auch einmal an Vati. Wenn er abends von der Arbeit kommt, fragt er immer nach dir, aber ihr habt euch schon wochenlang nicht gesehen. Komm doch einmal am Wochenende zum Essen, wenn er auch da ist. Sonntag?« Sie blickte Tanita fragend an.

»Sonntag?« wiederholte Tanita zweifelnd.

»Du kannst Diana mitbringen«, sagte ihre Mutter. »Vati kennt sie ja noch gar nicht. Kommt doch beide. Ein paar Stunden werdet ihr vielleicht erübrigen können.« Ihre Augen funkelten, als sie das sagte.

Tanita errötete leicht. »Ein paar Stunden. Sicher«, sagte sie. »Das geht.«

»Also dann kommt ihr am Sonntag um eins?« fragte ihre Mutter nach.

»Ja, Mutsch, am Sonntag um eins.« Tanita stand auf. »Ich werde Diana fragen.«

»Tu das«, sagte ihre Mutter. Sie drückte Tanita eine verschlossene Plastikdose mit der warmen Suppe in die Hand. »Hoffentlich mag Diana Eintopf«, sagte sie.

»Ich habe keine Ahnung«, sagte Tanita verlegen.

»Sonst mußt du ihn eben allein essen«, sagte ihre Mutter. »Was soll ich morgen kochen? Oder kommst du da nicht mittags?«

»Ehrlich gesagt, so kaputt, wie ich heute war, wäre ich froh, wenn ich jeden Tag kommen könnte«, sagte Tanita.

»Kannst du«, sagte ihre Mutter. »Auf die Art sehe ich dich wenigstens.«

Tanita legte den Kopf schief vor schlechtem Gewissen.

Ihre Mutter lachte. »Ich weiß, ich weiß. Wenn du in der Uni bist, ißt du lieber dort, weil der Weg nach Hause zu weit ist, und abends gehst du lieber zu Diana. Das verstehe ich. Um so mehr freue ich mich jetzt über deinen Ferienjob.«

»Du bist die Beste, Mutsch.« Tanita grinste breit und beugte sich vor, um ihrer Mutter einen herzhaften Kuß auf die Wange zu geben. »Wenn ich dich nicht hätte . . .«

»Na, na . . .« Ihre Mutter wollte sich ihre Rührung nicht anmerken lassen. »Wenn eine Mutter nicht einmal für ihr Kind da ist, wohin sollte das führen?«

»Bis morgen!« Tanita schwenkte die Suppendose zum Abschied. »Koch, was du willst. Ich esse alles!«

Damit war sie durch die Tür verschwunden.

ઉ෴

»Ich wollte schon immer einmal ein Verhältnis mit der Postbotin haben«, sagte Diana lächelnd, als Tanita und sie später am Tag zusammen im Bett lagen. Sie drehte sich auf die Seite und stützte sich auf den Ellbogen. »Du weißt schon, diese muskulösen Frauen, denen der Schweiß vor Anstrengung von der Stirn rinnt, weil sie 30-Kilo-Pakete mit einer Hand stemmen und locker joggend in den zehnten Stock tragen.« Sie grinste.

Tanita grinste zurück. »Ich kann dich einmal mit meiner Kollegin Regine bekanntmachen, wenn du das gern möchtest.«

Dianas Hand schoß vor und kitzelte Tanita, daß Tanita quietschte. »Ich hatte eigentlich dich gemeint, du Wiesel, und das weißt du auch.«

Tanita versuchte sich gegen Dianas kitzelnde Hand zu verteidigen. »Ich bin nicht so muskulös«, keuchte sie zwischen Lachen und Kieksen. »Ich dachte, du meinst jemand anders.«

»Du bist muskulös genug«, sagte Diana und hörte auf, Tanita zu kitzeln. »Für mich auf jeden Fall.« Sie schmunzelte.

Tanita schüttelte den Kopf. »Warum schwärmen eigentlich immer alle so für Postbotinnen?«

Diana legte sich zurück und verschränkte die Hände unter ihrem Kopf. »Ich weiß nicht. Hattest du die Vorstellung noch nie? Daß die schöne, kräftige Postbotin dir ein Paket bringt und dich gleich darauf verführt?«

»Eigentlich nicht«, sagte Tanita. »Ich war da immer mehr auf Lehrerinnen fixiert.«

Diana grinste sehr. »Vielleicht solltest du das einmal überdenken. Jetzt, wo du mehr mit Postbotinnen zu tun hast . . .«

»Ich will gar nichts überdenken . . .« Tanitas Stimme wurde rauh. Sie beugte sich zu Diana hinunter und blickte ihr tief in die Augen.

»O nein!« Diana sprang auf. »Wir haben schon den halben Nachmittag im Bett zugebracht, und ich habe noch nicht eine Zeile für morgen vorbereitet, für den Unterricht.«

Tanitas Blick strich über Dianas nackten Körper, als sie nun neben dem Bett stand. »Das habe ich schon fast wieder vergessen«, sagte sie. »Komm doch noch mal zurück. Bitte, nur noch einmal ...«

»Das hast du mir das letzte Mal auch schon versprochen«, erwiderte Diana streng. »Und da wurden es zehn. So geht das nicht. Wir haben beide einen Job, und wir müssen beide morgen fit sein.«

»Ja, Frau Lehrerin«, sagte Tanita ergeben grinsend.

Diana wandte sich ab und warf sich einen Morgenrock über. »Meinst du, ich wünschte mir nicht, den ganzen Tag mit dir im Bett zu liegen?« fragte sie. »Aber das geht nun einmal nicht.« Sie band den Gürtel des Morgenrocks zu und drehte sich um. »Am Wochenende vielleicht«, fügte sie hinzu.

»Ah, apropos Wochenende«, sagte Tanita. »Meine Mutter hat uns für Sonntag zum Mittagessen eingeladen.«

»Mittagessen? Sonntag? Wir beide?« Diana sah erschüttert aus.

»Ja, mein Vater würde dich auch gern einmal kennenlernen, ihr habt euch ja noch nie gesehen, und da er tagsüber arbeitet, wäre Sonntag am besten«, sagte Tanita.

»Dein Vater wird auch da sein?« Diana wirkte noch erschütterter.

»Ja.« Tanita bemerkte erst jetzt, daß die Aussicht Diana nicht erfreute. »Was ist denn? Ihr habt euch doch gut verstanden, meine Mutter und du, sie mag dich, und mein Vater hatte noch nie die Gelegenheit –«

»Auf keinen Fall!« sagte Diana und verließ mit großen Schritten das Schlafzimmer.

»Diana!« Tanita sprang auf und lief Diana hinterher.

Die war in die Küche gegangen und hielt die Kaffeedose in der Hand.

»Diana, was ist denn?« fragte Tanita. »Hast du Sonntag schon etwas anderes vor?«

»Ich hatte vor zu arbeiten«, sagte Diana. »Ich bekomme am Montag eine neue Referendarin, die ich betreuen muß. Darauf muß ich mich vorbereiten.«

»Das machst du doch mit links«, sagte Tanita. »Es gibt keine bessere Lehrerin als dich.«

»Darüber gehen die Meinungen ganz sicher auseinander«, sagte Diana und füllte Kaffeepulver in den Filter. »Du bist da nicht maßgebend.«

»Diana ...« Tanita faßte Diana an den Schultern und drehte sie zu sich um. »Das ist doch nicht der Grund. Willst du meine Eltern nicht sehen? Dann sage ich ab. Sie werden das schon verstehen.«

»Nein, sag nicht ab.« Diana stellte die Kaffeedose zurück. »Geh doch allein. Ich habe sowieso zu tun. Du würdest dich hier nur langweilen.«

»Hast du Angst vor meinem Vater?« fragte Tanita. Sie lachte. »Das brauchst du nicht. Er ist wirklich ganz lieb. Und er schwärmt für Mathematik! Er wird sich die ganze Zeit mit dir darüber unterhalten wollen.«

»Ich unterhalte mich nicht über Mathematik, ich unterrichte sie«, sagte Diana abwehrend.

»Du liebst alles, was mit Mathematik und Zahlen zu tun hat«, sagte Tanita. »Soviel habe ich schon mitbekommen. Außerdem betonst du selbst immer wieder, daß dein Beruf auch deine Passion ist, dein Hobby, deine Leidenschaft.« Tanita versuchte Diana in den Arm zu nehmen. »Wenn du nicht gerade anderen Leidenschaften frönst.« Sie lächelte.

Diana machte sich los, griff nach dem Wasserkocher und goß das heiße Wasser in den Filter. Der Kaffeeduft erfüllte die Küche mit einem Mal noch stärker. »Ich kann nicht«, sagte sie.

»Meine Mutter kocht hervorragend«, sagte Tanita. »Ihr Sonntagsbraten wird ein Gedicht sein. Willst du dir das wirklich entgehen lassen?«

»Verdammt noch mal, hör auf!« Diana schwenkte den Wasserkocher so abrupt, daß das heiße Wasser herausspritzte und Tanita zur Seite springen mußte. »Ich will nicht und ich kann nicht! Wann kapierst du das endlich?« Sie lief schnell aus der Küche hinaus.

Tanita blieb verdattert stehen. Automatisch nahm sie den Filter ab, als das Wasser durchgelaufen war, stellte die Kaffeekanne und zwei Tassen auf das Tablett, nahm die Sahne aus dem Kühlschrank und die Zuckerdose vom Regal, fügte zwei Löffel den Tassen hinzu und trug das beladene Tablett ins Wohnzimmer.

»Du wolltest doch Kaffee trinken«, sagte sie ruhig und stellte das Tablett auf dem Tisch ab. So aufgewühlt hatte sie Diana schon lange nicht mehr erlebt. Außer heute nachmittag im Bett, aber das war ja etwas völlig anderes.

»Tut mir leid«, sagte Diana. Sie blickte durch das riesige Terrassenfenster hinaus. »Ich wollte dich nicht anschreien.«

»Schon okay.« Tanita trat hinter sie. »Ich hätte dich nicht so nerven sollen.«

Diana drehte sich um, ging zum Tisch, goß sich eine Tasse Kaffee ein und setzte sich aufs Sofa. »Sag deinen Eltern, ich habe mich sehr über die Einladung gefreut, aber ich kann leider nicht kommen«, sagte sie ruhig.

»Wir können es ja auf später verschieben«, sagte Tanita.

»Verstehst du denn nicht?« Diana blickte auf. Ihre Stimme war erneut schärfer geworden. »Nie. Ich werde nie kommen können. Egal wann. Auch später nicht.«

»Aber ... warum? ... Nein.« Tanita hob die Hand. »Ich werde nichts mehr fragen. Entschuldige.«

»Ich kann dir das jetzt nicht erklären«, sagte Diana. Sie stellte ihre Tasse ab.

Tanita setzte sich zu ihr aufs Sofa. »Das mußt du nicht. Ich akzeptiere es«, sagte sie. Das tat sie, aber dennoch hätte sie gern gewußt, was diese so massive Ablehnung auslöste. Es war ihr unverständlich.

Sicherlich, ein bißchen Bammel vor den Eltern der Freundin hatte wohl jede, wenn sie dort zum ersten Mal offiziell vorgestellt werden sollte. Aber das, was Diana ausdrückte, war nicht Unsicherheit, war nicht das übliche *Werden sie mich mögen? Werde ich sie mögen?* Das war weit mehr. Angst, geradezu Panik.

»Ich gehe duschen«, sagte Diana. »Ich habe noch eine Menge Arbeit.«

Sie stand auf und verschwand im Badezimmer.

»Es tut mir leid«, sagte Tanita, als sie am nächsten Tag nach der Arbeit bei ihrer Mutter am Mittagstisch saß. »Ich werde am Sonntag allein kommen. Diana kann nicht.«

»Schade«, sagte ihre Mutter. »Vati hatte sich schon sehr darauf gefreut. Er hat etwas über eine neue Zahlentheorie gelesen, das hätte er gern mit ihr diskutiert.«

»Ich weiß.« Tanita seufzte. »Diana meint, sie unterrichtet Mathematik, sie redet nicht darüber.«

Tanitas Mutter blickte sie aufmerksam an. »Aber das ist nicht die ganze Wahrheit?« fragte sie.

»Das ist überhaupt keine Wahrheit«, sagte Tanita. »Diana liebt es, über Mathematik zu reden, über Axiome und Theorien, über Dinge, von denen ich nicht einmal im Ansatz etwas verstehe. Sie ist ganz begeistert davon.«

»Vati ist kein Mathematiker«, sagte Tanitas Mutter. »Vielleicht stört sie das.«

»Nein, ich glaube nicht.« Tanita lehnte sich nachdenklich zurück. »Ich glaube, es ist ganz etwas anderes, was sie stört. Ich weiß nur nicht, was.«

»Sie hat es dir nicht gesagt?«

»Nein.« Tanita kaute auf ihrer Lippe herum. »Aber sie ist völlig in Panik geraten, als ich ihr von deiner Einladung erzählt habe.«

»Vielleicht hat ihr mein Kuchen das letzte Mal nicht geschmeckt«, sagte ihre Mutter schmunzelnd.

»Ich fürchte, es ist weit ernster«, sagte Tanita. »Sie ist so verschlossen. Das war sie von Anfang an. Ich dachte, das legt sich, wenn wir uns länger kennen. Aber das tut es nicht.«

»Manche Menschen sind so«, sagte ihre Mutter. »Du weißt, dein Vater redet auch nur über Dinge, von denen er etwas versteht. Wenn er zu einer Sache nichts zu sagen hat, hält er lieber den Mund. Das hat mich am Anfang irritiert, aber ich habe mich daran gewöhnt.« Sie lachte. »Mittlerweile weiß ich sowieso, was er denkt.«

»Ich wäre froh, wenn ich das auch wüßte«, murmelte Tanita.

»Was Diana denkt?« fragte ihre Mutter. Sie beugte sich über den

Tisch zu Tanita vor. »Ich bin mit deinem Vater jetzt fast ein Vierteljahrhundert verheiratet, wir sehen uns jeden Tag, leben miteinander, wir haben dich ...« Sie lächelte Tanita an. »So kurz, wie du Diana kennst, solltest du vielleicht einfach ein wenig Geduld haben.«

»Das ist nicht gerade meine starke Seite«, seufzte Tanita.

»Das würde ich nicht sagen«, meinte ihre Mutter. »Wenn ich daran denke, wie lange es gedauert hat, bis Diana und du ...«

»Da dachte ich, Diana ist ... na ja, aus der Welt. Wir sehen uns niemals wieder.« Tanita runzelte die Stirn.

»Und jetzt ist sie da und doch nicht da«, vermutete ihre Mutter. »Meinst du das?«

»Ja, genau das meine ich. Schließlich sehen wir uns auch jeden Tag. Ich wohne praktisch bei ihr, wir –« Tanita brach ab und wurde rot.

»Du brauchst das nicht näher auszuführen«, sagte ihre Mutter. »*Dabei* seid ihr euch so nah, und wenn es vorbei ist, behandelt sie dich anders?«

»Nein.« Tanita hatte spontan geantwortet, doch danach zögerte sie. »Ja. Doch, so ist es. Genauso. Sie ist oft so abwesend, als ob sie über etwas nachdenken würde. Aber wenn ich sie dann frage, sagt sie, es ist nichts. Aber ich weiß, daß da etwas ist.«

»Und du denkst, es hat etwas mit dir zu tun, mit euch. Das verunsichert dich.«

»Ja.« Tanita sah ihre Mutter hilfesuchend an. »Was soll ich nur machen, Mutsch? Ich liebe sie so. Ich kann mir nicht mehr vorstellen, wie es wäre, wenn sie – ohne sie ist mein Leben sinnlos.«

»Oje, was soll ich dazu sagen?« Tanitas Mutter stand auf und räumte die Teller ab. »Wenn man so verliebt ist wie du jetzt gerade, würde nichts helfen.«

»Außer sie zu verlassen. Nicht wahr, das meinst du doch?« fragte Tanita verstimmt.

»Das ist richtig«, sagte ihre Mutter. »Aber das steht nicht zur Debatte, das ist mir schon klar, und außerdem ... ich mag Diana wirklich. Auch wenn ich mir für dich eher eine gleichaltrige Freundin gewünscht hätte. Das ist nun mal so bei Müttern.« Sie lächelte Tanita an. »Aber Diana hat ... sie hat etwas. Ganz zweifellos. Das habe ich gespürt, als sie hier war.«

»Was ist es dann?« fragte Tanita verzweifelt. »Warum öffnet sie sich mir nicht? Warum verbirgt sie so vieles vor mir?«

»Hab Geduld«, empfahl ihre Mutter. »Das ist alles, was ich dir dazu sagen kann. Ihr jungen Leute seid viel zu ungeduldig. Diana braucht vielleicht länger als andere Menschen, um Vertrauen zu fassen. Vielleicht hat sie einmal schlechte Erfahrungen gemacht, wer weiß?«

»Sie spricht jedenfalls nicht darüber. Dann könnte ich es mir wenigstens erklären«, sagte Tanita unglücklich.

»Irgendwann wird sie darüber sprechen. Wenn sie soweit ist«, sagte ihre Mutter. »Mehr kann ich nicht dazu sagen.«

»Ich nerve dich schon genauso wie Diana«, sagte Tanita. »Tut mir leid.«

»Du kannst mich jederzeit nerven.« Ihre Mutter lächelte. »Mir tut es nur leid, daß ich dir keine Antwort auf deine Fragen geben kann. Als du ein kleines Kind warst, war alles furchtbar einfach. Du hast mir zwar ein Loch in den Bauch gefragt, aber ich konnte deine Fragen beantworten. Jetzt bist du eine erwachsene junge Frau, jetzt mußt du deine Antworten selbst finden.«

»O Gott, Mutsch, du machst mir ja Mut!« seufzte Tanita verzweifelt.

»Den solltest du nicht verlieren, deinen Mut«, sagte ihre Mutter. »Manchmal verlangt das Leben einfach ein bißchen Durchhaltevermögen. Nicht alles fällt einem sofort in den Schoß. Um manche Dinge muß man kämpfen.«

»Um manche Menschen auch, meinst du?«

»Um die besonders«, sagte Tanitas Mutter. »Wenn dir der Mensch etwas wert ist . . .«

Tanita blickte entsetzt.

»Natürlich ist sie dir das.« Tanitas Mutter nickte besänftigend. »Ich weiß. Deshalb rate ich dir zum Abwarten. Laß sie kommen. Bedräng sie nicht. Das ist niemals gut.«

»O Mutsch, ich wünschte, ich wäre so alt und weise wie du«, seufzte Tanita.

»Deine Vorstellungen von Altsein sind höchst merkwürdig«, sagte ihre Mutter. »Diana ist jung und ich bin alt?«

»Ich glaube, ich gehe lieber«, sagte Tanita. »Du bist die jüngste Mutter, die es gibt, und Diana ist so alt . . . nun ja, wie sie halt ist.

Ich glaube, ich sollte besser meinen Mund halten.« Sie stand auf.

»Manchmal schon.« Ihre Mutter lächelte. »Aber das lernst du noch.«

»Ach, Mutsch.« Tanita küßte ihre Mutter auf die Wange. »Danke für das wunderbare Essen. Bis morgen.«

»Bis morgen.« Tanitas Mutter blickte ihr anteilnehmend hinterher, als sie ging.

»Du bist so still heute abend. Hast du irgend etwas?« fragte Diana, als sie nach dem Essen in der Dunkelheit auf der Terrasse, die nur von warm flackernden Kerzen erleuchtet wurde, bei einem Glas Wein beieinander saßen.

»Ich wollte dich nicht schon wieder nerven«, sagte Tanita verlegen lächelnd. »Ich glaube, das habe ich genug getan.«

»Ich war nicht sehr ... es tut mir leid«, sagte Diana. »Ich hätte dich nicht so anfahren sollen. Ist deine Mutter sehr böse auf mich?«

»Nein, gar nicht. Sie versteht das. Sie sagt, es tut ihr nur leid für meinen Vater. Er hat da irgend etwas gelesen über eine neue Zahlentheorie, und natürlich hätte er dich mit Begeisterung darüber ausgequetscht.« Tanita lächelte Diana an. »Er kennt nicht viele Leute, die sich mit Mathematik auskennen. Es ist sein einsames Steckenpferd.«

»Das kenne ich.« Diana lächelte auch. »Ich war das einzige Mädchen in meiner Klasse, das sich für Mathematik interessiert hat.«

»Das kann ich gut verstehen.« Tanita seufzte.

»Ich weiß«, sagte Diana. Ihre Stimme klang weich. »Aber Mathematik ist nicht alles im Leben. Vielleicht ist sie gar nicht so wichtig.«

»Für dich aber schon«, sagte Tanita. »Deshalb wünschte ich, ich verstünde mehr davon. Damit ich mich mit dir darüber unterhalten könnte. Es muß furchtbar langweilig für dich sein, daß ich nichts darüber weiß.«

»Ja, furchtbar langweilig«, sagte Diana. Ihre Augen blitzten mutwillig. »So langweilig, daß ich mich jeden Tag frage, worüber ich mich überhaupt mit dir unterhalten soll.«

»Vielleicht unterhalten wir uns deshalb so wenig«, sagte Tanita, auf Dianas Ton eingehend. Sie stand auf.

»Oh, Tanita, bitte ...« Diana riß die Augen auf. »Ich brauche meinen Schlaf!«

»Sag nein«, flüsterte Tanita an ihrem Ohr. »Sag einfach nur nein.« Sie knabberte an einem süßen Ohrläppchen.

»Du bist unfair«, seufzte Diana.

»Bin ich nicht. Ich lasse dir die Wahl. Ich richte mich ganz nach deiner Entscheidung.« Tanita grinste in sich hinein.

»Unfair«, wiederholte Diana mit schwacher Stimme. »Daß du noch so viel Kraft hast nach deinem anstrengenden Arbeitstag«, wisperte sie. »Bist du denn gar nicht müde?«

»Ich habe nachmittags ein bißchen geschlafen, bevor du gekommen bist«, grinste Tanita.

»Ach, deshalb ...« Diana seufzte.

Tanita küßte sich an Dianas Hals hinab und öffnete langsam ihre Bluse. »Ich liebe dich, Diana«, flüsterte sie dabei.

»Nicht. Sag das nicht.« Diana wehrte sich schwach. »Liebe ist ein so großes Wort.«

»Nicht für dich ... und mich«, flüsterte Tanita. Sie zog Dianas Bluse aus dem Rock und öffnete ihren BH. Dianas Brüste wurden sichtbar und wölbten sich leicht unter den Schalen hervor. »Diana ...« Tanita schob den BH nach oben und ging vor Diana in die Knie. Sie nahm eine Brustwarze in den Mund.

Diana stöhnte auf. »Hier draußen?« fragte sie bebend.

Tanita blickte hoch. »Gibt es etwas Schöneres, als sich unter dem Sternenhimmel zu lieben?«

»Aber nur ... kurz.« Diana biß sich auf die Lippen. »Ich muß wirklich ... schlafen.« Es fiel ihr schwer zu sprechen, denn Tanita streichelte ihre Brust.

»Danach schläfst du bestimmt wunderbar«, lächelte Tanita. Sie beugte sich wieder hinunter und verwöhnte Dianas Brustwarzen, eine wie die andere, mit ihrer Zunge.

Diana rutschte wie wild auf dem Terrassenstuhl hin und her und schob ihren Unterleib nach vorn. »Mach ... schnell«, flüsterte sie abgehackt. »Bitte ...«

»Ich möchte dich genießen«, wisperte Tanita zurück. »Das

braucht seine Zeit.«

Diana öffnete ihre Beine, ihr Rock glitt höher, bedeckte nur noch ihren Schoß.

Tanita glitt mit ihrer Hand unter den Stoff, fühlte die seidige Strumpfhose, die Dianas Schenkel bedeckte, strich darüber.

Diana zuckte heftig. »Zerreiß sie«, flüsterte sie. »Ich kann nicht so lange warten.«

Tanita, überrascht aber gehorsam, riß das feine Gespinst mit einem harten Ruck auseinander. Sie beugte sich vor, und während ihre Hand sich einen Weg durch den zerrissenen hauchdünnen Stoff bahnte, küßte sie Diana tief und heiß, mit leidenschaftlichem Verlangen.

Diana stöhnte und keuchte, schob sich Tanitas Hand verzweifelt entgegen, saugte ihre Zunge in sich hinein. Plötzlich stieß sie Tanitas Mund von sich und schnappte nach Luft. »Komm ... komm ...« Sie wand sich auf dem Stuhl hin und her.

Tanita drang in sie ein, nahm sie mit festen Stößen, bis kleine, spitze Schreie ihr ankündigten, daß es bald genug sein würde. Sie unterstützte Dianas Orgasmus mit schnellen Bewegungen auf der zuckenden Perle, dann auf einmal sank Diana in sich zusammen und war ganz still.

Tanita legte ihren Kopf in Dianas Schoß, atmete ihren Duft ein, kuschelte sich glücklich an sie. »Diana ...«, flüsterte sie.

Einen Moment war es auf der Terrasse friedlich wie in einem Zauberwald, lautlos, entrückt.

Diana hob schwer eine Hand und legte sie auf Tanitas Haar, streichelte es sanft. »Das war schön«, sagte sie leise.

Tanita richtete sich auf und lächelte sie an. »So schön wie du«, sagte sie. »Das eine muß zum anderen passen.«

Diana schwieg. Langsam verloren ihre Augen den entrückten Schleier, der im Kerzenschein schimmerte.

Tanita stand auf. »Jetzt darfst du schlafen«, sagte sie lachend. »Du hast schwer genug dafür gearbeitet.«

Mit einer ansatzlosen Bewegung glitt Diana aus dem Stuhl und sank vor Tanita auf die Knie. »Noch nicht«, sagte sie, während sie an Tanita hochschaute.

Sie griff an Tanitas Gürtel und öffnete ihn.

»He, Frau Briefträgerin, kann ich Sie mal was fragen?«

Tanita drehte sich erstaunt um, als sie die Stimme vernahm.

»Andrea«, lächelte sie erfreut, dann verschwand ihr Lächeln und machte einem schuldbewußten Ausdruck Platz.

»Ich sehe, daß du wenigstens weißt, was du getan hast – oder nicht getan hast«, bemerkte Andrea tadelnd.

»Ich weiß, ich hätte mich schon längst einmal bei dir melden sollen«, erwiderte Tanita und tat so, als müßte sie die Briefe sortieren, die bereits ordentlich aufgereiht in ihrer Hand lagen.

»Ich habe mehrmals bei dir angerufen, das heißt bei deinen Eltern, denn du scheinst da ja nicht mehr zu wohnen«, sagte Andrea.

»Nein ... ja ... offiziell schon noch«, sagte Tanita und zog verlegen die Augenbrauen hoch.

»Aber inoffiziell wohnst du woanders«, sagte Andrea. »Deine Mutter wollte dir Bescheid sagen, damit du mich anrufen kannst.«

»Das hat sie getan«, sagte Tanita. »Ich bin nur noch nicht dazu gekommen. Tut mir wirklich leid. Jetzt, wo ich den Job habe, bin ich immer so erschöpft ...«

»Den Job hast du aber noch nicht lange. Davor hättest du durchaus Zeit gehabt«, sagte Andrea.

»Die Uni und so, das war auch alles neu für mich«, verteidigte sich Tanita.

»Wegen der Uni hast du mich aber nicht sitzenlassen«, stellte Andrea fest. »Ich denke, da steckt etwas anderes dahinter.« Sie grinste. »Oder jemand.« Sie grinste noch mehr. »Komm, erzähl schon. Hast du jemand kennengelernt?«

»Kennengelernt?« Tanita runzelte die Stirn. »Nein, ich ... hat meine Mutter dir nicht gesagt, wo ich bin?«

»Nein, hat sie nicht.« Andrea seufzte. »Sie sagte, das wäre deine Privatangelegenheit, und sie könnte sich da nicht einmischen. Du müßtest dich bei mir melden, um mir zu sagen, was los ist.« Sie seufzte noch mehr. »Ich wünschte, meine Mutter wäre so diskret!«

»Ja, das ist sie, sehr diskret.« Tanita seufzte auch. Sie straffte ihre Schultern. »Ich bin jetzt meistens bei Diana.«

»Diana? *Die* Diana? Frau Diana?« Andrea rollte die Augen.

»Ich habe dir schon mal gesagt, daß du sie nicht so nennen sollst«, brummelte Tanita verstimmt.

»Sie ist es also«, seufzte Andrea. Sie schaute Tanita an. »Ich dachte, das hätte sich erledigt.«

»Wir haben uns schon länger nicht gesehen«, erwiderte Tanita peinlich berührt.

»Das kannst du wohl laut sagen!« stieß Andrea hervor. »Wir haben uns so lange nicht gesehen, daß ich schon dachte, du bist vom Erdboden verschwunden, bis ich dich heute plötzlich hier in der Stadt Briefe verteilen sah.«

»Ja, ich weiß.« Tanita wand sich. »Deshalb ist ja gut, daß wir uns jetzt zufällig getroffen haben.«

»Na ja.« Ebenso schnell, wie sie in die Luft gegangen war, war Andrea auch wieder versöhnt. »Ihr seid also jetzt richtig zusammen? Das letzte Mal, als ich dich sah, war das ja ziemlich auf der Kippe.«

»Danach ... danach ist sie zu mir nach Hause gekommen«, sagte Tanita.

»Oh.« Andrea blickte überrascht. »Sie zu dir?«

»Ja.« Tanita wand sich unbehaglich.

»Ich bin beeindruckt.« Andrea nickte anerkennend. »Das hätte ich nicht gedacht. Schließlich ist sie Lehrerin. Die erwarten doch eigentlich immer, daß man zu ihnen kommt.« Sie lachte.

»Sie ... sie hat mir das angeboten. Zu ihr zu kommen, meine ich«, sagte Tanita leicht errötend.

»Und wenn ich deine Reaktion jetzt richtig deute, nicht nur zum Kaffeetrinken«, sagte Andrea.

Tanita antwortete nicht.

»Du mußt nichts dazu sagen«, meinte Andrea versöhnlich. »Wenn ihr glücklich seid, sage ich auch nichts mehr dazu. Vergiß einfach meine dummen Bemerkungen vom letzten Mal.«

»Danke«, sagte Tanita. »Es tut mir leid, aber ...« Sie schaute an dem großen Gebäude hoch, vor dem sie gerade stand. »Ich muß weitermachen, sonst werde ich nicht rechtzeitig fertig. Dann bin ich nachmittags noch unterwegs. Ist ein bißchen ungünstig jetzt.«

»Dafür weiß ich endlich, wo ich dich finden kann«, schmunzelte Andrea. »Du entkommst mir also nicht. Deshalb würde ich vorschlagen, wir verabreden uns lieber gleich für einen kleinen Gedankenaustausch. Ich bin wahnsinnig neugierig.« Ihre Augen blitzten.

»Ich dachte, du magst Lehrerinnen nicht und findest sie als Gesprächsthema ätzend«, sagte Tanita ein wenig stichelnd.

»Tja, sagen wir mal so, wenn ich sie einfach nur als Matratze betrachte, die du benutzt, geht's vielleicht«, erwiderte Andrea.

»Andrea!« Tanita fuhr auf.

»Sollte nur ein Scherz sein.« Andrea grinste. »Damit du mal aus deinem Mauseloch kommst. Deine Lehrerin interessiert mich in der Tat weniger«, fuhr sie fort, »aber du interessierst mich. Schließlich bist du meine beste Freundin – oder warst es mal.« Sie blickte Tanita fragend von der Seite an.

»Natürlich bin ich das immer noch«, erwiderte Tanita sofort. »Ich habe ja auch oft an dich gedacht –«

»Ha!« Andrea unterbrach sie. »Das erzähl mal dem Schneider von Hameln.«

»Dem Rattenfänger«, korrigierte Tanita.

»Wurscht. Du warst schon immer besser in Deutsch als ich, das weiß ich. Aber ob Schneider oder Rattenfänger, wie wäre es mit einem Treffen heute nachmittag? Wann hast du Schluß bei der Briefeaustragerei hier?«

»Heute sind eine ganze Menge Werbedrucksachen gekommen – und die Telefonrechnung, die auch fast jeder kriegt.« Tanita blickte in ihre Karre, die sehr vollgestopft aussah. »Da wird es etwas später. Aber eigentlich –«

»Eigentlich willst du dich gar nicht mit mir treffen, sondern lieber zu deiner . . . was auch immer . . . nach Hause eilen, habe ich recht?«

Tanita sagte zwar nichts, aber ihr Gesichtsausdruck zeigte verlegene Bestätigung.

»Na gut«, sagte Andrea. »Du entgehst mir nicht. Jetzt, wo ich weiß, wo du arbeitest.« Sie grinste.

»Morgen, Andrea«, schlug Tanita vor. »Morgen ist es besser, da kommt nicht so viel Post, ich kann eher Schluß machen, und dann ist Diana noch nicht zu Hause.«

»Ah.« Andrea runzelte die Stirn. »Ich muß mich also nach Frau Dianas Zeitplan richten«, stellte sie fest. »Aber weil du es bist . . .«

Tanita fiel ein Stein vom Herzen, daß sie noch eine Lösung gefunden hatte. »Dann komme ich morgen nach der Arbeit bei dir vorbei. Bist du denn überhaupt zu Hause?«

»Ich habe ein paar Tage Urlaub vor der Prüfung«, sagte Andrea. »Zum Lernen. Deshalb streune ich ja auch hier am hellen Vormittag durch die Fußgängerzone, dazu hätte ich normalerweise gar keine Zeit. Ist eine ganze Menge los bei meinem Steuerberater.«

»Daß du mal Steuerberaterin werden würdest«, lachte Tanita.

»Paßt doch zu mir. Ich liebe Geld«, grinste Andrea. »Aber Steuerberaterin bin ich noch lange nicht. Demnächst mache ich erst mal die Prüfung zur Gehilfin. Die Ausbildung zur Steuerberaterin dauert noch einmal Jahre, und das ist alles gar nicht so einfach. Ich glaube kaum, daß ich mir das antun werde.« Sie seufzte.

»Warten wir's ab«, sagte Tanita. »Wenn ich einmal Geld verdienen sollte – irgendwann in ferner Zukunft – werde ich jedenfalls gern deine Dienste als Steuerberaterin in Anspruch nehmen.«

»Ist doch klasse, dann habe ich schon mal eine Klientin sicher«, lachte Andrea. »Also dann komm morgen vorbei, sobald du fertig bist. Ich muß bügeln ...« Sie verzog das Gesicht. »Ich werde auf jeden Fall da sein.«

»**D**as ist ja ein ganz schönes Hin und Her«, sagte Andrea am nächsten Tag, als Tanita bei ihr auf dem Sofa saß und Kuchen mümmelte.

»Ja, es war ... es war nicht ganz einfach«, gab Tanita zu.

»Ich glaube, ihr beide seid nicht ganz einfach«, meinte Andrea. »So schwer muß man es sich doch wirklich nicht machen.«

»Wenn ich mehr über sie wüßte ...«, sagte Tanita und nahm sich noch ein Stück Kuchen. Da sie wegen der Verabredung mit Andrea nicht bei ihrer Mutter zum Mittagessen gewesen war, hatte sie einen Mordshunger.

»Tja, bei längerdauernden Beziehungen sollte das eigentlich selbstverständlich sein«, bemerkte Andrea. »Ich meine, so wie ich das handhabe, ist es ja nicht nötig, viel über die Kerle zu wissen.

Für eine Nacht reicht es allemal, was sie körperlich zu bieten haben. Mehr interessiert mich auch nicht. Aber wenn es länger dauern würde ...«

»Du wirst dich auch noch einmal so verlieben, daß du nicht einfach nach einer Nacht Schluß machen kannst«, sagte Tanita. »Das wünsche ich dir jedenfalls. Wenn man jeden Tag zusammen ist, das ist so ...« Ihr Gesichtsausdruck wurde schwärmerisch. »... wundervoll.«

»Obwohl du so wenig über sie weißt?« fragte Andrea zweifelnd.

»Ja, das ist wirklich ein Problem.« Tanita verputzte den letzten Krümel Streuselkuchen, lehnte sich auf der Couch zurück und zog die Beine an, um bequemer sitzen zu können. »Ich trete so oft ins Fettnäpfchen, weil ich irgendeine harmlose Bemerkung mache. Für mich harmlos, für Diana wohl nicht. Sie wird dann dermaßen kalt, daß ich nicht weiß, was ich tun soll.«

»Hast du ...« Andrea räusperte sich. »Hast du schon einmal in Erwägung gezogen, daß sie euer Zusammensein als nicht so wundervoll empfindet wie du?«

Tanita starrte sie entgeistert an. »Wie meinst du das?«

»Na ja ...« Andrea suchte nach der richtigen Formulierung. »Wenn sich ein Kerl bei mir länger einnisten würde, würde ich das schon als etwas ... beengend empfinden. Und mich vielleicht so verhalten, daß ich ihn nicht an mich heranlasse, innerlich, und hoffe, daß er von selbst merkt, daß er nicht erwünscht ist, und wieder geht.«

»Das ...« Tanita stammelte. »Das kann nicht sein!«

»Bist du dir da wirklich so sicher? Frau ... ich meine, Diana scheint nicht der Typ zu sein, der sein Herz auf der Zunge trägt. Eventuell erwartet sie von dir, daß du die richtigen Schlüsse ziehst.«

»Das ... das ... nein ...« Tanita war völlig von der Rolle. »Nein, Andrea, das hätte sie mir gesagt.«

»Um was geht es denn bei diesen Bemerkungen, von denen du meinst, daß du damit ins Fettnäpfchen getreten bist?« fragte Andrea.

»Ich weiß nicht.« Tanita runzelte die Stirn und dachte angestrengt nach. »Einmal ist sie wütend geworden, als meine Eltern sie zum Essen eingeladen haben, aber es gibt auch andere Dinge.

Ich kann kein Muster erkennen.«

»Sie war wütend darüber, daß deine Eltern sie kennenlernen wollten?« fragte Andrea.

»Ja. Beziehungsweise ... meine Mutter kennt sie ja schon. Aber als ich sagte, daß mein Vater auch dabeisein würde ...«

»Dein Vater.« Andrea zog nachdenklich die Stirn kraus. »Vielleicht hat sie ein Problem mit Männern. Ich meine, immerhin ist sie –« Andrea brach ab.

»Immerhin ist sie lesbisch, meinst du?« Tanita starrte Andrea fassungslos an. »Das bin ich auch. Habe ich ein Problem mit Männern oder hatte ich je eins? Wohl kaum. Wenn überhaupt, hast du Probleme mit Männern, ihr Heterofrauen habt ständig irgend etwas an Männern auszusetzen. Wenn es danach ginge, müßtet ihr alle lesbisch sein. Und wir Lesben hetero.«

»Schon gut, schon gut, beruhige dich!« Andrea hob beide Hände. »So habe ich es doch nicht gemeint, das weißt du. Ich versuche nur, dir zu helfen. Bei dem wenigen, was du über sie weißt, könnte es doch sein, daß sie früher mal mit Männern schlechte Erfahrungen gemacht hat. Das ist schließlich nicht ausgeschlossen.«

»Und dann ist sie einfach so auf Frauen umgeschwenkt?« fragte Tanita. »So läuft das nicht, Andrea. Wir werden genauso als Lesben geboren wie ihr als Heterofrauen. Oder hast du irgendwann mal die Entscheidung getroffen, hetero zu sein?«

»Nein, natürlich nicht«, sagte Andrea.

»Eben. Natürlich nicht. Genauso natürlich wie ich oder Diana. Wir haben nicht die Entscheidung getroffen, lesbisch zu sein. Wir sind so zur Welt gekommen. Es ist ein bißchen schwieriger für uns, aber gerade deshalb würde sich wohl keine Frau freiwillig dazu entscheiden, lesbisch zu sein, wenn sie genausogut heterosexuell leben könnte. Mit einem Mann und Kinderchen, die sie vorzeigen könnte, um zu beweisen, wie ›normal‹ sie ist.«

»Langsam, langsam!« Andrea beugte sich vor und schob ein Stück Kuchen auf Tanitas Teller. »Iß lieber noch etwas. Das beruhigt.«

»Ich muß mich nicht beruhigen, ich –«

»Du hast Angst.« Andrea unterbrach sie. »Das verstehe ich. Du hast Angst, sie zu verlieren, aus einem Grund, den du nicht kennst.«

Tanita sackte auf der Couch in sich zusammen.

»Ich habe recht, nicht wahr?« fragte Andrea. »Sie zu lieben, ohne etwas über sie zu wissen, ist vielleicht nicht schwer, aber sich ihrer sicher zu sein, das ist eine ganz andere Geschichte.«

Tanita blickte gequält auf. »Hast du das denn noch nie erlebt?« fragte sie.

»Ha!« Andrea schüttelte den Kopf. »Männer sind ein offenes Buch verglichen mit Frauen. Ich weiß oft mehr über die Kerle, als mir überhaupt lieb ist. Schon bevor ich mit ihnen ins Bett steige, haben sie mir ihre halbe Lebensgeschichte erzählt. Und die ist kaum je interessant. Sie jammern meistens nur rum.« Sie lachte. »Was tut man nicht alles für einen guten Fick!« Sie beugte sich vor und nahm sich den Teller, auf den sie den Kuchen für Tanita geschoben hatte. »Wenn ich einmal einen treffe, der nicht so viel erzählt, der ein bißchen geheimnisvoll ist und sich nicht so selbstmitleidig gibt, der könnte mir gefährlich werden«, sagte sie, während sie an die Decke starrte und gleichzeitig ein Stück Kuchen in ihren Mund schob.

»Dann könntest du dich verlieben, meinst du?« fragte Tanita.

Andrea nickte. »Ich weiß zwar nicht, was das ist, aber es könnte sein. Bisher war noch keiner dabei, deshalb ist das noch nie vorgekommen.«

»Das tut mir leid«, sagte Tanita.

»Es ist die Frage, wer hier wem leid tun sollte«, entgegnete Andrea grinsend. »Du quälst dich, obwohl du verliebt bist. Vielleicht ist dieser Zustand gar nicht so erstrebenswert.«

»O doch.« Tanitas Gesicht überzog ein Lächeln. »Doch, das ist er.« Sie atmete tief durch. »Auch wenn ich Diana nicht immer verstehe, aber ich würde nie mehr auf dieses Gefühl verzichten wollen. Wenn ich nur an sie denke . . .« Ihr Gesichtsausdruck wurde träumerisch.

»Das tust du offensichtlich jetzt gerade«, lachte Andrea. »Dann will ich dich nicht dabei stören. Laß uns das Thema wechseln. Wie ist der Briefträgerjob?«

Und während Tanita von ihrem Job erzählte, unterbrochen von einigen Anekdoten aus der Steuerberatungskanzlei, die Andrea zum besten gab, verbrachten sie einen äußerst vergnüglichen Nachmittag miteinander.

»Schade, bald ist die Zeit bei der Post um«, sagte Tanita zu ihrer Mutter, während sie von ihr mit kräftiger Nahrung versorgt wurde. »Heute ist der erste Tag der letzten Woche.«

»Oh, das klingt apokalyptisch!« Ihre Mutter lachte. »Ich hätte gedacht, daß du froh bist, die anstrengende Plackerei endlich wieder los zu sein.«

»Ja, anstrengend ist es schon, aber mit jedem Tag arbeite ich mich besser ein, und alles geht mir leichter von der Hand. An der Uni muß ich dann wieder über Büchern büffeln, das nimmt nie ein Ende, und leichter wird es auch nicht. Eher im Gegenteil.« Sie seufzte.

»Du übertreibst.« Ihre Mutter stellte den Nachtisch vor sie hin. »Dein Lieblingspudding. Ich hoffe, er schmeckt dir.«

»Mir schmeckt doch alles, was du kochst. Danke, Mutsch.« Tanita lächelte ihre Mutter an und löffelte mit Genuß. Das Dessertschälchen war schnell leer. Nach einem Nachschlag blickte Tanita auf die Uhr. »Es ist noch so früh heute. Ich werde Diana von der Schule abholen, das kommt gerade hin.«

»Wartet sie auf dich?« Ihre Mutter goß sich Kaffee nach.

»Nein, es soll eine Überraschung sein.« Tanita grinste.

»Hoffentlich verpaßt ihr euch da nicht«, sagte ihre Mutter.

»Ach nein, ich finde sie schon«, sagte Tanita und stand auf.

Nicht viel später stellte sie ihr kleines Auto vor der Schule ab. Diana würde sich bestimmt freuen, nicht mit dem Bus fahren zu müssen. Tanita lächelte. Sie freute sich jeden Tag neu auf Dianas Anblick, auf die ersten Sekunden, wenn sie sich wiedersahen, nachdem sie sich morgens getrennt hatten. Es war wie ein Zauber, der sie verband und immer wieder zusammenführte.

Sie betrat das Schulgebäude. Einer ihrer ehemaligen Lehrer lief ihr über den Weg.

»Tanita? Sie sind immer noch hier?« Er runzelte die Stirn. Geschichtslehrer konnten vielleicht mit Geschichtsdaten umgehen, mit Epochen lang vergangener Zeiten, aber die Gegenwart war manchmal ein Problem für sie. Dieser Lehrer hier war immer schon sehr zerstreut gewesen, was das anbetraf.

»Nein, Herr Dr. Milbrath, ich hole nur jemanden ab«, erwiderte sie lächelnd.

»So so, wen denn?« fragte er völlig unerwartet.

Und weil die Frage so überraschend kam, antwortete Tanita zu schnell und ohne zu überlegen. »Frau Gropius«, sagte sie.

Scheiße, dachte sie. *Was geht ihn das an? Darüber wird Diana bestimmt nicht erbaut sein.* Aber nun war es nicht mehr zu ändern. Zudem war Dr. Milbraths Gedächtnisleistung bezogen auf die Gegenwart erfahrungsgemäß mehr als dürftig. Wahrscheinlich würde er Tanitas Antwort schon wieder vergessen haben.

»Ja ja . . .« Er sinnierte vor sich hin, ohne etwas zu sagen.

Tanita wollte nicht unhöflich sein, aber ewig konnte sie nicht warten, bis er zu einem Entschluß gekommen war. »Na, dann . . .«, sagte sie und wollte an ihm vorbeigehen.

»Sie ist im Lehrer-Arbeitszimmer, hab' sie gesehen«, gab Herr Dr. Milbrath plötzlich von sich, dann verschwand er lautlos. Er trug immer Gummisohlen.

Das Lehrer-Arbeitszimmer, eine Art kleine Bibliothek, befand sich im ersten Stock nicht weit vom Sekretariat. Meistens war das Zimmer abgeschlossen, nur die Lehrer hatten Schlüssel dazu. Tanita hoffte, daß Diana nicht von innen abgeschlossen hatte, dann mußte sie laut klopfen, und die Überraschung war schneller als beabsichtigt dahin.

Als sie jedoch eine Minute später die Klinke der Tür herunterdrückte, stellte sie fest, daß das Arbeitszimmer offen war. Sie atmete erleichtert aus. Vorsichtig spinxte sie um die Ecke und schlich sich hinein.

Im Hintergrund war eine leise Unterhaltung zu hören. Vielleicht unterhielt sich Diana mit einem anderen Lehrer. Das hatte Tanita nicht bedacht. Sie wollte Diana nicht in Verlegenheit bringen und blieb weiter im Verborgenen. Die hohen Bücherregale, vollgestellt mit Schulbüchern und Nachschlagewerken, boten ausreichend Sichtschutz.

Sie näherte sich den Stimmen. Je näher sie kam, desto mehr erkannte sie, daß es hauptsächlich Diana war, die leise sprach, fast flüsterte.

So geheim? dachte Tanita lächelnd. Sie ging näher und sah die Ecke eines Tisches hinter einem Regal hervorschauen. Die Arbeitstische waren im Zimmer verteilt, damit sich die Lehrer bei ihren Vorbereitungen nicht gegenseitig störten. Diana hatte sich mit ihrem Gesprächspartner offensichtlich in den hintersten Winkel zurückgezogen, um etwas besprechen zu können, ohne andere zu beeinträchtigen.

Tanita zog vorsichtig ein Buch aus dem Regal, vor dem sie stand. Dadurch konnte sie durch das Regal hindurchblicken und den Tisch dahinter sehen.

Sie sah Dianas gebeugten Rücken.

Komisch, dachte Tanita. *Was tut sie denn da?* Sie zog ein weiteres Buch heraus, um ihren Blickwinkel zu erweitern.

Jetzt sah sie, daß an dem Tisch jemand saß. Diana beugte sich über die Person, berührte sie, sprach leise mit ihr. Dann richtete sie sich auf und lachte. So liebevoll, so zärtlich, daß Tanita das Blut in den Adern gefror.

Das ist der Grund für ihre Zurückhaltung! dachte sie entsetzt und erstarrt. *Zu Hause hat sie mich, und hier hat sie jemand anders.* Sie begann zu zittern. *Vielleicht ist es genauso, wie Andrea gesagt hat: Sie wartet nur darauf, daß ich begreife, daß sie mich loswerden will. Um mit dieser . . . Person zusammenzusein!*

Sie stand eine Minute da, oder auch zwei oder drei. Sie hatte jegliches Zeitgefühl verloren.

Diana beugte sich wieder über das junge Mädchen, das am Tisch saß. Sie sah aus wie eine Schülerin.

Eine Schülerin! Natürlich! Woran erinnerte sie das? An damals, als Diana so mit ihr . . . die Nachhilfestunden . . . Tanita wurde schlecht. Sie konnte kaum noch etwas sehen, ein Schleier schob sich vor ihre Augen, Tränen oder die Vorahnung einer Bewußtlosigkeit. Sie wollte die Bücher ins Regal zurückstellen, aber sie fielen herunter. Es klang ihr wie Kanonenschläge in den Ohren.

Diana fuhr auf, blickte in ihre Richtung. Durch das Regal hindurch konnte sie Tanita wohl nicht erkennen. »Herr Glaubner? Sind Sie das?« fragte sie in den Raum hinein.

Tanita antwortete nicht. Ihre Stimmbänder waren vereist.

Diana kam um das Regal herum und blieb erstaunt stehen. »Du? Wie kommst du denn hierher?«

»Ich . . .« Tanita krächzte. »Ich wollte dich abholen. Ich hatte etwas früher Schluß.«

»Das ist keine so gute Idee.« Diana blickte ernst.

»Das sehe ich«, sagte Tanita. Sie erholte sich langsam. »Du bist ... beschäftigt.«

»Ja genau.« Diana wandte sich von ihr ab. »Ich habe noch eine halbe Stunde zu tun. Dann bin ich fertig und gehe nach Hause.« Sie klang wie ein Terminkalender. Alles exakt geplant bis auf die letzte Minute.

Tanita konnte sich nicht rühren, als Diana unbeeindruckt zu ihrer Schülerin zurückging. Erst als das leise Gespräch wieder begann, drehte Tanita sich wie betäubt um und wankte aus dem Zimmer hinaus.

Nachdem sie das Schulgebäude verlassen hatte, setzte sie sich draußen auf die Mauer des kleinen Platzes, der gegenüber der Schule lag. Sie konnte nicht mehr laufen. Ihre Knie waren weich wie Pudding.

Sollte sie auf Diana warten? Eine halbe Stunde, hatte sie gesagt, aber war das die Wahrheit? Oder hatte sie danach noch etwas vor? Mit diesem Mädchen.

Tanita stand auf. Sie mußte weg von hier. Und obwohl sie im Unterbewußtsein wahrnahm, daß sie nicht fahrtüchtig war, fuhr sie los.

Ihr Schutzengel machte wohl Überstunden, denn sie erreichte Dianas Wohnung unverletzt. Sie wußte nicht, warum sie hierhergefahren war. Sie hätte zu ihren Eltern fahren können, oder sogar zu Andrea, aber ihr innerer Wegweiser hatte sie hierhergeleitet.

Sie schloß die Tür auf, ging hinein, setzte sich in einen Sessel und wartete.

Diana kam genau nach Fahrplan, wie sie gesagt hatte. Der Bus erreichte die Haltestelle immer zur selben Zeit.

Als sie Tanita im Sessel sitzen sah, verdüsterte sich ihr Blick. »Was sollte das?« fragte sie. »Was wolltest du in der Schule?«

»Dich abholen, wie ich schon sagte.« Tanita spulte es ab wie ein vorbereitetes Tonband.

»Du weißt, daß mir das nicht recht ist«, sagte Diana, setzte ihre prall gefüllte Aktentasche ab und hängte ihren Mantel auf.

»Warum?« fragte Tanita tonlos. Die Antwort konnte sie sich schon denken.

»Das liegt doch auf der Hand«, sagte Diana. »Du warst einmal meine Schülerin.«

Das ist nicht die richtige Antwort, dachte Tanita. »So wie sie jetzt«, sagte sie. »Dieses Mädchen, mit dem du in der Bibliothek warst.«

»Ja.« Diana wirkte unbeeindruckt, emotionslos, packte eine Menge beschriebener Blätter aus ihrer Tasche auf den Schreibtisch. »Ich gebe ihr Nachhilfe.«

»So wie mir damals?« Tanita blickte Diana direkt ins Gesicht.

»Ja, so wie dir damals.« Diana wirkte nun leicht genervt. »Ich weiß nicht, was du hast, aber ich muß jetzt Arbeiten korrigieren. Du siehst ja . . .«

Dazu ist sie natürlich in der Schule nicht gekommen, dachte Tanita. *Dort hatte sie ja etwas anderes zu tun.* »Ich dachte, du gibst normalerweise keine Nachhilfe«, bemerkte sie spitz.

»Tue ich auch nicht«, sagte Diana. Ihre Stimme klang arglos. »Es ist –«

»Eine Ausnahme?« vollendete Tanita bitter. »Schon wieder? Wie bei mir damals? Sie ist noch jünger als ich, sogar, als ich damals war. Bin ich dir jetzt schon zu alt? Stehst du auf so was? Bist du deshalb Lehrerin geworden?«

»Was?« Diana schien völlig verdattert und starrte sie sprachlos an.

»Ist doch einfach als Lehrerin – an junge Mädels ranzukommen . . . und ihnen *Nachhilfe* zu geben . . . in was auch immer . . .«

»Tanita!« Diana starrte sie vollkommen verstört an. »Was denkst du von mir? Was unterstellst du mir da?«

»Ist doch merkwürdig, oder?« sagte Tanita. »Schon die zweite in so kurzer Zeit. Hast du es ihr auch angeboten – wie mir damals?«

»Nein, sie hat mich gefragt.« Diana wirkte wie zu Eis erstarrt.

»Und du konntest nicht nein sagen?«

»Doch, das wollte ich, aber . . . sie –«

»War so überzeugend?« Tanita machte ein abschätziges Geräusch. »Wenn es überhaupt stimmt. Warum sollte sie ausgerechnet zu dir kommen, wenn du normalerweise gar keine Nachhilfe gibst? Ich hätte das auch nicht getan. Nur weil du es mir angeboten hast . . .«

»Ein Kollege hat sie zu mir geschickt«, sagte Diana steif. »Er hatte sie letztes Jahr im Unterricht und hat ihr Nachhilfe gegeben. Aber jetzt hat er keine Zeit mehr.«

Die Romanze ist wohl vorbei, dachte Tanita. In ihrem Kopf wirbelte alles durcheinander. Das Gesicht des Mädchens, das sie kaum gesehen hatte, bekam immer klarere Züge, verwandelte sich in ein engelhaftes Antlitz, und Diana grinste wie der Teufel. Das alles fand nur in ihren Gedanken statt, aber als sie Diana daraufhin anblickte, kam es ihr vor, als hätte auch sie kleine Hörner auf der Stirn. Ihr tizianrotes Haar flammte wie das Feuer der Hölle um ihren Kopf.

»Wie alt ist sie?« fragte Tanita.

»Keine Ahnung.« Diana zuckte die Schultern. »Fünfzehn, sechzehn, nehme ich an.«

»Sehr jung«, sagte Tanita tonlos.

Diana atmete tief durch. »Tanita, du verläßt jetzt sofort meine Wohnung!« sagte sie kalt. »Und du solltest dich erst wieder bei mir melden, wenn du wieder zu dir gekommen bist.«

Genau das wollte sie, dachte Tanita. *Sie hat nur nach einem Grund gesucht, mich hinauszuwerfen. Da ich ja zu ... verliebt war, um von selbst zu gehen.* Wieder entglitt ihr die klare Sicht, wurde durch Schleier ersetzt, löste sich in Nebelschwaden auf.

Tanita erhob sich mühsam aus dem Sessel. Sie hatte das Gefühl, keine Kraft mehr zu haben, eine innere Leere füllte sie aus. »Ich gehe«, sagte sie.

Sie verließ die Wohnung, stieg Stufe für Stufe hinab und blieb auf der letzten ganz unten sitzen, bis sie wieder einigermaßen klar sehen konnte.

Es war alles vorbei.

Und sie konnte nichts dagegen tun.

2. Buch

Langsam öffnete die Frau die Augen. Zunächst erschien es ihr, als würde sie aus einem langen und tiefen Schlaf erwachen, doch als sich die Konturen ihrer Umgebung klarer abzeichneten, schlich sich Verwirrung ein. Obwohl die schweren Lider gleich wieder zufallen wollten, bemühte sie sich dem Raum, in dem sie sich befand, etwas Vertrautes abzugewinnen. Aber sie konnte sich nicht erinnern.

Noch während sie ihre Augen schweifen ließ, beugte sich eine Frauengestalt über sie. »Endlich bist du wach.«

Die Erwachende schaute die Frau an. »Wo bin ich?« hauchte sie mühsam. Die Worte waren kaum zu verstehen.

Und noch während sie das sagte, wurde sie sich der Bedeutung dieser Frage immer mehr bewußt. Sie konnte sich nicht erinnern, nicht an die Umgebung, nicht an die Umstände, wie sie hierhergelangt war, nicht an die Frau, die neben ihrem Bett saß.

Sie schloß die Augen wieder. In der eintretenden Dunkelheit suchte sie nach Gedanken, nach Bildern, nach – Erinnerungen.

»Diana? Bist du noch wach? Nicht wieder einschlafen! Die Schwester kommt gleich!«

Schwester? In Dianas Kopf sprang eine Assoziation ins Bewußtsein: Schwester – Krankenhaus. Sie war in einem Krankenhaus? Sie war krank? Erneut tauchte ihr Bemühen, sich an etwas zu erinnern, in einen schwarzen Brei aus zähflüssigem Nichts ab. Wahrscheinlich war sie einfach nur zu müde ...

»Hallo? Sind Sie noch wach?«

Die Stimme klang anders. Forscher, distanzierter. Die Schwester? Diana schlug die Augen auf, ein wenig in der Hoffnung, in ein vertrautes Gesicht blicken zu können. Doch auch die Schwester erschien unbekannt.

»Haben Sie Schmerzen?«

Während die Schwester Apparate bediente und Schläuche einstellte, forschte Diana in ihrem Körper nach. Nein, keine Schmerzen. Vielleicht ein Ziehen, da, am Kopf, über ihrem Ohr, aber das war alles. »Nein«, röchelte sie.

»Das ist gut. Der Arzt wird gleich bei Ihnen vorbeischauen.« Die Schwester wandte sich der anderen Frau zu: »Das Gröbste hat Ihre Tochter wohl überstanden. Sie wird sicher wieder ganz gesund.«

Dann gab eine Tür ein lautes Geräusch von sich, und die Schwester war verschwunden.

In Dianas Kopf arbeitete es. Hatte sie gerade das Wort *Tochter* gehört? War sie damit gemeint? War die Fremde ihre Mutter? Und im selben Moment entfuhr es ihr: »Mutter.«

»Ja, ich bin da. Ich habe die ganze Zeit für dich gebetet, und der Herr hat meine Gebete erhört. Dafür bin ich sehr dankbar.« Sie hob die Hände in Gebetshaltung zum Himmel.

Diana wurde schwindelig von der Erkenntnis, die jetzt wie ein Paukenschlag durch ihren Schädel dröhnte: Sie konnte sich an ihre eigene Mutter nicht erinnern! Sie konnte sich einfach an gar nichts erinnern. Sie hatte keine Erinnerungen mehr, kein Gedächtnis, kein nichts. Was auch immer geschehen war, es mußte etwas Schreckliches gewesen sein.

Aber ihre Mutter war da. Das war doch gut, nicht? Wenn die Mutter einem in solch einer Stunde zur Seite steht.

Dianas Gefühl war jedoch ein anderes. Ihr Gefühl sagte ihr, daß es überhaupt nicht gut war, daß ihre Mutter hier saß. Warum war ihr Gefühl so ... so – böse? Ihr Verstand fand es völlig in Ordnung, einen Menschen um sich zu haben, dem sie vertrauen konnte. Der Mutter mußte man doch schließlich vertrauen können. Vielleicht stimmte da mit ihrem Gefühl etwas nicht ...

Langsam dämmerte Diana wieder hinüber in den Schlaf.

»Frau Gropius! Frau Gropius!«

Ihr Unterbewußtsein fühlte sich nicht angesprochen. Sie kannte diesen Namen nicht.

»Frau Gropius!« Eine Hand berührte sie an der Schulter, schüttelte sie.

Diana schlug die Augen auf, mühsam, es war immer noch eine große Anstrengung.

»Ich muß Ihnen noch einmal Blut abnehmen. Sind Sie wach?«

Ein junger Mann in einem weißen Kittel blickte auf sie hinunter.

»Blut?« Diana konnte auch mit diesem Wort im ersten Moment nichts anfangen. Dann plötzlich flammte es wie ein Blitz durch ihren Kopf, sie spürte Panik, Schmerz, warme Flüssigkeit. Mit einer abwehrenden Bewegung fuhr ihre Hand zur Stirn.

»Nein, nicht da.« Der junge Mann lachte sehr sympathisch. »Ihr Arm reicht.«

Diana ließ ihre Hand sinken, und der junge Arzt legte ein Band um ihren Oberarm, zog es fest, klopfte in ihrer Armbeuge herum.

»Ah, da.« Ein kleiner Pieks, Diana zuckte zusammen. »Schon vorbei.« Der Arzt lächelte sie an. »War's schlimm?«

Diana wollte antworten, aber ihre Stimme gehorchte ihr nicht. Sie schüttelte den Kopf. Sofort fühlte sie einen Stich in ihrer Schläfe. Sie stöhnte auf.

»Nicht zu viel bewegen«, sagte der Arzt. »Besonders den Kopf möglichst ruhig halten. Die Gehirnerschütterung braucht noch eine Weile.«

Ge-hirn-er-schüt-te-rung. Diana konnte das Wort als ganzes nicht erfassen, es war so lang. Sie versuchte, mit den einzelnen Silben eine Bedeutung zu verbinden. »Was ... was ist passiert?« krächzte sie.

»Sie erinnern sich nicht?« Der Arzt schaute sie fragend an.

Diana vermied wohlweislich ein Kopfschütteln und brachte ein kaum verständliches »Nein« hervor.

»Das kommt schon noch«, sagte der Arzt. »Sie sind angeschossen worden. In Ihrer Schule.«

»Meiner ... Schule?« Diana runzelte angestrengt die Stirn, was wieder mit einem stechenden Schmerz aus der Schläfengegend bestraft wurde. Sie grübelte noch über das Wort *angeschossen* nach, denn auch das sagte ihr nichts.

»Sie haben vergessen, daß Sie Lehrerin sind?« fragte der Arzt, nun doch etwas besorgt.

»Lehrerin.« Wieder ein Wort, das erst zugeordnet werden mußte.

»Sie waren auf dem Weg zum Unterricht, da ist ein Schüler von einer anderen Schule im Gebäude Amok gelaufen. Mit dem Gewehr seines Vaters. Es ging wohl um eine Schülerin«, sagte der Arzt. »Sie wollte anscheinend nichts mehr von ihm wissen.« Er schaute Diana aufmerksam an. »Der Schuß hat Sie an der Schläfe getroffen, Sie sind zusammengebrochen, und nachdem die Polizei den Jungen gefaßt hatte, haben wir Sie blutüberströmt auf dem Gang gefunden. Zuerst dachten wir, Sie wären ...« Er räusperte sich. »Gott sei Dank stellte sich dann heraus, daß Sie noch lebten. Wir haben Sie mit Blaulicht ins Krankenhaus gebracht und notoperiert. Die Kugel konnte problemlos entfernt werden. Sie war nur am Rande ins Gehirn eingedrungen. Sie werden wieder ganz gesund.«

»Gesund.« Diana wiederholte die Wörter wie Teile einer unbekannten Sprache.

Der Arzt musterte ihren immer noch verständnislosen Gesichtsausdruck bekümmert. »Was ist das letzte, woran Sie sich erinnern?«

Diana dachte angestrengt nach. Wieder stach es in der Schläfe, aber sie kümmerte sich nicht darum. »Ein Fest«, sagte sie. »Jemand hat geheiratet.«

»Hatten Sie kürzlich eine Hochzeit?« Der Arzt wandte sich an die Mutter, die vom Bett zurückgetreten war.

Sie schüttelte den Kopf. »Nein. Die letzte Hochzeit war die meines Sohnes. Vor fünf Jahren.«

Der Arzt hob zweifelnd die Augenbrauen. »Das kann nicht sein, das ist zu lange her. In letzter Zeit war Ihre Tochter auf keiner Hochzeit?«

Die Mutter preßte die Lippen zusammen. »Ich weiß es nicht«, sagte sie.

Der Arzt beugte sich zu Diana hinunter. »Wann waren Sie auf dieser Hochzeit?«

»Mai«, sagte Diana. »Es war Mai. Mai ist der schönste Monat zum Heiraten.« Es klang, als hätte sie irgendwelche Informationen in einer Datenbank gefunden, die sie jetzt abrief, die ihr aber nichts sagten.

»Zweifellos«, sagte der Arzt. »Meine Freundin drängt mich auch, im Mai zu heiraten.« Er verzog ein wenig den Mund, als ob ihm das nicht behagte. »Also dieses Jahr im Mai waren Sie auf einer Hochzeit? Das ist das letzte, woran Sie sich erinnern?«

»Mai«, wiederholte Diana, »Sonntag, der fünfzehnte Mai.«

»Na also«, sagte der Arzt zufrieden. »Sie erinnern sich ja.«

»Am fünfzehnten Mai hat mein Sohn geheiratet«, sagte die Mutter.

Der Arzt starrte die Mutter an. Dann wandte er den Blick zu Diana. »Ihr Bruder. War es die Hochzeit Ihres Bruders?«

»Bruder.« Diana wiederholte das Wort genauso verständnislos wie alle vorherigen.

»Sie braucht einfach noch etwas Zeit, denke ich«, sagte der Arzt zur Mutter. »Dieser Amok-Lauf war ein grausamer Schock für alle. Wir haben die halbe Schule hier in Behandlung, auch die, die nicht verletzt wurden. Wenn man angeschossen wird, ist es noch schlimmer. Ich bin froh, daß sie aufgewacht ist.« Er lächelte die Mutter zuversichtlich an. »Das andere wird auch noch kommen.«

Mit der Blutprobe in der Hand verließ er das Zimmer.

Diana versuchte die Verwirrung in ihrem Gehirn zu ordnen. Ihr Mund war furchtbar trocken. »Wasser«, flüsterte sie.

»Du darfst noch nichts trinken, dafür hast du den Tropf«, sagte die Mutter.

Diana blickte an dem Schlauch hoch, der über ihrem Bett hing. Dann folgte sie dem Weg der schmalen Röhre bis hinunter auf ihre Hand. Dort befand sich eine Art Anschluß auf ihrem Handrücken. Es tat weh. Sie stöhnte leicht. Ihre Lippen klebten aneinander, Gaumen und Zunge schienen untrennbar verbunden.

Ihre Lider flimmerten, ließen sich nicht mehr befehlen. Von einer Sekunde zur anderen war sie eingeschlafen.

»Na, da haben wir doch sehr gute Fortschritte gemacht«, sagte die Psychologin zufrieden.

»Wenn Sie meinen.« Diana war nicht so zufrieden. »Seit drei Wochen komme ich jeden Tag zu Ihnen, aber ich kann mich immer noch nicht an vieles erinnern.«

»Sie wissen jetzt immerhin, wer Sie sind, Ihren Beruf, wo Sie wohnen«, erwiderte die Psychologin heiter, als ob dies ein großer Erfolg wäre.

»Ich weiß gar nichts.« Diana widersprach. »Man hat mir gesagt, daß ich Diana Gropius heiße, also reagiere ich auf den Namen, wenn man mich anspricht. Man hat mir gesagt, daß ich als Lehrerin am Friederiken-Gymnasium arbeite, also versuche ich mir vorzustellen, wie es ist, Lehrerin zu sein. Man hat mich in ein Haus gebracht und mir versichert, daß dies mein Zuhause sei, aber ich erkenne kaum etwas wieder. Meine Mutter erzählt mir jeden Tag, was für ein Glück es sei, daß ich noch lebe, aber ich kann mit diesem Leben nichts anfangen. Ich stoße überall an Grenzen, kaum etwas kann ich allein machen, für alles brauche ich Hilfe, weil ich wie ein kleines Kind herumstolpere und alles erst wieder lernen muß.«

»Es sind erst drei Wochen«, sagte die Psychologin besänftigend. »Manche Patienten brauchen Jahre, bis sie sich wieder erinnern.«

»Das sind ja schöne Aussichten!« stieß Diana hervor. »Mein Gedächtnis ist wie ein alter Lappen voller Löcher. Mehr Löcher als Lappen.«

»Es hängt nur von Ihrem Willen ab, sich zu erinnern«, sagte die Psychologin. »Sie sind ein starker Mensch. Sie werden es schaffen.«

Wenn du das nur glaubst ..., dachte Diana sarkastisch. Sie fühlte sich so hilflos wie jeden Tag, seit sie im Krankenhaus aufgewacht war. Zuerst war sie zu müde gewesen, um es wahrzunehmen, aber seit sich ihr Körper erholt hatte, ihr Gedächtnis jedoch nur abgerissene Fetzen lieferte, unzusammenhängende Bilder, Ahnungen einer anderen Welt, wuchs das Gefühl in ihr an.

»Ich hoffe, Sie haben recht«, sagte sie und stand auf.

Die Psychologin stand ebenfalls auf und ging zu ihrem Schreibtisch, wo sie ein Blatt unterzeichnete. »Hier, Ihr Taxischein.« Sie kam zu Diana und gab ihr das Blatt. »Das Taxi wird unten schon warten.«

Diana fühlte einen Widerwillen in sich, das Papier zu nehmen, jedoch sie griff danach und nickte. »Wie immer. Daß die Krankenkasse solchen Luxus bezahlt ...«

»Wir wollen doch alle, daß Sie gesund nach Hause kommen.« Die Psychologin lächelte. Sie begriff das Problem nicht.

Das Problem war, daß Diana sich eingesperrt fühlte. Sie war keine Minute allein, sie wurde geholt und gebracht, stand ständig unter Aufsicht, weil sie sich allein nicht zurechtfand. Niemand traute ihr zu, allein in die Stadt zu gehen oder allein mit dem Bus zur psychologischen Praxis zu fahren. Alle meinten, es wäre noch zu früh.

Diana selbst wußte nicht, was sie denken sollte. Sie fühlte sich unsicher, wußte nicht, was sie sich zutrauen konnte und was nicht. Aber sie hätte gern mehr ausprobiert. Doch das ging nicht. Ihre Mutter sagte ihr stets, daß es immer so gewesen war, daß sie nur ihr altes Leben fortsetzte, aber Diana erschienen so viele Dinge fremd und ungewohnt.

Sie verließ die Praxis der Psychologin und atmete tief durch. Wann endlich würde sie wieder wissen, wer sie wirklich war? Sie stieg ins Taxi, das wie gewohnt bereits vor der Tür wartete.

»Bringen Sie mich irgendwo hin, wo man in Ruhe nachdenken kann«, sagte Diana zum Taxifahrer.

Er drehte sich zu ihr um. »Ich kann Sie nur nach Hause bringen, wie immer«, sagte er. »Mehr erlaubt der Schein nicht. Dann müssen Sie bar bezahlen.«

Diana seufzte. Sie hatte kein Geld. Bisher hatte sie keins gebraucht. »Dann eben nach Hause«, sagte sie und wunderte sich erneut, wie fremd dieses Wort in ihren Ohren klang. Viele Wörter hatten ihre Bedeutung wiedergewonnen, aber dieses eine blieb beziehungslos.

»**M**ein Kind, da bist du ja endlich wieder! Wie geht es dir?« Dianas Mutter eilte zum Taxi, um ihrer Tochter beim Aussteigen zu helfen.

Diana wehrte unwirsch ab. »Mutter, ich kann das mittlerweile sehr gut allein.« Sie versuchte so sicher wie möglich die Treppe hinauf ins Haus zu schreiten.

»Aber Kind, du weißt, was der Arzt gesagt hat. Wir müssen sehr vorsichtig sein!« Die Mutter ließ sich nicht beirren, nahm Diana am Arm und schob sie durch die Tür. »Es ist für eine Mutter nicht leicht, wenn sie nicht weiß, was mit ihrem Kind geschieht.«

Diana schnaufte und blieb stehen. »Der Arzt hat es dir doch nun schon mehrmals ausführlich erklärt. Ich gehe zur Psychologin, damit sie mir hilft, mein Gedächtnis wiederzufinden. Die Arbeit mit ihr ist angenehm, und ich fühle mich sehr wohl da. Also würdest du bitte endlich damit aufhören so zu tun, als würden sie mir ständig Elektroschocks verpassen. Dein *Kind* ist in guten Händen.«

Diana hoffte inständig, jetzt keinen Schwäche- oder Schwindelanfall zu bekommen, die sie seit der Entlassung aus dem Krankenhaus immer wieder plagten, entwand sich dem Griff ihrer Beschützerin und ging die Treppe hinauf in ihr Zimmer – das *Kinderzimmer*, wie es ihre Mutter noch immer nannte.

Sie ließ sich langsam aufs Bett sinken. Nach jeder Therapiesitzung das gleiche Theater. Warum war ihre Mutter nur so strikt dagegen, daß Diana gemeinsam mit einer Therapeutin an ihrem verlorenen Gedächtnis arbeitete? Zugegeben, die Sitzungen waren recht anstrengend, aber dennoch fühlte Diana in Gegenwart der Ärztin eine Geborgenheit, die sie bei ihrer Mutter vermißte.

Die Tür ging auf, und ein großes Tablett schob sich ins Zimmer, gefolgt von einer demonstrativ gekränkt an Diana vorbeiblickenden Fürsorgerin. Sie stellte das Tablett auf dem kleinen Tisch ab. »Jetzt iß wenigstens etwas und nimm deine Tabletten.« Dann setzte sie sich zu ihrer Tochter aufs Bett. »Jedesmal, wenn du von diesen Sitzungen zurückkommst, bist du so verändert. Ich habe einfach Angst, daß die dir irgendwelche schrecklichen Dinge in den Kopf pflanzen.«

Diana seufzte. Sie fühlte sich zu schwach, um gegen die Übermacht ihrer Mutter angehen zu können. »Ja, ich weiß, du machst dir nur Sorgen. Aber glaub mir, die Therapeutin ist wirklich sehr nett, und –«

»Eine Frau! Das ist es ja! Mir wäre viel wohler, wenn ich dich in den Händen eines erfahrenen und kompetenten Mannes wüßte. Bei Frauen weiß man nie, was ...« Sie brach ab und stand auf.

»Jetzt iß deine Suppe, bevor sie kalt wird.«

Diana stand ebenfalls auf. »Was weiß man bei Frauen nie?«

Ihre Mutter antwortete nicht, sondern verließ das Zimmer.

Diana setzte sich an den Tisch und begann mechanisch den Teller leerzulöffeln. Der letzte Satz ihrer Mutter ging ihr nicht aus dem Kopf. War ihre Mutter schon immer so frauenfeindlich gewesen? Sie konnte sich nicht erinnern. Aber an was konnte sie das schon?

Gehörte ihre Mutter zu den Frauen, die Kompetenz ausschließlich Männern zusprachen, oder steckte da noch etwas anderes dahinter? Diese übertriebene Fürsorge, war ihre Mutter schon immer so gewesen? Wie hatte sie das vor ihrem Unfall ausgehalten? War sie vorher ein anderer Mensch gewesen? Hatte sie ihre Mutter wirklich geliebt, wie ihre Mutter es behauptete? War sie eine glückliche Tochter?

Fragen über Fragen. Und keine Antwort in Sicht. Diana seufzte. Wie lange sollte das noch dauern? Immer wieder versicherte man ihr, daß ihr Gedächtnis zurückkehren würde, aber wann konnte ihr keiner sagen. Sie war wie ein frisch geborenes Baby, das sprechen und laufen konnte, aber viel mehr auch nicht.

Sie legte den Löffel aus der Hand. Der Teller war leer, und Appetit hatte sie sowieso nicht. Sie aß nur, weil ihre Mutter kochte. Diana wußte nicht, was ihre Lieblingsspeisen waren, ob sie überhaupt Wert auf essen legte, ob sie jemals etwas anderes gegessen hatte als das, was sie seit drei Wochen bekam. Jeden Tag etwas anderes natürlich, alles gutbürgerliche Küche.

Sie sah im Fernsehen die Werbung für Pizza und Spaghettisoße und fragte sich, ob sie so etwas mochte. Ihre Mutter kochte so etwas nie, aber das war ja kein Kriterium. Vieles im Fernsehen erschien ihr dennoch vertraut, vertrauter manchmal als die Umgebung, in der sie sich befand.

Diese Fremdheit – würde das jemals anders werden? Dieses Gefühl, nicht hierher zu gehören. Die Psychologin versicherte ihr immer wieder, daß alle Patienten, die ihr Gedächtnis verloren, ähnliche Empfindungen hatten, aber Diana konnte sich nicht vorstellen, daß das bei allen so lange anhielt.

Ihre Mutter kam herein.

Diana blickte auf. »Du brauchst mich nicht länger zu bedienen«, sagte sie. »Ich kann jederzeit hinunterkommen zum Essen.«

»Aber das tue ich doch gern, Kind.« Ihre Mutter strahlte und nahm das Tablett, um es hinunterzutragen.

»Ich komme mir wie ein kleines Kind vor, ein krankes Kind«, sagte Diana. »Aber das bin ich nicht. Ich muß einmal wieder an der ganz normalen Welt teilnehmen. Heute hatte ich noch nicht einmal Geld dabei, um das Taxi zu bezahlen.«

»Aber das zahlt doch die Krankenkasse«, sagte ihre Mutter.

»Die Fahrt von hier zur Praxis und zurück«, sagte Diana. »Aber wenn ich einmal Kaffeetrinken gehen will, bummeln? Das zahlt die Krankenkasse nicht.«

»Aber du kannst doch hier Kaffeetrinken, bei mir«, sagte Dianas Mutter. »Dafür brauchst du kein Geld auszugeben.«

»Meine Therapeutin sagt, ich muß mich mit allen Dingen beschäftigen, die ich auch . . .« Sie zögerte. Ihr fehlte jegliche Erinnerung, und dennoch lief es ihr kalt den Rücken herunter, wenn sie an das dachte, was diesen Zustand verursacht hatte. ». . . die ich auch vorher getan habe«, fuhr sie fort. »Sie hat mir angeboten, die nächsten Sitzungen nicht mehr allein, sondern in der Gruppe zu absolvieren. Es gibt mehrere Gruppen, die sich regelmäßig in ihrer Praxis treffen. Lehrer und Schüler. Vielleicht wäre das gut.«

»Mit anderen?« Ihre Mutter schien nicht begeistert.

»Ja.« Diana ging vom Tisch hinüber zum Sessel und setzte sich erschöpft. Immer noch war sie nicht dazu in der Lage, sich länger als ein paar Minuten auf etwas zu konzentrieren. »Dann koche ich nicht mehr so im eigenen Saft. Die anderen können mir auch etwas über meine Arbeit als Lehrerin erzählen. Davon weiß ich bis jetzt so gut wie nichts.«

»Ich kann dir alles erzählen, was du wissen mußt«, sagte ihre Mutter.

»Natürlich kannst du das, und das tust du ja auch, wofür ich dir sehr dankbar bin«, erwiderte Diana. »Aber du kannst doch nicht wissen, wie ich mich in der Schule verhalten habe, was ich mit Kollegen oder Schülerinnen besprochen habe. Wie ich gearbeitet habe. Das werde ich in der Gruppe erfahren.«

»Du willst also hingehen?« fragte ihre Mutter.

»Ja. Vor allem brauche ich dann nicht mehr jeden Tag in die Praxis, sondern nur noch jede Woche einmal. Dann habe ich viel mehr Zeit für anderes.«

Wie auf Stichwort strahlte ihre Mutter wieder. »Genau das wollte ich dir auch gerade vorschlagen. Weißt du, wer eben gekommen ist?« Sie blinzelte.

Diana schaute sie an. Bis auf eine Nachbarin und den Ableser vom E-Werk war bislang noch nie jemand ins Haus gekommen.

»Stefan!« verkündete ihre Mutter strahlend. »Er ist unten.«

»Stefan?« Diana runzelte die Stirn.

»An ihn kannst du dich auch nicht erinnern?« Es klang fast wie ein Vorwurf.

»Ich konnte mich noch nicht einmal an dich erinnern ... oder an mich selbst, das weißt du doch.«

»Ja, natürlich.« Ihre Mutter schien besänftigt. »Aber Stefan ... Stefan ist dein Verlobter, an ihn solltest du dich besser erinnern können als an deine alte Mutter.« Sie lachte, als hätte sie einen Witz gemacht.

Stefan. Diana durchsuchte ihr Gehirn nach einem Anhaltspunkt, einem Bild, einem Gesicht, einer Stimme. Aber wie so oft fand sie nichts. »Stefan ...«, murmelte sie und versuchte irgend etwas damit zu verbinden.

»Er hat sich schon solche Sorgen gemacht«, sagte ihre Mutter, »er mußte ja direkt nach eurer Verlobung auf Geschäftsreise und ist erst heute wiedergekommen. Und sein erster Weg führt ihn natürlich zu wem? Zu dir.« Es klang regelrecht triumphierend, als ob Diana eine Menge anderer Möglichkeiten persönlich aus dem Feld geschlagen hätte.

»Das ... ja ... ich glaube ...« Diana wußte nicht, was sie sagen sollte.

»Du wolltest doch andere Dinge kennenlernen, die du vor dieser schrecklichen Sache gemacht hast«, sagte ihre Mutter. »Jetzt hast du Gelegenheit dazu.«

»Warum ... warum hast du mir nichts von ihm erzählt?« fragte Diana verwirrt. Hätte das nicht schon eher einmal Thema sein müssen?

»Es war doch so viel anderes. Und da er auf Geschäftsreise war, hätte es ja eh nichts genützt«, sagte ihre Mutter.

Diana dachte angestrengt nach. »Die Therapeutin hat mich gefragt, ob ich ... ob ich mich an jemand erinnern kann, ob ich mit jemand lebe. Aber ich dachte, da ist niemand. Denn dann hätte der ja längst aufgetaucht sein müssen.« Sie blickte sich um. »Und hier . . .« Nein, hier in diesem *Kinderzimmer* hatte sie wohl kaum mit einer zweiten Person leben können. Und etwas anderes schien sie ja nicht zu haben.

Warum hatte sie sich keine eigene Wohnung genommen von ihrem Lehrerinnengehalt? War das nicht merkwürdig? Warum war sie nie bei ihrer Mutter ausgezogen? Mit über dreißig.

Ihre Mutter schien es selbstverständlich zu finden, daß sie immer noch zu Hause wohnte. »Aber ich kümmere mich doch gern um dich, Kind«, erhielt sie stets zur Antwort, wenn sie danach fragte. »Und außerdem ist das heutzutage doch gar nichts Besonderes mehr, daß die Kinder so lange zu Hause wohnen. Ist ja auch bequemer im *Hotel Mama!*«

Diana konnte nicht beurteilen, ob es etwas Besonderes war, ihr fehlten die Vergleichsdaten, aber irgendwie erschien es ihr nicht richtig.

»Wenn Stefan jetzt wieder da ist, könnt ihr ja gleich den Hochzeitstermin festlegen«, sagte ihre Mutter.

»Hochzeitstermin?« Diana starrte sie an.

»Na ja, das wird doch das beste sein«, sagte ihre Mutter. »Damit du da weitermachen kannst, wo du vor . . . vor dieser Sache aufgehört hast. Du hast eifrig deine Hochzeit geplant. Wir haben schon zusammen Hochzeitskleider ausgesucht.«

»Hochzeitskleider?« Diana konnte sich unter all dem nichts vorstellen. Vor allen Dingen konnte sie sich sich selbst nicht vorstellen, wie sie all das tat. Aber das ging ihr eigentlich bei allem so, was man ihr erzählte. Es war, als wäre sie gerade vom Himmel gefallen, ohne Verbindung mit der Welt, in der sie offensichtlich gelebt hatte.

Sie stand auf. »Ist gut, Mutter, ich komme gleich runter.« Auch wenn ihr das alles unwirklich erschien, es war ein neuer Mosaikstein ihres Lebens, der ihr da präsentiert wurde, und sie war neugierig, diesen Teil ihres Lebens kennenzulernen, auch wenn er ihr ein bißchen angst machte. Aber auch das war nicht ungewohnt. Sie schwankte stets zwischen Hoffen und Bangen in dieser Welt, die ihr nur Neues und Unbekanntes bot.

Sie trat vor den Spiegel, der an der Wand hing, und kämmte

sich. Da an der Schläfe war noch die rote Narbe zu sehen, und die Haare waren auch noch nicht wieder richtig nachgewachsen in so kurzer Zeit. Sie versuchte, die kahle Stelle mit dem Rest ihres Haares zu kaschieren. Schön sah es nicht aus, aber so fiel es wenigstens nicht so auf.

Seufzend legte sie den Kamm beiseite und ging hinunter.

Unten an der Treppe stand ein fremder Mann. Natürlich war er fremd. Jeder Mensch, den sie seit drei Wochen traf, war das. Er blickte zu ihr hoch, und sein Gesicht verzog sich zu einem breiten Lächeln. »Diana«, sagte er und streckte ihr beide Hände entgegen. »Mein Schatz.«

Diana zögerte, ihre Hand in seine zu legen, versuchte in der Struktur seines Gesichtes irgend etwas zu erkennen, was ihr bekannt vorkam. »Stefan«, sagte sie. »Schön, daß du gekommen bist.«

»Du erkennst mich?« fragte er.

»Nein.« Diana ging die letzten Stufen mit seiner Hilfe hinunter. »Leider nicht. Wirklich, es tut mir leid . . .« Sie sah ihn an.

»Aber das macht doch nichts!« Er lachte. »Ich bin ja so froh, daß es dir gut geht. Das war ein schöner Schreck, als ich heute morgen hier anrief und deine Mutter mir sagte, daß du angeschossen worden bist. Das ist ja wie im Wilden Westen!«

»Ich erinnere mich an nichts«, sagte Diana. »Auch nicht an den Schuß.«

»Das ist sicherlich ein Segen«, sagte er. »Und du weißt nichts mehr von früher?«

»Nein, gar nichts. Leider. Ich wußte noch nicht einmal, wie ich heiße, als ich aufgewacht bin. Eigentlich weiß ich es bis heute noch nicht. Man könnte mir alles erzählen, und ich würde es glauben. Ich habe keinerlei Anhaltspunkte, wie ich vor dem Schuß gelebt habe.«

»Oh, das ist aber . . . schade«, sagte Stefan. »Das heißt, du erinnerst dich auch nicht an uns?«

»Nein. Wie ich schon sagte, es tut mir leid . . .«

»Nichts da. Kein Problem.« Stefan nahm sie kraftvoll am Arm und zog sie in seine eigenen. »Jetzt wird alles wieder gut. Jetzt, wo ich da bin.« Er küßte sie heftig auf den Mund.

Diana erstarrte. Sie versuchte mit dem Kuß zurechtzukommen,

sich zu erinnern, zu reagieren, aber sie fühlte sich wie tot. Seine Zunge versuchte gewaltsam ihre Lippen zu durchbrechen, aber sie preßte sie zusammen.

»Na gut, dann nicht«, sagte er und ließ sie los.

»Es . . . es tut mir leid«, wiederholte Diana. »Es kam so überraschend.«

»Natürlich, natürlich.« Er sah sie an. »Komm, wir setzen uns hin. Deine Mutter sagte, du kannst nicht so lange stehen.«

»Ja. Ja, manchmal wird mir schwindlig«, sagte Diana. »Ich fühle mich noch sehr schwach.«

»Das ist ja auch kein Wunder, bei allem, was du durchgemacht hast«, sagte Stefan.

Er bot ihr seinen Arm, führte sie zum Sofa, ließ sie sich setzen und setzte sich dann neben sie. Er legte eine Hand auf ihr Knie.

Sie zuckte zusammen.

»Daran erinnerst du dich auch nicht?« Er sah sie an und grinste.

»Ich . . . nein . . .« Diana wandte sich ein wenig ab, aber er rückte noch näher an sie heran.

»Dann sollten wir vielleicht nach oben in dein Zimmer gehen«, sagte er. »Vielleicht erinnerst du dich dann.«

»Stefan.« Die Stimme ihrer Mutter drang durch das Rauschen in Dianas Ohren, das zugenommen hatte. »Ich habe Diana schon erzählt, daß sie die Hochzeit jetzt weiter vorbereiten kann, wie sie es vorher schon getan hat.«

»Oh. Ja. Natürlich. Die Hochzeit.« Stefan warf noch einen Blick auf Dianas Knie, dann blickte er ihre Mutter an. »Wann soll sie denn stattfinden?«

»Das müßt ihr entscheiden, Kinder!« Ihre Mutter lachte. »Das ist doch nicht meine Angelegenheit. Aber ich habe schon mit dem Pfarrer gesprochen. Am Sonntag in vier Wochen wäre es ihm recht.«

Diana starrte ihre Mutter an, dann Stefan, dann beide zusammen, die sich so einig schienen. »Aber . . . aber . . .«

»Mach dir keine Sorgen, mein Kind, ich helfe dir bei allem. Du brauchst nichts zu tun, wenn du nicht willst«, sagte ihre Mutter.

»Das . . . aber . . . ich kann doch nicht heiraten, wenn ich mich an gar nichts erinnere!« wandte Diana ein.

»Willst du denn ewig damit warten?« fragte ihre Mutter. »Wo

du schon so weit warst? Du mußt bedenken, die biologische Uhr tickt. Du bist nicht mehr die jüngste. Wenn ihr noch ein paar Kinder haben wollt . . .«

»Kinder? Aber . . .« Diana fühlte sich überfordert. Das war alles zu viel für sie. Sie fühlte die Schwäche kommen, den Schwindelanfall. Kaum hatte sie das bemerkt, sank sie in der Ecke des Sofas zusammen.

Sie erwachte von der Kälte eines nassen Waschlappens auf ihrer Stirn. Sie lag immer noch in der Sofaecke, in der sie zusammengesunken war.

»Komm zu dir, komm.« Die Stimme ihrer Mutter holte sie aus der Schwärze.

Diana schlug die Augen auf. Ihre Mutter und Stefan blickten sie gleichzeitig an.

»Hast du auch deine Tabletten genommen?« fragte ihre Mutter.

»Ja, ich . . .« Diana fühlte sich immer noch beduselt. Diese Anfälle kamen stets zum unpassendsten Zeitpunkt. »Wie lange . . .?«

»Ein paar Minuten«, sagte Stefan. »Keine Angst, mein Schatz, das wird schon wieder.« Er tätschelte ihr Knie.

Diana fühlte, daß die Berührung ihr erneut unangenehm war, und daß sie so fühlte, war ihr noch unangenehmer. Sie richtete sich auf. »Entschuldigt bitte«, sagte sie. »Ich bin einfach noch nicht stark genug für eine Hochzeit, wie ihr seht. Ich möchte nicht gern vor dem Altar in Ohnmacht fallen.«

»Dann fange ich dich auf.« Stefan lachte.

»Laß es uns noch ein bißchen verschieben, ja?« bat sie ihn. »Wenn die Anfälle aufhören, ist doch immer noch genug Zeit.«

»Und wenn sie nie aufhören?« fragte ihre Mutter.

»Dann können wir ja noch einmal darüber reden«, sagte Diana erschöpft. »Ich muß mich jetzt hinlegen.«

»Ich bringe dich nach oben«, sagte Stefan sofort.

Diana fühlte sich zu schwach, um zu protestieren. Stefan nahm sie am Arm und begleitete sie die Treppe hinauf.

Vor ihrer Zimmertür hätte sie sich am liebsten von ihm verabschiedet, aber er öffnete ganz selbstverständlich die Tür und schob sie hinein. Sie taumelte, er hielt sie fest und führte sie zum Bett. Erleichtert ließ sie sich niedersinken.

»Jetzt sind wir allein, meine Süße, jetzt brauchst du dich nicht mehr zu verstellen«, raunte Stefan heiser. Er schob sich neben sie aufs Bett und beugte sich über sie.

Diana spürte seinen heißen Atem über ihr Gesicht streichen. Sie wandte den Kopf ab. »Verstellen?« murmelte sie.

Sie war so müde, so erschöpft, sie wollte nur noch schlafen. Sie hatte keine Kraft mehr, sich gegen Stefan zu wehren.

»Das ist doch alles nur Gerede, oder? Daß du dich nicht erinnerst und so. Du bist doch sicher schon ganz heiß. Nach so vielen Wochen ohne Sex.« Er schob sich über sie, lag schwer auf ihr und raubte ihr die Luft zum Atmen. Seine Hand strich an ihrem Bein entlang, erst außen, dann immer weiter nach innen, auf ihren Schritt zu. Er schob ihr Kleid hoch. »Komm«, flüsterte er. »Mach die Beine breit.« Sie hörte das Geräusch eines Reißverschlusses.

»Nicht unter meinem Dach!« Die Stimme von Dianas Mutter klang scharf von der Tür her. »Dies ist ein gottesfürchtiges Haus!«

Ein Ruck ging durch Stefans Körper, der Diana, die bewegungsunfähig unter ihm lag, in die Matratze drückte. »Wir sind verlobt«, sagte er.

»Aber noch nicht verheiratet«, sagte Dianas Mutter kalt. »In einer christlichen Familie hebt sich ein Mädchen auf bis nach der Hochzeit.«

»Aber ... Diana ... und ich ...« Stefans Gesicht glänzte rot vor Anstrengung, seine Erregung zurückzuhalten. Diana spürte die Beule, die sich zwischen ihre Beine preßte.

»Ich will nicht hoffen, daß sie sich dir bereits vor eurer Hochzeit hingegeben hat«, erwiderte Dianas Mutter scharf. »Dann wäre sie ein Flittchen.« Sie blickte auf ihre Tochter, von der gerade einmal der Kopf und ein Bein unter Stefan hervorschauten. »Diana?« fragte sie. »Hast du dich in dieser Gosse gesuhlt?«

»Bitte, steh auf, Stefan«, hauchte Diana. Zu mehr reichte ihre Luft nicht.

»Aber ...«

»Stefan!« Die Stimme von Dianas Mutter ließ Stefan den ihm lieb gewordenen Platz verlassen.

Diana atmete tief durch, jetzt, wo sie es endlich wieder konnte.

»Du hast meine Frage nicht beantwortet«, sagte ihre Mutter.

»Ich weiß es nicht.« Diana schloß die Augen. Sie war so müde. Stefan, ihre Mutter, alles war ihr egal. Sie war nicht mehr fähig, irgend etwas zu denken. »Woher soll ich das wissen? Ich erinnere mich an nichts mehr.«

»Wolltest du denn nicht als Jungfrau in die Ehe gehen?« fragte ihre Mutter.

»Mutter, bitte . . .« Diana holte noch einmal tief Luft. »Bitte, laß mich jetzt schlafen. Ich kann nicht m. . .« Sie schlief mitten im Satz ein.

»Ich muß mich bei ihr entschuldigen, ich muß mich bei ihr entschuldigen, ich muß mich bei ihr entschuldigen! Ich mache alles falsch, einfach alles!«

»Nun mal halblang.« Andrea hob eine Hand, um Tanitas Selbstanklagen zu unterbrechen. »Du warst eifersüchtig, du meine Güte. Das ist doch nichts Besonderes. Du hast es vielleicht ein bißchen übertrieben«, sie grinste, »so wie du alles übertreibst, aber so schlimm ist es ja auch wieder nicht. Sie hat gesagt, du kannst zu ihr kommen, wenn du willst.«

»Das wollte ich ja!« Tanita rang verzweifelt die Hände. »Ich war an ihrer Wohnung, aber sie hat nicht aufgemacht.« Sie atmete tief durch. »Sie will mich nicht sehen.«

»Könnte es vielleicht sein, daß sie einfach nicht zu Hause war?« fragte Andrea genervt. »So was soll vorkommen.«

»Ich war mehrmals dort«, sagte Tanita. »Sie hätte dasein müssen.«

»Warst du in der Schule?« fragte Andrea.

Tanita senkte den Kopf. »Wenn ich dahin komme, wird sie mich gar nicht erst anhören. Schließlich hat dort der ganze Schlamassel angefangen.«

»Das könnte man so sagen«, schmunzelte Andrea. »Dort hast du sie kennengelernt.«

Tanita starrte sie an. »Andrea! Das meine ich doch nicht!«

»Ich weiß, daß du das nicht meinst«, seufzte Andrea, »aber glaub mir, ich meine es so. Der Schlamassel hat angefangen, als du dich in sie verliebt hast, auch wenn du das nicht wahrhaben willst. Es war von vornherein ein großer Blödsinn, der in die Hose gehen mußte, auf die eine oder andere Art.«

»Du mochtest Diana noch nie«, sagte Tanita verschnupft.

»Ich bitte dich, ich kenne sie nicht einmal!« Andrea rollte die Augen. »Und dafür, daß ich sie noch nie gesehen habe, muß ich mich ausnehmend viel mit ihr beschäftigen, auf dem Umweg über dich.«

»Du mußt ja nicht«, sagte Tanita, stand auf und verließ das Café, in dem Andrea und sie sich zum nachmittäglichen Kaffeeplausch getroffen hatten. Jedenfalls hätte es einer werden sollen.

Andrea schüttelte den Kopf, bezahlte und ging ihr hinterher. In der Tat war Tanita nicht weit gekommen. Sie lehnte an der Wand eines Kaufhauses.

»Tut mir leid«, sagte Andrea, als sie vor ihr stand. »Ich weiß, das Ganze nimmt dich furchtbar mit, aber was soll ich dazu sagen? Wir haben das alles schon tausendmal besprochen.«

»Ich weiß.« Tanita senkte beschämt den Kopf. »Aber ich kann einfach nicht aufhören, an sie zu denken. Ich möchte ihr sagen, daß ich sie liebe, daß es nie wieder vorkommen wird, daß ich ihr Vorwürfe mache oder eifersüchtig bin . . .«

»Mit solchen Versprechungen sei mal lieber vorsichtig!« Andrea lachte. »Außerdem: Ein bißchen Eifersucht hat doch jede Frau ganz gern, es darf nur nicht so ausarten.«

Tanita hob die Schultern, zog ihren Kopf ganz ein. »Ach, Andrea . . .«, sagte sie.

»Na komm.« Andrea hakte sie unter und schlenderte mit ihr die Fußgängerzone entlang. »Ich wollte Schuhe kaufen, du kannst mich begleiten.«

»O Gott!« Tanita stöhnte gequält auf.

»Du bist schlimmer als jeder Mann«, seufzte Andrea. »Ein paar schöne Schuhe könnten dir auch nicht schaden.«

»Wozu brauchst du Schuhe?« fragte Tanita. »Du hast doch schon Dutzende.«

»Eben. Nur so wenige. Und alle nicht mehr aktuell. Ich brauche unbedingt neue«, sagte Andrea und zog sie mit sich fort.

Die nächste Stunde wurde Tanita von einem Geschäft zum nächsten geschleift und durfte sich als Packesel betätigen für die vielen Schuhschachteln, die Andreas neu erworbene Schätze beinhalteten.

»Hast du denn nicht bald genug?« keuchte Tanita unter dem Gewicht.

»Weichei«, sagte Andrea. »Ich dachte, ihr Postbotinnen wärt bärenstark, schleppt jeden Tag Pakete ...«

»Ich bin keine Postbotin mehr«, sagte Tanita. »Die Ferien sind vorbei. Und außerdem war ich Briefzustellerin. Ich hatte höchstens Päckchen.« Sie griff nach einer Schuhschachtel, die sich gerade in Richtung Boden verabschieden wollte.

Als sie hochblickte, erstarrte sie.

Andrea ging weiter und merkte nach ein paar Schritten, daß Tanita ihr nicht folgte. Sie drehte sich um. »Was ist? Bist du endgültig zusammengebrochen?«

Tanita stand da wie zur Salzsäule erstarrt und antwortete nicht.

Andrea ging zu ihr zurück. »Hast du einen Geist gesehen? Oder bist du plötzlich zu Stein geworden?«

»Di ... Diana ...«, krächzte Tanita.

»Schon wieder Diana?« Andrea seufzte. »Kannst du denn nicht mal damit aufhören? Wenigstens während ich Schuhe kaufe?«

»Diana«, wiederholte Tanita. »Da ... da vorne.« Sie blickte die Straße entlang.

Andrea drehte sich um und folgte ihrem Blick. »Wo?« Neugierig war sie schon, das konnte ihr schließlich niemand verbieten, auch wenn ihr Diana eher ein Dorn im Auge war.

»D-da«, stotterte Tanita. »Mit dem Mann.«

»Das Pärchen da vorne?« Andrea runzelte die Stirn. »Ich dachte ...« Sie grübelte kurz nach. »Ein Kollege von ihr?«

»Keiner der Lehrer, die ich kenne«, sagte Tanita. »Aber er könnte neu sein.« Das, was ihr da entgegenkam, sah allerdings weniger nach einem Paar Kollegen als nach einem ganz anderen Paar aus. Der Mann hatte seinen Arm um Dianas Taille gelegt, und Diana ... Ja, was tat Diana? Sie sah irgendwie merkwürdig aus.

Die beiden waren nun auf gleicher Höhe. Diana streifte Tanita und Andrea nur mit einem uninteressierten Blick.

»Diana ...«, röchelte Tanita im letzten Moment, bevor sie vorbei waren. Sie räusperte sich. »Diana«, wiederholte sie mit kräftigerer Stimme.

Diana blieb stehen, obwohl der Mann weitergehen wollte, drehte sich um und sah Tanita an. »Kennen wir uns?« fragte sie.

O Gott, so schlimm! dachte Tanita entsetzt. *Sie ist so sauer auf mich, daß sie so tut, als ob sie mich nicht kennt.* »Ich dachte«, sagte Tanita.

»Nehmen Sie es ihr nicht übel«, mischte sich der Mann ein. Er wirkte irgendwie schleimig. Er war Tanita nicht sehr sympathisch. Was in Anbetracht der Umstände allerdings auch nicht zu erwarten war. »Sie hat ihr Gedächtnis verloren. Sie ist bei dem Amok-Lauf im Friederiken-Gymnasium verletzt worden.«

»Was?« Tanita blieb der Mund offenstehen. »Diana! Was ist geschehen?«

»Ich weiß es nicht«, sagte Diana. »Ich versuche es immer noch herauszufinden. Ich erinnere mich an nichts.«

»Sie ist angeschossen worden, am Kopf«, sagte der Mann. »Die Ärzte sagen, es kann noch eine Weile dauern, bis sie sich wieder erinnert.«

»Du ...« Tanita schluckte. »Du weißt nicht, wer ich bin?«

Diana betrachtete eine unendliche Minute lang Tanitas Gesicht. »N-nein ...«, erwiderte sie dann zögernd. »Tut mir leid. So geht es mir seit Wochen. Ich treffe Leute, die mich kennen, aber ich kenne sie nicht.« Sie sah bekümmert aus.

Der Mann lachte. »Sie hat selbst mich nicht erkannt! Und ich bin immerhin ihr Verlobter! Sobald es ihr besser geht, heiraten wir. Wir waren gerade auf der Jagd nach Hochzeitsschuhen.« Er strich kurz über Dianas Gesicht. »Nicht wahr, Schnuckelchen? Jetzt langsam erinnerst du dich, daß du mich heiraten wolltest.«

Diana schwieg einen Moment, Tanita stand erneut erstarrt da und konnte nicht glauben, was in diesem Augenblick hier vor sich ging. Das mußte ein Traum sein, ein unsagbar gräßlicher Traum. Diana am Arm eines Mannes, den sie anhimmelte und von dem sie sich führen ließ, den sie sogar heiraten wollte?

»J-ja«, bestätigte Diana zögernd. »Jetzt erinnere ich mich wieder, daß wir heiraten wollten.«

»Woher kennen Sie Diana denn?« fragte der Mann neugierig und mit einem lauernden Unterton.

»Sie ...« Tanita schluckte. »Sie war meine Lehrerin«, sagte sie dann.

Er entspannte sich. »Ah, eine ehemalige Schülerin!« Er wandte sich an Diana. »Siehst du, Schatz, da kannst du noch einmal genauer nachfragen, wie du so als Lehrerin warst.« Er lachte. »Das willst du doch immer wissen.«

»Dann trefft euch doch mal«, warf Andrea plötzlich ein. »Vielleicht hilft es ihr ja, wenn du ihr etwas über eure Unterrichtsstunden erzählst.« Sie sah Tanita an.

»Ähm ...« Tanita war von so einem schnellen Themenwechsel überfordert.

»Wie wäre es mit morgen?« fragte Andrea. »Dahinten im Café am Markt. Tanita und ich wollten uns ohnehin treffen.«

»Wollten wir das?« Tanita hatte sich noch nicht gefaßt.

»Aber sicher.« Andrea sah Diana an. »Kommen Sie doch einfach dazu. Fünf Uhr morgen nachmittag.«

Der Mann, der eben noch so selbstsicher gewirkt hatte, stand etwas überrumpelt da. »Ich ... nein ... es geht ihr noch nicht so gut ... sie kann nicht allein ...«

»Sie ist ja nicht allein. Sie trifft sich mit uns«, sagte Andrea. Sie sah Diana an. »Was meinen Sie? Hätten Sie Lust?«

Auch Diana wirkte überrumpelt, aber nach einer kleinen Verzögerung antwortete sie »Ja.«

»Dann ist ja alles klar«, sagte Andrea. »Wenn es Ihnen noch nicht so gut geht, sollen wir Sie lieber abholen?« Sie schaute Diana fragend an.

»Ich ... ich weiß nicht«, sagte Diana.

»Adresse?« Andrea ließ nicht locker.

»Holbeinweg 44«, antwortete Diana automatisch.

»Gut. Dann bis morgen!« Andrea lachte fröhlich. »Ich wollte schon immer einmal jemand kennenlernen, der sein Gedächtnis verloren hat. Ich wünschte mir das auch manchmal.« Sie beugte sich verschwörerisch zu Diana vor. »Sie verstehen, die vielen Typen, die man hatte und die einfach in den Mülleimer gehören. Die wäre man dann alle los.«

»Wir müssen weiter«, sagte der Mann ungeduldig.

Diana blickte sich noch einmal um, während der Mann sie mit sich fortzog.

Tanita starrte den beiden hinterher, bis sie in ein Geschäft eintraten. Sie sah Andrea an. »Was sollte das denn? Bist du wahnsinnig?«

»Irgend etwas stimmt da nicht«, murmelte Andrea vor sich hin. »Der Typ ist einfach nicht koscher.«

»Ich wollte nicht mehr eifersüchtig sein«, sagte Tanita traurig. »Jetzt muß ich mich daran halten.«

»Mumpitz!« Andrea fauchte sie an. »Hat sie dir je irgend etwas von einem Verlobten erzählt?«

»Sie hat mir nie viel von sich erzählt«, antwortete Tanita bekümmert.

»Das weiß ich«, sagte Andrea, »aber meinst du, sie hatte mit dir nur eine Affäre, und in Wirklichkeit hatte sie die ganze Zeit vor zu heiraten? Traust du ihr das zu?«

»Möglich ist alles«, sagte Tanita unglücklich.

»Ja«, bestätigte Andrea. »Aber ...« Sie blickte in die Richtung, in der Diana verschwunden war. »Sie ist eine Klassefrau, das muß selbst ich neidlos zugeben, und er ...« Sie schüttelte den Kopf. »Selbst wenn sie heiraten wollte, glaubst du, daß sie sich so ein Würstchen als Mann ausgesucht hätte?«

»Ich kenne mich mit Männern nicht aus«, sagte Tanita.

»Aber ich.« Andrea nickte fest und bestimmt. »Und ich sage dir, eine Frau wie Diana heiratet keine so halbe Portion, wenn sie es verhindern kann.«

»Vielleicht hat er andere Qualitäten«, sagte Tanita selbstquälerisch.

»Der? Niemals!« Andrea schüttelte den Kopf. »Das ist ein Mann, den eine Frau wie Diana nicht einmal bemerken würde, wenn er nackt vor ihr stände und Spagat machen würde. Nein nein, da stimmt etwas nicht.« Sie stupste Tanita an. »Morgen wissen wir mehr. Komm, laß uns noch ein paar Schuhe kaufen.«

Tanita stöhnte auf und folgte Andrea ergeben ins nächste Geschäft.

»**H**olbeinweg 44, hier ist es. Ein hübsches kleines Häuschen im Grünen.«

»Aber hier wohnt Diana nicht«, sagte Tanita irritiert. Das hatte sie schon gedacht, als Diana die Adresse nannte.

»Gestern schien sie das aber zu meinen«, sagte Andrea.

»Hier war ich noch nie«, sagte Tanita. »Sie hat eine Wohnung in der Stadt.«

»Vielleicht ist sie unsagbar reich und hat Wohnungen und Häuser, wo sie sie gerade braucht«, sagte Andrea.

»Sie arbeitet als Lehrerin, da sammelt man keine Reichtümer«, sagte Tanita.

»Sie ist eine reiche Erbin«, spekulierte Andrea weiter. »Davon wußtest du nur nichts.«

»Ja, wahrscheinlich.« Tanita war verwirrt. Das alles war völlig unverständlich. Einen Moment dachte sie daran, wie sie sich vor ihrem ersten Besuch in Dianas Wohnung vorgestellt hatte, daß Diana ein Häuschen im Grünen haben müßte. Vielleicht hatte sie das tatsächlich.

Andrea stieg aus und stieß das Gartentor auf. »Komm«, sagte sie. »Wollen wir mal sehen, wie das Knusperhäuschen von innen aussieht.«

Tanita folgte ihr zögernd und erreichte sie erst, als Andrea bereits geklingelt hatte.

Eine Art Kirchenglockengeläut klang durchs ganze Haus. Trotz der bombastischen Ankündigung dauerte es eine ganze Weile, bis die Haustür geöffnet wurde.

Eine ältere Frau stand auf der Schwelle. »Diana geht es nicht gut«, sagte sie, bevor Tanita und Andrea ein Wort hervorbringen konnten.

»Wir wollten sie abholen«, sagte Andrea.

»Ich weiß. Mein zukünftiger Schwiegersohn hat es mir erzählt«, sagte die Frau.

Tanita betrachtete die Frau genauer. Das also war Dianas Mutter? Sie hatte nur eine entfernte Ähnlichkeit mit Diana. Vielleicht lag das aber auch daran, daß ihre Haare grau waren und nicht rot.

»Sie kann das Haus heute nicht verlassen«, fuhr die ältere Frau fort. »Sie ist zu schwach.«

»Es geht mir besser«, klang Dianas Stimme aus einiger Entfernung in den Flur. »Ich komme herunter.«

Tanitas Herz klopfte bis zum Hals. Dianas Stimme zu hören war heute noch schöner als gestern. Vielleicht weil es die Erwartung beinhaltete, daß sie Diana gleich sehen würde, und das nicht nur für ein paar Minuten.

»Wir warten«, rief Andrea in den Flur. »Lassen Sie sich nur Zeit.«

Die ältere Frau starrte Andrea an, als ob sie der Teufel persönlich wäre. »Woher kennen Sie meine Tochter?« fragte sie.

»Oh, ich kenne sie eigentlich gar nicht«, erwiderte Andrea fröhlich. »Dieses Schätzchen hier«, sie deutete auf Tanita, »war einmal ihre Schülerin. Sie hat ihr sogar Nachhilfe gegeben, wofür sie ihr heute noch dankbar ist, sonst wäre sie nämlich durchs Abitur gefallen. Vielleicht erinnert sich ihre Tochter ja wieder, wenn Tanita ihr von den Nachhilfestunden erzählt.«

»Ich glaube kaum –«, setzte Dianas Mutter an, aber sie wurde von Diana unterbrochen, die hinter ihr hervortrat.

»Ich bin fertig«, sagte sie.

Tanita blieb fast das Herz stehen, als sie Diana sah. Heute hatte sie kein Mann im Arm, heute war sie ... Tanita schluckte ... einfach unglaublich schön.

»Dann können wir ja gehen«, verkündete Andrea gutgelaunt.

Diana trat aus dem Haus heraus, und zu dritt gingen sie zu Tanitas Auto.

Tanita beobachtete Diana aus dem Augenwinkel, wartete auf eine Reaktion, irgend eine. Es konnte doch nicht sein, daß sie alles vergessen hatte. Oder konnte es das?

»Ich setze mich nach hinten«, sagte Andrea, klappte den Sitz nach vorn und quetschte sich auf die Rückbank.

Tanita ging zur Beifahrerseite und hielt Diana die Tür auf.

»Oh«, sagte Diana, während sie einstieg und dabei zu Tanita aufblickte. »Sie sind galanter als mein Verlobter. Bei ihm mußte ich mir die Tür selbst öffnen.«

Ihr Verlobter! Tanita schluckte. Was zum Teufel war da nur passiert, daß Diana sich einbildete, verlobt zu sein? Oder bildete sie sich das gar nicht ein?

»Das ist ...« Tanita schluckte erneut. »Das ist doch selbstverständlich.«

»Anscheinend nicht«, sagte Diana und lächelte Tanita bezaubernd an. Bezaubernd ... aber ohne jedes Anzeichen eines Erkennens.

Tanita ging um das Auto herum und schloß kurz die Augen. Sie wußte nicht, wie lange sie es aushalten würde, Diana so nah zu sein, ohne ihr sagen zu können, was sie ihr eigentlich sagen wollte, was sie für sie empfand. Sie konnte sich noch nicht einmal bei ihr entschuldigen, wie sie es ursprünglich vorgehabt hatte. Diana wußte ja gar nichts von dem Grund ihrer Entschuldigung.

Aber sie mußte doch ... sie mußte sich doch erinnern! Tanita stieg ein und fühlte sich sofort von Dianas Gegenwart gefangen. Das Auto war klein, Diana so nah, Fahrersitz und Beifahrersitz berührten sich fast und ebenso Dianas und Tanitas Beine. Die Wärme strahlte durch Tanitas Schenkel wie Sonne an einem sommerlichen Strand. Sommerlich, romantisch, Sonnenuntergang, Diana ...

»Du solltest vielleicht losfahren«, sagte Andrea von hinten. »Hier im Wald gibt es sicherlich keinen Kaffee.«

Tanita zuckte zusammen. »J-ja«, stammelte sie, fuhrwerkte mit dem Schlüssel im Zündschloß herum und würgte den Wagen gleich wieder ab.

»Soll ich fahren?« fragte Andrea.

»Nein ... nein, geht schon.« Mit einer entschlossenen Bewegung startete Tanita den Wagen.

»Sie wohnen bei Ihrer Mutter?« fragte Andrea an Diana gewandt.

»Ja.« Diana zögerte. »Seit ich aus dem Krankenhaus entlassen wurde, habe ich nicht viel anderes gesehen. Dieses Haus und die Praxis meiner Therapeutin. Wegen meines Gedächtnisses«, fügte sie hinzu. »Ich gehe regelmäßig zu Sitzungen bei ihr, um mich wieder zu erinnern.«

»Und? Klappt es?« fragte Andrea.

»N-nein.« Diana zögerte noch mehr. »Leider hat sich bis heute nicht viel getan.«

»Sie wissen also gar nichts mehr von Ihrem Leben, bevor Sie angeschossen wurden?«

»N-nein.« Das Zögern in Dianas Stimme wurde noch deutlicher.

»Aber Sie wissen, daß Sie verlobt sind?« brachte Andrea das Gespräch auf den entscheidenden Punkt. »Daß Sie heiraten wollen?«

»J-ja.« Diana sprach das Wort so leise aus, daß selbst Tanita, die direkt neben ihr saß, es kaum verstehen konnte. »Man ... meine Mutter und Stefan, mein Verlobter, haben es mir gesagt.«

»Aber erinnern können Sie sich nicht daran?« Andrea ließ nicht locker.

»Nein.« Diana seufzte. »Aber wenn Sie mir jetzt sagen würden, daß ich gar nicht Diana Gropius, sondern Lieschen Müller heiße, könnte ich dem auch nicht widersprechen. Rein aus meiner Erinnerung.«

Tanitas Herz klopfte so sehr, daß sie kaum wußte, wie sie den Wagen auf der Straße hielt. Sie konnte sich nicht aufs Fahren konzentrieren. Alles, was Diana sagte, klang so schrecklich ... einsam. Und verloren. Sie hätte sie so gern in den Arm genommen, getröstet, ihr gesagt, wie sehr sie sie liebte und daß sie keine Angst zu haben brauchte. Daß sie für sie da war. Sie hätte so gern in ihre Augen geblickt und darin gesehen, daß Diana sie erkannte. Sie hätte so gern ihre Lippen geküßt ...

»Die Ampel ist rot, Tanita!« Andreas laute Stimme ließ Tanita auf die Bremse treten, so daß alle Insassen nach vorn geschleudert wurden.

»Solange du noch kein Auto mit Airbag hast, brems doch bitte etwas früher«, beschwerte sich Andrea. »Und sanfter.«

»Tut mir leid.« Tanita fühlte sich ertappt, auch wenn niemand ihre Gedanken hatte lesen können.

»Ich glaube, ich sollte wirklich besser fahren«, sagte Andrea. »Du hast deinen Führerschein wohl abgegeben.«

»Ich ... es ... nein, ich kann schon fahren.« Tanita lachte verkrampft. »Ich hätte vielleicht besser frühstücken sollen.«

»Na, wenn du seit heute morgen nichts mehr gegessen hast, wundert mich nichts mehr«, sagte Andrea. »Der Tag ist ja schon fast rum.«

Tanita hatte noch nicht einmal etwas zum Frühstück gegessen, ihre Kehle war wie zugeschnürt gewesen seit der Begegnung mit Diana gestern und der Aussicht, sie heute wiederzusehen. Aber das würde sie Andrea jetzt nicht auf die Nase binden.

»Du hast ... Sie haben noch nie woanders gewohnt als bei Ihrer Mutter?« fragte sie statt dessen Diana. Wie konnte Diana das vergessen haben? Ihre eigene Wohnung, die Stunden, Tage, Wochen, die Tanita und sie dort verbracht hatten? Was sie getan hatten ...

Tanita wurde rot. Dianas Gegenwart machte sie verrückt. Sie nicht berühren zu dürfen ... es war wie damals in der Schule, als sie noch nichts voneinander wußten. Aber nun wußten sie – Nein, das war ja eben das Problem: Tanita wußte, Diana nicht.

»Es ist ein bißchen merkwürdig, nicht?« erwiderte Diana nachdenklich. Sie blickte Tanita an. »Manchmal kommt es mir selbst sehr fremd vor. Aber das«, sie seufzte, »ist im Moment jeden Tag so. Alles kommt mir fremd vor, nichts erkenne ich wieder. Wenn ich niemand habe, der mir sagt, was ich früher getan habe, weiß ich nichts davon.«

»Ich ... ich würde gern ...«

»Tanita, grün!« kommandierte Andreas Stimme von hinten.

Tanita legte den Gang ein und fuhr los. Im Rückspiegel sah sie Andreas Augen, die ihr deutlich zu verstehen gaben, daß es jetzt noch zu früh war, um Diana in alles einzuweihen. Tanita seufzte innerlich. Sie wollte Diana ja auch nicht so mit den ganzen Tatsachen überfallen, aber sie mußte es doch erfahren! Aber wie würde sie reagieren? Im einen Moment verlobt mit einem ... einem Mann auf jeden Fall, und im nächsten Moment lesbisch? Wie würde sie das in ihrem Zustand verkraften? Würde sie überhaupt wissen, was das war, Lesbischsein?

Tanita hätte es ihr natürlich gern erklärt, gezeigt, alles ...

»Mit wem haben Sie denn bisher gesprochen?« fragte Andrea. »Um sich zu erinnern. Nur mit Ihrer Mutter und Ihrem Verlobten?«

»Hauptsächlich«, sagte Diana. »In der Gruppe bei meiner Therapeutin sind einige Lehrerinnen und Schülerinnen, die haben mir erzählt, wie mein Tagesablauf in der Schule war, mein Unterrichtsplan, was so täglich geschehen ist. Manchmal blitzt ein Bild auf, verschwindet dann aber genauso schnell wieder, wie es gekommen ist.« Sie atmete tief durch. »Anscheinend habe ich viel gearbeitet und meinen Beruf geliebt.«

»O ja!« sagte Tanita. Sie lächelte Diana an. »Das kann ich bestätigen.«

Diana musterte einen Augenblick zu lange Tanitas Gesicht. Ein Blitz? Ein Bild? »Habe ich Ihnen lange Nachhilfestunden gegeben?« fragte sie.

»Ziemlich«, sagte Tanita zerknirscht. »Ich war nicht sehr gut in Mathe.«

»Und hat es etwas genützt?« Diana lächelte.

Tanita hätte dahinschmelzen können von diesem Lächeln, sie fühlte ihre ganze Liebe aufsteigen, ihren Körper durchziehen, ihren Kopf in luftige Höhen versetzen. »Ja«, sagte sie und schluckte. »Es hat etwas genützt.«

»Das freut mich«, sagte Diana. »Dann habe ich doch wenigstens etwas Gutes getan.«

»Das war sicherlich nicht alles, was Sie an Gutem getan haben«, sagte Andrea leicht schmunzelnd.

Tanita warf ihr einen fragenden Blick zu. War die Schonzeit schon vorbei? Andrea schmunzelte weiter, sagte aber nichts mehr.

Diana schwieg einen Moment. »Meine Mutter gibt mir manchmal das Gefühl, als ob ich kein sehr gottesfürchtiges Leben geführt hätte«, sagte sie, »aber sie sagt mir nicht, warum.«

»Gottesfürchtig?« Andrea lachte. »Ach, deshalb dieses Kirchenglockengebimmel an ihrer Tür!«

Diana drehte sich zu Andrea um. »Sagen Sie so etwas bitte nicht. Wir sind streng gläubig. Ich bitte Sie, das zu respektieren.«

Andrea warf Tanita im Rückspiegel einen Blick zu, der wohl besagen sollte: War sie schon immer so?

Tanita schüttelte leicht den Kopf. »Wir sind gleich da. Erkennst du ... Erkennen Sie irgend etwas wieder?«

Diana schaute irritiert aus dem Fenster. »Ist hier das Café?«

»Nein.« Tanita hielt den Wagen an. »Aber vielleicht kommt Ihnen etwas anderes bekannt vor?«

»War ich schon einmal hier?« fragte Diana.

»Das ist das Haus, in dem Sie wohnen«, sagte Tanita und stieg aus.

Andrea schälte sich ihr hinterher aus der Rückbank, und zum Schluß stieg Diana ebenfalls aus und stand verständnislos da. »Ich? Hier?«

»Ja.« Tanita nahm einen Schlüssel aus der Tasche. Als sie Diana nach ihrem Streit hatte besuchen wollen, hatte sie ihn natürlich nicht benutzt, weil sie Diana die Entscheidung überlassen wollte, wann sie Tanita wiedersehen wollte oder nicht, aber nun schien es doch eine gute Idee gewesen zu sein, daß sie ihn nicht in Dianas Briefkasten geworfen hatte. Einmal war sie kurz davor gewesen. »Möchten Sie Ihre Wohnung sehen?« fragte sie Diana.

Es war, als ob eine zentnerschwere Last von Diana abfiele. Sie lächelte, wenn auch verwirrt. »Ich habe eine eigene Wohnung?« fragte sie ungläubig.

Tanita ging zum Haus und schloß auf. »Bitte«, sagte sie, während sie die Tür für Diana aufhielt.

Tanita ging voran in den zweiten Stock, und Andrea und Diana folgten ihr beide mit dem gleichen neugierigen Gesichtsausdruck. Andrea, weil sie noch nie hiergewesen war, und Diana, weil sie nicht wußte, was sie erwartete.

Wieder öffnete Tanita die Tür und ließ Diana ein. Andrea folgte stehenden Fußes.

Diana blieb direkt hinter der Türschwelle stehen. Sie konnte kaum fassen, was gerade hier geschah. »Meine ... Wohnung ...«, flüsterte sie immer noch ungläubig.

»Ja«, sagte Tanita, »und sie hat eine tolle Terrasse.« Sie ging vor ins Wohnzimmer.

»Wow!« Das war Andrea. »Was für ein Blick! Die ganze Wand ist ja verglast!« Sie warf Tanita einen strafenden Blick zu in der Art von *Das hättest du mir ja auch mal früher erzählen können.*

Tanita öffnete die große Glastür, und sie traten alle auf die Terrasse hinaus.

»Das ist unglaublich ...« Diana sah sich um, blickte von links nach rechts und wieder zurück. »... schön.«

»Ja, das fand ich auch immer«, sagte Tanita.

»Waren Sie oft hier?« fragte Diana. »Weil Sie sogar einen Schlüssel haben.«

»Fürs ... fürs Blumengießen«, stotterte Tanita, und glücklicherweise war Diana zu abgelenkt, um zu bemerken, daß sie überhaupt keine Blumen hatte.

»Und ein paar«, Andrea räusperte sich, »... *Nachhilfestunden* hast du doch auch hier bekommen, oder nicht?« fragte sie.

Tanita brachte sie mit einem strengen Blick zum Schweigen. Andrea schmunzelte in sich hinein.

»Sehen wir uns doch im Rest der Wohnung um«, schlug Tanita vor. »Vielleicht erinnern Sie sich dann an etwas.« *Hoffentlich, hoffentlich, hoffentlich!* dachte sie. *Sie muß doch irgend etwas wiedererkennen!*

Diana ging hinein und blieb im Wohnzimmer stehen. »Groß«, sagte sie, »aber nicht besonders viele Möbel.«

»Ja, Sie ... Sie sind eher für den offenen Stil«, sagte Tanita. *Was wird sie dann erst zu ihrer Küche sagen?* dachte sie.

»Das Haus meiner Mutter ist furchtbar vollgestopft«, sagte Diana, »das war mir die ganze Zeit zu eng. Kein Wunder, wenn ich vorher so gewohnt habe. Hier.« Sie runzelte die Stirn. Dann ging sie zu ihrem Schreibtisch hinüber und nahm einen Stift in die Hand. Sie starrte ihn lange an.

»Der Rotstift«, sagte Tanita. »Das unentbehrlichste Utensil im Lehrerberuf.« Sie grinste ein wenig. Sie erinnerte sich daran, wie Diana oft gestöhnt hatte, wenn sie Arbeiten korrigieren mußte, die so viele Fehler enthielten, daß die Blätter zum Schluß mehr rot als weiß erschienen. »Ich war eine von denen, für die Sie den Stift sehr oft gebraucht haben«, setzte sie seufzend hinzu.

Diana blickte auf und sah sie an. Lange. »Kann ich mir gar nicht vorstellen«, sagte sie dann zögernd.

»Doch doch!« Tanita lachte. »Gott sei Dank zählt das im Germanistikstudium jetzt nicht mehr.«

»Sie studieren Germanistik?« Diana schien abwesend.

»Ja.« *Sie weiß wirklich nichts mehr,* dachte Tanita traurig.

»Ich will den Rest der Wohnung sehen«, fiel Andrea ein, die schon ungeduldig von einem Bein aufs andere wippte. »Gehen wir weiter?«

Sie inspizierten ein Zimmer nach dem anderen, in jedem betrachtete Diana viele Dinge sehr genau, nahm sie in die Hand, stellte sie wieder hin.

»Erinnern Sie sich?« fragte Tanita hoffnungsvoll.

Diana schüttelte langsam den Kopf. »Nein. Leider nicht. Es ist genauso wie immer. Manchmal ...« Sie schwankte plötzlich und faßte sich an den Kopf. »Manchmal kommt es mir vor ...«, flüsterte sie schwach, im nächsten Moment schwankte sie noch mehr, Tanita sprang hinzu, bevor Diana zu Boden sinken konnte, und fing sie auf.

Diana fühlte sich ganz weich an in ihren Armen, es war wunderschön, sie festzuhalten, Tanita drückte sie an sich und hauchte einen Kuß auf ihr Haar.

»Sie ist ohnmächtig, sie spürt nichts davon«, sagte Andrea. »Warum sagst du ihr nicht die Wahrheit? Warum siezt du sie, als ob ihr euch nicht kennen würdet?«

»Ich ... ich weiß nicht«, sagte Tanita. »Ich kann einfach nicht. Sie ist so zerbrechlich. Sie muß sich erst langsam wieder an alles gewöhnen.«

»Aber an das Falsche!« widersprach Andrea. »An einen Verlobten! Denkst du immer noch, daß der echt ist?«

»Ich habe keine Ahnung.« Tanita hob Diana hoch und trug sie hinüber ins Schlafzimmer.

Als sie Diana aufs Bett legte, sagte Andrea: »Na, wenn sie sich *hier* nicht an irgend etwas erinnert . . .«

»Du denkst immer nur an das eine!« Tanita blickte sie streng an.

Andrea zuckte die Schultern. »Wo habt ihr's getrieben? Etwa nicht im Bett? Sehr avantgardistisch.«

»Du bist unmöglich«, sagte Tanita. »Als ob es darauf jetzt ankäme.«

»Versuch's doch mal«, grinste Andrea. »Vielleicht kommt ihre Erinnerung dann ganz plötzlich wieder. Zeitgleich mit ihrem Orgasmus.«

»Andrea!« Tanita starrte sie entgeistert an.

»War ja nur ein Vorschlag«, lenkte Andrea ein. »Oder hattet ihr etwa keinen Spaß dabei?«

Tanita rollte die Augen.

»Hätte ja sein können«, sagte Andrea. »Alles hast du mir schließlich nicht erzählt. Es gibt Frauen, die sind nicht so . . . leidenschaftlich, habe ich mir sagen lassen. Sie könnte doch dazugehören.«

»Nein, tut sie nicht!« schnappte Tanita ärgerlich.

»Aha.« Andrea grinste. Dann schaute sie auf Diana hinunter. »Auf jeden Fall scheint mir, daß sie nicht sehr viel Spaß hatte, seit sie angeschossen wurde. Diese Mutter . . . ganz zu schweigen von diesem Gartenzwerg, der sich ihr Verlobter nennt . . . die reine Spaßbremse.« Sie schaute Tanita an. »Sag ihr die Wahrheit. Mal sehen, wie sie darauf reagiert. Im schlimmsten Fall fällt sie wieder in Ohnmacht, und du kannst sie auffangen. Ist doch auch ganz nett.« Sie grinste von einem Ohr zum anderen.

Ein Stöhnen kam vom Bett.

»Sie wacht auf«, sagte Tanita und setzte sich neben Diana auf die Kante.

Dianas Augenlider flatterten, aber sie öffnete sie nicht.

»Diana?« Tanita strich mit einem Finger zärtlich über ihre Wange. »Bist du wach?«

Mühsam hoben sich Dianas Augenlider. »Tanita«, flüsterte sie.

»Ja.« Tanita lächelte. »Schön, daß du wieder da bist.«

»Ich ... ich habe diese Anfälle, seit ich aus dem Krankenhaus gekommen bin«, erklärte Diana angestrengt. »Tut mir leid, daß ich Ihnen so viel Mühe mache.«

Tanitas Hoffnung stürzte ab. Für einen Moment hatte sie gedacht ... als Diana ihren Namen flüsterte ... daß sie sie erkannt hätte. Aber nun ...

»Das macht doch nichts«, sagte sie. »Erholen Sie sich nur.«

»Tanita!« wisperte Andrea ihr ins Ohr. »Sag's ihr!«

»Ähm ...« Tanita räusperte sich. »Eigentlich ... eigentlich haben wir Du zueinander gesagt, bevor ... bevor das passierte«, sagte sie verlegen.

»Du?« Diana hatte die Augen nun ganz geöffnet. »Ja, warum sagen Sie ... sagst du mir das nicht?«

»Es ... ich dachte, es wäre einfacher ...«

»Einfacher?« Diana musterte ihr Gesicht. »Irgendwie habe ich das Gefühl –« Sie brach ab. »Würden Sie ... würdest du mich nach Hause bringen?« Sie zögerte irritiert. »Zu meiner Mutter, meine ich. Mein Zuhause ist ja anscheinend hier.«

»Ja«, sagte Tanita. »Geht's denn wieder? Wir können auch noch etwas warten. Ich könnte einen Kaffee machen ... oder einen Tee.« Sie blickte in Dianas Gesicht, ob das eine Reaktion auslöste.

»Ja.« Diana überlegte, aber sie reagierte nicht auf Tanitas Anspielung. »Vielleicht wäre das gar nicht so schlecht. Etwas, um den Kreislauf anzuregen. Wo ist denn die Küche?«

»Ich mache schon«, sagte Tanita.

»Nein, ich komme mit. Es geht mir wieder gut«, sagte Diana und stand auf, nachdem Tanita sich von der Bettkante erhoben hatte. »In der Küche waren wir noch nicht.«

Aus gutem Grund, dachte Tanita.

»Ich habe wohl nicht sehr viel gekocht«, stellte Diana stirnrunzelnd fest, nachdem sie einen ersten Blick in den Raum geworfen hatte.

»Nicht sehr viel«, sagte Tanita. Sie ging zum Schrank und nahm die Kaffeedose. »Kaffee ist okay?« Sie öffnete das Schrankfach mit den Tees. »Oder lieber Tee?«

»Meine Güte, ist das viel!« staunte Diana.

»Weil du ihn nie trinkst.« Tanita grinste.

»Warum habe ich ihn dann?« Diana runzelte die Stirn.

»Das habe ich mich auch schon oft gefragt«, schmunzelte Tanita. »Kaffee ist dir eindeutig lieber. Also ich mache jetzt welchen. Andrea, schaust du mal im Schrank nach, ob da noch haltbare Milch ist?« Sie lächelte Diana verlegen an. »Etwas anderes wird nach über drei Wochen wohl nicht mehr gut sein.«

»Was haben wir heute für ein Datum?« fragte Diana.

Tanita sagte es ihr.

»Der Tag, an dem ich angeschossen wurde ... das ist weit über einen Monat her«, rechnete Diana schnell aus.

Rechnen kann sie immer noch, dachte Tanita. »Ja«, bestätigte sie.

»Über einen Monat ...« Diana machte ein sehr nachdenkliches Gesicht.

»Was ist schon ein Monat?« sagte Andrea fröhlich und stellte die H-Milch vor Tanita hin. »Jetzt sind Sie ja wieder hier.«

»Wir haben uns nicht geduzt?« fragte Diana irritiert.

Andrea lachte. »Wir kannten uns gar nicht! Ich kannte Sie nur aus Tanitas Erzählungen.«

»Hat sie so viel von mir erzählt?«

Tanita warf Andrea einen warnenden Blick zu.

»Manchmal«, sagte Andrea. »Wir sind alte Sandkastenfreundinnen.«

»Ach so«, sagte Diana. »Aber ich finde es zu anstrengend, zwischen du und Sie wechseln zu müssen, wenn wir uns unterhalten. Sagen wir doch alle du, oder haben Sie etwas dagegen?«

»Nein, absolut nicht.« Andrea grinste breit.

Das Wasser kochte, und Tanita schüttete die heiße Flüssigkeit in den Filter. Langsam lief der Kaffee durch.

»Ich habe das Gefühl, du kennst dich in meiner Küche besser aus als ich«, sagte Diana lächelnd.

Tanita schluckte. Immer wenn Diana lächelte, hätte sie sie am liebsten in ihre Arme gerissen. »Du machst ein gutes Frühstück«, sagte sie.

»Frühstück?« Wieder runzelte Diana die Stirn.

»Sonntags. Brunch. Da habt ihr euch manchmal getroffen«, half Andrea aus, weil Tanita nichts einfiel, das erklärt hätte, was sie zum Frühstück in Dianas Wohnung zu suchen hatte.

»Ah.« Diana wirkte nicht ganz überzeugt.

»Du könntest doch auch gleich hier in deiner Wohnung bleiben«, sagte Tanita später beim Kaffee. »Soll ich dich tatsächlich noch einmal zu deiner Mutter bringen?« Irgendwie war ihr diese Frau unangenehm. Warum sollte Diana zu ihr zurückkehren? »Du könntest sie anrufen.«

»Nein, ich ... ich könnte hier niemals allein ...« Diana wirkte unsicher. »Ich habe doch diese Anfälle, und wenn dann niemand da ist ...«

Andrea stieß Tanita heftig an. Ihr Blick bohrte sich beinah in Tanitas Kopf. *Los, jetzt mach!* schien er zu sagen.

Tanita hustete und räusperte sich. »Ich ... ich könnte ja ... hier bei dir bleiben.«

Diana schaute sie erstaunt an. Dann schüttelte sie den Kopf. »Das kann ich nun wirklich nicht verlangen. Wenn es jemand von der Familie ist, dann ja, aber ...« Sie seufzte. »Ich werde wohl zu meiner Mutter zurückkehren müssen, bis die Anfälle aufhören.« Man sah ihr an, daß ihr diese Aussicht nicht gefiel.

»Nein, wirklich, Diana, ich kann hierbleiben«, beteuerte Tanita. Diana vor ihrer Mutter zu bewahren war die eine Sache, aber da war ja auch noch dieser Mann ... »Ich kann vieles zu Hause machen, was ich für mein Studium brauche. Ich kann praktisch immer bei dir sein. Und du wärst in deiner eigenen Wohnung.«

Diese Möglichkeit verlockte Diana sehr, wie zu erwarten gewesen war. »Aber ... du mußt doch ... ich meine, du hast doch sicher selbst eine Wohnung ... und vielleicht auch jemand ...« Sie schaute Tanita zweifelnd an.

»Ich habe ein Zimmer unter dem Dach bei meinen Eltern«, sagte Tanita. Sie schluckte. Einen Moment dachte sie daran, wie Diana damals zu ihr gekommen war, welche Chance sie Tanita damals gegeben hatte. Zumindest diese Chance war Tanita ihr jetzt auch schuldig. Und mehr. »Wie du selbst weißt«, sie lächelte schief, »ist das nicht unbedingt das ideale.«

»Das stimmt.« Diana seufzte tief auf. »Es wäre ...«, sie musterte Tanitas Gesicht, als ob sie sich plötzlich an etwas erinnern würde, »es wäre zu schön, um wahr zu sein.«

»Es kann wahr werden«, sagte Tanita lächelnd. »Du mußt nur ja sagen.«

»Ich kann doch nicht –« Diana war immer noch unschlüssig.

»Probiert es doch eine Nacht aus«, schlug Andrea vor. Sie räusperte sich. »Eine Nacht und einen Tag, meine ich natürlich. Danach kannst du dich ja immer noch entscheiden.« Sie schaute Diana auffordernd an.

Diana wirkte hin- und hergerissen. Es war deutlich zu erkennen, daß sie tausendmal lieber in ihrer Wohnung geblieben wäre, als zu ihrer Mutter zurückzukehren. »Ich muß es meiner Mutter aber wenigstens persönlich mitteilen, auch wenn es nur um einen Tag geht«, sagte sie. »Sonst macht sie sich Sorgen. Anrufen reicht nicht.« Sie stand auf. »Ich werde ein Taxi nehmen«, sagte sie.

»Tanita bringt dich sicherlich gern hin und wieder hierher zurück«, bemerkte Andrea schelmisch. »Ich würde mich dann verabschieden. Ich *habe* nämlich eine eigene Wohnung.« Sie lachte.

Tanita runzelte die Stirn. Diana in dieses Hexenhäuschen zurückzubringen behagte ihr gar nicht. Aber sie würde sie wohl kaum davon abbringen können. »Bist du sicher, daß du nicht bis morgen warten willst?« fragte sie Diana.

»Ja.« Diana sah nun sehr entschlossen aus. »Ich bin sicher. Es bringt nichts, die Dinge aufzuschieben.«

Das war die alte Diana. Tanita freute sich einerseits darüber, aber andererseits . . . es fehlte eben immer noch ein entscheidender Aspekt. »Gut«, sagte sie. »Ich bringe dich hin.«

Andrea nickte ihr heimlich zu, während Diana schon zur Tür vorausging. »Nutz deine Chance«, flüsterte sie und knuffte Tanita in den Arm.

»Sie weiß von nichts«, flüsterte Tanita zurück.

»Du hast die ganze Nacht, um sie daran zu erinnern«, zwinkerte Andrea.

»Du bist verrückt!« Tanita schloß die geflüsterte Unterhaltung mit einem Kopfschütteln ab.

Diana warf noch einen Blick in die Wohnung zurück, bevor sie die Tür zuzog. Der Abschied fiel ihr sichtlich schwer.

»Warum hast du mir nichts von meiner Wohnung erzählt, Mutter?« fragte Diana, nachdem sie das Haus ihrer Mutter wieder betreten hatte. Tanita wartete draußen im Auto, auch wenn es ihr schwerfiel. Doch Diana hatte darauf bestanden.

»Deine . . . Wohnung?« Dianas Mutter wirkte überrumpelt.

»Du hast mich glauben lassen, ich hätte vor dem Überfall hier bei dir gewohnt«, sagte Diana. »Aber das stimmt nicht.«

Ihre Mutter hatte sich rasch wieder von ihrer Überraschung erholt. »Ach Kind«, sagte sie. »Ich wollte doch nur das Beste für dich. Du brauchst schließlich ständige Betreuung. Das geht doch am besten hier bei mir.«

»Das hättest du mir doch sagen können«, meinte Diana irritiert. »Schließlich bin ich kein kleines Kind mehr. Ich hätte akzeptiert, daß ich während der Rekonvaleszenz auf einiges verzichten muß. Daß ich nicht allein wohnen kann. Aber gar nichts davon zu wissen, wo ich vorher gewohnt habe, das wäre wirklich nicht nötig gewesen.«

»Ich wollte es dir sagen, sobald es dir besser geht«, sagte ihre Mutter. »Aber du bist doch immer noch so schwach.«

»Mutter, verstehst du denn nicht?« Diana rang die Hände. »Ich muß mein altes Leben wiederfinden. Ich muß versuchen so zu leben, wie ich vorher gelebt habe. Nur dann kann die Erinnerung wiederkommen – vielleicht.« Sie schaute betrübt zu Boden.

»Jetzt, wo du es weißt, kannst du ja immer einmal wieder in deine Wohnung gehen«, schlug ihre Mutter vor. »Wenn du zur Therapiegruppe mußt beispielsweise.«

»Einmal in der Woche?« Diana starrte ihre Mutter an. »Nein, das wäre zu wenig. Ich werde gleich jetzt gehen.«

»Jetzt!« Ihre Mutter war fassungslos.

»Ja, jetzt.« Diana atmete tief durch. »Ich bin dir so dankbar, Mutter, daß du dich um mich gekümmert hast. Aber nun muß ich lernen, wieder auf eigenen Füßen zu stehen.«

»Aber du kannst doch nicht . . . allein . . .« Ihre Mutter stammelte entsetzt.

»Ich bin nicht allein«, sagte Diana. »Eine Freundin ist bei mir. Du kennst sie. Sie hat mich heute abgeholt.«

»Eine . . . Freundin.« Dianas Mutter verzog das Gesicht. »Du willst dein altes Leben wieder aufnehmen, ja?«

»Ja.« Diana nickte.

»Und Stefan?« fragte ihre Mutter. »Was ist mit ihm?«

»Er . . .« Diana brach ab. An Stefan hatte sie die ganze Zeit nicht gedacht. Und es war ihr nicht einmal schwergefallen. »Er kann mich ja anrufen«, sagte sie angestrengt.

»Um die Hochzeit zu besprechen?« fragte ihre Mutter mit merkwürdigem Gesichtsausdruck.

Diana fühlte keine große Begeisterung für diese Idee. Dennoch antwortete sie: »Ja. Auch das. Wenn er will.«

Der Gesichtsausdruck von Dianas Mutter wurde mit einem Schlag freundlicher. »Wenn das so ist ... dann geh ruhig, mein Kind. Stefan wird sich bei dir melden. Ich werde ihm Bescheid sagen. Damit er weiß, wo er dich finden kann.«

»Das kann ich doch selbst tun«, sagte Diana unbehaglich.

»Nein nein, das ist gar keine Mühe für mich«, versicherte ihre Mutter. »Du hast dich um so viel anderes zu kümmern.«

»Dann packe ich mal meine Sachen«, sagte Diana zögernd.

»Vergiß deine Tabletten nicht«, sagte ihre Mutter und blickte Diana mit einem undefinierbaren Gesichtsausdruck hinterher, als sie die Treppe zu ihrem Zimmer hinaufging.

»Ich komme mir so fremd vor«, sagte Diana und schaute sich in ihrem Wohnzimmer um. »Ich kann es kaum glauben, daß ich hier bleiben werde.«

»Du wirst dich bestimmt daran gewöhnen«, sagte Tanita lächelnd. »Ich kann dir ja noch ein paar Arbeiten zum Korrigieren bringen. Dann geht es vielleicht schneller.« Sie schmunzelte.

Diana fand die scherzhafte Bemerkung jedoch nicht lustig. Ihr Gesicht verdüsterte sich. »Ich kann mich kaum ein paar Minuten konzentrieren«, sagte sie. »Wahrscheinlich würde ich nicht einmal eine einzige Arbeit korrigiert bekommen.«

»Das wird auch wieder, glaub mir.« Tanita merkte, wie sehr Diana ihre Unfähigkeit, ihren Beruf auszuüben, belastete. »Du warst eine großartige Lehrerin, und das bist du immer noch.«

»Nein«, sagte Diana. Ihr Gesicht verschloß sich nun ganz. »Das bin ich nicht. Nicht mehr. Und ich weiß nicht, ob ich es je wieder sein werde.« Sie drehte sich um und ging in ihr Schlafzimmer hinüber.

Tanita blieb im Wohnzimmer zurück, obwohl sie Diana gern gefolgt wäre und sie getröstet hätte. Getröstet auf eine Art, die Diana vielleicht erinnerte –

Ich bin schon wie Andrea! Sie lachte bekümmert in sich hinein. *Wenn es so einfach wäre, ihre Erinnerung wieder hervorzuholen . . .*

Sie setzte sich aufs Sofa, stützte ihre Arme auf die Knie und ihren Kopf in die Hände. »Diana, Diana, Diana«, murmelte sie vor sich hin. Ihre ganze Liebe wollte sie Diana geben, ihr zeigen, daß sie nicht allein war, daß sie sich ruhig erinnern konnte . . . an schöne Dinge, an zärtliche Stunden, an so vieles. Wie sollte sie ihr das nur nahebringen, ohne sie zu überfordern, ohne vielleicht eine Reaktion zu provozieren, die das Gegenteil von dem war, was sie wollte?

Sie blickte auf den Tisch, auf dem immer noch die Kaffeetassen standen, aus denen Andrea, Diana und sie selbst vor zwei Stunden getrunken hatten. Spülen würde sie ablenken. Sie räumte alles zusammen und trug es in die Küche.

Als sie gerade dabei war, die letzte Tasse abzutrocknen, unterbrach sie Dianas Stimme von der Tür her. »Das hätte ich doch tun können.«

Tanita schreckte auf, da sie ganz in Gedanken versunken gewesen war. »Die paar Tassen«, sagte sie. »Das schaffe ich schon.«

Sie lächelte Diana an, die sich umgezogen hatte. Sie trug nun einen grünen Hosenanzug, der die Farbe ihrer Haare aufsehenerregend hervorhob, und sie sah dementsprechend noch attraktiver aus als sonst schon. Tanita wandte ihren Blick zur Kaffeetasse in ihrer Hand und stellte sie in den Schrank. Dianas Anblick, so schön, so verführerisch, so nah, stellte Tanitas Beherrschung auf eine harte Probe.

»Danke«, sagte Diana. »Aber nicht, daß du dich jetzt zu meinem Hausmädchen entwickelst. Ich muß alles selbst tun, was ich auch vorher getan habe. Vielleicht kommt meine Erinnerung ja genau beim Spülen wieder zurück. Meine Therapeutin sagt, gerade so alltägliche Tätigkeiten sind oft der beste Weg, um sein Gedächtnis wiederzufinden.«

»Gespült hast du allerdings nicht sehr oft«, sagte Tanita automatisch.

»Weil ich nicht sehr häufig koche?« fragte Diana stirnrunzelnd.

»Du kochst . . . nie«, sagte Tanita. »Deshalb gibt es auch nicht viel zu spülen.«

»Ich koche nie?« Diana wirkte erstaunt. »Was esse ich dann?«

»Kaltes«, sagte Tanita. »Fertige Salate. Oder du gehst essen.«

»Ich gehe essen?« Diana schüttelte den Kopf. »Seit ich aus dem Krankenhaus entlassen wurde, habe ich nur zu Hause gegessen, bei meiner Mutter, meine ich. Was meine Mutter gekocht hat. Ich habe mich schon die ganze Zeit gefragt . . .« Sie sah Tanita neugierig an. »Habe ich ein Lieblingsgericht?« Sie schmunzelte ein wenig. »Ich habe Werbung im Fernsehen gesehen, für Pizza, und ich habe mich gefragt, ob ich das mag. Bei meiner Mutter gab es das natürlich nicht.«

Tanita lächelte. »Du magst Pizza«, sagte sie. »Aber noch lieber ißt du indisch. Oder chinesisch.«

»Indisch oder chinesisch«, wiederholte Diana nachdenklich, als versuchte sie sich an den Geschmack zu erinnern.

»Sollen wir heute abend essen gehen?« fragte Tanita. »Damit du wieder weißt, wie solche Sachen schmecken.«

»Das . . . ich weiß nicht . . .« Diana zögerte.

Tanita konnte sich denken, warum. »Ich bin ja bei dir«, sagte sie. »Also falls dir schwindlig werden sollte, kann nichts passieren.«

»Meinst du?« Diana schien unschlüssig.

»Bestimmt«, sagte Tanita. »Aber du mußt nicht, wenn du nicht willst.«

»Wie gern ich würde!« stieß Diana mit einem tiefen Seufzer hervor. »Ich komme mir seit Wochen vor wie in einem goldenen Käfig. Nicht mal Kaffeetrinken konnte ich außerhalb des Hauses.« Sie griff sich in die Haare und strich sie nach hinten.

Eine Bewegung, die in Tanita sofort das Bedürfnis auslöste, dasselbe zu tun, und sie an einiges erinnerte. Dianas Haare zu streicheln, Diana selbst zu streicheln . . .

»Also gut«, sagte Diana.

Tanita schreckte hoch. So konnte es definitiv nicht weitergehen. Sie mußte sich besser im Griff behalten. Wenn sie immer von Diana träumte, wie sie früher gewesen war, konnte sie sich nicht auf die Diana von heute konzentrieren. Und auf ihre Aufgabe, ihr beizustehen.

»Schön«, sagte sie. »Was möchtest du lieber? Indisch, chinesisch, italienisch? Etwas anderes?«

Diana lachte. »Wenn du mir vorher die Werbung zeigst, damit ich weiß, was ›etwas anderes‹ ist . . .«, sagte sie. »Entscheide du. Ich weiß sowieso nicht, was die Unterschiede sind.«

»Dann wird's Zeit, daß du sie wieder kennenlernst«, sagte Tanita. »Also dann indisch. In deinem Lieblingslokal.«

»Mein Lieblingslokal.« Diana ließ sich die Worte auf der Zunge zergehen, als wäre es schon das Menü. »Wie das klingt. Wie eine ganz neue Welt. Ich meine, im Moment ist alles neu für mich, aber gefühlsmäßig unterscheidet es sich doch. Meistens ist mir bei all diesem vielen Neuen unbehaglich, aber auf das Lokal freue ich mich jetzt richtig.«

»Das kannst du auch«, sagte Tanita. »Das Essen dort ist phantastisch.«

»Mhm . . . du hattest ja sooo recht!« sagte Diana, nachdem sie im indischen Restaurant gegessen hatten. »Es war großartig. Seit Wochen habe ich nichts so Gutes mehr gegessen.« Sie lachte. »Daß das bloß meine Mutter nicht hört!«

»In einem Restaurant ist es immer anders«, sagte Tanita. »Meine Mutter kocht wunderbar, aber ich genieße es auch, ab und zu woanders zu essen.«

»Ist deine Mutter denn damit einverstanden, daß du einfach so zu mir gekommen bist?« fragte Diana.

»Oh . . . meine Mutter . . .« Tanita fühlte Röte in ihre Wangen steigen. Gott sei Dank war das schon beim Essen so gewesen, so daß es nicht weiter auffiel. »Meine Mutter hat nichts dagegen«, sagte sie hustend.

»Meine Mutter war nicht sehr begeistert«, sagte Diana bekümmert. »Sie hätte es lieber gesehen, wenn ich bei ihr geblieben wäre.«

»Sie macht sich Sorgen, das ist ja verständlich«, sagte Tanita.

»Sie hat mir die ganze Zeit nichts von meiner Wohnung gesagt«, bemerkte Diana nachdenklich. »Als ob sie gar nicht existieren würde.«

»Es war sicherlich nicht einfach für sie«, sagte Tanita. »Als du angeschossen wurdest, waren andere Dinge wichtiger.«

Sie blickte auf die Narbe an Dianas Schläfe. Wie gern hätte sie darübergestrichen. Ihr eigenes Entsetzen, als sie endlich an sich heranließ, was mit Diana geschehen war, war unbeschreiblich gewesen. Diana hatte im Gang der Schule gelegen, blutüberströmt, war ins Krankenhaus gekommen und am Kopf operiert worden ... und Tanita war nicht bei ihr gewesen, hatte von alldem nichts gewußt. Sie machte sich heute noch Vorwürfe. Denn es war ihre Schuld gewesen, ihre ganz allein.

»Es ... es tut mir so leid«, sagte sie leise.

»Was?« Diana blickte sie fragend an.

»Daß ich nicht da war, als du ...«

»Warum hättest du dasein sollen?« Diana runzelte die Stirn.

»Ich ... nun ja ... wir sind befreundet ...« Tanita wand sich um den entscheidenden Punkt herum. »Wir waren viel zusammen.« Das stimmte zumindest.

»Aber deshalb bist du doch nicht für mich verantwortlich«, sagte Diana. »Niemand konnte voraussehen, was an jenem Tag in der Schule geschehen würde.«

»Ist es nicht schrecklich für dich, daran zu denken?« fragte Tanita.

»Nein.« Diana zuckte die Schultern. »An den Vorfall selbst erinnere ich mich nicht. Und alles, was danach kam ... das fand dann woanders statt.«

»Es wäre also keine Belastung für dich, wieder in die Schule zu gehen?« fragte Tanita. »Zu unterrichten?«

»Nicht aus dem Grund, daß ich dort angeschossen wurde«, sagte Diana. »Aus einem anderen Grund schon.« Ihre Lippen wurden schmal. »Ich kann nicht mehr unterrichten.«

»Das wird wiederkommen.« Tanita konnte sich nicht mehr zurückhalten. Sie legte ihre Hand auf Dianas und streichelte sie. »Ganz bestimmt.«

Diana ließ ihre Hand liegen, als ob sie dort auf dem Tischtuch festgewachsen wäre, rührte sich nicht, reagierte nicht. Sie starrte mit abwesendem Blick vor sich hin.

»Diana?« Tanita war froh, daß Diana ihre Hand nicht zurückzog, aber daß sie überhaupt nicht reagierte, irritierte sie doch.

Diana zuckte zusammen. Sie schaute Tanita an. »Entschuldigung«, sagte sie. »Das alles muß sehr langweilig für dich sein.«

»Langweilig?« Tanita lachte. »Weißt du, wie sehr ich dich vermißt habe? Ich bin froh, daß ich dich endlich wiedersehe.«

»Du hast mich vermißt?« Diana runzelte die Stirn. »Du hast doch sicherlich auch noch viele andere Freundinnen – wie Andrea zum Beispiel.«

»Aber keine wie dich.« Tanita nahm Dianas Hand und hauchte einen Kuß darauf. »Du bist ... ich ...« Sie wußte nicht, was sie sagen sollte. *Ich liebe dich* war sicherlich noch nicht angebracht. Das würde Diana zu sehr überfordern.

Diana hatte den Kuß auf ihre Hand beobachtet, als ob die Hand nicht zu ihr gehören würde, als ob sie im Kino säße und eine Filmszene verfolgte. Sie schien verwirrt, aber sie wehrte Tanita nicht ab.

Tanita ließ Dianas Hand los, als sie merkte, daß die Kellnerin sie beobachtete. Sie fand es sicherlich etwas merkwürdig, daß eine Frau der anderen die Hand küßte. »Ich bin wirklich sehr froh, daß du wieder da bist«, sagte Tanita leise.

»Du bist sehr ... nett«, sagte Diana zögernd, als ob sie eigentlich etwas anderes hätte sagen wollen.

Tanita seufzte innerlich. *Nett.* Das war so ungefähr das letzte, was sie von Diana hören wollte. »Ich versuche es«, sagte Tanita mit einem schiefen Grinsen.

Diana schaute sie lange an, ohne zu antworten.

Erinnert sie sich? dachte Tanita. *Habe ich etwas in ihr angestoßen?*

»Mein Verlobter ...«

O Gott, das war der falsche Anstoß gewesen! Tanita raufte sich innerlich die Haare.

»Mein Verlobter«, wiederholte Diana, »und du ...«

Tanita runzelte die Stirn. Was sollte das denn jetzt werden?

»Ihr beide kanntet euch nicht?« fragte Diana.

»Nein.« Tanita schüttelte den Kopf.

»Meine Mutter sagt, sie hätte mit mir Hochzeitskleider ausgesucht. Warst du dabei?«

Wieder schüttelte Tanita den Kopf. Sie konnte sich keinen Reim auf diese ganze Geschichte machen. Im Grunde genommen ging es ihr ebenso wie Diana. Sie hatte das Gefühl, Geschichten aus einem anderen Leben zu hören.

»Na ja, das ist wohl eher eine Mutter-Tochter-Sache«, meinte Diana.

»Wahrscheinlich«, sagte Tanita.

Alles, was Diana erzählte, kam ihr sehr merkwürdig vor. Sie waren in den letzten Wochen vor Dianas Unfall jede Minute zusammen gewesen, die sie erübrigen konnten. Und wenn nicht, war Diana in der Schule gewesen, hatte gearbeitet. Wie sollte da noch ein Verlobter hineinpassen und eine Mutter, mit der Diana Hochzeitskleider aussuchte?

Und wenn es so wäre: Warum hatte Diana ihr nichts davon erzählt? Wie hätte das enden sollen? Hatte Diana die Absicht gehabt, Tanita eines Tages zu verkünden: Ach übrigens, morgen heirate ich. Tschüß dann, es war schön mit dir?

Vielleicht gab es Frauen, die so etwas taten, aber doch nicht ... Diana. Tanita musterte Dianas Gesicht, das wieder einen ganz versunkenen Ausdruck trug. Wie so oft erschien Diana abwesend. Deshalb konnte Tanita sie in Ruhe betrachten. *Ich liebe dich,* dachte sie. *Ich liebe dich so sehr. Wie soll ich dir das nur sagen? Und wie wirst du darauf reagieren?*

Plötzlich hielt sich Diana die Hand vor den Mund und gähnte. »Tut mir leid«, sagte sie. »Ich bin immer noch sehr schnell erschöpft, und heute hatte ich kaum Ruhe. Eigentlich liege ich um diese Zeit schon längst im Bett.«

»Dann bringe ich dich nach Hause«, sagte Tanita. Ihr Herz klopfte. Vor ein paar Wochen noch wäre das der Anfang des interessanten Teils des Abends gewesen. Aber heute ... heute war alles anders.

Tanita winkte der Kellnerin und zahlte.

»Das Bett ist groß genug für uns beide«, sagte Diana, als sie wieder zu Hause waren. »Ein anderes sehe ich auch nicht.«

Tanita schluckte. »Ich schlafe lieber auf der Couch«, sagte sie. Wie sollte sie eine ganze Nacht neben Diana im Bett liegend überstehen, und Diana wußte von nichts?

»Wirklich?« Diana runzelte die Stirn wie so oft. »Aber das Bett ist doch viel bequemer.«

»Mag sein«, sagte Tanita, »aber ich schlage immer um mich im Schlaf. Das wäre nicht sehr angenehm für dich.« Auch wenn Tanita die ruhigste Schläferin der Welt war, diese Lüge ging ihr leicht von den Lippen. Sie konnte nicht neben Diana schlafen. Von Schlaf wäre dann keine Rede gewesen.

»Wie du willst«, sagte Diana. »Wenn dir das lieber ist . . .«

»Sehr viel lieber«, sagte Tanita. »Stell dir vor, du wachst morgen früh mit lauter blauen Flecken auf. Wie würde das aussehen?«

»Oh.« Diana lachte. »Daran habe ich noch gar nicht gedacht.«

Wie an so vieles nicht, das du vergessen hast, dachte Tanita. Es gab anscheinend nichts, absolut gar nichts, an das Diana sich erinnerte. Wie sollte das weitergehen?

Tanita holte ihr Bettzeug – das, was auf ihrer Seite des Bettes von Diana gelegen hatte – und stopfte es auf die Couch. Es war ein komisches Gefühl. Sie hatte so oft unter dieser Decke geschlafen, aber eben im Bett. Und nun das erste Mal auf der Couch. Sie seufzte.

»Brauchst du noch etwas?« Diana kam im Nachthemd herein. In einem sehr durchsichtigen Nachthemd.

O mein Gott! dachte Tanita und wandte sich ab.

Diana lachte. »Ich vergaß: Du weißt ja sicher besser Bescheid als ich.«

»Ja . . . ja, ich weiß Bescheid«, murmelte Tanita, während sie heftig ihr Kissen aufschüttelte, um Diana nicht ansehen zu müssen. »Danke.«

Diana ging ins Bad, und Tanita hörte, wie sie sich die Zähne putzte. Tanita ließ sich schwer auf die Couch fallen und stützte ihren Kopf in die Hände. Selbst auf der Couch würde das keine ruhige Nacht werden. Sie wußte ja, daß Diana nebenan schlief. Das würde sie wachhalten.

Aber so war es nun einmal. Sie hatte Diana ihre Unterstützung angeboten, und die würde Diana auch bekommen.

Diana kam aus dem Bad zurück. »Gute Nacht.« Sie lächelte Tanita an. »Schlaf gut.«

Das wohl kaum, dachte Tanita, hingerissen von Dianas Lächeln und voller Sehnsucht nach ihr. »Du auch«, sagte sie. »Gute Nacht.«

Diana ging in ihr Schlafzimmer hinüber.

Tanita mußte sich erst einmal von Dianas fast nacktem Anblick erholen und legte sich ausgestreckt auf die Couch, um an die Decke zu starren. Wie sollte das nur weitergehen? Wie, zum Teufel, sollte das weitergehen?

Sie riß sich zusammen und stand auf. Im Badezimmer fand sie ihre Zahnbürste am selben Platz, an dem sie sie das letzte Mal benutzt hatte. Ob es Diana aufgefallen war, daß diese Zahnbürste nicht ihr gehörte?

Und selbst wenn ... Tanita biß die Zähne zusammen ... dann hatte sie sicherlich gemeint, die Zahnbürste gehörte ihrem *Verlobten.* Tanita begann wütend ihre Zähne zu schrubben.

Tanita erwachte von einem Schrei. Zuerst wußte sie nicht, was los war, fand sich nicht zurecht, mußte überlegen, wo sie sich überhaupt befand. Dann plötzlich fiel es ihr ein, und sie fuhr mit einem Ruck von der Couch hoch. *Diana!*

Sie sprang auf und lief ins Schlafzimmer hinüber.

Diana warf sich im Bett herum, aber sie war nicht aufgewacht. Sie schrie erneut und stöhnte. »Nein!« kam es von ihren Lippen und noch einmal »Nein!«

»Diana.« Tanita setzte sich zu ihr aufs Bett. »Diana, wach auf. Das ist nur ein böser Traum.« Sie schüttelte Diana leicht. »Diana, Liebling, bitte wach doch auf«, flüsterte sie.

Diana keuchte und riß die Augen auf. »Nein!« schrie sie erneut. Sie war immer noch nicht wach. Sie erkannte Tanita nicht.

»Diana.« Tanita beugte sich zu ihr hinunter und küßte sie sanft auf die Lippen. »Diana, ich bin hier. Ich bin bei dir. Hab keine Angst.«

Langsam beruhigten sich Dianas hektische Atemzüge. Aber immer noch murmelte sie vor sich hin. »Nein, nein ...«

Tanita schob sich vorsichtig neben sie aufs Bett und nahm sie in den Arm. »Ruhig, ruhig ...«, flüsterte sie und hauchte einen Kuß auf Dianas Haar, streichelte ihren Rücken. »Ich bin ja hier. Niemand wird dir etwas tun.«

Ob Diana von dem Überfall träumte, den sie im bewußten Leben vergessen hatte? Ihr Unterbewußtsein mußte ihn jedoch gespeichert haben. Und da war sicherlich auch noch mehr, nicht nur dieser schreckliche Angriff. Wenn der furchtbare Tag zurückkam, dann vielleicht auch das andere? Darüber hätte Tanita sich gefreut, aber vor der Erinnerung an den Schuß, an die Angst, die Diana vielleicht gehabt hatte, bevor der Schuß gefallen war, hätte sie Diana gern bewahrt.

Dianas Atemzüge wurden regelmäßig, der Alptraum schien vorbei zu sein. Aber Tanita konnte sie so nicht alleinlassen. Wenn noch einmal so ein Traum kam? Sie ging hinüber ins Wohnzimmer, holte das Bettzeug und legte sich neben Diana an ihren angestammten Platz.

Der Rest der Nacht war einigermaßen friedlich verlaufen, Diana hatte noch zweimal Angstträume gehabt, sich aber schnell wieder beruhigt, wenn Tanita sie in den Arm nahm. Aufgewacht war sie nie.

Morgens stand Tanita auf und verfrachtete ihr Bettzeug wieder auf die Couch. Diana mußte nichts von alldem wissen, solange sie es bewußt nicht wahrnahm.

Tanita ging Brötchen holen, kaufte noch einiges ein, was zum Frühstück nötig war, und kehrte in die Wohnung zurück.

Diana kam ihr bereits entgegen. »Ich dachte schon, du hättest mich verlassen«, sagte sie lächelnd.

Tanita zuckte zusammen. Es erinnerte sie zu sehr an das letzte Mal, als sie ... »Ich war nur Brötchen holen«, sagte sie und hielt die Tüte hoch. »Jetzt koche ich Kaffee.«

»Das mußt du nicht ... in meiner eigenen Wohnung«, sagte Diana. »Langsam sollte ich das selbst können.«

»Ich will dich nicht abhalten«, grinste Tanita. »Dann decke ich schon einmal den Tisch draußen auf der Terrasse. Die Sonne scheint so schön.«

»Ist gut.« Diana nickte und ging in die Küche.

»Ich muß heute noch einmal in die Uni«, sagte Tanita, als sie später draußen beim Frühstück saßen. »Um einiges zu regeln, damit ich die nächsten Tage dann zu Hause arbeiten kann. Willst du mitkommen? Ich meine, ich könnte dann nicht hier bei dir sein, falls ...«

»Falls ich einen Anfall bekomme?« Diana überlegte. »Ich möchte eigentlich lieber hierbleiben, auf der Terrasse in der Sonne sitzen. Meine Wohnung genießen.« Sie lächelte. »Das habe ich lange nicht gehabt.«

»Fühlst du dich denn stark genug?« Tanita trank den letzten Schluck Kaffee.

»Ich bleibe einfach sitzen«, sagte Diana. »Dann kann ich höchstens im Stuhl in Ohnmacht fallen.«

»Auch eine Lösung.« Tanita grinste leicht. »Aber paß bitte auf, ja? Keine Ausflüge in die weite Landschaft.«

»Ich werde den Marathonlauf auf morgen verschieben.« Diana lächelte. »Du bist ja fast schlimmer als meine Mutter.«

»Vielleicht sollte ich doch besser hierbleiben«, grübelte Tanita. »Ich könnte auch morgen in die Uni –«

»Du gehst jetzt!« Diana lachte. »Ich verspreche, ich werde mich nicht vom Fleck rühren, keine Ausflüge unternehmen und die Wohnung nicht verlassen. Genügt das?«

»Ich werde so schnell wie möglich zurücksein«, sagte Tanita und erhob sich vom Tisch.

Diana lächelte noch, als sie durch die Tür entschwand, doch dann wurde sie wieder ernst. Gestern hatte sie sich das Alleinsein nicht zugetraut, heute spielte sie schon die Starke. Das überraschte sie selbst. Aber seit sie hier in der Wohnung war, erfüllte eine ganz andere Energie ihren Körper.

Sie hatte keine Angst mehr, in Ohnmacht zu fallen. Sie fühlte etwas zurückkehren, das sie die ganze Zeit vermißt hatte, ohne es wirklich zu merken, ohne es zu wissen: ihre Eigenverantwortlichkeit.

Die letzten Wochen kamen ihr vor wie der Zustand, bevor ein Küken aus dem Ei schlüpft. Beschützt, aber auch beengt, ohne eine Möglichkeit, einen Blick auf die Welt da draußen zu erhaschen. Jetzt plötzlich hatte sie die Eierschale durchstoßen, blickte sich um, entdeckte Sonnenlicht und warme, weiche Luft, die über ihre Haut strich.

Sie streckte sich in dem Terrassenstuhl, auf dem sie saß, reckte Arme und Gesicht der strahlenden Sonne entgegen. Sie lächelte wieder. Dann stand sie auf und nahm einen Teller in die Hand. Sie brachte ihn in die Küche. Alles auf ein Tablett zu packen und gemeinsam in die Küche zu tragen, erschien ihr noch zu gefährlich, falls doch etwas passieren und sie zusammenbrechen sollte, also nahm sie Teller für Teller, Tasse für Tasse, Marmelade, Eierbecher, Wurst und Käse und brachte jedes einzeln von der Terrasse in die Wohnung. Sie verpackte Käse und Wurst im Kühlschrank, stellte die Marmelade in den Schrank und begann die Teller und Tassen zu spülen.

Nachdem sie auch das Geschirr im Schrank versorgt hatte, gab es nichts mehr zu tun. Sie ging zurück auf die Terrasse und blickte in den Himmel.

Konnte es so etwas Großes, Weites geben? So etwas Unendliches? Das Haus ihrer Mutter lag im Wald, idyllisch und schön, aber überall versperrten Baumkronen den Blick nach oben. Der Himmel blitzte nur an einigen Stellen durch.

Hier, ein wenig erhoben über der Stadt, war der Himmel so nah, daß sie ihn fast greifen zu können glaubte. Sie streckte ihren Arm danach aus und lachte. »Benimm dich nicht so kindisch, Diana. Was sollen denn die Leute denken?«

Sie ließ den Arm sinken und setzte sich auf einen Liegestuhl, auf dem sie sich zurücklehnen und die Beine hochlegen konnte. Wieder blickte sie in den Himmel.

Was sollen denn die Leute denken? Ihre Mutter hätte das gesagt, wenn sie jetzt hiergewesen wäre. Ihre Mutter sagte so etwas oft, und Diana hatte es sich nun selbst gesagt. Aber dachte sie das wirklich? War es nicht nur etwas, das sie von ihrer Mutter übernommen hatte?

Sie wußte es nicht. So wie sie seit ein paar Wochen nichts mehr wußte. Sie wußte nichts, erkannte niemanden, erinnerte sich an nichts. Bis auf ein paar ungute Gefühle, die immer wieder in ihr hochkamen, die sie aber nicht zuordnen konnte. Ihre Therapeutin sagte, das wäre normal, sie hätte Schreckliches durchgemacht, und langsam würden sich die Empfindungen wieder Bahn brechen, um sie auf die Erinnerung vorzubereiten.

Diana schauderte. Sie sehnte sich danach, sich wieder erinnern zu können, endlich wieder zu wissen, wer sie wirklich war, was sie erlebt hatte, wen sie gekannt hatte. Doch gleichzeitig hatte sie Angst davor, daß sie sich an zu vieles erinnern würde, an nicht so angenehme Dinge, an das Blut und den Schmerz.

Unruhe erfaßte sie. Wenn sie sich doch nur erinnern könnte ...

Sie stand auf und verließ die Terrasse. Im Wohnzimmer blieb sie stehen und blickte sich um. *Ich muß nur einfach jedes Stück wieder zuordnen,* dachte sie. *Jedes einzelne Puzzleteil. Ich muß die Verbindung finden. Die Verbindung zu mir.*

Sie nahm einen Kerzenständer in die Hand, wog ihn, ließ ihre Finger die Oberfläche erforschen und versuchte einen Ansatzpunkt zu finden. Wann hatte sie diesen Kerzenständer gekauft? Oder hatte sie ihn geschenkt bekommen? Von wem?

Sie schüttelte den Kopf und stellte das silbrig schimmernde Teil wieder auf den Tisch. Nichts. Da kam nichts. Aber sie wollte nicht aufgeben. In den nächsten Stunden durchstreifte sie ihre Wohnung wie eine Forschungsreisende, nahm alles in die Hand, öffnete Schränke, nahm Dinge heraus und legte sie wieder hinein. All dies mußte sie tausendmal getan haben, aber die Erinnerung wollte sich nicht einstellen.

Erschöpft setzte sie sich aufs Sofa. Vor ihren Augen flimmerte es. Ein Schwächeanfall schien sich anzukündigen. *Nicht schon wieder!* Sie war es endgültig leid.

»Ich will mich erinnern ... erinnern ... erinnern ...« Mit beiden Fäusten trommelte sie auf ihre Schläfen, bis das Flimmern vor ihren Augen nachließ und von einem dumpfen Schmerz ersetzt wurde. Wenigstens war sie nicht ohnmächtig geworden. Sie verbuchte es als Triumph.

Kleine Fetzen, wie ausgeschnittene Bilder aus einer Zeitung, erschienen vor ihrem inneren Auge. Da waren Gesichter, Menschen ... ein Klassenzimmer. Sie suchte nach einem Gesicht und fand es, aber im nächsten Moment brach die Bildübertragung zusammen. Als ob ein Kabel durchgeschnitten worden wäre. Stromausfall.

Sie stöhnte auf und sank auf die Couch, legte sich hin, um auszuruhen. Diese kleinen Fetzen waren alles, was sie hatte. Völlig ohne Zusammenhang, ohne Ton, ohne Gefühl. Sie sah immer nur Bilder, die sich so schnell verflüchtigten wie Urlaubsphotos, von denen man irgendwann nicht mehr wußte, wann und wo sie aufgenommen worden waren. Sie hatte ein unendliches Archiv in ihrem Kopf, auf das sie nicht zugreifen konnte. Sie hatte den Schlüssel verloren.

Sie begann einzuschlafen, im Traum öffnete sie eine Tür, sah lachende Gesichter. Wieder ein Klassenzimmer? Nein, das war anders ... ein Fest ... eine Hochzeit. *Ihre* Hochzeit? Träumte sie den Tag herbei?

Ein Mann kam auf sie zu, schloß sie in seine Arme. Stefan? Nein, das war nicht Stefan. Es war ein anderer Mann, ein großer, gutaussehender Mann mit einem lustigen Gesicht voller Sommersprossen. Er lachte sie an, und sie fühlte, daß auch sie lachte. Sie freute sich, ihn zu sehen.

Plötzlich brach die Verbindung ab, es wurde schwarz, dann erschien ein neues Bild, als ob eine Kamera aufblenden und das Licht einfangen würde. Sie, Diana, tanzte. Sie lag in den Armen dieses gutaussehenden Mannes, sie fühlte, daß sie ihn liebte. War sie schon einmal verheiratet gewesen? Aber warum hatte ihre Mutter dann von ›als Jungfrau in die Ehe gehen‹ gesprochen?

Im Traum stellte sie logische Fragen, für die es aber keine Zeit gab, sie zu beantworten. Der Tanz wurde wilder, der Mann wirbelte sie lachend herum, ihr wurde schwindlig. Ein anderes Bild erschien. Sie lief über den Gang der Schule. Ihre Augen brannten. Sie hatte zu lange gearbeitet. Zudem tat ihr Bauch weh. Ihre Periode würde sie wieder einmal in die Knie zwingen. Sie mußte unbedingt nach Hause. Hektisch suchte sie in ihrer Tasche nach Tabletten.

»Weiber! Verdammte Fotzen! Ich bring' euch alle um!«

Er schrie über den Gang, dann knallte es. Er schoß wild um sich. Diana hatte keine Zeit zu überlegen. Sie war wie erstarrt. Sie versuchte irgend etwas zu erkennen. Als es geknallt hatte, hatte es sich angehört wie im Karneval. Das war kein echtes Gewehr. Dieser Junge – als er näherkam, sah sie, daß es ein Junge war, kein Mann – konnte doch kein echtes Gewehr haben. Er wollte einfach nur angeben. Das war sie gewöhnt als Lehrerin. In dem Alter wollten die Kinder alle angeben, damit konnte sie umgehen.

Sie ging auf ihn zu. »Hör damit auf! Was ist denn los?« Sie wollte nach dem Gewehr greifen, um es ihm abzunehmen.

Er stieß sie weg und legte auf sie an. »Faß mich nicht an, du Fotze, du!«

»Paß auf, was du sagst!« fuhr sie ihn an. Er starrte sie an und war tatsächlich für einen Moment still. »Gib mir das Gewehr«, forderte sie ihn auf. »Was willst du denn damit?«

»Sie erschießen!« brüllte er. »Sie und alle anderen Fotzen!«

Diana wußte instinktiv, daß er mit *sie* nicht sie selbst gemeint haben konnte. »Wen?« fragte sie. »Wen meinst du? Was hat sie dir getan?«

»Das sage ich ihr selbst«, brüllte er. »Bring mich zu ihr, los!« Er stieß Diana das Gewehr schmerzhaft in den Bauch, was für einen Augenblick den Schmerz überdeckte, der schon da war, und sie sich zusammenkrümmen ließ.

»Ich weiß doch nicht, wen du meinst«, keuchte Diana.

»Natürlich weißt du das!« brüllte er. »Ihr wißt doch immer alles voneinander, ihr Fotzen! Und erzählt euch alles! Und dann kommt sie zu mir und sagt, sie will nichts mehr mit mir zu tun haben!«

»Das kann man alles wieder hinbiegen«, sagte Diana, ihrer pädagogischen Ausbildung eingedenk. »Bestimmt.«

»Du lügst!« Er hob das Gewehr wie einen Knüppel und schlug sie damit nieder.

Die Angst, die sie bisher verdrängt hatte, kroch in ihr hoch. Sie lag auf dem Boden und starrte zu ihm hinauf, er legte zum zweiten Mal auf sie an, doch diesmal glaubte sie nicht mehr, daß das Gewehr ein Karnevalsartikel war. »Nein!« schrie sie und hob eine Hand vor ihr Gesicht.

Er schoß auf sie, aber er traf sie nicht. Das Projektil schlug neben ihr in die Wand ein. Er lud nach und legte wieder auf sie an. Sie war einfach nur erstarrt. In ihrem Kopf hämmerte es von dem Schlag, den er ihr verpaßt hatte, sie konnte nicht einmal mehr sprechen. Sie sah, wie er den Hahn durchzog –

»Nein!« Sie erwachte mit einem lauten Schrei, schweißgebadet und heftig atmend.

Jetzt wußte sie wieder, was geschehen war. Sie hatte schon öfter Alpträume gehabt, aus denen sie schweißgebadet erwacht war, immer wieder, aber sie hatte sich nie daran erinnern können. Heute konnte sie es nun. War das ein Segen?

Sie versuchte zu Atem zu kommen und sich zu beruhigen. *Es ist vorbei. Es ist geschehen, aber es ist vorbei. Und ich habe es überlebt.*

Sie zitterte. Ihr wurde kalt. Eng schlang sie die Arme um sich. Sie mußte aufstehen, duschen, sich umziehen, so konnte sie nicht bleiben.

Langsam erhob sie sich vom Sofa, stützte sich auf die Lehne, um darum herum zu gehen. Sie hatte Angst umzufallen. Dies wäre wieder einmal der passende Moment für einen Schwindelanfall gewesen. Langsam stieg das Blut wieder in ihren Kopf, ihr wurde wärmer. Sich an allem abstützend, was auf ihrem Weg lag, ging sie Schritt für Schritt hinüber ins Bad und zog sich aus.

Die heiße Dusche war eine Erholung. Sie lehnte sich an die gekachelte Wand. Am liebsten hätte sie hier einen Stuhl gehabt. Sie ließ sich hinunter in die Duschwanne gleiten, das warme Wasser floß weiter über sie, vertrieb die Kälte und auch ein wenig die Angst, die sie nun wieder spüren konnte.

Dieser Junge ... was war nur mit ihm gewesen? Sie kannte ihn nicht, das wußte sie ganz sicher, aber sie war ihm ja auch nur zufällig in den Weg gelaufen. Er hatte es auf jemand anderen abgesehen gehabt. Ein Mädchen, das ihn verlassen hatte, eine Schülerin vermutlich. Und sie, Diana, war einfach zur falschen Zeit am falschen Ort gewesen.

Sie legte ihren Kopf an die Wand und atmete tief durch. Auch wenn es noch so schrecklich war: endlich eine Sache, an die sie sich erinnerte. Das mußte ein gutes Zeichen sein. Wenn dieses Schreckliche zurückkam, mußte auch alles andere da sein. Sie mußte sich daran erinnern.

Sie zog angestrengt die Augenbrauen zusammen auf der Suche nach noch mehr Einzelheiten. Was hatte sie an diesem Tag getan, bevor sie diesen Gang hinablief? Sie hatte gearbeitet, Klausuren korrigiert in der Lehrerbibliothek, bis jemand kam und sie störte. Die Lehrerbibliothek, da war noch etwas ... etwas anderes ...

Die Erinnerung verblaßte. Es war kein Bild mehr da, das sie hervorrufen konnte. Das Wasser weichte ihre Haut auf. Sie zog sich am Handgriff der Dusche nach oben, wusch sich den Schweiß ab und trat auf den weichen Flor des Badezimmerteppichs, um sich abzutrocknen. Die Haare in ein Handtuch geschlungen und den Rest ihres Körpers in einen langen Bademantel gehüllt trat sie aus dem Badezimmer. Sie wollte in ihr Schlafzimmer gehen, um sich anzuziehen. Da klingelte es.

Einen Moment zögerte sie, aber es konnte ja nur Tanita sein, die von der Uni zurückkehrte. Ein Lächeln überzog Dianas Gesicht, weil sie sich freute. Sie ging zur Tür, um aufzumachen.

»Oh, wie reizend, du hast mich schon erwartet«, sagte Stefan und trat grinsend ein.

Diana war so überrascht, daß sie einfach stehenblieb, mit der Türklinke in der Hand.

»Mach die Tür zu, Süße«, sagte Stefan und drückte die Tür ins Schloß. »Du willst doch nicht, daß uns jemand zuschaut, oder?«

»Stefan«, sagte Diana nun endlich.

»Ja, Stefan, dein geliebter Schatz«, bestätigte er. Sein Grinsen wurde noch breiter. Seine Blicke fuhren an ihrem Bademantel auf und ab, blieben an dem kleinen Teil ihres Dekolletés hängen, das unbedeckt war. »Eine gute Idee von dir, das Haus deiner Mutter zu verlassen. Hier sind wir endlich einmal ungestört.«

»Ich wußte gar nicht –« Diana brach ab. Stefans unerwartetes Auftauchen brachte sie durcheinander. Sie räusperte sich. »Möchtest du einen Kaffee?«

»Kaffee?« Er starrte sie an. Dann kehrte sein übliches Grinsen zurück. »Ja, sicher, warum nicht? Kaffee.«

Diana versuchte an ihm vorbeizugehen, ohne ihn zu berühren. Doch Stefan griff nach ihr. »Aber vorher noch einen Begrüßungskuß«, sagte er rauh. Er zog sie zu sich heran und preßte seine Lippen auf ihren Mund, wie er es bei jeder Gelegenheit getan hatte, wenn ihre Mutter einmal nicht dabei war.

Diana hob die Hände und stemmte sie gegen seine Brust. »Bitte nicht«, sagte sie. »Mir ist schwindlig.«

»Macht doch nichts«, sagte Stefan und versuchte es erneut.

Diana gab auf und versuchte nicht mehr, sich zu wehren. Sie fühlte sich so schwach, daß es sowieso keinen Sinn gehabt hätte.

Stefan küßte sie wie immer rücksichtslos und nur auf seine eigenen Bedürfnisse bedacht. Es tat beinahe weh. Seine Hände fuhren von ihrem Rücken nach vorn und wollten sich in die Öffnung des Bademantels schieben.

Diana nahm all ihre Kraft zusammen und drückte Stefans Arme zur Seite. »Bitte, Stefan . . .«, sagte sie mühsam. »Ich brauche noch etwas Zeit.«

Stefan starrte sie verärgert an, aber er lockerte seinen Griff, so daß sie an ihm vorbeigehen konnte. »Das sagst du jedes Mal«, beschwerte er sich. »Wieviel Zeit brauchst du denn noch?«

»Das weiß ich nicht.« Diana ging in die Küche.

Stefan schaute sich kurz in der Wohnung um und kam ihr nach. »Geile Wohnung«, sagte er.

»Du kennst meine Wohnung doch«, sagte Diana. »Oder warst du noch nie hier?« Sie runzelte die Stirn.

»Doch, natürlich, oft.« Stefan wirkte etwas hektisch. »Ich finde sie eben immer wieder geil.« Er grinste Diana an und trat auf sie zu. »Genauso wie dich.« Er drückte sie gegen die Arbeitsplatte, auf der die Kaffeekanne stand. »Auf dem Küchentisch fände ich es noch geiler.«

»Stefan, bitte ... du weißt, was meine Mutter gesagt hat.« Diana versuchte sich aus seiner Umarmung zu befreien.

»Ja, aber du bist nicht mehr bei ihr«, keuchte Stefan, beugte sich vor und fuhr mit feuchter Zunge über Dianas Hals, weil sie ihren Kopf wegdrehte. Seine Hände fanden nun, da er Diana fixiert hatte, ihren Weg zwischen ihre Beine.

»Stefan, Stefan, nein!« Diana keuchte schwer.

»Warum nicht?« Stefan versuchte weiter vorzudringen, was ihm nicht gelang, da Diana ihre Beine fest zusammenpreßte. »Wir haben es schon so oft getan, warum jetzt auf einmal nicht mehr?« Seine Hand stieß mit Gewalt zwischen ihre Schenkel, um sie auseinanderzuzwingen.

»Weil ich mich nicht erinnern kann!« Diana fühlte, daß ihre Kraft sie bald verlassen würde. Panik kroch in ihr hoch. Stefan hatte es immer wieder versucht, aber bisher war es ihr stets gelungen, ihn abzuwehren, doch heute schien es ihm ernst zu sein.

»Als ich von deiner Mutter hörte, daß du jetzt hier bist, wußte ich, dafür gibt es nur einen Grund«, grinste Stefan, während er seine Bemühungen kurz einstellte. »Niemand kann es so lange ohne Sex aushalten. Du mußt ja schon ganz fickerig sein. Du wolltest zurück in dein lauschiges Nest, damit wir es wieder treiben können. Nichts dagegen.« Seine Hand glitt aus ihrem Bademantel heraus, er griff nach Dianas Hand, die sich um seinen Arm gekrampft hatte, und legte sie zwischen seine Beine. »Komm, faß mich an!« japste er. »Und dann geh runter an mir. Nimm ihn in den Mund.«

Diana fühlte die heiße, angeschwollene Beule, und ihr wurde ganz kalt. »Stefan, ich kann nicht«, flüsterte sie schwach. Jetzt nur nicht ohnmächtig werden! »Bitte, versteh doch ...«

»Verstehen, verstehen!« Er gab ihr einen Stoß, daß sie taumelte. »Das ist alles, was ihr sagen könnt, ihr Weiber! Habt ihr nichts anderes auf Lager?« Durch seine Wut war seine Erregung anscheinend in den Hintergrund getreten, und er wandte sich von Diana ab.

Diana glitt schnell aus der Küche hinaus, obwohl sie sich an der Wand abstützen mußte, weil ihr schwindlig war.

Noch im Flur holte Stefan sie ein. Er drückte sie an die Wand. »Jetzt ist Schluß«, schnaufte er an ihrem Rücken. »Meine Geduld ist zu Ende. Du hast sie einmal zu viel strapaziert.«

Sein ganzer Körper hielt Diana fest. Sie sah die Struktur der Tapete vor sich – merkwürdig, auf was man in solchen Momenten achtete – und fühlte Stefans Brust ihren Rücken schwer bedecken. Sein Keuchen wurde lauter. Da er sie mit seinem Körper fixierte, hatten seine Hände freie Bahn. Er riß ihren Bademantel auf und zog ihn nach hinten zur Seite. Seine Hand strich über ihren nackten Po.

»Du bist schon ein geiles Teil«, keuchte er in ihr Ohr. »Immer schon wollte ich –«

Diana fühlte ihre Sinne schwinden. Gleich würde sie in Ohnmacht fallen, und dann war sie ihm wehrlos ausgeliefert.

Tanita schloß die Tür auf und freute sich lächelnd auf Diana. Den ganzen Tag schon hatte sie sich auf das Wiedersehen gefreut und sich beeilt, nach Hause zu kommen.

Als sie die Tür öffnete, starrte sie auf ein Bild, das ihr das Blut in den Adern gefrieren ließ. Diana stand nackt mit dem Gesicht an die Wand gepreßt da und hinter ihr ein Mann, untenherum genauso nackt, der gerade versuchte –

Tanita konnte sich nicht rühren. Der Mann war ebenfalls mitten in der Bewegung erstarrt und stierte sie mit glasigen Augen an. Diana bewegte sich nicht.

»Was . . . . ?« Tanita konnte ihre eigene Stimme kaum hören.

»Hau ab!« Der Mann hatte sich wieder gefangen. »Siehst du nicht, daß du störst?« Als Tanita vor lauter Entsetzen nicht reagierte, fügte er hämisch grinsend hinzu: »Ist alles ganz legal. Wir sind schließlich verlobt.« Sein Gesicht verzog sich wütend. »Verdammt, mach die Tür zu! Von draußen!«

Das Licht im Flur war nicht sehr hell, aber langsam erkannte Tanita den Mann wieder. Dianas Verlobter, mit dem sie sie in der Stadt getroffen hatte, damals mit Andrea. Diana rührte sich immer noch nicht.

»Diana . . .«, flüsterte Tanita. Irgend etwas an Dianas Haltung machte sie stutzig. Sie wirkte so . . . leblos. »Was hast du ihr getan, du verdammtes . . .!« Sie konnte nicht mehr an sich halten und trat auf Diana zu. »Sie ist ohnmächtig!« schrie sie den Mann an. »Laß sie sofort los!«

Der Mann blickte auf Dianas nackten Po hinunter und grinste. »Warum sollte ich? Ich war noch nicht fertig.«

»Mit einer bewußtlosen Frau? Was für ein Schwein bist du?« fragte Tanita mit eiskalter Stimme. »Du läßt sie jetzt sofort los, oder ich trete dir so in die Eier, daß du nie wieder eine Frau vergewaltigen kannst!«

»Vergewaltigen?« Er wirkte erschreckt. »Wir sind verlobt, und sie war einverstanden, das hat nichts mit Vergewaltigung zu tun.«

»Wie einverstanden kann sie sein, wenn sie bewußtlos ist?« schnappte Tanita rasend vor Wut. Sie versetzte dem Mann mit beiden Händen einen heftigen Stoß von Diana weg und fing Diana auf, die sofort zusammensackte.

Der Mann wollte einen Schritt machen, um sein Gleichgewicht wiederzufinden, aber da seine Hose noch um seine Knöchel baumelte, konnte er das nicht und landete unsanft auf dem Boden. Er stieß einen Fluch aus.

Tanita breitete den Bademantel über Diana aus und streichelte sanft ihr Gesicht. »Diana . . .«, flüsterte sie. »Diana . . .«

Neben ihr rappelte sich der Kerl langsam wieder hoch. »Das wird dir noch leid tun!« zischte er.

Tanita kümmerte sich nicht um ihn, sie sah jetzt nur noch Diana.

Grummelnd und tobend, er versetzte einem Tischchen, das im Flur stand, einen wütenden Tritt, daß es in die Ecke flog, ging der Mann zur Tür und schlug sie laut knallend hinter sich zu.

Diana erwachte und stöhnte gequält auf. Schon beim Versuch, die Finger zu bewegen, schoß ihr ein brennender Schmerz in den Nacken.

»Diana . . .«

Sie hörte eine leise Stimme, kaum zu erkennen. Stefan? Sie wollte die Augen nicht öffnen, sie wollte sein Gesicht nicht sehen. Sie wollte nicht wissen, was er ihr angetan hatte.

»Diana . . .« Die Stimme kam näher. »Diana, Liebling . . .« Eine weiche Hand fuhr über ihre Wange, ganz zart und sanft. Das war nicht Stefan.

Sie schlug mühsam die Augen auf. »Tanita . . .«, hauchte sie.

»Ja.« Tanita lächelte sie an.

Diana fühlte den harten Boden unter sich. »Wo . . . wo bin ich?«

»Im Flur.« Tanitas Stimme klang tonlos, und das Lächeln auf ihrem Gesicht verschwand.

Ruckartig wandte Diana den Kopf und schrie auf. Die Bewegung hatte ihren Nacken in zwei Teile gerissen, jedenfalls hatte es sich so angefühlt. »Stefan . . .«, fragte sie mit erschreckt aufgerissenen Augen.

»Er ist weg«, sagte Tanita tonlos.

Diana atmete erleichtert aus. Sie griff nach Tanitas Arm. »Hilfst du mir bitte aufzustehen? Ich glaube, das kann ich nicht allein. Ich muß mir den Nacken gezerrt haben.«

Kein Wunder, dachte Tanita.

Diana verzog schmerzhaft das Gesicht, während sie mit Tanitas Unterstützung wieder auf die Füße kam. »Danke«, sagte sie.

»Möchtest du dich hinlegen?« fragte Tanita, immer noch bemüht, sich nur um Diana zu kümmern und nicht an das zu denken, was hier geschehen war.

»Lieber setzen«, sagte Diana. »Im Liegen klappt mein Kreislauf dann gleich noch mal zusammen.«

Tanita umschlang Dianas Taille und stützte sie bei ihrem Weg ins Wohnzimmer. Dort half sie ihr dabei, sich auf die Couch zu setzen.

Peinliche Stille trat ein. Tanita traute sich nicht zu fragen, und Diana sagte ebenfalls nichts.

Tanita setzte sich in einen Sessel. Sie wußte nicht, was sie tun sollte. Am liebsten hätte sie Diana in die Arme genommen und getröstet, aber Diana schien merkwürdig unbeteiligt, als ob gar nichts passiert wäre. Als ob sie gar keinen Trost brauchte.

Sie hatte hin und wieder ähnliche Situationen mit Diana erlebt. Wenn ihr etwas zu nahe ging, schaltete sie in gewisser Weise ab.

Dann wollte sie auch nicht darüber sprechen. Aber diesmal ... diesmal ging es nicht um sie beide, diesmal war etwas passiert, das unbedingt besprochen werden mußte.

Tanita räusperte sich. »Du mußt ihn anzeigen«, sagte sie.

»Anzeigen?« Diana blickte sie an, als ob sie an diese Möglichkeit noch gar nicht gedacht hätte. Sie musterte Tanitas Gesicht. »Was hast du gesehen? Wann bist du gekommen?«

»Du warst ohnmächtig«, sagte Tanita.

»Hast du ...« Diana schluckte. »Hast du gesehen, was er getan hat?« Ihr wurde kalt. Langsam kam ihr zu Bewußtsein, was vielleicht geschehen war, auch wenn sie sich nicht daran erinnerte.

»Nein«, sagte Tanita. »Nicht wirklich. Aber er ... und du ...« Sie brach ab.

»Wir sind verlobt«, sagte Diana ohne jedes Gefühl. »Wir haben das sicher schon oft getan. Stefan behauptet es. Ich kann mich natürlich an nichts erinnern.«

»Ihr seid verlobt.« Tanita wiederholte es ungläubig. Sie konnte nicht fassen, daß das wahr sein sollte.

»Du weißt, daß Verlobte ...« Diana zögerte. »... so etwas tun«, fuhr sie fort. »Ich weiß ja nicht ... ich meine, du bist noch sehr jung ...« Sie blickte Tanita unsicher fragend an.

Tanita wußte nicht, wie lang sie noch an sich halten konnte. Diana fragte sie quasi, ob sie, Tanita, schon einmal Sex gehabt hatte. Und sie wußte nichts davon, daß sie und Diana ...

»Ich hatte schon mal Sex«, sagte sie so kühl wie möglich. Sie wollte sich nichts anmerken lassen. Wollte Diana ihr wirklich erzählen, daß das nur Sex gewesen war? Daß sie damit einverstanden gewesen war, was Stefan mit ihr getan hatte? Fand sie das normal? Hatte sie immer so mit Stefan –?

Tanita atmete tief durch. Diese Geschichte mit Stefan nahm sie fürchterlich mit. Sie war so glücklich mit Diana gewesen, bevor er aufgetaucht war, und nun war das alles in Frage gestellt. Sogar bis zu einem unsäglichen Punkt, nämlich zu dem, daß Diana sie die ganze Zeit mit Stefan betrogen hatte, daß sie verlobt gewesen war, ohne Tanita etwas davon zu sagen. Tanita wußte langsam nicht mehr, wie sie diese Qual ertragen sollte. »Du willst ihn also nicht anzeigen?« fragte sie.

»Ich kann mich an nichts erinnern«, sagte Diana. Sie lachte hohl auf. »Das alte Problem! An was erinnere ich mich schon?«

»Du könntest zu einer Ärztin gehen, dich untersuchen lassen«, sagte Tanita. »Dann hätte das Schwein keine Chance. Ich meine . . .« Sie räusperte sich. »Wenn du nicht einverstanden warst.«

»Ich . . . ich war nicht einverstanden«, sagte Diana leise. Sie begann zu zittern. »Bis ich ohnmächtig wurde.«

Du wirst deine Meinung kaum in der Bewußtlosigkeit geändert haben, dachte Tanita. Sie stand auf, ging zu Diana hinüber und setzte sich neben sie auf die Couch. »Du mußt ihn anzeigen. Nur deshalb kommen solche Schweine immer wieder davon, weil die Frauen sie nicht anzeigen.«

»Ich . . . ich bin nicht sicher«, sagte Diana. »Ich war doch bewußtlos.« Ihr Zittern wurde stärker.

Tanita legte ihren Arm um Diana und zog sie zu sich heran. »Wenn du nicht willst, mußt du nicht«, sagte sie beruhigend.

»Ich . . . ich weiß nicht, was ich tun soll!« Diana schluchzte laut auf und schmiegte sich in Tanitas Arme. »Er . . . er sagte, wir hätten das schon so oft getan, aber ich . . . ich weiß doch von nichts. Ich habe das Gefühl, ich kenne ihn überhaupt nicht. Und ich mag ihn noch nicht einmal.«

Tanita sah einen Hoffnungsschimmer am Horizont. Ihr Herz schlug lauter. »Dann solltest du vielleicht nicht mit ihm verlobt sein«, sagte sie.

»Aber ich bin es nun mal«, sagte Diana. Sie richtete sich auf. »Hast du ein Taschentuch?«

Tanita griff in ihre Hosentasche und zog ein Päckchen heraus. »Hier«, sagte sie.

Diana nahm ein Taschentuch aus dem Päckchen und putzte sich die Nase. »Du meinst, ich sollte die Verlobung lösen?«

Da fragst du gerade die Richtige! Tanita überlegte sich die Antwort gut. »Das mußt du wissen«, sagte sie. »Wenn du meinst, daß das alles in Ordnung war, was er getan hat . . .«

»Natürlich war es das nicht!« Diana stand erregt auf. »Er kam her und hat mich bedrängt. Vom ersten Tag an hat er das getan. Ständig und überall. Außer wenn meine Mutter dabei war. Die hat ihn davon abgehalten. Aber sobald wir allein waren . . .« Sie schauderte. »Müßte ich mich nicht eigentlich an das Gefühl erinnern, wie es war . . . mit ihm? Daß ich ihn geliebt habe? Das ist genauso verschollen wie die konkrete Erinnerung.«

»Leider weiß ich gar nichts darüber«, sagte Tanita und zuckte die Schultern. »Ich wußte nicht, daß du verlobt bist, und ich kannte ihn nicht.« Das Thema quälte sie unendlich. Aber sie konnte dem nicht ausweichen, wenn sie Diana helfen wollte. Wenn sie wollte, daß sie sich an sie, Tanita, erinnerte.

»Obwohl wir Freundinnen sind, wußtest du nichts davon?« fragte Diana. Sie runzelte die Stirn.

»Wir haben über ...« Tanita räusperte sich. »... andere Dinge gesprochen.«

»Aber ist das nicht komisch?« fragte Diana. »Oder waren wir nicht so gut befreundet?«

Das wüßte ich jetzt auch gern, dachte Tanita. »Doch, ziemlich gut«, sagte sie.

»Merkwürdig«, murmelte Diana vor sich hin. Sie stand eine Weile in sich versunken da, dann richtete sie sich auf und straffte ihre Schultern. »Ich gehe zu meiner Ärztin«, sagte sie. Sie rollte die Augen. »Wenn ich wüßte, wer das ist.«

»Ich weiß es«, sagte Tanita. »Ich habe dich einmal dorthin gebracht, als du so starke Menstruationsschmerzen hattest, daß du nicht allein fahren konntest.«

»Gut«, sagte Diana. »Ich ziehe mich schnell an.«

»Du weißt, du darfst dich nicht waschen, wegen ...« Tanita hob gequält die Augenbrauen. Hätte sie dem Kerl doch gleich die Eier zerquetscht!

»Ich erinnere mich nicht, deshalb kann ich es aushalten«, sagte Diana, »auch wenn ich mich jetzt lieber unter die Dusche stellen würde.«

»Ich konnte kein Eindringen feststellen«, sagte die Frauenärztin.

Tanita fiel ein Stein vom Herzen. Wenigstens das nicht!

»Es besteht keine Gefahr einer ungewollten Schwangerschaft.« Die Ärztin blickte skeptisch. »Allerdings wird es dadurch auch schwierig, den Mann anzuzeigen. Denn dann steht Aussage gegen

Aussage.«

»Er ist mein Verlobter«, sagte Diana.

»Ich wußte gar nicht, daß Sie verlobt sind«, erwiderte die Ärztin, während sie eine Eintragung in Dianas Patientenkarte vornahm. »Das haben Sie mir nie gesagt.« Sie blickte hoch. »Wie verhüten Sie? Ich habe Ihnen nie etwas verschrieben. Ein Kondom allein ist nicht ganz sicher, wissen Sie. Man sollte möglichst zwei Methoden anwenden. Oder haben Sie sich die Pille von einem Kollegen verschreiben lassen?«

»Ich weiß es nicht«, sagte Diana. »Aber ehrlich gesagt ... ich habe keinerlei Pillen gefunden. Ich habe mein Gedächtnis verloren. Deshalb kann ich nicht genau sagen, was ich zur Verhütung angewendet habe.«

Das beste Mittel ist, nicht mit Männern zu schlafen, dachte Tanita. *Vielleicht hast du das angewendet.* Aber der Verlobte? Tanitas Verwirrung wuchs.

»Sie haben Ihr Gedächtnis verloren?« Die Frauenärztin starrte Diana an.

»Ja. Bei dem Amok-Lauf im Friederiken-Gymnasium. Ich bin angeschossen worden.« Diana schauderte zusammen. »Gerade heute habe ich mich an den Vorfall wieder erinnert, aber alles andere liegt noch im Dunkeln.«

»Du hast dich erinnert?« Tanita starrte Diana jetzt genauso an wie die Ärztin vor ihr.

»Ja.« Diana schauderte erneut. »Ich habe alles wieder vor mir gesehen. Wie der Junge auf mich anlegte –« Sie brach ab und schlug die Hände vors Gesicht.

Tanita legte ihren Arm um Dianas Schultern. Sie fühlte sich zwischen Freude und Besorgnis hin- und hergerissen. Diana hatte sich an ein kleines Stück aus ihrer Vergangenheit erinnert, das war Grund zur Freude, aber daß es ausgerechnet dieser schlimme Vorfall sein mußte ...

»Es ist alles vorbei«, sagte sie leise und beruhigend. Sie streichelte Dianas Schulter. »Und daß du dich erinnert hast, könnte bedeuten, daß das andere jetzt auch alles wiederkommt. Deine ganze Erinnerung.« *Will ich das überhaupt?* fragte sie sich. *Auch die Erinnerung an Stefan? Nicht an das, was heute war, aber an das, was früher zwischen ihr und Stefan gewesen ist?*

»Das hoffe ich«, sagte Diana und ließ ihre Hände sinken. »Das hoffe ich sehr. Selbst wenn es nicht nur gute Erinnerungen sind, aber ganz ohne Erinnerungen zu leben ist ... furchtbar. Es ist wie ohne sich selbst zu leben.«

»Du wirst dich erinnern«, sagte Tanita. »Bestimmt.«

»Vielleicht ist es dann anders. Vielleicht will ich es dann gar nicht mehr.« Diana lächelte unter Tränen. »Doch, ich will es. Ich will mein Leben wiederhaben.«

»Das kann ich gut verstehen.« Die Ärztin hatte sich von ihrem Schock erholt. »Das ist ja ... Ich glaube, niemand kann sich vorstellen, wie das ist. Ich auch nicht.« Sie lächelte Diana an. »Ich glaube, ich verschreibe Ihnen lieber die Pille. Zur Sicherheit.«

»Ich glaube nicht, daß ich –« Diana atmete tief durch. »Ich werde die Verlobung lösen.«

»Das ist wohl naheliegend.« Die Ärztin schrieb das Rezept aus und reichte es Diana. »Aber es gibt ja auch noch andere Männer. Und manchmal ...« Sie lächelte. »Nun ja, manchmal ist einfach kein Kondom zur Hand, nicht wahr? Darauf sollte man immer vorbereitet sein. Oder wollen Sie demnächst Kinder?«

Diana blickte die Ärztin verwirrt an. »Nein. Nein, ich glaube nicht. Obwohl meine Mutter meint, die biologische Uhr tickt.« Sie lachte verlegen.

»Das tut sie, das tut sie.« Die Ärztin lächelte. »Wenn Sie Kinder haben wollen, sollten Sie sicherlich in den nächsten Jahren darüber nachdenken.«

»Sobald ich mich wieder erinnere, werde ich auch wissen, ob ich Kinder wollte«, sagte Diana. »So lange muß die Entscheidung noch warten.«

»Selbst wenn Sie sich nicht erinnern, werden Sie fühlen, wann Sie Kinder wollen. Das ist eine Sache des Fühlens, nicht des Kopfes.« Die Ärztin stand auf. »Wollen Sie Ihren Verlobten nun anzeigen? Sinnvoll wäre es. Selbst wenn nichts dabei herauskommt. Ich kann es Ihnen nur raten, entscheiden müssen Sie.«

»Ich denke darüber nach«, sagte Diana. »Für den Moment bin ich beruhigt, daß ... daß nicht das passiert ist, was ich dachte.«

»Da bin ich auch beruhigt«, sagte die Ärztin, »aber manchmal hat ein solcher Angriff auch später noch Auswirkungen. Besonders auf die Psyche. Da hilft es, die Sache nicht unter den Teppich zu kehren und in sich hineinzufressen. Es gibt spezielle Therapien für Frauen, die –«

Diana unterbrach die Ärztin mit einer Handbewegung und stand auf. »Da bin ich schon, in einer Therapie. Wegen der Sache in der Schule und meinem Gedächtnisverlust. Ich glaube, noch eine Therapie brauche ich nicht. Ich will mein Leben nicht in irgendwelchen Sprechzimmern verbringen.«

»Sie müssen es wissen.« Die Ärztin zuckte die Schultern und stand ebenfalls auf. »Aber unterschätzen Sie die Folgen eines solchen Angriffs auf die Menschenwürde nicht.«

»Das wäre dann schon der zweite in kurzer Zeit«, murmelte Diana. »Ich sollte mich langsam daran gewöhnt haben.«

»Tun Sie das besser nicht.« Die Ärztin blickte besorgt. »Was meinen Sie, wie oft ich Frauen hier in meine Praxis kommen sehe, nicht nur einmal, immer wieder, mit blauen Flecken überall am Körper und Verletzungen in der Vagina. Oft sogar vom selben Mann. Das sind die Frauen, die sich daran ›gewöhnt‹ haben. Das wünsche ich Ihnen nicht.«

»Ich mir auch nicht«, sagte Diana. »Das werde ich zu verhindern wissen.«

»Freut mich.« Die Ärztin lächelte wieder. »Passen Sie gut auf sich auf. Und das meine ich wörtlich.«

»Danke«, sagte Diana. »Ich werde es beherzigen.«

Tanita und sie verabschiedeten sich von der Ärztin und verließen die Praxis.

»Es war nett, daß du mich begleitet hast«, sagte Diana, als sie wieder auf der Straße standen.

»Es war selbstverständlich«, sagte Tanita. Immer noch spürte sie die Erleichterung über das Resultat der Untersuchung. So schlimm das auch gewesen war, was Stefan Diana angetan hatte, aber es war nicht zum letzten gekommen, und das beruhigte Tanita, wenn sie auch nicht genau wußte, warum.

Doch, sie wußte es. Sie war eifersüchtig auf Stefan. Sie wollte nicht, daß er Diana auch nur anfaßte, geschweige denn, daß er –

Sie seufzte.

»Was ist?« Diana sah sie an.

»Nichts.« Sie betrachtete Dianas schönes Gesicht, ihre wunderschönen Haare, die sie jetzt so gern gestreichelt hätte, durch die sie gern hindurchgefahren wäre mit zärtlichen Fingern. »Nichts, nichts«, wiederholte sie.

Diana streifte sie mit einem skeptischen Blick, aber sie hatte zu viele eigene Probleme im Kopf, um weiter nachzufragen. »Fährst du mich dann jetzt nach Hause?« fragte sie. »Langsam sehne ich mich wirklich sehr nach einer Dusche.«

»Natürlich.« Tanita fühlte sich wie bei einem Pflichtversäumnis ertappt. Sie hatte nicht über Dianas eventuell vorhandene heterosexuelle Seite nachzudenken, sie hatte sich einfach nur um sie zu kümmern. Das war ihre Aufgabe.

Der nächste Tag ließ Tanita auf der Couch erwachen. Diese Nacht war Diana nicht von Alpträumen geplagt worden. Jetzt, wo sie sich einmal an das Geschehene erinnert hatte, schienen die Träume verschwunden zu sein. Und ohne Grund, ohne den Grund, Diana zu helfen und beschützen zu wollen, hatte Tanita keine Berechtigung gehabt, Dianas Schlafzimmer ungefragt zu betreten. Früher wäre das anders gewesen, aber jetzt –

Tanita fand es zunehmend schwierig, mit Diana zusammenzusein auf eine Art, die nichts mit dem zu tun hatte, was sie fühlte. Diana schien es nichts auszumachen, sie wußte von nichts, aber für Tanita war es der Vorhof zur Hölle.

Sie fragte sich, ob Diana, wenn sie sich schon nicht erinnerte, denn gar nichts spürte, wenn sie zusammen waren, wenn sie nebeneinander auf dem Sofa saßen oder wenn Tanita sie tröstete, streichelte, wie sie es nun schon ein paarmal getan hatte.

Diana schien dann immer nur wie irgendeine beliebige Heterofrau die Nähe der Freundin zu genießen, ohne ein Bedürfnis nach mehr zu verspüren. Ohne auch nur den Widerhall eines Gefühls zu erahnen, das einmal dagewesen war.

Oder war es gar nicht dagewesen? War Diana tatsächlich nur die *Verlobte* gewesen, die sich nebenher eine Affäre hielt, solange es eben ging?

Das waren Gedanken, die Tanita plagten und sie kaum zur Ruhe kommen ließen. Ihre Nacht war nicht halb so geruhsam gewesen wie die von Diana.

Nach dem Frühstück hatte Diana darauf bestanden, daß Tanita sich an ihre Arbeiten für die Uni setzte und sich nicht mehr um Diana kümmerte. Diana genoß die Sonne auf der Terrasse, und Tanita war – nachdem sie ein paarmal zuviel aufgesprungen war, um Diana zu helfen oder ihr ein Glas Wasser zu bringen – mit strengem Tadel an den Schreibtisch verbannt worden.

Dort saß sie nun und grübelte und grübelte und grübelte. Nicht über das Thema der Arbeit, das interessierte sie kaum, sondern über ihre Situation mit Diana.

Das Telefon klingelte.

Diana kümmerte sich nicht darum. Als Tanita auf die Terrasse ging, um sie zu fragen, ob sie abnehmen sollte, sah sie, warum: Diana war eingeschlafen.

Tanita hielt sich zurück, bis der Anrufer auflegte. Schließlich wohnte sie nicht hier. Das Telefon ging sie nichts an. Es konnte nicht für sie sein. Gut, doch, es konnte ... wenn ihre Mutter ihr vielleicht etwas Dringendes mitteilen wollte?

Als das Telefon erneut zu klingeln begann, ging sie ran.

»Diana?« fragte eine Männerstimme.

Stefan! Tanita biß die Zähne zusammen. »Nein«, sagte sie.

»Oh. Könnten Sie mir dann Diana geben, bitte?«

Das war nicht Stefan. Der hätte niemals so höflich gefragt. Und die Stimme klang auch ganz anders. Jetzt, wo der Mann mehr als ein Wort gesprochen hatte, konnte Tanita das erkennen.

»Sie schläft«, sagte sie. »Ich möchte sie nicht gern wecken, wenn es nichts Dringendes ist.«

»Nun ja, dringend ...« Er zögerte. »Sie muß sich immer noch erholen von dem Überfall? Wie geht es ihr?« fragte er dann.

»Gut. Es geht ihr ganz gut«, antwortete Tanita automatisch, bevor ihr einfiel, daß sie gar nicht wußte, mit wem sie sprach. »Soll ich ihr etwas bestellen?« fragte sie.

»Ja, bestellen Sie ihr –« Er brach ab und lachte. »Nein, bestellen Sie ihr gar nichts. Ich komme gleich vorbei. Ich bin ganz in der Nähe.« Und schon hatte er aufgelegt.

Tanita starrte den Hörer an. Noch ein Liebhaber? Oder vielleicht gar noch ein Verlobter? Sie legte auf. Was hatte sie von Diana eigentlich noch alles nicht gewußt? Oder besser gefragt: Was hatte sie überhaupt gewußt? Hatte sie Diana überhaupt gekannt?

»Hat das Telefon geklingelt?« Diana kam etwas verschlafen zur Terrassentür herein. »Ich muß eingeschlafen sein.«

»Ja. Ich wollte dich nicht wecken«, erwiderte Tanita.

»Wer war's?« Diana streckte sich ein wenig.

»Keine Ahnung«, sagte Tanita. »Ein Mann.« Sie beobachtete Diana genau, ob das eine Reaktion bei ihr hervorrief.

»Stefan?« fragte Diana unbehaglich. Sie vermutete genau dasselbe wie Tanita zuerst.

»Nein, nicht Stefan. Ein anderer Mann«, sagte Tanita, nicht ganz glücklich, daß sie diese Auskunft geben mußte.

Diana entspannte sich. »Was wollte er?«

»Hat er nicht gesagt«, murmelte Tanita und ging zum Schreibtisch zurück.

»Hast du nicht gefragt?« Diana kam ihr nach.

»Doch, aber er wollte –«

In diesem Moment klingelte es an der Tür.

Diana zuckte fahrig zusammen.

»Er wollte vorbeikommen«, beendete Tanita ihren Satz. »Vielleicht ist er das schon. Er sagte, er wäre ganz in der Nähe.«

Diana stand wie angewurzelt da.

»Ich mache auf«, sagte Tanita und ging zur Tür.

Als sie öffnete, sah sie zuerst einmal nichts außer einem großen Disney-Poster mit einer Micky-Maus-Figur darauf. Langsam senkte sich das Poster, und oberhalb des Bildes erschienen schelmisch blitzende Augen.

»Oh.« Das Poster sank sekundenschnell herab. »Entschuldigen Sie. Ich dachte, Diana würde mir aufmachen.« Sein Blick hob sich über Tanitas Kopf und fand Diana, die Tanita langsam an die Tür gefolgt war.

»Herz! Süße! Was machst du denn für Sachen?« Er ließ das Poster fallen, breitete die Arme aus und trat auf Diana zu.

Diana blickte ebenso konsterniert zu ihm auf wie Tanita. »Ich ... ich habe mein Gedächtnis verloren«, sagte sie. »Ich weiß nicht, wer Sie sind.«

»Du erinnerst dich nicht an mich?« Der Mann wurde ernst. »Als

Mutter sagte, du seist überfallen worden, sagte sie nicht – Schwesterherz, ich bin dein Bruder!« Er lachte sie an.

Zögernd breitete sich ein Lächeln auf Dianas Gesicht aus. Ihr Bruder! Das war es. Er war der Mann aus ihrem Traum. Der, mit dem sie getanzt hatte. Der, von dem sie wußte, daß sie ihn liebte. Aber das war nicht ihr Ehemann gewesen, nicht ihre Hochzeit, sondern seine.

»Bruder«, sagte sie glücklich.

Tanita atmete tief durch. Kein weiterer Liebhaber, nur ihr Bruder.

»Thomas für die, die mich näher kennen«, sagte Dianas Bruder mit demselben unwiderstehlichen Charme, den auch Diana besaß. »Und Tommy für meine kleine Schwester.« Er kniff sie in die Wange.

»He!« Diana wehrte ihn ab, aber sie lachte. »Ich erinnere mich nicht an dich. Wir kennen uns eigentlich gar nicht!«

»Du wirst mich schon noch kennenlernen!« drohte Thomas spielerisch, hob Diana mit Leichtigkeit auf seine Arme und schwenkte sie herum.

»Laß mich runter! Ich will dich gar nicht kennen, wenn du so etwas mit mir machst!« schimpfte Diana.

Er setzte sie ab und schaute sie an. »Was ist passiert, kleine Mondblüte? Was haben sie mit dir gemacht?« Auf einmal wirkte er besorgt.

»Ich bin nur angeschossen worden und habe mein Gedächtnis verloren, weiter nichts«, sagte Diana. »Mittlerweile geht es mir eigentlich wieder ganz gut, von gelegentlichen Schwindelanfällen abgesehen.« Sie hob tadelnd den Finger. »Jetzt zum Beispiel.«

»Du bist *nur* angeschossen worden.« Er schüttelte den Kopf. »Das hört sich nicht nach einer kleinen Sache an. Verdammter Mist! Kanada ist einfach zu weit weg. Niemand hat mir etwas gesagt. Erst heute, als ich vom Flugplatz aus Mutter anrief.«

»Du warst in Kanada?«

»Ich arbeite dort. In Hamilton an der Uni. Das hast du auch vergessen?« Er schaute sie an. »Natürlich. Entschuldige. Ich kann mich einfach nicht daran gewöhnen.«

»Ich auch nicht«, sagte Diana. »Wollen wir uns nicht setzen? Willst du was trinken? Kann ich dir irgend etwas anbieten?«

Er lachte. »Das wäre das erste Mal! Dein Kühlschrank ist doch immer leer!«

»Tanita hat einiges eingekauft«, sagte Diana und deutete auf Tanita, die den beiden staunend gefolgt war.

Thomas musterte Tanita kurz. »Na dann ...«, sagte er. »Eine Cola, wenn ihr so was da habt. Wir haben vorhin telefoniert?« Er blickte Tanita fragend an.

Tanita mußte sich erst räuspern, um antworten zu können. »Ja«, sagte sie dann, immer noch heiser. Thomas hatte sie im wahrhaftigen Sinne sprachlos gemacht. Jetzt, wo sie ihn bei Licht betrachtete, erkannte sie, daß er Diana ähnlich sah. Er hatte auf jeden Fall dieselben roten Haare.

»Tut mir leid, daß ich mich nicht vorgestellt habe«, sagte er. »Ich dachte ... na ja, irgendwie dachte ich, Sie wüßten, wer ich bin.«

»Ich hole die Cola«, sagte Tanita und ging in die Küche. Dort versuchte sie sich erst einmal zu sammeln. Thomas' Auftauchen hatte ihr doch einen gelinden Schreck versetzt. Jetzt, wo sich herausstellte, daß er Dianas Bruder war, konnte sie sich langsam wieder beruhigen.

Sie nahm ein paar kleine Flaschen Cola aus dem Kühlschrank und stülpte ein paar Gläser darüber, so daß sie alles mit ihren Händen umfassen konnte. Als sie ins Wohnzimmer zurückkam, saßen Thomas und Diana nebeneinander einträchtig auf dem Sofa. Er hatte seinen Arm um sie gelegt.

Er ist ihr Bruder, dachte Tanita. *Nichts weiter als ihr Bruder.* Gut, daß sie sich das sagen konnte.

Sie stellte die Flaschen auf dem Tisch ab. »Wer mag ...«, sagte sie. Sie öffnete sich selbst eine Flasche und goß sich einen großen Schluck ein. Die kalte Dusche konnte sie jetzt gut gebrauchen.

Thomas öffnete eine Flasche und trank direkt daraus. »Ich fasse es immer noch nicht«, sagte er kopfschüttelnd. »Du hast dein Gedächtnis völlig verloren? Du weißt nichts mehr aus unserer Kindheit? Von all den Streichen, die ich dir gespielt habe? Und du mir?«

»Nichts.« Diana schüttelte ebenfalls den Kopf. »Ich wünschte, ich könnte mich an etwas davon erinnern.«

»Oder auch nicht!« Thomas lachte. »Für mich ist es ganz gut, wenn du dich nicht an alles erinnerst! Du warst manchmal so wütend auf mich, ich dachte, du kratzt mir die Augen aus!«

»Warte, bis ich mich wieder erinnere, vielleicht tue ich es dann«, sagte Diana. »Nachträglich.«

»Och, bitte nicht!« Thomas hob die Hände und warf sich rückwärts auf die Couch wie ein junger Hund, der um Gnade bettelt. »Ich unterwerfe mich ja schon.«

»War ich so schlimm?« Diana runzelte die Stirn.

»Natürlich. Du bist meine Schwester. Schwestern sind immer schlimm.« Thomas kam wieder hoch und leerte die Cola-Flasche in einem Zug. »Besonders große Schwestern.«

»Du bist jünger als ich?« fragte Diana neugierig. Sie sog die Informationen auf wie ein trockener Schwamm das Wasser. Endlich einmal etwas Konkretes, Brauchbares.

»Ein Jahr«, sagte er. »Aber das reicht. Für euch Frauen allemal.«

»Was ... warum – Mutter hat mir nicht einmal gesagt, daß es dich gibt«, sagte Diana.

»Ach, du kennst doch Mutter!« Thomas winkte ab. »Oder nein, du kennst sie nicht. Tut mir leid. Kannst du nicht schnell machen mit dem Gedächtniswiederfinden? Ich komme echt nicht damit klar.«

»Wenn das so leicht wäre.« Diana lehnte sich ins Sofa zurück und seufzte. »Meinst du nicht, ich würde am liebsten *schnipp* machen, und alles wäre wieder da?«

»Alles? Wirklich alles?« Er schaute sie merkwürdig an.

»Was meinst du damit? Gibt es etwas, an das ich mich nicht gern erinnern werde?« Diana starrte ihn an.

»Ach nein, war nur so ein Spruch«, sagte Thomas. »Wie wär's, die Damen? Darf ich euch heute abend zum Essen einladen? Ich bin Strohwitwer. Elaine ist natürlich nicht mitgekommen. Ich wollte ja nur ein paar Tage bleiben.«

»Warum bist du nach Kanada gegangen?« fragte Diana beim Essen, diesmal in einem Lokal mit deutsch-türkischer Küche, das Thomas sich gewünscht hatte, weil es so etwas in Kanada nicht gab.

»Na, du weißt doch – ach verdammt, wie solltest du?« Er schüttelte den Kopf über seine eigene Vergeßlichkeit. »Die alte Geschichte«, sagte er. »Für junge Akademiker gibt es in Deutschland keine Jobs an der Uni. Da kannst du höchstens Taxifahren. Oder wenn du ganz großes Glück hast, in den Schuldienst gehen, so wie du.«

»Das wolltest du nicht?« Diana fragte ihn aus wie ein Kriminalkommissar.

»Ich? Lehrer? Niemals!« Er nickte ihr zu. »Du wolltest das immer schon werden, aber ich nie. Ich will forschen, in einem Labor arbeiten, große Dinge entdecken, die Welt verändern.«

»Meinst du, man verändert die Welt nicht auch, wenn man Kinder erzieht?« fragte Diana.

»Das ist ein typisches Frauenargument«, sagte Thomas. »Laß uns darüber nicht wieder streiten.«

»Für mich wäre es das erste Mal«, sagte Diana und verzog etwas schief das Gesicht.

»Ja, natürlich. Aber trotzdem – ich finde das Thema nicht sehr ergiebig.« Thomas grinste. »Wenn du dich wieder erinnerst, wirst du wissen, warum.«

»Ich war auf deiner Hochzeit, nicht wahr?« fragte Diana. »Am 15. Mai.«

»Ja.« Thomas sah sie erstaunt an. »Daran erinnerst du dich?«

»Es war das erste, an das ich mich nach dem Aufwachen erinnert habe.« Diana seufzte. »Und dann habe ich vor kurzem davon geträumt, daß wir getanzt haben, du und ich.« Ein leises Lächeln schlich sich auf ihr Gesicht. »Ich war –« Das Lächeln verschwand. »Es war ein schönes Fest, glaube ich. An viel mehr erinnere ich mich nicht.«

»Die Hochzeit fand bei Elaines Eltern statt, wie das drüben so üblich ist«, sagte Thomas. »Mutter hat sich geweigert, nach Kanada zu fliegen. Deshalb –« Er blickte seine Schwester lächelnd an. »Es war eine schöne Feier, wie du sagst.« Er zog seine Brieftasche heraus. »Schau, das ist Elaine bei unserer Hochzeit.« Er reichte Diana ein Photo. »Und das bei der Taufe von Charisse, unserem kleinen Töchterchen.«

»Ihr habt eine Tochter«, sagte Diana nachdenklich, während sie die Bilder betrachtete.

»Ja, und bald noch ein Kind. Elaine ist schwanger.« Er strahlte wie ein Honigkuchenpferd voller Vaterstolz über das ganze Gesicht. »Deshalb wollte sie auch nicht mit nach Europa kommen. In ein paar Wochen ist es soweit, da wäre es ihr zu anstrengend gewesen, jetzt noch zu fliegen.«

»Eine richtig nette kleine Familie«, sagte Diana und gab ihm die Photos zurück.

»Na ja, einer muß ja für den Fortbestand der Familie sorgen«, sagte Thomas. »Wenn du es nicht tust, muß ich es halt tun.« Er grinste sie an.

»Meinst du, ich bin schon zu alt, um Kinder zu bekommen?« fragte Diana etwas ungehalten.

»Zu alt?« Thomas blickte sie erstaunt an. »Nein, das nicht, aber –« Er schaute zu Tanita hinüber. Tanita wußte nicht, wie sie sich verhalten sollte, und blickte einfach starr zurück. »Ähm ...« Thomas steckte die Bilder ein. »Ihr seid natürlich herzlich zur Taufe unseres zweiten Kindes eingeladen. Letztes Mal konntest du ja nicht kommen.«

»Ich weiß nicht, ob es Tanita recht ist, wenn du einfach so über sie verfügst«, sagte Diana mit einem etwas verwirrten Blick.

»Nun, das könnt ihr euch ja noch überlegen«, sagte Thomas. »Sonst weißt du nichts mehr von der Hochzeitsfeier, außer daß wir getanzt haben?« fragte er.

»Nein«, sagte Diana. »Das und das Datum, mehr ist mir bis jetzt nicht –« Sie brach ab und legte plötzlich mit schmerzhaft verzogenem Gesicht den Kopf in die Hände. »Da war ein Mann, ein älterer Mann, er hat viel getrunken und war sehr fröhlich.«

Thomas lachte. »Das ist mein Schwiegervater, Clarence. Bei solchen Festen trinkt er immer ein bißchen zu viel, aber sonst ist er in Ordnung, schwer in Ordnung. Er hat eine Landmaschinenvertretung. Ständig versucht er, mich zu überreden, daß ich mit ins Geschäft einsteigen soll, obwohl ich nicht die Bohne von diesen Riesentraktoren und gigantischen Mähmaschinen verstehe. Elaine wird das Geschäft erben, sie ist sein einziges Kind. Sie kennt das Ganze auch von klein auf. Sie ist mit den Farmern dort auf du und du.«

»Es scheint sehr ländlich dort zu sein, und trotzdem gibt es eine Uni?« fragte nun Tanita.

»Das ist typisch Kanada«, sagte Thomas. »Ein riesiges Land, riesige Farmen, Wälder, Felder, aber in den Städten ist es manchmal nicht viel anders als bei uns. Eine der kanadischen Unis gehört zu den drei besten der Welt.« Er verzog das Gesicht. »Nicht meine, aber die ist auch sehr gut. Niemals hätte ich in Deutschland diese Möglichkeiten gehabt zu forschen und mich frei entfalten zu können. Als junger Wissenschaftler wirst du dort von allen Seiten unterstützt und umworben. Ein Traum.«

»Wirklich?« Tanitas Interesse schien geweckt.

»Hast du dir auch schon mal überlegt, ins Ausland zu gehen?« fragte Thomas.

»Ich war nach dem Abitur drei Monate in Südamerika«, erwiderte Tanita, »allerdings nicht an der Uni, ich bin nur so herumgereist, habe mir Land und Leute angesehen.« Sie schaute zu Diana hinüber. Erinnerte sie das vielleicht an irgend etwas?

»Dann würdest du lieber nach Südamerika gehen nach dem Studium, oder schon währenddessen?« Thomas war eher an konkreten Informationen interessiert.

»Wenn ich ein Stipendium bekäme, würde ich gern ein Auslandssemester machen«, sagte Tanita. »Leider habe ich nicht genug Geld, um mir das ohne Stipendium leisten zu können.«

»Wenn es nicht Südamerika sein muß, komm doch zu uns«, sagte Thomas. »Elaine würde sich bestimmt freuen, wenn du bei uns wohnen würdest.«

Das Angebot überrumpelte Tanita sehr. »Das ... das ist sehr nett«, sagte sie.

»Reiner Egoismus«, grinste Thomas. »Für Lehrer gibt es doch auch so etwas wie Forschungssemester, oder?« fragte er Diana. »Dann könntest du mitkommen, und ihr könntet beide bei uns wohnen.« Er schaute wieder Tanita an. »Ich sehe meine Schwester so gut wie überhaupt nicht mehr, seit ich in Kanada bin. Ich versuche immer wieder, sie zu überreden, uns zu besuchen, aber sie kommt einfach nicht. Immer Arbeit, Arbeit, Arbeit.«

»Daß ich meinen Beruf sehr liebe, habe ich jetzt schon mehrmals gehört«, sagte Diana, die sehr verwirrt schien. »Ich kann mir gar nicht vorstellen, wie ich es geschafft habe, daneben noch meine Hochzeit zu planen.«

»Deine ... Hochzeit?« Thomas starrte sie entgeistert an. »Seit wann das denn?«

»Du weißt nichts davon?« Diana runzelte die Stirn.

»Es ist noch gar nicht so lange her, daß wir miteinander telefoniert haben«, sagte Thomas, »aber da war von Hochzeit nicht im entferntesten die Rede.«

»Mutter sagte, Stefan und ich hätten uns kurz vor der Geschichte in der Schule, bei der ich angeschossen wurde, verlobt. Vielleicht war das erst, nachdem wir telefoniert haben«, vermutete Diana.

»Stefan?« Thomas riß die Augen auf. »Welcher Stefan? Doch nicht etwa dieser widerliche Stefan Meiser, mit dem du zur Schule gegangen bist? Der schon immer hinter dir her war?«

»War er das?« fragte Diana unangenehm berührt.

»Das weißt du natürlich auch nicht mehr.« Thomas legte grübelnd das Kinn in die Hände. Dann schaute er auf und betrachtete nicht Diana, sondern Tanita eindringlich.

Tanita wandte den Blick ab. Sie stand auf. »Ich gehe mir mal die Desserts ansehen«, sagte sie. »Die haben da einiges in die Vitrine gestellt zum Aussuchen.«

»Ich gehe mit«, sagte Thomas und sprang auf. »Du hältst die Stellung?« wandte er sich an Diana. »Du machst dir ja nichts aus Süßem.«

Diana, überrumpelt, blieb sitzen. Thomas holte Tanita vor der Glasscheibe der Vitrine ein. »Ich muß dir mal eine Frage stellen«, sagte er, während sie gemeinsam die bunt dekorierten Teller betrachteten.

Tanita wurde es mulmig. »Ja?« fragte sie vorsichtig.

»Was für Freundinnen seid ihr, du und Diana?« fragte Thomas.

»Äh ... ich ...« Tanita wußte nicht, was sie sagen sollte.

»Findest du es gut, daß meine Schwester dieses Stinktier Stefan heiratet?« fragte Thomas.

Tanita wurde abwechselnd blaß und rot.

»Aha«, sagte Thomas. »Das wollte ich nur wissen. Du mußt keine Angst haben, ein Geheimnis zu verraten. Wir haben über alles gesprochen, früher zu Hause, meine Schwester und ich. Gehe ich recht in der Annahme, daß sie sich daran auch nicht mehr erinnert? An das, was, wie ich annehme, zwischen euch beiden war?«

»Ist«, sagte Tanita. »Von meiner Seite aus.« Ihr fiel ein Stein vom Herzen, daß Thomas offensichtlich Bescheid wußte.

»Aber Diana erinnert sich nicht?«

»Sie erinnert sich an gar nichts! Wie soll ich sie da mit so etwas überfallen?« Tanita stieß es verzweifelt hervor.

»Vielleicht wäre es besser, sie nicht zu sehr zu schonen«, sagte

Thomas. »Wie soll sie sich an irgend etwas erinnern, wenn ihr niemand etwas erzählt?«

»Eure Mutter hat ihr erzählt, daß sie mit Stefan verlobt ist«, sagte Tanita traurig.

»Wußtest du etwas davon?« Thomas blickte sie scharf an.

»Nein.« Tanita starrte auf den Boden. »Das habe ich erst jetzt erfahren, vor zwei Tagen.«

»Schöner Mist«, sagte Thomas.

»Ich bin selbst schuld«, sagte Tanita. »Ich habe sie ... wir haben uns gestritten, und dann bin ich gegangen, und dann –«

»Und dann hast du sie erst vor ein paar Tagen wiedergesehen?«

»Mit Stefan«, sagte Tanita. »An seinem Arm, während sie auf dem Wege waren, Hochzeitsschuhe zu kaufen.«

»Hm.« Thomas schien zu überlegen. Dann legte er freundschaftlich eine Hand auf Tanitas Arm und lächelte leicht. »Ich habe vor kurzem etwas gelesen. Von einem Mann, der jetzt schon weit über sechzig ist. Er schrieb: *I've learned that you should always leave loved ones with loving words. It could be the last time you see them.* Jetzt erst erkenne ich, wie wichtig das ist.«

Tanita stöhnte auf. »Du glaubst nicht, was ich mir für Vorwürfe mache, jeden Tag ... weil ich mich von ihr im Streit getrennt habe, bevor sie dann angeschossen wurde. Sie hätte auch tot sein können! Und es war so ein sinnloser Streit!«

»Sinnlos?« fragte Thomas.

»Ich ... ich war eifersüchtig, aber ... aber was hat das schon für eine Bedeutung?«

Thomas grinste. »Nun, immerhin die, daß du sie liebst. Oder irre ich mich da?«

Tanita schüttelte gedankenverloren den Kopf. »Nein«, sagte sie. »Du irrst dich nicht. Ich liebe sie mehr als mein Leben. Ich würde alles darum geben, wenn sie ... Vielleicht sollte ich darüber glücklich sein, daß sie überlebt hat, daß sie nicht tot ist. Das bin ich auch.« Ein kalter Schauder durchlief ihren Körper. »Jetzt erkennt sie mich nur einfach nicht. So habe ich vielleicht noch eine Chance. Hoffentlich. Und wenn sie sich nie mehr erinnert?« Sie schloß verzweifelt.

»Sie wird sich erinnern.« Thomas' Stimme klang tröstend. »Wenn nicht, werde ich ihr einfach ein paar Streiche spielen, wie in unserer Kindheit.« Er grinste schelmisch. »Das wird sie so wütend machen, daß sie sich auf einen Schlag an alles erinnern wird, was ich ihr jemals angetan habe. Und dann kommt das andere auch wieder.«

Tanita blickte zu Thomas, der zwei Köpfe größer war als sie, auf. »Danke«, sagte sie. »Du ahnst nicht, wie froh ich bin, daß du gekommen bist.«

»Und ich erst«, sagte Thomas. Er schaute lächelnd auf Tanita hinunter. »Ich bin froh, daß sie dich hat. Kennt ihr euch schon lange?«

»Sie war meine Lehrerin«, sagte Tanita verlegen, »in der Oberstufe.«

»Wow! Heiße Kiste!« Thomas lachte. »Ist das nicht verboten?«

»Damals ist nichts passiert«, sagte Tanita sofort. »Sie hat mir nur Nachhilfe gegeben. Und jetzt bitte keine Witze darüber, in was. In Mathe.«

»Okay, okay!« Thomas hob lachend die Hände. »Ich verstehe schon. Das ist doch der Traum aller Primaner. Diana ist . . . na ja, wenn sie nicht meine Schwester wäre, würde ich sagen, wenn ich so einen heißen Feger als Lehrerin in der Oberstufe gehabt hätte, weiß ich nicht, was dann bei mir passiert wäre.«

»Es *ist* nichts passiert«, betonte Tanita noch einmal. »Erst als wir uns nach meiner Rückkehr aus Südamerika zufällig wiedertrafen, hat sie . . . ich meine, seitdem . . .«

»Schon klar.« Thomas grinste erneut. »Jetzt müssen wir nur noch mein Schwesterherz dazu bringen, daß sie sich daran erinnert.«

Tanita atmete tief durch und seufzte. »Daran glaube ich schon fast nicht mehr. Sie benimmt sich, als ob wir uns kaum gekannt hätten. Ich könnte genausogut eine flüchtige Nachbarin sein.«

»Das ist hart«, sagte Thomas, »aber für den Moment nicht zu ändern. Ich würde die Hoffnung nicht aufgeben. Geh mit ihr an alle Plätze, an denen ihr zusammen wart. Wohnst du bei ihr?«

»Wegen der Anfälle«, sagte Tanita. »Damit ich auf sie aufpassen kann, falls sie ohnmächtig wird.«

»Schläfst du mit ihr im selben Bett?«

Tanita lief rot an. »Nein«, sagte sie mühsam. »Ich schlafe auf der Couch.«

Thomas schmunzelte. »Das würde ich vielleicht ändern. Oder hast du vorher auch auf der Couch geschlafen?«

Tanita schüttelte bedrückt den Kopf. »Ich kann nicht ...«

»Schlaf mit ihr ...« Thomas drehte den Kopf zu Diana, die irritiert zu ihnen herübersah, was sie da an der Vitrine so lange zu suchen hatten, »... im selben Bett«, fuhr er fort. »An solche Dinge erinnert man sich doch bestimmt zuerst.«

»Da bin ich nicht sicher«, sagte Tanita. »Bis jetzt jedenfalls hat sie sich nicht erinnert.«

»Ich nehme den *Honigtraum*«, sagte Thomas zu dem Kellner, der sich mittlerweile zu ihnen gesellt hatte und auf die Bestellung des Nachtischs wartete.

Tanita wies auf ein Dessert, dessen Namen sie nicht aussprechen konnte. »Und ich das«, sagte sie.

Der Kellner nickte und ging in die Küche, um die Bestellung weiterzugeben.

»Ihr habt euch ja ganz schön Zeit gelassen«, sagte Diana etwas vorwurfsvoll, als sie an den Tisch zurückkehrten. »War die Auswahl denn so groß?«

»Riesig«, sagte Thomas. »Das ist etwas, was ich in Kanada wirklich vermisse. Außer in den französischsprachigen Gebieten gibt es kaum etwas wirklich Gutes zu essen. Englische Tradition und amerikanische Küche. Nicht gerade berauschend. Die Pizzabäcker sind alle in New York hängengeblieben, die sind nicht so weit in den Norden gekommen. Zu kalt.« Er lachte. »Die Winter sind wirklich mörderisch.«

»Habt ihr auch Bären auf dem Dach?« fragte Diana.

»Bären?« Thomas sah sie fragend an.

»Ich erinnere mich, da mal etwas gelesen zu haben ...«, erklärte Diana nachdenklich.

»Du erinnerst dich? Das hört man gern.« Der Kellner brachte das Dessert für Tanita und Thomas. Thomas begann sofort, seinen *Honigtraum* zu schlemmen. »Wie war das mit den Bären?« fragte er zwischen zwei Löffeln.

»Auf einem Dach eines Hauses in Kanada, habe ich gelesen«, sagte Diana, bemüht, die Informationen in ihrem Kopf zusammenzusetzen, »ließ sich des öfteren ein Bär nieder, und die Familie konnte dann das Haus nicht verlassen, bis er verschwunden war.«

Thomas nickte. »Das hört man immer wieder. Besonders in den ganz nördlichen Gebieten. Da herrscht eine solche Wildnis . . . Laß dir mal von Clarence darüber erzählen, was er dort alles erlebt hat, da kommst du aus dem Staunen nicht mehr raus. Er hat einem Bär mal Auge in Auge gegenübergestanden. Aber bei uns in der Stadt kommt das äußerst selten vor. Vielleicht mal in den Randgebieten, aber auch da . . . Bären sind nicht von Menschen begeistert, wenn sie die Möglichkeit haben, in den Wäldern zu wohnen.«

Tanita schaute Diana an. »Wann hast du das gelesen? Jetzt kürzlich?«

»Nein.« Diana schüttelte den Kopf. »Das muß schon Jahre her sein.«

»Du weißt aber nicht mehr genau, wann?« Tanita spannte ihre ganze Muskulatur an, so sehr mußte sie sich beherrschen. Diana erinnerte sich an etwas, das Jahre zurücklag!

»Nein.« Diana machte ein enttäuschtes Gesicht. »Es kam wie ein Blitz, und jetzt ist es wieder weg.«

»Erinnerst du dich an unsere Schulzeit?« fragte Thomas. »An das Klettergerüst, auf dem es verboten war herumzuturnen? Wo ich mir den Arm gebrochen habe? Natürlich sind wir doch alle darauf herumgeturnt«, ergänzte er zu Tanita gewandt.

»Bunt«, sagte Diana mit zusammengezogenen Augenbrauen. »Es war bunt. Bunt und zerkratzt. Die Farbe blätterte ab.«

»Ja, genau. Du erinnerst dich?« Thomas schob seinen leeren Dessertteller von sich und lehnte sich zurück.

»Schwach«, sagte Diana. »Aber ja, ich erinnere mich. Du hast . . . ich wollte dich noch abhalten.«

»Tja, halt mal einen Sechsjährigen davon ab, irgendwo raufzuklettern!« Thomas lachte.

Diana starrte ihn plötzlich an. »Ich weiß es wieder. Diese Lehrerin, Frau . . . Frau . . .«

»Die alte Heiliger.« Thomas nickte. »Ein Besen, wirklich. Die konnte einem jeden Spaß verderben.«

»Sie hatte recht«, sagte Diana streng. »Du hättest nicht da raufklettern dürfen.«

»Ah, ich habe den Eindruck, meine Schwester ist wieder da«, sagte Thomas. »Diesen Ton kenne ich doch.«

»Ich bin ebenfalls Lehrerin«, sagte Diana, »und ich weiß, wie gefährlich der Übermut von Kindern sein kann.« Sie griff sich an die Schläfe. »Ganz genau weiß ich das.«

»Entschuldige. *Daran* wollte ich dich natürlich nicht unbedingt erinnern«, sagte Thomas etwas betroffen.

»Daran habe ich mich schon gestern erinnert«, sagte Diana. »Das hat nichts mit dir zu tun. Aber mein Gedächtnis ist immer noch löchrig wie ein Schweizer Käse. Ich erinnere mich jetzt an einiges, aber dazwischen gibt es eine Menge schwarze Lücken.« Sie schaute Thomas an. »Woran ich mich auf einmal sehr gut erinnere, ist, wie du mir einmal einen kalten, nassen Frosch ins Bett gelegt hast.«

»Ja.« Thomas lachte laut. »Das war ein Mordsspaß!«

»Ich habe mich mordsmäßig erschreckt«, sagte Diana. »Das war absolut kein Spaß.«

»Fand ich schon«, sagte Thomas, und er sah dabei aus wie ein kleiner Junge. »Außerdem hast du es mir zurückgegeben, oft genug. Du hast meine Lieblingsspielfiguren versteckt, mich aus dem Zimmer geschmissen und einfach die Tür zugemacht, meine –«

»Ist ja schon gut«, sagte Diana und hob lächelnd die Hände. »Ich bekenne mich schuldig, ich war genauso schlimm wie du.«

Tanita mußte ein Zittern unterdrücken. »An was erinnerst du dich noch?« fragte sie bang.

»Nicht viel, leider«, sagte Diana und zog die Augenbrauen zusammen. »Ich weiß jetzt wieder ganz genau, daß das mein Bruder ist«, sie schaute auf Thomas, »aber wo wir uns kennengelernt haben«, sie musterte Tanitas Gesicht, »weiß ich nicht.«

»In der Schule«, sagte Tanita. »Du warst meine Lehrerin.«

»Ah«, sagte Diana. Eine weitere Reaktion schien die Information nicht auszulösen. Es war nicht mehr als das: eine Information.

»Du erinnerst dich nicht?« fragte Tanita.

»Tut mir leid, nein.« Diana verzog entschuldigend das Gesicht. »Warst du eine gute Schülerin bei mir?«

Wie man's nimmt, dachte Tanita. »Leider war ich in Mathe immer ziemlich schlecht«, sagte sie. »Erst durch deine Nachhilfestunden bin ich auf eine Drei gekommen. Das war ein sehr gutes Ergebnis für mich.«

»Trotz Nachhilfe nur eine Drei?« Diana schien enttäuscht.

»Vorher war es ... nun ja, im roten Bereich«, sagte Tanita mit verlegen hochgezogenen Schultern. »Ohne dich hätte ich das Abitur wahrscheinlich nicht bestanden, mit der schlechten Note in Mathe.«

»Dann muß ich meine Leistung wohl als gut bewerten«, sagte Diana. »Und deine natürlich auch.«

»Ich wäre dir dankbar.« Tanita fühlte sich schamhaft unglücklich. Nun erinnerte Diana sich, aber an das, was sie wirklich verband, an das Wichtigste, erinnerte sie sich nicht. Sie hätte nie gedacht, daß ihre schlechte Mathenote ihr noch so lange nachhängen würde. »In Deutsch war ich immer gut«, fügte sie trotzig hinzu.

»Oha!« Thomas lachte. »Soll ich dir mal erzählen, was Diana für eine Deutschnote in der Schule hatte?«

Diana schaute ihn gespielt böse an. »Untersteh dich!«

»Ich sehe, daran erinnerst du dich auch«, lachte Thomas.

»Ja.« Diana schaute auf das Tischtuch und wirkte nachdenklich. »Laßt uns gehen«, sagte sie dann plötzlich und hob den Blick. Ihr Gesicht wirkte angespannt. Sie stand auf, ohne auf eine Antwort von Thomas oder Tanita zu warten, und ging zur Tür.

»Geh ihr nach«, sagte Thomas zu Tanita. »Ich zahle schnell noch.« Er winkte dem Kellner, während Tanita schon aufstand.

Diana war bereits durch die Eingangstür des Restaurants nach draußen getreten.

»Diana?« sprach Tanita sie an, als sie neben ihr stand. Sie hatte die schlimmsten Befürchtungen, was geschehen war. Die Kindheitserinnerungen, in denen Diana und Thomas eben noch geschwelgt hatten, waren sicherlich nicht der Grund für Dianas plötzlich so abwesendes Verhalten. Aber es gab andere Erinnerungen, die aufgetaucht sein konnten, und eine davon war – Tanita.

Diana drehte sich zu ihr um und sah sie an. »Tut mir leid«, sagte sie. »Ich bin wohl etwas zu schnell weggelaufen.«

»Thomas zahlt noch«, sagte Tanita. »Dann kommt er auch.«

»Gut«, sagte Diana. Wieder wanderte ihr Blick abwesend in die Weite. Sie schien Tanita gar nicht mehr wahrzunehmen.

»Ich ... Diana ... darf ich ...« Tanita räusperte sich heftig. »Darf ich dich fragen, woran du denkst?«

Dianas Blick kehrte zurück, schien aber verschlossen. »An vieles«, sagte sie.

Tanita lief es kalt den Rücken herunter. »Du willst nicht sagen, an was?« fragte sie tapfer.

Diana sah sie an, aber so, als ob sie sie gar nicht richtig sehen würde, sondern nur einer unbedeutenden Ablenkung einen flüchtigen Tribut zollte. »Ich muß erst einmal darüber nachdenken«, sagte sie.

Die Tür schwang auf, und Thomas trat heraus. »Wie geht's dir?« fragte er Diana sofort, und seine Stimme klang besorgt.

»Schlecht«, sagte Diana mit düsterem Blick. »Ich erinnere mich an sehr vieles, vielleicht sogar an alles. Ich erinnere mich an Mutter.« Ihr Tonfall war hart.

»Oh«, sagte Thomas. »Tut mir leid.«

»Du kannst ja nichts dafür«, sagte Diana. »Immerhin hast du versucht mir zu helfen.«

»Leider konnte ich nicht viel helfen. Ich war einfach noch zu jung damals«, erwiderte Thomas.

Tanita blickte zwischen den Geschwistern hin und her und fühlte sich ausgeschlossen. Sie wußte nicht, wovon sie sprachen, und fragen wollte sie nicht.

»Ich will nach Hause«, sagte Diana. Sie wandte sich an Thomas. »Wo wohnst du? Bei Mutter?«

»Um Gottes willen, nein!« Thomas hob die Hände. »Im Hotel.«

»Du kannst auch bei mir wohnen«, sagte Diana. »Platz ist genug.«

»Aber nicht genug Betten, fürchte ich«, sagte Thomas. »Ich habe es im Hotel sehr bequem, vielen Dank. Außerdem zahlt das sowieso die Uni.«

»In Ordnung«, sagte Diana. »Dann gehen wir.«

Thomas setzte Diana und Tanita vor Dianas Haus ab und verabschiedete sich. »Sehen wir uns morgen?« fragte er. »Am Abend sind meine Besprechungen vorbei.«

»Ich weiß nicht«, sagte Diana. Sie wirkte unentschlossen. »Ruf einfach an. Ich kann es jetzt noch nicht sagen.«

»Ist gut. Ich rufe an.« Thomas ließ sich nicht aus der Ruhe bringen, aber er warf einen eindeutig besorgten Blick auf Diana.

Tanita hatte sich bis zu diesem Zeitpunkt ruhig verhalten. Diana hatte gesagt, sie erinnere sich vielleicht sogar an alles. Dann erinnerte sie sich eventuell auch an Tanita – und an ihre letzte Begegnung, bevor der schreckliche Amok-Lauf ein Loch in Dianas Gedächtnis gerissen hatte. Tanita hatte Angst.

Thomas winkte noch einmal und brauste in seinem Mietwagen davon.

Tanita zögerte einen Moment, bevor sie Diana zur Tür folgte. Diana schloß auf, aber sie sagte nichts. Schweigend gingen sie die Treppe hinauf. Auch dort öffnete Diana die Tür, ohne ein Wort.

Tanita folgte Diana in die Wohnung, schloß die Tür hinter sich, fühlte ihr Herz bis zum Hals pochen.

Diana blieb auf dem Flur stehen und drehte sich um. »Entschuldige«, sagte sie, »aber ich werde jetzt sofort schlafen gehen. Ich muß mir über einiges klar werden.«

»J-ja, na-natürlich«, stotterte Tanita, die Dianas ruhige Stimme am liebsten für ein gutes Zeichen gehalten hätte, aber leider klang die Stimme nicht nur ruhig, sondern auch völlig unbeteiligt. Kein Gefühl darin. »Ich . . . ich werde auf der Couch schlafen.«

Diana schien sie gar nicht mehr gehört zu haben. Sie hatte sich bereits umgedreht und ging in ihr Schlafzimmer. Sie schloß die Tür hinter sich.

Das hatte sie bislang noch nie getan. Damit Tanita sie hören konnte, falls etwas passierte, hatte sie die Tür immer offen gelassen. *Erinnert sie sich?* dachte Tanita. *Wird sie mir morgen sozusagen die Koffer vor die Tür stellen? Oder vielleicht noch heute?* Sie war sich nicht im klaren darüber, was sie erwartet hatte, wenn Diana sich wieder erinnerte. Es mußte ja ein Debakel geben. Aber genauso ein Debakel war es gewesen, als sie sich nicht erinnert hatte. Denn da hatte sie nicht einmal gewußt, daß Tanita und sie –

Aber wußte sie das jetzt? Wußte sie, was zwischen ihnen gewesen war? Tanita war sich nicht sicher. Mit keinem Wimpernzucken hatte Diana erkennen lassen, daß sie Tanita nicht bei sich haben wollte. Aber vielleicht war das nur Taktik. Diana brauchte immer noch jemanden, der auf sie aufpaßte, sie litt immer noch unter Schwindelanfällen. Und nachdem Thomas abgelehnt hatte, bei ihr zu wohnen, mußte sie wohl oder übel auf Tanita zurückgreifen.

War sie das in diesem Moment für Diana: eine Art Krankenschwester, die sofort vor die Tür gesetzt werden würde, wenn die Schwindelanfälle aufhörten?

Tanita setzte sich auf die Couch, legte den Kopf in die Hände und stöhnte auf. Was hatte sie zu erwarten? War Diana böse auf sie? Sie hätte Grund dazu gehabt, aber andererseits – sie hatte eine

Tür für Tanitas Rückkehr offen gelassen, damals schon, als sie sie aus ihrer Wohnung verwies.

Diana kam aus dem Schlafzimmer, ging ins Bad, verließ es nach einiger Zeit wieder und kehrte ins Schlafzimmer zurück. Sie schaute nicht mehr ins Wohnzimmer, wo Tanita immer noch bewegungsunfähig auf der Couch saß.

Tanita versuchte sich mit hektischen Beschäftigungen zu beruhigen, nachdem sie am nächsten Morgen aufgewacht war. Erneut war die Nacht kein Vergnügen gewesen, und Dianas Tür war immer noch geschlossen, uneinnehmbar wie eine Festung das Zimmer dahinter und seine Bewohnerin.

Obwohl sie nicht arbeiten konnte, setzte Tanita sich alle fünf Minuten an den Schreibtisch, schlug Bücher auf und wieder zu, sprang auf, ging auf die Terrasse hinaus, blickte in die weit entfernte Landschaft, begab sich in die Küche und kochte Kaffee. Sie traute sich nicht, das Haus zu verlassen, um Brötchen zu holen. Sie hatte Angst, daß sie die Tür bei ihrer Rückkehr verbarrikadiert vorfinden würde.

Sie wußte nicht, warum sie das dachte, denn eigentlich deutete nichts auf eine solche Möglichkeit hin, aber sie konnte sich nicht vorstellen, daß Diana einfach so über ihre letzte Begegnung hinweggehen sollte, sobald sie sich erinnern würde.

»Konnte ich nicht meinen Mund halten?« Tanita sagte es laut zu sich.

»Du führst Selbstgespräche?« Plötzlich stand Diana hinter ihr.

Tanita fuhr herum und lief rot an. »Ich . . . ich . . .«, stotterte sie. »Ich«, sie schluckte, »war gerade dabei, die Terrasse aufzuräumen.« Sie schob einen Stuhl zur Seite und dann wieder an den ursprünglichen Ort zurück.

»Das ist nicht nötig«, sagte Diana.

»Ja. Ja, wahrscheinlich.« Tanita blickte fahrig über die Terrasse. »Ich wußte nicht –« Sie brach ab. »Hast du gut geschlafen?«

»Ging so«, sagte Diana.

»Kann ich ... kann ich irgend etwas für dich tun? Brötchen holen, Tee kochen, kalte Umschläge?« Tanita wußte selbst nicht, ob sie einen Witz machte oder ob das tatsächlich ihr Ernst war.

Diana lachte leicht. »Du mußt dich nicht so überschlagen. Es geht mir gut, wirklich. Ich brauche nichts.«

»Soll ich gehen?« fragte Tanita mit übermenschlicher Anstrengung, denn das war das letzte, was sie wollte.

»Hast du andere Verpflichtungen?« Diana schaute sie nur leicht neugierig an. »Dann will ich dich nicht abhalten.«

»Nein, ich habe ... eigentlich wollte ich hierbleiben, aber wenn du das nicht mehr willst ...« Tanita wartete auf den großen Knall, darauf, daß Diana ihren Hinauswurf vom letzten Mal wiederholen würde.

»Es liegt ganz bei dir«, sagte Diana. »Meinetwegen kann alles so bleiben, wie es ist. Aber ich denke, auf die Dauer wird das etwas unbequem für dich auf der Couch.« Sie schaute in Tanitas Gesicht, als ob sie darin auf einmal etwas entdecken würde, das ihr bisher entgangen war. »Würdest du sagen, daß wir beste Freundinnen sind?« fragte sie mit schiefgelegtem Kopf, als ob ihr das unwahrscheinlich vorkäme.

»Ich ... äh ...« Tanita war überfordert. Beste Freundinnen? Was sollte das heißen? »Ich weiß nicht«, sagte sie. »Ich denke ... eigentlich –« Sie brach ab, weil sie nicht mehr wußte, was sie sagen sollte.

»Es ist komisch«, sagte Diana, den Kopf immer noch schief gelegt und jetzt sehr genau Tanitas Gesicht musternd. »Manchmal fühle ich mich dir so nah, so nah, wie man nur sein kann, und dann wieder habe ich das Gefühl, ich sollte dir etwas sagen ... etwas, das nicht so ... nah ist. Gemischte Gefühle, könnte man sagen. Ich weiß, daß ich dir vertrauen kann – aus irgendeinem Grund weiß ich das –, aber gleichzeitig ist es, als ob da etwas zwischen uns stünde. Haben wir uns«, sie schaute noch genauer in Tanitas Gesicht, »haben wir uns über irgend etwas gestritten? Etwas Ernsthaftes?«

Tanita war während Diana sprach zur Salzsäule erstarrt. Jeden Moment erwartete sie, daß Diana ihr Vorwürfe machen, sie anschreien, sie hinauswerfen würde. Was bedeutete das, was Diana gerade gesagt hatte? Erinnerte sie sich? Oder nicht?

»Als ich gestern begann mich an Thomas zu erinnern, an unsere gemeinsame Kindheit«, fuhr Diana fort, »stand plötzlich ein völlig klares Bild vor mir, viele Bilder, um genau zu sein. Ich wußte mit einem Schlag, daß er mein Bruder ist, daß ich ihn als Kind geliebt und gehaßt habe – so wie Kinder halt lieben und hassen, bedingungslos und unvernünftig –, daß ich mich immer auf ihn verlassen konnte und auch, daß ich mich oft über ihn geärgert habe. Daß ich mich als *große Schwester* für ihn verantwortlich gefühlt habe und doch immer wußte, daß er seinen Weg schon machen würde. Es war wie ein Kaleidoskop, in dem die Bilder schneller wechseln, als man sie erfassen kann, aber das Gefühl war eigentlich immer dasselbe: Er ist mein Bruder, ich liebe ihn.«

»Das ... das ist schön.« Tanita stotterte. Was kam als nächstes? Zitternd setzte sie sich auf die Couch.

»Bei dir«, Diana ging zum Terrassenfenster und blickte kurz hinaus, »bei dir«, sie drehte sich um, »war es ähnlich«, sagte sie dann. »Fast als ob wir Schwestern wären. Aber ich habe keine Bilder, die dazu passen.«

»Du ... du erinnerst dich an Thomas, aber an mich nicht?« fragte Tanita bang.

»Ich ...« Diana zögerte. »Ich ... erinnere mich an einen Tag in der Schule, als du vor meinem Klassenzimmer standest. Ich sehe dich da stehen, ich gehe auf dich zu ... aber dann –« Sie faßte sich mit einer verwirrten Geste an den Kopf. »Dann ist plötzlich wieder Leere in meinem Kopf.«

»Das«, Tanita schluckte, »das war wahrscheinlich das erste Mal, als wir uns in der Schule getroffen haben«, sagte sie. »Du hast mich gefragt, ob ich zu dir in den Mathekurs will.«

»Und? Wolltest du das?« fragte Diana.

Tanita merkte, wie sich ein Grinsen in ihre Mundwinkel schleichen wollte. »Du gibst nur Leistungskurse«, sagte sie.

Diana schaute sie verständnislos an. »Oh«, sagte sie dann. »Du meinst, du hättest niemals einen Mathe-Leistungskurs gewählt.«

»So ist es«, sagte Tanita. »Das wäre nicht sehr sinnvoll gewesen. Ich hatte Deutsch als Leistungskurs.«

»Richtig«, sagte Diana. »Deshalb die Nachhilfe. Nachhilfe ...« Sie wiederholte das Wort und ließ es dann ausklingen, als wunderte sie sich über seinen Klang.

An welche Nachhilfe dachte sie jetzt? Tanita beobachtete Dianas Gesicht in ängstlicher Erwartung. An die, die sie Tanita gegeben hatte, oder an die andere . . . im Lehrerzimmer?

Diana atmete tief durch, als wollte sie sich von einem bösen Traum befreien. »Ich muß . . .«, sagte sie unentschlossen, »ich muß einiges erledigen.« Ihre Stimme wurde fester. »Ich sollte vielleicht . . .« Wieder schlich sich Unsicherheit ein. »Laß uns frühstücken«, sagte sie plötzlich, als hätte sie einen unerwarteten Entschluß gefaßt.

Tanita fühlte sich immer noch wie zwischen Tür und Angel. Es gab keinen Hinweis darauf, daß Diana sich wirklich an sie erinnerte, zumindest nicht an das entscheidende. Aber andererseits konnte die Erinnerung jederzeit wie eine Explosion hervorbrechen, so wie sie sich von einer Sekunde auf die andere an Thomas erinnert hatte.

Sie beschloß, ihre Angst bis auf nach dem Frühstück zu verschieben, denn eins war klar: Verhindern konnte sie Dianas Erinnerung nicht, und auch nicht die eventuellen Folgen.

»Ich werde zu Mutter gehen. Ich muß mit ihr sprechen«, sagte Diana zu Thomas, der am Abend gekommen war, nachdem er angerufen hatte.

Er sah sie zweifelnd an. »Willst du das wirklich?« fragte er. »Fühlst du dich stark genug dazu?«

»Ich fühle mich alles andere als stark«, sagte Diana, »aber es besteht einiges an Klärungsbedarf. Es nützt nichts, das aufzuschieben. Dadurch wird es nicht besser.«

»Das ist wohl wahr«, sagte Thomas, »aber erinnerst du dich an alles? Weißt du wieder, was . . .?«

»Ich weiß alles«, unterbrach Diana ihn. »Gerade deshalb will ich es nicht auf die lange Bank schieben.«

»So warst du schon immer.« Thomas lächelte. »Aber trotzdem . . . ich würde noch damit warten. Außer . . . ich meine jetzt, solange ich hier bin, könnte ich natürlich mitkommen.«

»Das ist nur eine Sache zwischen Mutter und mir«, sagte Diana. »Mit dir hat das nichts zu tun.«

Tanita saß dabei und fühlte sich wie das fünfte Rad am Wagen. Sie wußte nicht, worüber die Geschwister sprachen, Diana hatte den ganzen Tag über grübelnd in der Ecke gesessen und kaum ein Wort gesprochen. Immer wieder hatte Tanita befürchtet, daß es etwas mit ihr zu tun hatte, aber Dianas Verhalten deutete nicht darauf hin. Sie war einfach nur abwesend, in Gedanken versunken, setzte wohl Puzzleteilchen für Puzzleteilchen ihres früheren Lebens zusammen, aber keines dieser Puzzleteilchen schien etwas mit Tanita zu tun zu haben.

»Das war schon immer mein Problem«, sagte Thomas.

»Sei nicht böse«, sagte Diana. »Es hat doch keinen Sinn, wenn wir uns darüber streiten.«

»Ich streite nicht«, sagte Thomas, »aber ich denke, du solltest das nicht übers Knie brechen. Es könnte eine große Belastung sein. Was ist, wenn du noch einmal dein Gedächtnis verlierst, weil es einfach zuviel für dich ist?«

»Das wird nicht geschehen«, sagte Diana, mit einem Klang in der Stimme, der Tanita zusammenfahren ließ. Da war etwas Hartes, Unbeugsames und doch Verletztes, was sie noch nie in Dianas Stimme gehört hatte. »Ich werde es aushalten«, fuhr Diana fort. »Ich hätte das schon längst tun sollen. Vor meinem Unfall. Ich hätte tot sein können und ihr nichts von dem, was ich ihr sagen will, noch sagen können.«

»Denkst du wirklich, das ist es wert?« fragte Thomas. »Du weißt, daß sie ihre Meinung niemals ändern wird. Jedenfalls ich bin davon überzeugt.«

»Ich auch«, sagte Diana, »aber das macht nichts. Sie soll nur wissen, daß es darauf nicht ankommt. Daß es vorbei ist.«

»Das wird sie nie akzeptieren«, sagte Thomas skeptisch.

»Muß sie nicht«, sagte Diana. »Aber es gibt Dinge, für die man die Verantwortung übernehmen muß. Sie und auch ich. Das möchte ich klarstellen.«

»Wie du willst«, sagte Thomas und hob die Schultern. »Ich kann dich sowieso nicht davon abhalten.«

»Nein, kannst du nicht«, sagte Diana entschlossen.

»Ich werde dich trotzdem hinbringen«, sagte Thomas. »Ich kann draußen warten, wenn du willst, aber ich will nicht, daß du allein bist.«

Diana wirkte skeptisch, aber dann nickte sie. »Ist gut«, sagte sie. »Aber du bleibst im Auto.«

Thomas nickte auch. »Jawoll, Ma'am«, sagte er und versuchte zu grinsen, aber es verrutschte sehr.

Diana klingelte.

Es vergingen ewige Sekunden, dann öffnete ihre Mutter die Tür. »Kind«, sagte sie.

»Ich heiße Diana«, sagte Diana. »Das ist der Name, den du mir gegeben hast, und ich bin schon lange kein Kind mehr.«

»Dein Vater hat auf diesem Namen bestanden«, erwiderte ihre Mutter verschnupft und überrascht von der Festigkeit in Dianas Stimme. »So etwas Heidnisches hätte ich niemals ausgesucht.«

»Ich weiß«, sagte Diana. Sie machte eine kleine Pause. »Ich weiß wieder alles«, fügte sie dann hinzu.

Ein Ruck schien durch den Körper von Dianas Mutter zu gehen. »So, tust du das?« fragte sie spitz.

»Ja.« Dianas Stimme klang ruhig, aber eiskalt.

»Dann kommst du also nicht nach Hause zurück?« fragte ihre Mutter.

»Nach Hause?« Diana schüttelte fassungslos den Kopf. »Das hier ist schon lange nicht mehr mein Zuhause, auch wenn du mir das nach dem Überfall in der Schule einreden wolltest. Ich bin zu Hause – bei mir, in meiner Wohnung.«

Ihre Mutter antwortete nicht, sondern starrte sie nur mit zusammengekniffenen Lippen an.

»Was hast du dir dabei gedacht?« fragte Diana. »Mich so zu belügen? Mir einzureden, ich hätte hier gewohnt, bei dir?«

»Du brauchtest Betreuung«, sagte ihre Mutter. »Du konntest nicht allein wohnen.«

»Und das rechtfertigt, daß du gleich mein ganzes eigenständiges Leben gestrichen hast?« fragte Diana. »Daß du mir erzählt hast, ich würde hier im *Kinderzimmer* wohnen? Als erwachsene Frau, als Lehrerin?«

»Du hättest heiraten können«, sagte ihre Mutter beleidigt. »Dann hättest du deinen Beruf nicht mehr ausüben müssen.«

»Stefan heiraten«, sagte Diana. Ihre Kiefer mahlten. »Die noch größere Lüge: meine Verlobung mit ihm. Ich habe ihn seit meiner Schulzeit nicht mehr gesehen. Und schon damals wollte ich nichts mit ihm zu tun haben. Wie konntest du –?«

»Ich habe das nur für dich getan«, sagte ihre Mutter. »Damit du endlich eine Familie gründen kannst. Du bist über dreißig!« Es klang wie: Du stehst kurz vor dem Abgrund. »Und unverheiratet.«

»Ich habe einen Beruf, den ich sehr liebe«, sagte Diana.

»Der Beruf einer Frau ist es, zu heiraten und Kinder zu bekommen«, sagte ihre Mutter. »Alles andere hat keine Bedeutung.«

»Du hast dich nicht geändert, kein bißchen«, sagte Diana bitter. »In all den Jahren nicht.«

»Ich folge dem Weg, den Gott, der Herr, mir vorgibt«, sagte ihre Mutter, »wie es jeder tun sollte.«

»Er hat dir gesagt, du sollst mich belügen und betrügen?« fragte Diana. »Verstößt das nicht gegen irgendwelche Gebote?« Ihre Stimme klang beißend.

»Nicht, wenn man einen Sünder auf den Pfad der Tugend zurückführt«, sagte ihre Mutter mit starr erhobenem Haupt. »Es gibt keine Lüge im Hause des Herrn, wenn sie dem Wohl des Herrn dient.«

Diana schüttelte den Kopf. »Das ist deine Rechtfertigung für alles, nicht wahr? Man kann lügen, betrügen, vielleicht sogar morden, wenn es in deinen Augen nur deinem Herrn dient. So war es schon immer. Weißt du, daß Stefan versucht hat, mich zu vergewaltigen, in meiner Wohnung, während ich bewußtlos war? Hat er dir das erzählt? Ist das auch im Sinne des Herrn?«

»Dazu gehören immer zwei«, sagte ihre Mutter spitz.

»Ich war bewußtlos!« wiederholte Diana ungläubig.

»Wahrscheinlich hast du ihn gereizt, darin warst du ja schon immer gut«, sagte ihre Mutter ohne jedes Mitgefühl. »Du hast selbst den Pfad der Sünde gewählt, dann mußt du dich nicht wundern, wenn du auch so behandelt wirst.«

»Und was er getan hat, ist in Ordnung? Wenn ein Mann eine

Frau vergewaltigt, ist er ein braves Schäfchen Gottes?« Diana fühlte, daß das Schwindelgefühl wiederkehrte. Sie konnte das nicht mehr lange durchhalten.

»Wenn sie es verdient hat, ist es ihre gerechte Strafe, die sie an ihren Platz verweist«, sagte ihre Mutter. »So wie unser Herr die Völker in Blut getaucht hat, die ihm nicht gehorchten. Das Weib sei dem Manne untertan. Was er sagt, ist Gesetz. Eine Frau, die dagegen verstößt, ist es nicht wert, in der Gemeinschaft des Herrn zu leben.«

»Ein Gesetz, das du immer brav befolgt hast, nicht wahr?« sagte Diana beißend. »So lange, bis Vater unter der Erde war.«

Ihre Mutter musterte sie voller Verachtung von oben bis unten. »Du bist schlecht, durch und durch schlecht. Ich konnte nie glauben, daß du meinem Schoß entsprungen bist. Jetzt weiß ich, daß es eine Prüfung war, eine Prüfung des Herrn, um meinen Glauben auf die Probe zu stellen. Er hat mir eine Ausgeburt des Teufels geschickt, damit ich meine Standhaftigkeit beweise. Und ich werde obsiegen!« Ihre Augen flackerten in fanatischem Blick. »Er hat dir eine letzte Chance gegeben. Er nahm dir deine Erinnerung an dein sündiges Leben, er setzte dich gereinigt wieder in die Welt, gab dir die Gelegenheit zu heiraten, einem Manne untertan zu sein, ein gottesfürchtiges Leben zu führen, ihm gottesfürchtige Kinder zu schenken. Aber du . . . du hast dieses Geschenk Gottes mit Füßen getreten, wie du alles mit Füßen getreten hast, was er dir in seiner unendlichen Gnade offenbarte. Alle seine Angebote hast du zurückgewiesen, hast ihn verhöhnt mit deinem Leben, deinem Ungehorsam, deiner Niedertracht. In einem Sündenpfuhl hast du gelebt. Was muß ich noch alles ertragen?«

»Es wäre dir lieber gewesen, ich wäre bei dem Anschlag gestorben, nicht wahr?« sagte Diana.

»Ich hatte gehofft, daß diese Prüfung, die der Herr mir auferlegt hat, nun endlich vorüber ist«, sagte ihre Mutter. »Daß ich genug gelitten habe. Aber die Wege des Herrn sind unergründlich.«

»Das sind sie wohl«, sagte Diana, während sie auf ihre Mutter niederblickte, die kleiner als sie, aber in der Pose eines unerschütterlichen Felsens vor ihr stand. Diana atmete tief durch. »Du tust mir leid, Mutter. Du tust mir unendlich leid.«

Sie drehte sich um und ging zum Auto zurück.

Tanita hatte auf Dianas Wunsch hin in der Wohnung gewartet und sah mit Entsetzen Diana zur Tür hereinkommen, die von Thomas gestützt werden mußte, weil sie leicht schwankte.

»Ich habe dir gesagt, es ist zu viel für dich. Du bist noch zu schwach«, schimpfte er in brüderlicher Sorge. »Warum mußtest du dir das unbedingt antun? Du weißt doch, wie sie ist.«

»Ich mußte es tun«, sagte Diana, während sie sich mit Tanitas und Thomas' Hilfe auf das Sofa setzte.

Tanita betrachtete besorgt Dianas blasses Gesicht. »Willst du dich nicht lieber hinlegen?« fragte sie.

Diana schüttelte leicht den Kopf. »Kaffee«, sagte sie. »Ich muß nur meinen Kreislauf wieder in Schwung bringen.«

»Ist gut. Ich mache einen«, sagte Tanita, warf noch einen besorgten Blick auf Diana und ging in die Küche.

Als sie mit dem Kaffee und drei Tassen zurückkehrte, sah Diana schon wieder etwas erholter aus. Zumindest ihre Wangen hatten ein wenig Farbe. »Was ist denn passiert?« fragte Tanita.

Diana richtete sich auf. »Es ist vorbei«, sagte sie. »Es ist endgültig vorbei.« Ihre Stimme klang so endgültig, daß Tanita erschrak.

»Hast du etwas anderes geglaubt?« fragte Thomas mitfühlend.

»Vielleicht hatte ich es gehofft«, sagte Diana. »Dieser Anschlag hat mein Leben verändert. Irgendwie dachte ich, auch ihres.« Sie seufzte und griff nach der Kaffeetasse, nahm einen Schluck. »Aber sie hat darin nur eine Gelegenheit gesehen, alles wieder von vorn zu beginnen. So zu tun, als ob nie etwas gewesen wäre.« Sie setzte die Kaffeetasse ab. »Ich mußte mich nur noch einmal vergewissern. Es ist so lange her, daß ich sie gesehen habe. Aber diesmal ... diesmal habe ich es abgeschlossen. Ich habe gesehen, was für ein armer, verwirrter Mensch sie ist. Alles, was sie mir angetan hat, resultiert daraus. Ich mache ihr keine Vorwürfe mehr.«

»Hauptsache, du gibst dir keine Schuld«, sagte Thomas. »So wie sie es immer getan hat. Du kannst nichts dafür.«

»Ich weiß«, sagte Diana. »Jetzt weiß ich das.«

Wie immer, wenn die Geschwister von Dingen sprachen, von denen Tanita nichts wußte, fühlte sie sich ausgeschlossen.

»Du mußt dich erholen. Denk einfach nur daran«, sagte Thomas. Er wandte sich an Tanita. »Ich würde gern noch hierbleiben, aber ich muß morgen nach Kanada zurückfliegen. Kümmerst du dich um sie?«

»Ja.« Tanita war etwas überrascht von der direkten Bitte, sie war mit ihren Gedanken woanders gewesen. »Ja, selbstverständlich.«

»Das kann ich nicht von dir verlangen«, sagte Diana. »Wer weiß, wie lange diese Schwindelanfälle noch andauern? Dann müßtest du ja praktisch hier wohnen.«

Tanita und Thomas schauten sich an. »Du sagst, du erinnerst dich an alles?« fragte Thomas.

»Ich bin nicht sicher.« Diana runzelte die Stirn. »Was vor langer Zeit geschehen ist, das weiß ich jetzt wieder. Ich erinnere mich an dich und ... Mutter.« Ihre Stimme wurde leise. »Ich erinnere mich an mein Studium. Ich weiß wieder, wie ich am ersten Tag gezittert habe, als ich vor einer Klasse stehen mußte. Das alles weiß ich, aber je näher der heutige Tag kommt, desto mehr Lücken scheinen aufzutreten.« Sie schüttelte den Kopf. »Ich weiß natürlich alles, was seit dem Anschlag war, aber was davor war, ist zum Teil noch verschwommen.«

Thomas setzte zu einer Erwiderung an, aber Tanita unterbrach ihn. »Das kommt alles noch«, sagte sie. »Das muß von selbst kommen, man kann es nicht erzwingen.« Sie schaute Thomas an.

»Hm-hm.« Thomas nickte. »Dann laßt uns heute nicht mehr an die Vergangenheit denken, sondern nur noch an die Gegenwart. Was wollen wir unternehmen an unserem letzten gemeinsamen Tag?«

Thomas hatte am Morgen noch einmal angerufen, um sich endgültig zu verabschieden, nun saß er im Flieger nach Kanada.

»Er ist schon ein lustiger Bursche.« Diana schüttelte lächelnd den Kopf. »Daß ich ihn so lange nicht gesehen habe, kann ich gar nicht verstehen. Wenn es mir wieder besser geht, werde ich ihn auf jeden Fall besuchen. Aber solange ich ständig in Ohnmacht falle ...« Sie seufzte.

»Du fällst nicht ständig in Ohnmacht«, sagte Tanita. »Du bist einfach nur noch ein wenig schwach. Aber das bessert sich bestimmt von Tag zu Tag. Ich bin überzeugt davon, daß du Thomas bald besuchen kannst.« Sie lächelte Diana an.

»Hast du zwischenzeitlich einmal über seinen Vorschlag nachgedacht?« fragte Diana.

»Vorschlag, welchen Vorschlag?« Tanita war verwirrt.

»In Kanada ein Auslandssemester zu absolvieren«, sagte Diana. »Er hatte dich doch eingeladen.«

»Ja.« Tanita erinnerte sich wieder. Es war so viel geschehen, seit Thomas aufgetaucht war, daß sie ihr Gespräch über das Leben in Kanada fast vergessen hatte. »Ja, stimmt.«

»Und? Ziehst du es in Erwägung?« Diana stand auf und nahm ihren Teller und ihre Kaffeetasse vom Frühstückstisch, um beides in die Küche zu bringen.

Tanita folgte ihrem Beispiel, und sie stellten das Geschirr in die Spüle. »Ich weiß noch nicht«, sagte Tanita. »Kanada ist schon sehr weit weg.« Sie schaute Diana an. Wußte sie denn immer noch nichts?

»Das stimmt«, sagte Diana. »Aber es wäre eine gute Gelegenheit für dich, deine akademische Karriere zu starten. Auslandsaufenthalte machen sich immer gut im Lebenslauf. Zumindest, wenn man sie an einer Uni verbringt.«

»Ich weiß«, sagte Tanita.

»Ich wünschte, ich hätte mich mehr um solche Dinge gekümmert.« Diana seufzte.

»Du warst während des Studiums nicht im Ausland?« Tanita ging zur Tür.

»Nein. Mathematik unterscheidet sich nicht sehr, egal ob man sie in Deutschland oder in Amerika studiert. Die Regeln sind immer gleich.« Sie hatte ein paar Schritte gemacht, ohne darauf zu achten, wohin sie lief. Dadurch stieß sie mit Tanita direkt in der Türöffnung zusammen.

Tanita erstarrte. Sie standen sich so nah gegenüber, das eine den Atem der anderen spüren konnte. Sie fühlte, wie ihr Herz pochte. Sie hätte Diana so gern umarmt, geküßt, ihre Nähe gespürt. Aber sie mußte sich beherrschen. Diana mußte sich von selbst erinnern. Es würde nichts nützen, wenn Tanita sie dazu zwang, bevor sie dazu bereit war.

Die Sekunden dehnten sich wie in Zeitlupe. Tack, tack, tack schien sich ein innerer Uhrzeiger im Kreis zu bewegen, langsam, verzögert. *Diana, mein Liebling, mein Schatz,* dachte Tanita verzweifelt. *Warum kann ich dich nicht einfach in den Arm nehmen, dir sagen, was ich fühle?*

Diana stand unbeweglich da, schien nur noch flach zu atmen. Sie rührte sich nicht, versuchte nicht, ihren Weg aus der Küche fortzusetzen.

»Diana . . .«, flüsterte Tanita kaum hörbar.

Diana blickte sie an, als ob sie etwas sagen wollte, musterte ihr Gesicht, blieb stumm.

Tanita spürte die Wärme, die Dianas Körper ausstrahlte. Es war wie die Sonne selbst, deren Strahlen bis in Tanitas Innerstes vordrangen. »Diana . . .«, wiederholte sie leise. Sie hob eine Hand und strich zärtlich über Dianas Wange, ganz leicht, mit sanften Fingern.

Diana, die sie bisher eindringlich betrachtet hatte, schloß die Augen, als ob sie dem Gefühl in sich nachspüren müßte, um es einzuordnen.

Tanita beugte sich vor und berührte weich, ganz vorsichtig, Dianas Lippen mit ihren eigenen. Sie schloß ebenfalls die Augen, weil das Gefühl der sachten Berührung sie überwältigte. Wie lange hatte sie sich danach gesehnt?

Dianas Lippen waren weich und warm, sie öffneten sich nicht.

Tanita riß die Augen auf, als sie sich bewußt wurde, was sie gerade tat, und trat schnell einen Schritt in den Flur hinaus. »Entschuldige«, sagte sie. »Das wollte ich nicht.« Die Begegnung unter dem Türrahmen war ihr plötzlich furchtbar peinlich. »Ich gehe einkaufen«, sagte sie hektisch. »Brauchst du noch was?«

Sie wollte ihre Jacke von der Garderobe nehmen, aber die blieb hängen, und so fummelte Tanita unkoordiniert daran herum, bis sie sie fast zerriß. Sie schaffte es, die Jacke von der Garderobe loszueisen, und warf sie sich über. Sie streckte eine Hand nach dem Griff der Wohnungstür aus.

Warme Hände schoben sich von hinten unter ihre Jacke und

hielten sie fest. Tanita erstarrte. Diana machte den letzten Schritt und schmiegte sich an Tanitas Rücken. Tanita konnte sich immer noch nicht rühren. Ihr Herz schlug wie wild, sie wollte fliehen und gleichzeitig wollte sie nichts weniger als das.

»Dreh dich um«, sagte Diana leise.

Tanita hatte das Gefühl, sie könnte ihre versteinerten Muskeln nie dazu bewegen, aber mit einiger Anstrengung schaffte sie es.

»Schau mich an«, sagte Diana.

Tanita verzog das Gesicht wie in Schmerz. »Ich kann nicht«, sagte sie. Sie kniff die Augenlider heftig zusammen.

Auf einmal spürte sie eine leichte Bewegung, wie einen Lufthauch, der sie streifte. Gleich darauf kehrte das Gefühl zurück, das Dianas Lippen vor wenigen Minuten auf ihren eigenen hinterlassen hatten.

Diana tat dasselbe, was zuvor Tanita getan hatte, sie küßte sie nicht, sondern ließ nur ihrer beider Lippen sich berühren. Dann zog sie sich zurück. »Mach die Augen auf«, sagte sie, und ihre Stimme klang leicht amüsiert.

Tanita zwang sich, die Augen zu öffnen, und blickte in Dianas neugieriges Gesicht. »Du hast mir da einiges verschwiegen, kann das sein?« fragte sie.

Tanita fühlte, wie die Hitze in ihren Wangen anstieg. Es schien gar nicht aufzuhören. Sie mußten glühen. »Ich . . . ich wollte, daß du dich von selbst erinnerst«, stotterte sie.

»Du hättest mir ja ein bißchen helfen können«, sagte Diana.

»Ich . . . es . . . da war so viel anderes . . .«, stammelte Tanita. »Und dann hatte ich gehofft . . . als du sagtest, du erinnerst dich an alles –« Sie brach ab. Das war so furchtbar peinlich!

»Offensichtlich war das ein Irrtum«, sagte Diana. »Und ehrlich gesagt: Ich erinnere mich immer noch nicht an viel mehr als an unsere erste Begegnung vor dem Klassenzimmer.«

»Aber . . .« Tanita war überfordert. »Warum . . . warum hast du dann . . .?«

»Ich fand das Gefühl so schön«, sagte Diana. »Ich wollte es noch einmal ausprobieren.«

Ausprobieren? Tanita starrte Diana fassungslos an.

Diana blickte immer noch eher neugierig als erregt. »Würdest du mich küssen?« fragte sie. »Ich meine: richtig.«

»Um es auszuprobieren?« fragte Tanita.

»Ja«, sagte Diana. »Ist das sehr schlimm?«

»Na ja ...«, sagte Tanita. Sie wußte, daß sie sich nichts sehnlicher wünschte, als Diana zu küssen, aber sie wußte auch, daß sie sich noch mehr wünschte, daß es danach nicht zu Ende war. Wußte Diana das auch?

»Küßt du nicht gern?« fragte Diana.

»Oh ... o doch.« *Und wie!* Tanita war hin- und hergerissen. »Du erinnerst dich nicht an ... ans Küssen?« fragte sie. Sie räusperte sich angestrengt.

»Nur schwach«, sagte Diana. »Vielleicht habe ich es nicht oft gemacht.«

Das halte ich für ein Gerücht! dachte Tanita. Schon als sie Diana kennenlernte, hatte sie den Eindruck gehabt, daß bei ihr in dieser Hinsicht kein Mangel herrschte. Und sie selbst ... Diana und sie hatten das Küssen zu einer Kunstform erhoben. »Doch, das denke ich schon«, sagte sie leise und musterte Dianas Gesicht, das interessiert zu ihr aufblickte. Dianas Lippen waren leicht geöffnet. Es war, als blicke die Verführung selbst sie an.

Sie legte einen Arm um Dianas Taille und zog sie leicht zu sich heran. »Wir können es ja mal versuchen«, flüsterte sie und suchte in Dianas Gesicht ein Anzeichen des Wiedererkennens. Es war nichts da, nur reine wissenschaftliche Neugier. Tanita senkte ihren Mund auf Dianas Wange, fuhr darüber, streichelte mit ihren Lippen zärtlich die seidige Haut.

Diana wurde weich in ihrem Arm, ließ sich hineinsinken und seufzte leise.

Tanita wanderte mit ihren Lippen Millimeter für Millimeter zu Dianas Mund. Sie hatte Angst davor, dort anzukommen und dann aufhören zu müssen. *Bitte, Diana, erinnere dich!* dachte sie verzweifelt. *Laß es nicht einfach nur ein Experiment sein!*

Dianas Mund lockte mit weichem, sanftem Erwarten. Als Tanitas Lippen sich auf ihn senkten, ließ Diana ihre eigenen Lippen noch weicher werden, keinerlei Anspannung darin, so daß Tanita mit ihrer Zungenspitze leicht dazwischendringen konnte. Weiter drang sie jedoch nicht ein, sie spielte nur mit ihrer Zungenspitze abwechselnd an Dianas Lippen, erst oben, dann unten, dann wieder oben.

Diana schien das nicht erwartet zu haben, denn sie reagierte irritiert, ihr Körper richtete sich auf. Sie löste sich von Tanita.

»Gefällt es dir nicht?« fragte Tanita.

Diana antwortete nicht. Sie trat zurück und lehnte sich gegen die Wand.

»Ist dir schwindlig?« Tanita war besorgt. Daran hatte sie gar nicht gedacht. Dianas Schwächeanfälle.

Diana schüttelte leicht den Kopf. »Nicht sehr«, sagte sie.

»Tut mir leid«, sagte Tanita. »Es geht halt noch nicht. Es ist zu früh.«

Diana hob den Blick. »Was war zwischen uns?« fragte sie.

Tanita zuckte zusammen. »Wie . . . wie meinst du das?«

»Das sollst *du* mir sagen«, erwiderte Diana und betrachtete forschend Tanitas Gesicht. »Ich weiß es nicht.«

»Gar nichts?« fragte Tanita. Sie hatte gehofft, daß wenigstens etwas mehr bei dem Kuß herausgekommen wäre.

»Ich nehme an«, sagte Diana, »weil ich mich an die Auseinandersetzungen mit meiner Mutter erinnere, daß wir«, sie schaute Tanita an, »wahrscheinlich ein Verhältnis hatten.«

Ein Verhältnis. Tanita schluckte. »Es war mehr als das«, sagte sie so leise, daß sie sich selbst kaum verstehen konnte. »Jedenfalls von meiner Seite aus.« Sie blickte Diana direkt ins Gesicht. »Ich liebe dich.«

Diana reagierte überhaupt nicht. Sie zuckte nicht zusammen, sie erwiderte nichts, sie bewegte sich nicht.

»Du erinnerst dich nicht daran«, sagte Tanita. Ihre Stimme klang traurig. »Und du weißt auch nicht, ob du mich je geliebt hast.«

»Bezweifelst du das?« Diana legte den Kopf schief. »Gibt es Anhaltspunkte dafür?«

»O Diana!« Tanita fuhr sich verzweifelt durch die Haare. »Das ist doch kein mathematischer Beweis, den wir hier führen!« Sie schaute Diana gequält an. »Du hast es mir nie gesagt. Und am liebsten hättest du gehabt, wenn ich es dir auch nicht gesagt hätte. Du wolltest es mir immer verbieten. Liebe ist ein zu großes Wort, meintest du.«

»Aha.« Es war nur eine Information für Diana, die sie jetzt abspeicherte. »Das stimmt wahrscheinlich«, sagte sie dann, nachdem sie eine Weile darüber nachgedacht hatte. »Obwohl ich nicht genau weiß, was alles dazu beigetragen hat, daß ich mir diese Meinung gebildet habe. Ich kann mir einiges vorstellen, aber alles ... weiß ich eben noch nicht. Dennoch stimme ich dem instinktiv zu.«

»Du stimmst dem zu«, wiederholte Tanita tonlos.

»Ich ... ich sage nicht, daß ich es verstehe«, versuchte Diana zu erklären. Sie wirkte unsicher. »Es ist nur so, daß es mir nicht fremd vorkommt.«

»So wie ich«, sagte Tanita.

Diana runzelte die Stirn und sah Tanita an. »Nein, fremd bist du mir nicht. Das spüre ich ganz deutlich.«

Na, wenigstens etwas! Tanita war verwirrt, frustriert und enttäuscht. Sie fühlte die Hoffnung schwinden, daß es je anders werden könnte zwischen Diana und ihr. Und selbst wenn sie sich erinnerte ... Der letzte Stand der Dinge war gewesen, daß sie Tanita nicht mehr bei sich haben wollte.

»Ich werde ... ich muß ... an den Schreibtisch«, sagte Tanita. »Ich habe viel nachzuholen.« Sie ging ins Wohnzimmer hinüber.

Nachdem Tanita schon eine Weile am Schreibtisch saß – natürlich ohne zu arbeiten, das konnte sie gar nicht –, kam Diana nach und betrachtete Tanita von der Tür her. »Wenn du mir ausweichst und mir nicht sagst, was zwischen uns war, wie soll ich mich da je erinnern?« sagte sie.

»Du wirst dich erinnern«, erwiderte Tanita, auch wenn sie davon nicht überzeugt war. »Ganz bestimmt.«

»Und solange willst du warten?« Diana schaute sie fragend an.

»Es hängt von dir ab, nicht von mir«, sagte Tanita. »Was ich will, ist nebensächlich.«

Diana hob die Augenbrauen. »Oh, so schlimm ist es?« Sie kam näher. »Du willst etwas, das ich vielleicht nicht will?«

»Das weiß ich nicht«, sagte Tanita. Sie stützte den Kopf in die Hände. »Wir haben nicht sehr viel gesprochen in der Zeit, bevor du –«

»Haben wir uns gestritten?« fragte Diana. »Worüber?«

»Ich war dumm«, sagte Tanita. »So dumm, wie man nur sein kann.« Was hatte sie damals nur so wichtig gefunden? Aus ihrer heutigen Sicht kam ihr das alles nur banal vor. Sie stand auf. »Diana ... ich bin überhaupt das Dümmste, was es auf der Welt gibt.«

Diana lachte überrascht auf. »Jetzt übertreibst du aber!« Sie schmunzelte ein wenig. »Außer daß du in Mathe anscheinend nicht gerade eine Leuchte warst, habe ich bei dir noch keine intellektuellen Defizite feststellen können.«

»Intellektuell«, wiederholte Tanita. »Intellektuell vielleicht nicht, jedenfalls nicht überall, aber da, wo es nicht ums Intellektuelle geht . . .«

»Sch, sch.« Diana kam schnell zu ihr und legte ihr einen Finger auf die Lippen. »Wenn ich eins nicht haben kann, dann ist das, wenn Leute Unsinn erzählen.«

Tanita mußte grinsen. »Ja, ich durfte nie viel erzählen bei dir im Unterricht.«

»Im Unterricht hast du ja auch zuzuhören«, sagte Diana streng, ganz Lehrerin.

Wieder standen sie so nah beieinander, daß Tanita Dianas Wärme spüren konnte, ihren ganzen Körper. »Diana . . .«, flüsterte sie.

»Wenn du es mir nicht sagen willst, dann zeig es mir«, flüsterte Diana zurück. »Zeig es mir *jetzt*.«

»Diana, du . . . du weißt nicht, auf was du dich da einläßt«, sagte Tanita mühsam. »Wenn dir nachher wieder alles einfällt, bereust du es vielleicht.«

»Ist das nicht meine Angelegenheit?« fragte Diana. »Oder was hast du mir angetan? Hast du mich geschlagen, von der Terrasse geworfen, vor einen Zug gestoßen?«

»Nein, natürlich nicht!« Tanita riß entsetzt die Augen auf.

»Na siehst du, ich wußte, daß es so etwas nicht sein kann. Vielleicht erinnere ich mich nicht an viel, was früher zwischen uns war, aber ich habe dich in den letzten paar Tagen ja schließlich auch erlebt. Und da konnte ich nicht feststellen, daß du irgendwelche beängstigenden Charaktereigenschaften hast. Im Gegenteil«, sie glitt auf Tanita zu, schmiegte sich an sie, »du hast sehr viele gute Eigenschaften. Du bist loyal und fürsorglich, zärtlich und sehr, sehr liebevoll. Und wenn du mich fragst, was ich von dir will, dann würde ich sagen, ich überlasse es ganz dir, aber ich möchte einige von diesen Eigenschaften jetzt etwas genauer kennenlernen.«

»Aber du bist . . . du bist . . .« Tanita war immer noch unschlüssig.

»Ich bin eine erwachsene Frau, die durchaus Entscheidungen treffen kann«, sagte Diana. »Eine erwachsene Frau mit Gedächtnislücken, mag sein, aber immerhin bin ich selbst verantwortlich für mich. Und ich weiß auch, was ich tue«, sie lachte ein wenig, »trotz all der schwarzen Löcher in meinem Gehirn!« Sie schaute Tanita tief in die Augen. »Ich möchte etwas erleben, an das ich mich nicht mehr sehr gut erinnere, außer daß ich weiß, daß es schön war. Und ich möchte es mit dir erleben. Möglicherweise ...« Sie zögerte. »Möglicherweise werde ich mich nicht sehr geschickt anstellen, und du mußt ein bißchen Nachsicht mit mir üben. Ich komme mir nämlich wirklich so vor ... ich meine, obwohl ich weiß, daß es nicht so ist, fühle ich mich, als wäre es das erste Mal.«

Tanita konnte nicht anders, sie mußte lachen. »Du?« fragte sie.

»Was soll das denn heißen?« Diana wirkte etwas verunsichert.

»Gar nichts.« Tanita fing sich wieder. »Absolut nichts. Hatte ich meinen fehlenden Intelligenzquotienten schon erwähnt?«

Diana schüttelte lächelnd den Kopf. »Nein, ich kann mich nicht erinnern.« Ihre Augen suchten die von Tanita, und sie wurden beide ganz ernst. Eine regungslose Stille legte sich über sie, in der nur ihr leiser Atem zu hören war. »Du mußt«, Diana schluckte, »du mußt ganz zärtlich zu mir sein. Ich weiß nicht, was ich tun werde. Vielleicht mußt du«, sie lächelte, »mir etwas Nachhilfe geben.«

»Nichts, was ich lieber täte.« Tanita lächelte auch. »Aber ich glaube kaum, daß du die brauchen wirst.« Sie senkte ihren Kopf und küßte Diana auf den Hals. Sie spürte, wie sich Gänsehaut unter ihren Lippen bildete. Diana atmete heftig ein und aus. »Du brauchst keine Angst zu haben«, flüsterte Tanita. »Es wird nichts geschehen, was du nicht willst.« Ihre Lippen fuhren an Dianas Hals entlang, hinunter in ihr Dekolleté und wieder hinauf zu ihrem Kinn, zu ihrem Mund. Sie drehte sich ein wenig um und lehnte Diana leicht an das Bücherregal, das hinter dem Schreibtisch stand. Sie begann Dianas Bluse aufzuknöpfen. »Du bist so wunderschön, mein Liebling, mein süßer Schatz«, flüsterte sie. »Du hast mir so gefehlt.«

Diana legte den Kopf zur Seite, stützte ihn an einem Buch ab. Ihr Atem ging unregelmäßig.

Tanita öffnete Dianas Bluse und ihren BH, was die vorn angebrachten Häkchen erleichterten. Dianas Brüste lagen weiß und strahlend vor ihr, nur die dunklen Höfe in der Mitte bildeten einen Kontrast. In deren Zentrum erhoben sich die harten Spitzen wie frische, reife Knospen kurz vor der Blüte.

»Mein Engel . . .«, flüsterte Tanita überwältigt. Wie oft hatte sie Dianas Brüste gesehen? Immer hatte sie deren Anblick genossen, war überwältigt gewesen von ihrer Schönheit, aber heute schien es ihr, als wären sie so einzigartige Kunstwerke wie die Mona Lisa und genauso wertvoll. Sie wagte kaum sie zu berühren.

Diana stöhnte leise.

Tanita zuckte hoch. »Liebling, ist dir schlecht, schwindlig, soll ich aufhören? Willst du dich hinlegen?«

Diana öffnete halb ein Auge. »Das vielleicht schon, aber aufhören . . . bitte nicht.«

»Komm.« Tanita beugte sich vor und küßte sie leicht. »Schaffst du es bis zur Couch? Auf dem Schreibtisch wäre es vielleicht doch ein bißchen unbequem.« Sie konnte sich ein Grinsen nicht verkneifen.

»Auf *meinem* Schreibtisch? Bist du des Wahnsinns?« Plötzlich war Diana hellwach. »So weit kommt's noch!« Sie ging zum Sofa hinüber.

»Ich weiß, der ist dein größtes Heiligtum«, sagte Tanita. »Tut mir leid. Da wolltest du ja noch nie –« Sie folgte Diana.

»Das ist nicht das erste Mal, daß du mir diesen Vorschlag machst?« Diana starrte sie entgeistert an.

»Na ja . . .« Tanita wand sich etwas.

»Wieder was gelernt. Ich treibe es nicht auf meinem Schreibtisch. Gutes Mädchen.« Diana klopfte sich selbst auf die Schulter.

»Es ist so wunderbar, daß es dir wieder gutgeht«, sagte Tanita lächelnd. Diese Vorstellung gerade war der eindeutige Beweis dafür, daß Dianas Lebensgeister zurückkehrten.

»Das täte es«, sagte Diana, »wenn wir nicht immer zum vielversprechendsten Zeitpunkt unterbrechen würden.« Sie legte sich auf die Couch und schaute zu Tanita auf. »Bitte, leg dich auf mich«, flüsterte sie rauh. »Ich will dich spüren . . . überall.«

Tanita fühlte, wie alle Fasern des Begehrens auf einmal in ihr ansprangen. Was sich aufrichten konnte, richtete sich auf, von den

Nackenhaaren bis zu den Fußspitzen. Sie stützte sich ab und ließ sich langsam auf Dianas Körper nieder.

Diana seufzte laut auf. »Das ist so schön«, flüsterte sie. »So schön.«

Tanita spürte, wie ihre Schenkel weich in Dianas gebettet wurden, wie ihre Brüste Dianas begrüßten. Am ganzen Körper setzte die Berührung sie in Brand, ließ alles in ihr anschwellen und zerfließen. »Diana«, flüsterte sie. »Diana, Diana, Diana. Meine süße, süße, süße Diana.«

Diana blickte zu ihr auf. »Küß mich, bitte«, wisperte sie. »Wenn du mich nicht endlich küßt, zerspringe ich.«

»Du bist mein Ein und Alles«, flüsterte Tanita zärtlich. »Ich will nicht, daß du zerspringst.« Sie beugte sich hinunter und suchte Dianas Mund, drang in ihn ein und küßte Diana mit all der Leidenschaft, die sich seit ihrem letzten Mal in ihr angesammelt hatte.

Diana stöhnte erregt und erwiderte den Kuß. Da hatte sie nichts vergessen, auch wenn sie das noch vor kurzem gedacht hatte.

Als der Kuß endete, atmeten sie beide schwer.

»Weißt du's jetzt wieder?« flüsterte Tanita. »Erinnerst du dich?«

»Noch nicht so ganz.« Diana keuchte. »Ich glaube, da brauche ich noch ein paar mehr ... Erinnerungsstützen.« Sie verzog schmunzelnd die Mundwinkel. »Aber die Vergangenheit interessiert mich im Moment wirklich kaum. Das einzige, was mich interessiert, ist die Gegenwart. Von der möchte ich, daß sie nie, nie aufhört.«

»Das tut Gegenwart im allgemeinen nicht«, sagte Tanita. »Sobald sie das tut, ist sie Vergangenheit.«

»Du solltest wirklich eine akademische Karriere anstreben«, bemerkte Diana etwas säuerlich. »Du kannst in den unmöglichsten Augenblicken philosophische Vorträge halten.«

»Tut mir leid. Ich wollte dich nicht aus der Stimmung bringen«, sagte Tanita schuldbewußt.

»Was wirklich Verschwendung wäre, weil du mich ja gerade erst in Stimmung gebracht hast«, sagte Diana. »Siehst du, ich kann das auch, Vorträge halten, aber wenn ich das heute noch einmal tun muß, verlasse ich das Haus und suche mir meinen Spaß woanders.«

»So? Wo denn?« Tanita ging auf Dianas neckenden Tonfall ein.

»Hast du da etwas Bestimmtes im Auge?«

»Ich finde schon was«, sagte Diana. »Willst du das tatsächlich?«

»Nein.« Tanita beugte sich zu ihr hinunter und hauchte Dutzende von Küssen auf Dianas Wangen, Nase, Mund, Hals, Ohren und Brüste. Als sie dort angekommen war, spannte Diana sich bei der leichtesten Berührung an, wurde wie ein hartes Brett unter Tanita.

»Bitte . . .«, flüsterte Diana. »Ich hoffe, du weißt noch, was du früher damit getan hast.«

Tanita mußte lächeln. Ihre Erregung wuchs im selben Maße, wie sie Dianas Erregung wachsen fühlte. »Ja, das weiß ich noch«, raunte sie. Sie beugte sich hinunter und nahm die Brustwarze, die sie beim ersten Mal nur umkreist hatte, in den Mund. Sie lutschte und saugte daran, wie sie wußte, daß Diana es gern mochte, streichelte den kleinen Hügel, der den großen Hügel krönte, mit ihrer Zunge, ließ Diana stöhnen und kleine spitze Schreie ausstoßen, wie sie es auch früher getan hatte.

Diana reagierte wie ein empfindliches Instrument unter einer virtuosen Spielerin. Sie konnte sich nicht wehren gegen all die Gefühle, die Tanita in ihr auslöste, und sie wollte es auch nicht. Sie bestand nur noch aus einem zuckenden, sich windenden, um Erlösung flehenden Körper. Alles andere war ausgeschaltet. Vergangenheit, Gegenwart, Zukunft, Erinnerungen, Gedächtnisverlust, Sich-wiederfinden, alles zerfloß in eins, wurde unwichtig vor dem einzigen Gefühl, das sie noch beherrschte. »O Gott, Tanita . . .«, preßte sie mühsam hervor, weil sie fast keine Luft mehr bekam, »ich kann kaum glauben, daß du das schon einmal mit mir getan hast!« Sie stöhnte das letzte Wort laut heraus.

»Nicht nur einmal.« Tanita grinste. »Meine kleine Jungfrau.«

»Ja!« Diana stieß es zwischen zwei Japsern hervor, mit denen sie verzweifelt nach Luft schnappte. »Ja, das bin ich. Ich habe noch nie . . . noch nie . . .«

Sie wand sich so sehr auf dem Sofa, daß Tanita sie mit ihren Hüften hineindrücken mußte, um sie festzuhalten. Dann versuchte sie das gleiche mit ihren Händen, um an Diana hinabgleiten zu können.

Diana war kaum zu bändigen. Sie war schon immer sehr leidenschaftlich gewesen, aber das hier, das übertraf alles, was Tanita je mit ihr erlebt hatte. Als ob man sie nach Jahren aus dem Gefängnis entlassen hätte und sich nun alles entladen müßte, was sich in der langen Zeit angestaut hatte.

Tanita hob den Kopf. »Laß mich zwischen deine Beine«, flüsterte sie heiser. »Du zerquetschst mich, wenn du so weitermachst.« Sie sehnte sich so sehr danach, endlich das Paradies zu sehen, daß sie kaum mehr sprechen konnte.

Diana zwang sich offensichtlich zur Ruhe. Ihre Schenkel zitterten vor Anstrengung, als Tanita sie auseinanderschob.

Tanita schloß kurz die Augen, weil sie den rotglühenden Anblick kaum ertragen konnte. Es kam ihr vor, als wären es Ewigkeiten her, seit sie das zum letzten Mal gesehen hatte. Es erregte sie jedesmal aufs neue, obwohl sie nun schon wußte, wie es aussehen würde, wie eine in der Mitte gespaltene frische Feige, deren Schale das Fleisch kaum mehr umschließen konnte, das herausquellen wollte, das angeschwollen war, das pochte und zuckte vor Verlangen, endlich im Mund der Betrachterin genossen zu werden.

Tanita beugte sich hinab, Dianas Schenkel zitterten immer mehr, sie beherrschte sich mit letzter Kraft, nur leises Stöhnen kam von ihren Lippen.

»Ich bin gleich da, meine Süße«, flüsterte Tanita. »Gleich bist du erlöst.« Sie stülpte ihren Mund über die pulsierenden Lippen inmitten der Gefilde der Seligkeit.

Dianas Kehle entrang sich ein lauter, animalischer Schrei, der das ganze Viertel erzittern lassen mußte wie ein kleines Erdbeben. Ein kleines Erdbeben kündigte sich auch in Dianas Bauch an. Kaum daß Tanita begonnen hatte sie zu lecken und ihre Perle mit der Zungenspitze zu verwöhnen, explodierte Diana in einem zuckenden, stoßenden, unbändigen Krampf. Sie rang um Atem und blieb liegen.

»Tut mir leid, tut ... mir leid«, keuchte sie. »Das wollte ich nicht. Es ist einfach über mich gekommen.«

»Das kommt es meistens.« Tanita grinste. »Das war doch ganz nett fürs erste Mal.«

»Das ... ja.« Diana keuchte noch immer. »Das war eine Entjungferung der besonderen Art, würde ich sagen.«

Tanita glitt an ihr nach oben. »Jetzt, wo du keine Jungfrau mehr bist, würde ich gern noch einmal –« Sie begann sich schnell und heftig an Dianas Schenkel zu reiben, bis er ganz naß war.

»Ja ...«, stöhnte Diana. »Nimm mich noch einmal. Nimm mich ganz fest. Komm ... mit mir ... zusammen ... komm ... auf mir ...«

Tanita stöhnte im selben Rhythmus wie Diana. Ihre Bewegungen glichen sich einander an. Dianas Nässe verteilte sich auf Tanitas Schenkel, und Tanitas Nässe verwandelte Dianas Schenkel in einen See. Tanitas Stöße wurden immer schneller, Dianas Hüften stießen ebenso heftig nach oben, bis sie beide aufstöhnten und kamen.

»O mein Gott, das hat wehgetan«, stellte Diana kurze Zeit später fest. »Das habe ich gar nicht bemerkt. Kann ein Knochen so hart sein?«

»Der da unten schon«, sagte Tanita, »wir Frauen sind halt stabil gebaut.«

»Ob das blaue Flecken gibt?« sinnierte Diana weiter.

»Interessiert dich das wirklich?« Tanita blickte sie erstaunt an. Sie grinste. »Bei dir wäre dann da unten alles lila, blau und rot zusammen ...« Sie streichelte Dianas roten Busch zwischen ihren Beinen, bis Diana begann sich unruhig zu bewegen. Tanita schmunzelte. »Noch mal, Frau Gerade-noch-Jungfrau?«

»So wie eben«, flüsterte Diana. »Das war wundervoll.«

»Ich denke, es hat wehgetan«, sagte Tanita.

»Ja, aber es war wundervoll«, erwiderte Diana. »Und außerdem bin ich selbst schuld, ich hätte ja nicht so hart stoßen müssen. Unsere Knochen sind aufeinandergeknallt, als würden sie gleich brechen. Ich hätte nur aufhören müssen.«

»Wolltest du aber nicht«, sagte Tanita zärtlich.

»Nein, wollte ich nicht.« Diana schaute ihr warm in die Augen. »Nicht um alles in der Welt hätte ich aufhören wollen.«

»Ich auch nicht.« Tanita hauchte einen sanften Kuß auf Dianas Lippen. »Es ist so lange her.«

»Komm«, flüsterte Diana. »Wir haben viel nachzuholen.«

»Meinst du nicht, wir sollten das Bett auch einmal wieder verlassen?« fragte Tanita schmunzelnd, nachdem die Nacht vergangen war und sich der folgende Tag auch schon wieder dem Abend näherte.

»Nein.« Diana zog einen Schmollmund und kuschelte sich in Tanitas Schoß.

»Weißt du, daß wir seit dem Frühstück gestern nichts mehr gegessen haben?« fragte Tanita.

»Ist mir egal.« Diana umfaßte Tanitas Bein noch fester, damit sie nicht entkommen konnte.

»Tut mir leid, mir nicht«, sagte Tanita. »Mein Magen knurrt fürchterlich.«

»Ich kenne da ein gutes Mittel zur Ablenkung«, sagte Diana, blickte schelmisch nach oben und ließ ihre Hand zwischen Tanitas Beine gleiten.

»Diana, bitte ... Süße, Süßeste ... ich verhungere!« Tanita streichelte Dianas Haar, das sich sehr dekorativ auf ihrem Schenkel ausbreitete.

Diana runzelte die Stirn. »Das ist ein schwerwiegendes Argument«, sagte sie. »Verhungerst du jetzt gleich, oder können wir vorher noch mal ...?«

»Diana!« Tanita lachte. »Laß uns essen gehen, bitte. Ich brauche ein bißchen Erholung. Heute nacht habe ich wohl kaum Aussicht darauf, wenn ich dich so anschaue.«

»Stimmt«, sagte Diana. Sie musterte Tanitas Gesicht. »Letzte Nacht war viel zu wenig, diese Nacht will ich mehr.«

»Noch mehr?« Tanita hob die Augenbrauen. »So unersättlich warst du ja noch nie. Ich erkenne dich kaum wieder.«

»Wirklich?« fragte Diana. Sie schnappte sich Tanitas Hand und begann zärtlich an ihren Fingern zu lutschen.

»Diana ...« Tanita schloß die Augen. Es war so schön. Diana war so zärtlich. Das Leben war so herrlich. Warum sollten sie nicht jetzt gleich noch einmal –? Ihr Magen gab ein empörtes Brummen von sich. Tanita riß die Augen auf und straffte ihre Schultern. »Liebling«, flüsterte sie. »Bitte hör auf. Mein Magen läßt sich von mir scheiden.«

»Soll er doch«, sagte Diana. »Wen interessiert das?« Sie wanderte mit ihren Lippen an Tanitas Bauch aufwärts zu ihren Brüsten.

Tanita stöhnte. »Mich!« rief sie aus. »Mich interessiert das!« Sie seufzte. »Bitte, Diana, ich bin daran gewöhnt, wenigstens einmal in der Woche zu essen.«

»Dann haben wir ja noch Zeit«, sagte Diana.

»Hast du denn gar keinen Hunger?« fragte Tanita. »Du hast nicht sehr viel gegessen in den letzten Tagen.«

»Ich brauche nichts zu essen«, sagte Diana abwesend, weil sie der Anblick von Tanitas Brüsten offensichtlich so faszinierte, daß sie sich nicht davon losreißen konnte. »Ich habe ja dich.«

»Ich bin aber nicht sehr nahrhaft«, protestierte Tanita. »Und ich möchte auch nicht, daß du zur Kannibalin wirst. Das kann ich nicht verantworten.«

»Feigling«, sagte Diana. »Das wäre die ultimative Vereinigung.«

»Kannibalismus?« Tanita starrte sie entgeistert an. »Meinst du das ernst?«

»Nein, natürlich nicht.« Auf einmal wirkte Diana wieder vernünftig. Sie richtete sich auf. »Wenn du darauf bestehst, lassen wir uns eine Pizza kommen.«

»Das wäre aber nicht dasselbe«, wandte Tanita ein. »Dann weiß ich schon, was passiert, während wir auf die Pizza warten ... und während wir die Pizza essen ...«

»Ich werde Sekt dazu bestellen und den aus deinem Bauchnabel schlürfen«, sagte Diana träumerisch. »Das wird ein köstliches Mahl.«

»Na gut.« Tanita gab sich geschlagen. Schon allein die Vorstellung, wie Diana Sekt aus ihrem Bauchnabel trank, jagte ein erwartungsvolles Kribbeln durch ihren Körper. »Aber essen müssen wir. Darauf bestehe ich.«

»Du kannst bestehen, worauf du willst«, flüsterte Diana. »Hauptsache, du verläßt das Bett nicht.« Sie beugte sich über Tanita.

Es dauerte dann noch eine Weile, bis sie die Pizza bestellen konnten, aber Tanita setzte sich durch. Als Diana später wirklich Sekt aus ihrem Bauchnabel schlürfte und sie aus Dianas, fragte sie sich, warum sie überhaupt widersprochen hatte. In einem Restaurant hätten sie das niemals tun können.

Irgendwann mußte aber selbst Diana eine Pause einlegen. »Ich bin schon ganz wund«, flüsterte sie in Tanitas Ohr, »und trotzdem würde ich am liebsten gleich weitermachen.«

»Mir geht's genauso.« Tanita küßte Dianas Nasenspitze. »Ich bin so froh, daß du dich wieder erinnerst.«

»Tue ich nicht.« Diana rollte sich ein wenig zur Seite, um nach der Sektflasche zu greifen. Sie nahm einen Schluck.

»Tust du nicht?« Tanita starrte sie an. »Du erinnerst dich nicht? Aber warum hast du dann . . .?«

»Mit dir geschlafen? Schatz, das ist eine dumme Frage.« Diana hob die Augenbrauen. »Dazu brauche ich nun wirklich keine Erinnerung. Ohne Erinnerung war es sogar noch schöner, es war alles neu und überraschend.«

Tanita war sprachlos. Sie schluckte und versuchte ihre Stimme wiederzufinden. »Du . . . du weißt also immer noch nicht . . .?«

»Was zwischen uns war? Nein. Aber ich finde, das macht nichts.« Diana schien zufrieden zu sein. »Wir fangen einfach neu an.«

Grundsätzlich hatte Tanita ja nichts dagegen, aber das hieß, daß ihre letzte Begegnung, der Streit, der sie getrennt hatte, weiterhin wie ein Damokles-Schwert über Tanitas Kopf hängen würde. Und wenn Diana sich dann irgendwann einmal doch daran erinnerte? Sie atmete tief durch. Sie mußte es Diana sagen, sie mußte ihr die ganze Wahrheit sagen, nur dann konnte Diana sich frei entscheiden, ob sie mit Tanita zusammensein wollte oder . . . nicht. Die zweite Möglichkeit ließ einen Stein in Tanitas Magen wachsen, der nichts mit der etwas pappigen Konsistenz der Pizza zu tun hatte, die sie vor kurzem gegessen hatte.

»Diana, ich muß dir . . .«

»Du mußt gar nichts.« Diana verschloß ihr den Mund mit einem Kuß. »Wir sind freie Menschen in einem freien Land. Frei wie die Vögel im Wind.« Sie lächelte. »Ich will mit dir wegfliegen.«

»Wegfliegen?« Tanita lächelte auch. »Ja, das ist eine verlockende Vorstellung, auch wenn es nur metaphorisch gemeint war.«

»Ich meine es nicht metaphorisch«, sagte Diana. »Ich meine das ganz konkret.«

»Konkret?« Tanita blickte sie erstaunt an.

»Ja.« Diana stand auf und holte sich noch ein Stück Pizza. Schnell schlüpfte sie wieder ins Bett neben Tanita. »Willst du abbeißen?«

»Die Pizza ist kalt«, sagte Tanita.

»Macht nichts.« Diana biß herzhaft hinein.

»Wie meinst du das: konkret?« nahm Tanita ihre Frage wieder auf.

»Genauso wie ich es sage: Laß uns wegfliegen.«

»Jetzt?«

»Na ja, vielleicht nicht in den nächsten fünf Minuten, aber in ein paar Tagen. Thomas hat uns eingeladen. Das ist sicher kein Problem.«

»Nach Kanada?« Tanita riß die Augen auf.

»Ist dir das zu kalt? Dann können wir auch nach Südamerika fliegen. Da warst du doch schon mal.«

»Das weißt du? Du erinnerst dich?«

»Ja, so Bruchstücke weiß ich merkwürdigerweise«, erwiderte Diana. Es schien sie nicht mehr zu belasten, daß der Rest fehlte.

»Aber ... ich meine ... mußt du denn nicht irgendwann mal wieder arbeiten?« Hing Diana auf einmal gar nicht mehr an ihrem Beruf?

»Ich werde noch lange nicht arbeiten können«, sagte Diana. »Meine Therapeutin sagt, ein halbes Jahr ist das Minimum. Vielleicht auch länger.«

Tanita sah sie an. »Ist das nicht schrecklich für dich? Du hast deinen Beruf doch immer so geliebt.«

»Daran erinnere ich mich sogar«, sagte Diana. »Aber ... na ja, nach all dem, was in der Schule passiert ist, wird es nicht so leicht sein, wieder anzufangen. Vielleicht muß ich an eine andere Schule. Mich neu einarbeiten. Und da habe ich mir überlegt, was Thomas gesagt hat. Ein Forschungssemester an einer Uni wäre vielleicht gar keine so schlechte Idee, um die Zeit zu überbrücken.«

»Du willst dann gleich in Kanada bleiben?« Tanita blieb der Mund offenstehen. Gerade hatte sie Diana wiedergefunden, und jetzt ...?

»So schnell wird es wohl nicht gehen. So ein Forschungssemester muß ja erst einmal beantragt und bewilligt werden, sowohl vom Schulamt hier in Deutschland als auch von der Uni in Kanada. Aber vielleicht geht es ja auch schneller.« Die Kompetenz, die Diana als Lehrerin immer ausgezeichnet hatte, schlug sich jetzt auch in diesem konkreten Plan nieder.

»Aber ... aber ... ich ...« Tanita wußte nicht, was sie sagen sollte.

»Komm mit«, flüsterte Diana und rollte sich auf den Bauch. Sie schaute Tanita von unten an. »Die Uni hier in Deutschland läuft dir nicht weg, und ein Auslandssemester kann dir nur nützen.«

»Aber auch das ... muß beantragt werden.« Tanita schluckte. »Das geht doch alles nicht so schnell.«

»Laß es uns versuchen«, sagte Diana. »Vielleicht klappt es.«

»Diana, du ... du warst früher nicht so spontan«, sagte Tanita verwirrt. »Entschuldige, wenn ich mich erst daran gewöhnen muß.«

»Das Leben kann so schnell vorbei sein«, sagte Diana. »Das habe ich am eigenen Leib erfahren. Meinst du, daß es da viel Sinn hat, jeden Tag zur Arbeit zu gehen und auf die Rente zu warten? Um sich dann seine Wünsche zu erfüllen? Vielleicht stirbt man von einer Sekunde auf die andere, bevor man das Rentenalter auch nur von weitem sieht. Ich glaube, es ist wichtiger, jeden Tag zu genießen, das Beste daraus zu machen.«

Tanita blickte sie neugierig an. »Da stimme ich dir zu«, sagte sie. »Aber meine Zukunft kann ich nicht einfach so fallenlassen.«

»Das sollst du ja nicht, das hat niemand gesagt«, meinte Diana. »Aber denkst du denn, deine Zukunft kann nur hier stattfinden, in deinem Geburtsort, in Deutschland? Es gibt andere Länder und andere Möglichkeiten. Willst du die gar nicht nutzen?«

Tanita dachte darüber nach, warum sie damals nach dem Abitur nach Südamerika gegangen war. Es war genau dieser Wunsch gewesen, mehr von der Welt kennenzulernen als die paar Meter vor der eigenen Haustür. Dennoch hatte sie diesen Wunsch wieder in die Schublade gelegt und weggeschlossen, nachdem sie zurückgekehrt war. Schon aus finanziellen Gründen. Und dann ihre Ausbildung, das Studium ...

»Darf ich bitte fünf Minuten darüber nachdenken?« fragte sie Diana.

»Auch zehn«, sagte Diana. Sie lächelte. »Ich weiß, ich habe dich jetzt damit überrumpelt, aber der Gedanke ist auch für mich noch recht neu. Erst seit ich mich wieder an so vieles erinnere, merke ich, wie eingesperrt ich war. Von frühester Jugend an. Immer habe ich nur die Erwartungen der anderen erfüllt. Mein Leben war gar nicht mein Leben, es war das Leben, das andere sich für mich ausgedacht hatten. Thomas hat das früher erkannt, aber ich mußte fast sterben, um das zu begreifen.«

»Willst du denn jetzt alles über den Haufen werfen?« fragte Tanita. Ihre Stimme klang ängstlich.

»Sicher nicht.« Diana rollte sich wieder auf den Rücken und lehnte sich mit den Schultern an die Wand. »Ich werde nicht alles wegwerfen, was ich mir in meinem Leben mühsam aufgebaut habe. So dumm bin ich nicht. Aber ich stelle vieles, vielleicht alles, in Frage.«

»Du bist erstaunlich«, sagte Tanita. »Ich meine, das dachte ich schon immer, aber auf einmal ... auf einmal bist du anders erstaunlich.«

»Vielen Dank«, sagte Diana. Sie lachte. »Falls das ein Kompliment sein sollte.« Sie wurde ernst und musterte Tanitas Gesicht eindringlich. »Möchtest du unter diesen Umständen lieber nicht«, sie schluckte, »mit mir zusammensein? Das würde ich verstehen. Wenn dich das alles zu sehr erschreckt ...«

Tanita starrte sie für einen Augenblick entsetzt an. »Aber ... nein ... auf keinen Fall. Ich möchte«, sie beugte sich vor und versank tief in Dianas Augen, »ich möchte immer mit dir zusammensein, unter allen Umständen und für alle Zeit. Wenn du plötzlich beschließen würdest, zum Mond zu fliegen, würde ich dir auch dahin folgen. Ich liebe dich, Diana. Liebe kann man nicht einfach abschalten, nur weil sich das Leben verändert.«

Diana schaute sie nachdenklich an. »Ich habe dir nie gesagt, daß ich dich liebe?«

Tanitas Herz pochte laut. »Nein«, sagte sie.

»Ich habe das Gefühl, ich möchte mich nie mehr von dir trennen«, sagte Diana. »Ob das wohl Liebe ist?«

Tanita schluckte drei Mal, bevor sie antworten konnte. »Ich denke schon«, sagte sie.

»Als ich ein Kind war«, sagte Diana, und ihr Blick wanderte in die Ferne, »hat meine Mutter ständig von Liebe gesprochen. Von der Liebe Gottes vor allem. Deshalb ...«, sie zögerte, »deshalb weiß ich wohl bis heute nicht, was Liebe ist. Denn was sie Liebe nannte, war nur Zwang und Haß. Im Namen Gottes wurde ich geschlagen und in den Keller gesperrt. Im Namen der Liebe Gottes hat sie mich verstoßen, als ich herausfand, daß ich lesbisch bin. Sie hat kein Wort mehr mit mir gesprochen. Ich ... ich kann mit diesem Wort nicht sehr viel anfangen, es tut mir leid.« Sie schaute Tanita um Entschuldigung bittend an. »Ich habe Angst davor, selbst jetzt noch. Ich denke, es könnte wieder etwas anderes bedeuten.«

»Das ...« Tanita war entsetzt von dem, was Diana gerade mit kühler Stimme erzählt hatte. »Das ist ja furchtbar. So etwas hat deine Mutter dir angetan?«

»Das war die jugendfreie Fassung«, sagte Diana. »Ich möchte da lieber nicht ins Detail gehen.« Plötzlich überzog ein unerwartetes Lächeln ihr Gesicht. »Nur eine Sache war wirklich lustig. Selbst damals fand ich das schon. Sie wollte mich ins Kloster stecken, als sie herausfand, daß ich ... daß ich mit einem Mädchen aus meiner Klasse mehr als befreundet war. Sie hatte alles schon vorbereitet, der Abreisetag stand schon fest, da plötzlich fiel ihr ein, daß es ja ein Nonnenkloster war. Wieder alles nur Frauen. Daraufhin hat sie von dieser Idee Abstand genommen. In ein Mönchskloster konnte sie mich ja nicht gut schicken.«

Tanita mußte, obwohl es eigentlich ein ernstes Thema war, laut lachen. »Du hättest die armen Nönnchen verführen können, das ist wahr!« Sie schüttelte den Kopf. »Gut, daß ich das nicht wußte, als ich deine Mutter gesehen habe.«

»Sie ist krank«, sagte Diana. »Das weiß ich jetzt. Sie ist psychisch krank.«

»Aber als Kind konntest du dich nicht dagegen wehren.« Tanita schauderte.

»Nein.« Diana atmete tief durch. »Solange mein Vater noch da war, ging es noch. Er rannte nicht ständig in die Kirche, was meine Mutter ihm immer wieder vorgeworfen hat. Aber obwohl er ein herzensguter Mensch war, in dieser Sache blieb er eisern. ›Es ist dein Gott, nicht meiner‹, sagte er immer. Und das ist wahr. Sein Gott, wenn er denn an Gott geglaubt hätte, wäre ein gütiger Gott gewesen, nicht das Monster, dem meine Mutter dient.«

»Dein Vater ... dein Vater ist ...?«

»Tot«, sagte Diana. »Ich weiß, ich habe gesagt, ich wollte meiner Mutter keine Vorwürfe mehr machen, aber das werfe ich ihr vor, das werde ich ihr ewig vorwerfen. Sie hat meinen Vater ins Grab gebracht. Früher als es hätte sein müssen. Er hat es einfach nicht mehr ausgehalten. Andere Männer wären weggegangen, hätten sich scheiden lassen, aber er wollte seine Kinder nicht im Stich lassen.« Sie schloß gequält die Augen. »Daraufhin hat ihn dann sein

Herz im Stich gelassen, weil meine Mutter ihm keine Sekunde Ruhe gegönnt hat.«

»Das tut mir so leid«, sagte Tanita mit Tränen in den Augen. »Eine so schreckliche Kindheit kann ich mir gar nicht vorstellen.«

»Sollst du auch nicht«, sagte Diana. »Es ist vorbei. Ich hatte eine schreckliche Kindheit, ja, aber jetzt muß ich nach vorn blicken. Die Vergangenheit hinter mir lassen. Deshalb mußte ich meine Mutter noch einmal sehen. Um es abzuschließen. Damit ich endlich frei sein kann.«

»Deshalb wolltest du nicht zu meinen Eltern kommen, meinen Vater nicht kennenlernen«, sagte Tanita.

»Ja.« Diana blickte sie an. »Deine Mutter ist so wunderbar. Und dein Vater sicher auch. Das wäre zuviel für mich gewesen, beide auf einmal. Er hätte mich an meinen Vater erinnert, und das ... das hätte ich nicht ausgehalten.«

»Das verstehe ich.« Tanita strich Diana sanft über das Haar. »Vielleicht ändert sich das ja irgendwann einmal. Sie würden dich nämlich immer noch gern näher kennenlernen.«

»Im Moment nicht«, sagte Diana. »Soweit bin ich noch nicht. Aber jetzt, wo ich mit dem allen abgeschlossen habe, besteht sicherlich eine Chance.«

»Das würde mich freuen«, sagte Tanita. »Ich will doch mit dir angeben.« Sie grinste.

»Das bin ich für dich?« Diana machte ein gespielt ärgerliches Gesicht. »Nur ein Prestigeobjekt?«

»Aber sicher.« Tanita grinste noch mehr. »Was sonst?«

Dianas Gesichtsausdruck wurde etwas hinterlistig. »Weißt du, was Prestigeobjekte sind?«

Tanita hob fragend die Augenbrauen.

»Kostspielig!« sagte Diana. Sie warf sich auf Tanita. »Und das heißt, du mußt jetzt bezahlen.«

Tanita schnaufte unter Dianas so plötzlich auf ihr gelandetem Gewicht. »Wie teuer bist du denn?« fragte sie.

»Sehr teuer«, sagte Diana. »Ich würde sagen, so zwanzig, dreißig ...«, sie machte eine kleine Pause, »fünfzig.«

Tanita stöhnte auf. »Das ist nicht dein Ernst!«

»Das ist mein voller Ernst.« Diana lächelte spitzbübisch. »Du kannst in Raten bezahlen.«

»Da bin ich ja beruhigt.« Tanita lächelte voller Zärtlichkeit zurück. »Aber ... aber eins muß ich dir noch sagen. Du mußt mir jetzt einfach mal zuhören.«

»Das kann nicht so wichtig sein wie das hier.« Diana bedeckte Tanitas Gesicht mit schmetterlingsgleichen Küssen.

»Doch, es ist wichtig.« Tanita schob Diana von sich, obwohl das eigentlich das letzte war, was sie tun wollte. »Ich muß dir erzählen, warum ich nicht bei dir war, als diese ... diese schreckliche Sache in der Schule passierte. Warum wir damals nicht zusammen waren.«

»Das weiß ich schon«, sagte Diana und ließ nun die Kuß-Schmetterlinge über Tanitas Brüste fliegen.

Tanita stöhnte auf. »Das weißt du?« fragte sie. »Ich denke, du erinnerst dich nicht?«

»Nicht an alles«, sagte Diana, »aber daran schon. Ich dachte, du würdest es einfach nicht mehr erwähnen.«

»Aber ... aber ...« Tanita stotterte herum. »Es war furchtbar, was ich damals zu dir gesagt habe, was ich dir unterstellt habe.«

»Du warst eifersüchtig«, sagte Diana. Sie schmunzelte. »Eigentlich sollte ich mich geschmeichelt fühlen.«

»Du ... du ...« Tanita brachte keinen Satz mehr zustande.

»Ich hatte nichts mit dieser Schülerin, das weißt du, oder?« fragte Diana ganz locker. »Ich hatte nie etwas mit einer Schülerin.« Sie kniff Tanita mutwillig in die Nase. »Außer mit dir.«

»Als ich keine Schülerin mehr war«, sagte Tanita.

»Eben.« Diana schob ihre Hand langsam in Richtung von Tanitas Bauch vor. »Ich war immer ganz korrekt. Und natürlich hat es mich verletzt, als du mir vorgeworfen hast, ich hätte gegen diese Regel verstoßen. Ehrlich gesagt, ich war sehr wütend auf dich. Unglaublich wütend. Es hat mich an die Vorwürfe meiner Mutter erinnert, die auch immer ungerechtfertigt waren. Ich mußte dich rauswerfen. Ich hätte deinen Anblick kaum mehr länger ertragen. Aber ich habe dir ein Hintertürchen offengelassen. Ich hatte gehofft, daß du wiederkommst.«

»Ich habe mich nicht getraut.« Tanita wand sich. »Was ich dir angetan hatte, war so furchtbar ...«

»Es war ungerecht«, sagte Diana ernst. »Und Ungerechtigkeit ist eine von den Dingen, die am schwersten zu ertragen und am schwersten wiedergutzumachen sind. Aber ich glaube, mittlerweile hast du eine ganze Menge an Wiedergutmachung geleistet.« Sie lächelte.

»Ich fühle mich so elend«, sagte Tanita unglücklich. »Du bist so gut zu mir, und ich . . . ich habe dir Dinge vorgeworfen –«

»Die längst nicht mehr wichtig sind«, beendete Diana den Satz. »Mein ganzes altes Leben ist nicht mehr wichtig. Alles, was damit zusammenhängt, wird sich ändern.«

»Ich gehöre auch zu deinem alten Leben«, sagte Tanita unbehaglich.

»Du bist mein neues Leben«, sagte Diana liebevoll. »Du bist die Verbindung, die auch in meinem neuen Leben Bestand hat. Diese Verbindung will ich behalten – wenn du das auch willst.«

»Ich will«, sagte Tanita leise, und Diana küßte sie zärtlich.

ENDE

WEITERE TITEL DER ÉDITION EL!ES

Ruth Gogoll: Eine Insel für zwei

Erotischer Liebesroman

Neunzehn Jahre alt und auf der Suche nach der großen Liebe: Das ist Andy, als sie Danielle kennenlernt, Besitzerin einer Werbeagentur. Danielle hält Liebe für eine Illusion. Sie lädt Andy zu einer Reise durch die Ägäis ein, doch fordert dafür einen hohen Preis.
Andy läßt sich darauf ein, weil sie Danielle liebt und hofft, daß Danielle auch lernen wird zu lieben. Fast scheint es, als hätte Andys Liebe eine Chance, doch da geschieht etwas Unvorhergesehenes ...

Alexandra Liebert: Der Schlüssel zum Glück

Liebesgeschichten

Geschichten rund um das Verlieben: Ob gewollt oder ungewollt, überraschend oder nicht – Alexandra Liebert versteht es, ihre Heldinnen in kleinen, unbeschwerten Geschichten auf spannende Art zusammenzubringen. Da sucht Cathy nur nach einem Job und findet die Liebe, Lisa sucht erholsame Ferien in San Francisco – und findet die Liebe, Carmen und Maria haben sich mit dem Auto verfahren, suchen den richtigen Weg und finden: die Liebe.
Sie wollen jetzt wissen, wer noch alles die Liebe findet? Und welche Hürden dabei zu überwinden sind? Wir haben da einen kleinen Tip für Sie: Kaufen Sie doch einfach dieses Buch ...

Alexandra Liebert: Träume aus der Ferne

Liebesgeschichten

Geschichten rund um das Verlieben: »Viele Wege führen nach Rom, aber keiner führt an den Geschichten von Alexandra Liebert vorbei – wenn frau romantische Liebesgeschichten schätzt. In ihrer ganz eigenen, feinfühligen Art beschreibt die Autorin das Suchen und schließlich auch das Finden der Liebe, die verschiedene Gesichter haben kann und darum auch auf unterschiedlichen Wegen erkämpft, erwartet oder erkannt werden will.« (Victoria Pearl)

Julia Arden: Das Lächeln in deinen Augen

Liebesroman

Beate sieht in Cornelia Mertens, ihrer neuen Chefin, zunächst nur das, was alle sehen: die kühle, distanzierte Geschäftsfrau. Liebe ist etwas für Träumer – aus dieser ihrer Meinung macht Cornelia kein Geheimnis.
Nach und nach lernt Beate aber eine ganz andere Seite an Cornelia kennen. Cornelia überrascht sie mit unerwarteter Fürsorge, Verständnis und einer seltsamen Mischung aus Heiterkeit und Ernst. Also doch harte Schale, weicher Kern? fragt sich Beate. Ist das äußere Erscheinungsbild nur Fassade für all die, die sich nicht die Mühe machen dahinterzuschauen? Oder sind Sanftmut und Charme nur Trick, Teil eines Planes? Nämlich dem, sie zu verführen? Letzteres wäre fatal für Beate, denn so oder so – sie hat sich in Cornelia verliebt.

Julia Arden: Laß mich in dein Herz

Liebesroman

Vor vier Jahren verlor Andrea ihre Lebensgefährtin Maren durch einen Autounfall. Seitdem lebt sie ausschließlich für ihren Beruf als Richterin, bis Gina in ihr Leben tritt und ihre Gefühle durcheinanderbringt. Aber sie will keine Beziehung eingehen, ihr Herz hängt nach wie vor an Maren. Also versucht sie Gina zu vergessen, doch dann kommt es zu einem unverhofften Wiedersehen – und Andrea braucht Ginas Hilfe, weil der Beruf sie in Gefahr bringt ...

Victoria Pearl: Sonnenaufgang in deinen Armen

Erotischer Liebesroman

Luisa lernt in der Firma, in der sie arbeitet, Ingeborg kennen und fühlt sich sofort zu ihr hingezogen. Sie verläßt den Mann, mit dem sie seit sechs Jahren zusammenlebt, und versucht sich Ingeborg vorsichtig zu nähern. Ingeborg jedoch lehnt dies stets schroff ab. Als das Chorsingen sie beide ins Schweizerische Bergell verschlägt – gemeinsames Hotelzimmer mit Doppelbett – schlägt Luisas Stunde: Kann sie Ingeborgs Zuneigung gewinnen?

Kingsley Stevens: Liebe mich

Erotischer Liebesroman

Amy Flanagan und Morgan Holdsworth treffen sich, als Amy versucht einen Großauftrag von Morgan, Eigentümerin eines Kosmetikkonzerns, für die Werbeagentur zu erhalten, für die Amy arbeitet. Obwohl Amy Geschäft und Privates auseinanderhalten will, verliebt sie sich in Morgan. Sie beginnen eine Affäre, doch Morgan scheint wenig Interesse an einer Vertiefung ihrer Beziehung zu haben, während Amy sich wünscht, Morgan näherkommen zu können.

Behrens – Spors – Doll:
Mia
Liebe mit Umwegen
In heißem Wüstensand

Liebesgeschichten

MIA

Wie sag' ich's meiner Lehrerin? Mia ist verliebt, aber sie traut sich nicht. Ist die Angebetete nun lesbisch oder nicht? Könnte sie die Gefühle erwidern? Janina Behrens gelingt es, diese Schülerin/Lehrerin-Geschichte auf humorvolle Weise darzustellen.

LIEBE MIT UMWEGEN

Was passiert, wenn die vermeintlich Richtige doch die Falsche ist? Wenn die Falsche am Ende die Richtige ist? Irrungen und Wirrungen der Liebe werden von Julia Spors schließlich entwirrt.

IN HEIßEM WÜSTENSAND

Eine Agypten-Reise von den Eltern geschenkt – kann das gutgehen? Widerwillig tritt Connie die Reise an, die mit einigen Schwierigkeiten und Hindernissen beginnt. Doch unter afrikanischer Sonne sieht vieles dann ganz anders aus, und aus ungeliebten Menschen können plötzlich geliebte Menschen werden . . .

Trix Niederhauser: Halt mich fest

Liebesroman

Wie sag ich's meinen Eltern? Früher oder später kommt jede Lesbe an diesen Punkt, auch Chris, die rockende Gitarristin mit Hang zu Unfällen. Tina tritt in ihr Leben, und alles ist anders: Das Coming-out, die verschollen geglaubte Großmutter, die Ex mit dem dritten Auge und vieles mehr machen der Heldin das Leben schwer. Tapfer erträgt sie die putzende Mutter, den pubertierenden Neffen und den schweigenden Vater. Nur daß Tina rothaarige Frauen küßt, macht ihr zu schaffen . . .

Kay Rivers: Küsse voller Zärtlichkeit

Liebesroman

Michelle Carver hat als Managerin von Disney World in Florida einen anstrengenden Job. Für ein Privatleben hat sie kaum Zeit, deshalb beschränkt sie sich auf gelegentliche Affären. Liebe kommt in ihrem Wortschatz nicht vor.
Cindy Claybourne ist Studentin und hat einen Ferienjob in Disney World. Sie merkt, daß sie sich zu Michelle hingezogen fühlt, daß sie hinter ihre harte Schale schauen möchte. Aber Michelle läßt das nicht so einfach zu. Doch Cindy gibt nicht auf und kämpft für ihre Liebe zu Michelle. Wird Michelle endlich einsehen, daß Cindy die richtige für sie ist?

Melissa Good: Sturm im Paradies

Liebesroman

Melissa Good, Drehbuchautorin verschiedener Episoden der beliebten TV-Serie »Xena – Die Kriegerprinzessin«, bei el!es!

Firmen aufkaufen und ohne Rücksicht auf Verluste sanieren – Dar Roberts, Vizepräsidentin einer großen Gesellschaft, liebt ihren Job und erledigt ihn gründlich. Bei einem kleinen Unternehmen trifft sie jedoch auf unerwarteten Widerstand: Kerry Stuart, die junge Leiterin der Supportabteilung, kämpft engagiert für die Erhaltung der Arbeitsplätze. Gleichzeitig fühlt Kerry sich angezogen von dieser großen, starken, dunkelhaarigen Frau, in der mehr zu schlummern scheint als kalter Geschäftssinn. Zaghaft kommen sich die beiden näher . . .

Augenblicke der Liebe

Erotische Geschichten

Bereits seit dem Jahre 2001 besteht auf der Internetseite der édition el!es die Möglichkeit, jeden Monat eine neue »Erotische Geschichte des Monats« zu lesen. Diese Geschichten werden in der Reihe »Augenblicke der Liebe« in loser Folge veröffentlicht.

Diana Lee: Die Geliebte der Wölfin

Die lesbische Robin Hood

Die schöne Lady Gwendolyn wird auf dem nächtlichen Heimweg überfallen. Rettung naht in Gestalt der attraktiven Ritterin Sir Blaidd, die in geheimer Mission eine Verschwörung gegen die Königin aufdecken soll. Gwendolyn verliert ihr Herz an die tapfere Heldin, gemeinsam versuchen sie nun mit ihren Freunden den Verschwörern zuvorzukommen. Doch die Feinde sind mächtig, mittels dunkler Rituale versuchen sie, ihre Kräfte zum entscheidenden Schlag zu bündeln. Auch Gwendolyn gerät in Gefahr. Kann Sir Blaidd sie mit ihrem Mut und ihrem geschickten Schwert aus der tödlichen Falle befreien?

Shari J. Berman: Hawaiianische Träume

Liebesroman

Die attraktive Freddie hofft, bei einem Urlaub auf Hawaii ihren Ex-Mann endlich zu vergessen. Unter dem Sternenhimmel der Südsee läßt sie ihr altes Leben hinter sich. Hals über Kopf stürzt sie sich in eine heftige Liebesbeziehung mit der Fotografin Stephanie. Doch nach dem ersten Liebestaumel drohen Zweifel und Konflikte: Freddie hat Probleme mit ihrem Coming-out und weiß nicht, ob sie ihre lesbische Liebe leben kann und will. Und trotz allem Verständnis für die Geliebte stößt auch Stephanie irgendwann an die Grenzen ihrer Geduld . . .

Ruth Gogoll: Ich liebe dich

Erotischer Liebesroman

Ira ist eigentlich viel zu schön, um Bankmanagerin zu sein, und Elisabeth will nur eine Hypothek von ihr: Da schlägt die Liebe zu wie ein Blitz. Zuerst einmal erscheint Elisabeths Liebe aussichtslos, doch dann ergibt sich eine unverhoffte Begegnung, und bald sind die beiden ein Paar. Doch das Schicksal hält noch etliche Schläge für sie bereit. Piet, Iras ehemalige Lebensgefährtin, taucht plötzlich wieder auf. Und Ira erhält unerwartet eine berufliche Chance, die sie nicht ablehnen will. Die räumliche Entfernung schürt die ohnehin vorhandene Eifersucht noch.

Kingsley Stevens: Sündige Episoden (Band 1)

Erotische Geschichten

Der *Reigen* von Arthur Schnitzler wurde schon oft adaptiert, und nun liefert die Autorin Kingsley Stevens eine lesbische Variante: Ineinander verwobene Geschichten, leidenschaftlich und lustvoll, in denen es nur um »das Eine« geht. Die **Sündigen Episoden** sind das wohl frivolste el!es-Buch, das es je gab.

Sarah Dreher: Solitaire und Brahms

Roman

»Wenn eine Frau, die Frauen liebt, keine Frau ist, wer dann?«
Beruflich erfolgreich, allgemein beliebt und frisch verlobt, wehrt sich Shelby dennoch gegen das traditionelle Rollenverhalten einer gehorsamen Ehefrau, in das ihre Umwelt sie drängen will. Als sie merkt, wieviel ihre neue Nachbarin Fran ihr bedeutet, beginnt sie die Puzzleteile in ihrem Leben endlich neu zu ordnen.
Sarah Dreher zeichnet in ihrem persönlichsten Roman ein einfühlsames, humorvolles und zugleich schmerzhaft realistisches Bild der sechziger Jahre, aus der Zeit vor Stonewall und Gay Pride, als eine »richtige Frau« sich nicht gegen gesellschaftliche Erwartungen auflehnen, geschweige denn in eine andere Frau verlieben durfte.

Victoria Pearl: Zärtliche Hände

Erotischer Liebesroman

Eine große, schweigsame Frau mit graublauen Augen – eine Taxifahrerin, die sie in einer fremden Stadt zum Hotel fährt – beeindruckt Olivia tief. In heißen Träumen wünscht sie sich in ihre Arme, aber es scheint aussichtslos, sie wiederzusehen, denn Olivia kennt nicht einmal ihren Namen. Dafür tauchen andere Frauen in Olivias Leben auf, die sie nicht trösten können. Wird die geheimnisvolle Fremde einmal aus ihren Träumen auferstehen und in Fleisch und Blut zu ihr kommen? Das Rätsel scheint unlösbar, doch eine Frau gibt nicht auf – auch, wenn sich immer neue Schwierigkeiten ergeben ...

Victoria Pearl: 4 Herzen 12 Beine

Erotischer Liebesroman

Im Darkroom für Lesben kommt es zu heißem Sex zwischen Doris und Lucy – dann verlieren sie sich wieder aus den Augen. Zufällig entdecken jedoch die beiden Hundeliebhaberinnen die Chatrooms, wo sie sich begegnen, ohne sich zu erkennen. Nach einigen Abstechern und One-night-stands mit anderen Frauen finden Doris und Lucy doch noch zueinander, nein, die beiden Hunde sind es, die ihre Frauchen zusammenführen. Allerdings müssen die Zweibeinerinnen noch einige Abenteuer durchstehen, ehe sie das Happy End erreicht ...

Victoria Pearl: Die Liebe hat dein Gesicht

Erotischer Liebesroman

Renate hat noch nie mit einer Frau geschlafen, und sie hatte es eigentlich auch gar nicht vor, bis ihr Marlene über den Weg läuft. Die Doktorsgattin verführt Renate nach allen Regeln der Kunst und stiftet so ein ziemliches Chaos der Gefühle in der Fahrradmechanikerin. Lange währt diese Affäre allerdings nicht, denn Frau Doktor bleibt ihrem Gatten trotz allem treu. Kein Grund jedoch für Renates erneutes Singledasein – die neue Nachbarin ist sehr attraktiv und deren Mutter erst ... die wahre Liebe wartet derweil in Renates Träumen darauf, endlich verwirklicht zu werden ...

Victoria Pearl: Ungeahnte Nebenwirkungen

Erotischer Liebesroman

Was geschieht, wenn sich die attraktive Zahnärztin auf einmal nicht nur für deine Zähne interessiert? Sie steht eines nachts vor deiner Tür und will hemmungslosen Sex. Doch der Morgen danach fühlt sich an wie ein Zahnarztbesuch, denn die Traumfrau ist nicht mehr da. Es beginnt eine Odyssee der Liebe, Verzweiflung, Eifersucht ... denn immer neue Überraschungen aus der Vergangenheit der Ärztin kommen ans Licht ...

Antje Küchler: Der Abgrund

Lesbisches Abenteuer

Nach dem Verlust ihrer Lebensgefährtin Andrea, einer Schriftstellerin, gibt sich Laura dem Alkohol und Depressionen hin. Nach Monaten der Trauer taucht überraschend die Germanistikstudentin Anja auf, die eigentlich nach Andrea suchte – und sich in Laura verliebt. Es könnte eine harmonische Beziehung werden, doch Laura überredet Anja zu einer Reise nach Rußland, wo das Abenteuer beginnt: Laura wird entführt, und Anja macht sich im kalten und weiten Sibirien auf die Suche nach der geliebten Freundin. Kann sie es schaffen, die Entführte zu retten?

Ruth Gogoll: Taxi nach Paris

Der lesbische Erotikbestseller

Sie begegnet ihrer Traumfrau, aber viel zu schnell landen beide im Bett – während sie sich verliebt hat, geht die andere nur ihrem Gewerbe nach. Jedoch sie ist sich sicher, das Herz der Angebeteten erobern zu können. Wird die Liebe stärker sein als die Zerreißproben und die beiden Frauen in der Stadt des Lichts zusammenführen?

Shari J. Berman: Tanzende Steine

Liebesroman

Sally lernt Ricki als Kind im Sommer 1978 auf einem Campingplatz kennen, während sie Steine über das Wasser tanzen läßt. Die beiden Mädchen mögen sich auf Anhieb. 18 Jahre später sehen sie sich wieder, mittlerweile sind beide mit anderen Frauen liiert. Doch die Liebe, die sie als Kinder noch nicht benennen konnten, erfaßt sie erneut. Ob es nun aber wirklich Liebe ist oder nur Sex, das müssen sie erst einmal herausfinden ...

Ruth Gogoll: Eine romantische Geschichte

Erotischer Liebesroman

Esther ist Anwältin und eine Traumfrau – für alle Frauen, die nur an Sex interessiert sind. Wenn frau sich in sie verliebt, ist es jedoch die Hölle ... wie es Alex leidvoll erfahren muß. Sie verfällt Esther mit Haut und Haar und kann sich nicht mehr von der schönen Juristin lösen. Wird Yvonne mit ihrer Liebe Alex von dieser Besessenheit heilen können?

Brenda Miller: Bitte verzeih mir

Liebesroman

Veronica, Chefin des familieneigenen Konzerns, überfährt mit ihrem Porsche die Aushilfskassiererin Rose, die sich mit Gelegenheitsjobs über Wasser hält. Veronica läßt Rose mit bester medizinischer Versorgung gesundpflegen, und aus anfänglicher Freundschaft entsteht sehr bald Liebe ... doch Veronica hat Rose bisher noch nicht gestanden, daß sie damals den Porsche fuhr ...

Nele Tabler: Oma Mathildes Pistole

Kriminalroman

Der zweite Fall für die »Detektei Lesbisches Leben«: Die Heilpraktikerin Regine liegt erschossen in ihrem Häuschen. Doch die Fragen nach dem Wer? und Warum? sind nicht die einzigen Rätsel, die Jana und Bille bei ihrem Streifzug durch die lesbische Landgemeinde lösen wollen.
Denn: Wo ist Oma Mathildes Pistole?

Brenda Miller: Court of Love

Liebesroman

Die Basketballspielerin Chris hat sich bei einem Spiel schwer verletzt und kommt ins Krankenhaus. Dort wird sie während der Rekonvaleszenz von der Physiotherapeutin Beth betreut. Die beiden verlieben sich ineinander. Beth hat sich vor kurzem von ihrer Freundin getrennt, für Chris gab es bis jetzt nur Basketball und das College. Sie weiß noch nicht, ob sie sich für Männer oder Frauen interessiert, und sie hat noch nie mit jemandem geschlafen ...

Ruth Gogoll: Die Schauspielerin

Erotischer Liebesroman

Als ihre Jugendliebe Simone, mittlerweile eine berühmte Schauspielerin, neuerlich in Pias Leben tritt, flammt längst erloschen geglaubte Leidenschaft wieder auf. Doch die Angebetete ist in ihrer Scheinwelt aus Glanz und Glamour gefangen, im Teufelskreis zwischen Ruhm und Untergang. Auf der Leinwand zeigt sie große Gefühle, im wahren Leben hingegen scheinen ihr diese Empfindungen fremd zu sein.
Überwältigt von Simones Charme und Schönheit verwirft Pia ihre Bedenken, daß Simone ihr ein zweites Mal das Herz brechen könnte. Während Simone ihre Probleme im Alkohol zu ertränken versucht, beginnt Pia um ihre Liebe zu kämpfen ...

Ruth Gogoll: Simone

Erotischer Liebesroman

Der zweite Teil der »Schauspielerin«.
Simone bemüht sich um einen Neuanfang mit Pia, doch ihre Vergangenheit holt sie wieder ein. Der Alkohol, den sie schon überwunden glaubte, gefährdet ihre Beziehung ebenso wie ihre neue Karriere in Amerika. Zum letzten Mal verbringen Simone und Pia eine schöne Zeit gemeinsam in Wien auf dem Opernball, doch am Tag danach kommt es zum Eklat – Pia ist tief enttäuscht und glaubt nicht daran, daß sie Simone je wiedersehen wird. Und im weit entfernten Amerika sitzt Simone einsam und trinkt ... da führt sie ein erneutes Filmangebot wieder nach Europa ...

Ruth Gogoll: Die Liebe meiner Träume

Erotischer Liebesroman

»Ich stehe nicht auf Frauen« verkündet Vanessa, doch die nachfolgende Liebesnacht mit Anouk spricht eine andere Sprache. Allerdings soll es zunächst auch bei dieser Nacht bleiben: Beide kehren in ihr Leben zurück, Anouk in die Einsamkeit, Vanessa zu ihrer Familie mit Mann und Sohn. Die Spuren, die die Liebesnacht hinterläßt, graben sich tief in die Herzen beider Frauen ein – bis sie sich unvermittelt wiedersehen ...

Anna Regine Jeck: Toni Ella Nick

Liebesroman

Durch Zufall fährt die 17jährige Toni mit ihrem Fahrrad in das Auto der um einiges älteren Nicole, genannt Nick, hinein, ohne sie jedoch näher kennenzulernen. Jahre später kreuzen sich ihre Wege erneut aufgrund ihrer gemeinsamen Leidenschaft für Pferde. Toni verliebt sich in Nick, aber das scheint nicht auf Gegenseitigkeit zu beruhen. Und vielleicht ist Nick ja auch mit der Lehrerin Ella zusammen ...

Ruth Gogoll: Computerspiele

Lesbenkrimi

Der erste Fall für Kommissarin Renni:
Ihre Schulfreundin und Jugendliebe Nora wird in einen Mordfall verwickelt. Nora verliebt sich Hals über Kopf in die schöne und leidenschaftliche Ellen. Sie verbringen eine berauschende Woche, dann fährt Ellen nach Köln, und wenige Tage später wird ihre ehemalige Lebensgefährtin Loretta tot aufgefunden. Ellen steht unter Mordverdacht. In ihrer Not wendet Nora sich an Kommissarin Renni, die die Ermittlungen aufnimmt. Ellen wird vom Mordverdacht befreit. Doch damit beginnt das Rätsel: Wer war Loretta wirklich? Wer hatte ein Interesse, sie zu ermorden? Sie surfte viel im Internet, hat sie dort vielleicht ihren Mörder kennengelernt? Und was hat Ellen mit der Sache zu tun?

Ruth Gogoll: Tödliche Liebesspiele

Lesbenkrimi

Die Fortsetzung des Krimis Computerspiele.
Kommissarin Renni hat wieder einen neuen Fall zu lösen: Wer ist die tote Frau auf dem Parkplatz? Die Ermit-tlungen erweisen sich als schwie-riger als zunächst angenommen, und darüber hinaus geht es auch in ihrem Privatleben drunter und drüber: Obwohl immer noch ver-liebt in Nora, beginnt sie eine Affäre mit der Pathologin, mit der zusammen sie an der Aufklärung des Mordes arbeitet. Probleme über Pro-bleme für Renni – schafft sie es diesmal, alle zu meistern?

Ruth Gogoll: Mord im Frauenhaus

Lesbenkrimi

Diesmal darf sich Kommissarin Renni ein wenig wie Hercule Poirot fühlen: In einem Frauenhaus wird eine Leiche gefunden, und die Zahl der Verdächtigen beschränkt sich auf einen kleinen Kreis. Doch damit nicht genug – Renni hat außerdem alle Hände voll zu tun, eine Prostituierte vorm rachsüchtigen Zuhälter zu beschützen, und dann ist da noch Monika, die sich nie sicher sein kann, ob Renni tatsächlich nur ihre Arbeit macht ...

Nele Tabler: Die tote Krankenschwester

Kriminalroman

Hier ist sie endlich: die deutsche, die lesbische Agatha Christie!
Inmitten eines bunten Haufens von »Landlesben«, die alle auf dem Dorf leben, findet sich plötzlich eine Leiche. In bester Miss-Marple-Tradition versuchen die Frauen nun herauszufinden, wer den Mord begangen hat – und dabei entblößen sich allerlei Kuriositäten, die man unter braven Dorfbewohnern gar nicht vermutet.
Die Detektei »Lesbisches Leben« wird ins Leben gerufen und hat von nun an alle Hände voll zu tun, denn ein Mord kommt selten allein ...

Michèle Atanassoff: Warum verliebe ich mich immer in die falsche Frau?

Ein LesbenLiebesRatgeber

In einem amüsanten Dialog zwischen einer *Vom Beziehungsleben Frustrierten* und einer *Unverbesserlichen Berufsoptimistin* analysiert die Psychotherapeutin Michèle Atanassoff, Spezialistin für Einzel- und Paartherapie mit Lesben, die allseits bekannte und stets unbeantwortete Frage, warum wir immer an die (vermeintlich) »falsche« Frau geraten. Sie erteilt Ratschläge für alle »Lesbenlagen« und erklärt, was wir tun müssen, damit die nächste Frau dann auch tatsächlich *die Richtige* ist ...

Astrid Flint: Wie kriege ich meine Traumfrau rum?

LesbenLiebesRatgeber 2

Der zweite Ratgeber für Lesben in Sachen Liebe. Endlich ein Knigge für korrektes Anbaggern und salonfähiges Verhalten auf dem lesbischen Parkett.
»Die ›gute, alte Freundin‹, sonst Meisterin der Lage, beruflich höchst kompetent und souverän, mit den stets passenden Worten für die verzwickte Liebeslage der anderen, verwandelt sich vor den eigenen Augen in eine pubertierende 13jährige ohne jegliche (sexuelle) Erfahrung. Und nun sehen wir das arme Hascherl da stehen, urplötzlich gebeutelt von einem Symptombündel bestehend aus der Kombination von verknoteter Zunge, trockenem Gaumen, wachsweichen Knien und schwitzigen Händen. Die Feinmotorik ist zudem einem vorübergehenden Funktionsausfall unterworfen.«
Um solch eine Situation bewältigen zu können, ist diese Einführung in die »Baggetikette« für die Lesbe von Welt einfach unentbehrlich.

Hat Ihnen das Buch gefallen?

Möchten Sie in Zukunft vielleicht jedes neue el!es-Buch direkt ins Haus geliefert bekommen, sobald es erschienen ist?

Dann schließen Sie unser Abonnement **10 Jahre el!es** ab.

Der el!es-Verlag besteht im Jahr 2006 genau 10 Jahre, und aus diesem Grunde erscheint jeden Monat ein neues Buch.

Die Bücher des Jahres 2006 sind:

Januar:	EINE INSEL FÜR ZWEI (TEIL 1) von Ruth Gogoll
Februar:	LAß MICH IN DEIN HERZ von Julia Arden
März:	SONNENAUFGANG IN DEINEN ARMEN von Victoria Pearl
April:	LIEBE MICH von Kingsley Stevens
Mai:	HALT MICH FEST von Trix Niederhauser
Juni:	TIZIANROT von Ruth Gogoll
Juli:	KÜß MICH, COWGIRL (TEIL 1) von Claudia Westphal
August	KÜß MICH, COWGIRL (TEIL 2) von Claudia Westphal
September:	KÜß MICH, COWGIRL (TEIL 3) von Claudia Westphal
Oktober:	TRÄUME AUS DER FERNE von Alexandra Liebert
November:	MIA – LIEBE MIT UMWEGEN von Janina Behrens und Julia Spors
Dezember:	EINE INSEL FÜR ZWEI (TEIL 2) von Ruth Gogoll
	Das Weihnachtsbuch:
	A CHRISTMAS CAROL von Ruth Gogoll

Wenn Sie ein Abonnement für die el!es-Bücher abschließen wollen, benötigen wir nur zwei Dinge von Ihnen:

1. Ihren Namen und Ihre Postadresse (wenn vorhanden, zusätzlich auch Ihre E-Mail-Adresse)
2. Eine Einzugsermächtigung für Ihr Konto
   Bitte senden Sie uns dazu folgende Daten zu:
   - Name der Kontoinhaberin
   - Name der Bank
   - BLZ
   - Kontonummer

Die Daten können Sie per E-Mail an unsere E-Mail-Adresse **office@elles.de** senden oder per Fax an unsere Faxnummer **01 21 20 20 13 58** (12 ct/min) oder per Brief an **édition el!es**
Postfach 1405
D – 79504 Lörrach

www.elles.de